The Wish

위시

$\mathcal{T}he\ \mathcal{W}ish$

위시

니컬러스 스파크스 장편소설 · 박설영 옮김

Nicholas Sparks

일러두기
....

1. 외래어는 국립국어원의 외래어 표기법을 따랐으나 필요한 경우 관용에 따라 표기했습니다.

2. 본문에서 언급된 잡지, 영화 등은 〈 〉, 도서는 《 》, 노래 제목은 「 」로 표기했습니다.

3. 본문 속 볼드체는 원서에서 다른 서체로 강조한 부분입니다.

✳

팸 포프와 오스카라 스테빅에게 바친다.

차례

크리스마스의 계절

맨해튼

2019년 12월

12월이 찾아오면 맨해튼은 매기가 알던 곳과는 사뭇 다른 도시로 탈바꿈했다. 관광객이 브로드웨이 공연을 보러 몰려들고 미드타운(뉴욕 맨해튼의 중심부―옮긴이)의 백화점 앞 인도 전체를 점령해 보행자가 인산인해를 이루었다. 부티크와 레스토랑이 클러치백을 움켜쥔 쇼핑객으로 흘러넘치고, 보이지 않는 스피커에서 캐럴이 흘러나오고, 호텔 로비가 장식물로 반짝거렸다. 록펠러센터의 크리스마스트리는 각양각색의 전구와 수천 개의 아이폰 플래시로 휘했고, 시내의 교통은 가장 원활할 때조차 속도를 낼 수 없을 만큼 체증이 극에 달해 택시를 타는 것보다 걸어가는 게 빠를 때도 있었다. 하지만 걷는 것도 그 나름의 고충이 있었으니,

차가운 바람이 걸핏하면 건물 사이로 휘몰아쳐 따뜻한 속옷을 입고 양털을 한껏 두른 다음 재킷을 목 끝까지 채워야 했다.

자신을 방랑벽에 사로잡힌 자유로운 영혼이라 여기는 매기 도스는 언제나 뉴욕의 크리스마스라는 **개념**을 좋아했다. 그 개념이라는 게 엽서 속의 **아름다운 풍경**을 의미하긴 했지만. 사실 다른 많은 뉴요커와 마찬가지로 매기는 연휴 기간에 미드타운을 피하려고 온 힘을 다했다. 첼시에 있는 자신의 집 근처에서만 머물거나 기후가 따뜻한 지역으로 도망갈 때가 더 많았다. 여행 사진작가인 매기는 때로 자신을 뉴요커라기보단 우연찮게 뉴욕에 영구 주소지를 갖게 된 노마드라고 생각했다. 침실용 탁자 서랍에 간직한 노트에는 여전히 가고 싶은 장소가 100군데 넘게 정리되어 있었다. 그중 일부는 너무 외지거나 멀어서 그곳에 가는 것 자체가 도전이었다.

20년 전 대학을 자퇴한 후로 매기는 여행을 다니며 목적지를 지우면서도 이런저런 이유로 자신의 상상력을 자극한 장소를 적어 넣으며 목록을 늘려왔다. 어깨에 카메라를 걸치고 오대륙을 누비며 방문한 국가가 82개국이 넘었고 미국 내에서만도 43개 주였다. 보츠와나 오카방고 델타의 야생동물에서 라플란드의 북극광까지 그동안 찍은 사진만 수십만 장이었다. 잉카 트레일을 하이킹하면서 찍은 사진도, 나미비아 스켈레톤 코스트에서 찍은 사진도 있었다. 팀북투의 폐허에서 찍은 사진은 더 많았다. 12년 전에는 스쿠버다이빙을 배운 뒤 열흘 동안 라자 암팟에서 해양 생명체를 기록했고, 4년 전에는 히말라야산맥을 파노라마처럼 볼 수 있는, 부탄의 절벽에 세워진 불교 사원인 그 유명한 파로 탁상, 일명 호랑이 둥지까지 하이킹했다.

사람들은 매기의 모험에 감탄사를 연발하곤 했지만, 그녀는 **모험**에는 많은 함의가 담겨 있으며 그 모든 의미가 좋지만은 않음을 깨달았다. 그게 현재 매기가 하고 있는 모험이었다. 인스타그램 팔로워나 유튜브 구독자들에게도 자주 이렇게 설명했다. 이국적인 타지로 홀쩍 떠나는 대신 주로 자신의 갤러리나 웨스트 19번가의 조그마한 방 두 칸짜리 아파트에 감금되는 모험. 때때로 자살을 생각하게 만드는 그런 모험이라고.

아, 정말로 자살을 생각한 건 아니었다. 그건 생각만 해도 무서웠다. 매기가 올린 수많은 유튜브 동영상 중 하나에서도 인정한 적이 있다. 거의 10년 동안 매기의 동영상은 사진작가의 게시물로만 보면 평범한 축에 속했다. 사진을 찍을 때 어떤 결정 과정을 거치는지 설명하고, 무수히 많은 포토샵 강좌를 제공하고, 신형 카메라와 그에 딸린 수많은 액세서리를 리뷰하는 등 보통 한 달에 두세 개의 콘텐츠를 올렸다. 인스타그램 게시물과 페이스북 페이지, 그리고 웹사이트의 블로그와 더불어 매기의 유튜브 동영상은 사진 마니아들 사이에서 언제나 인기가 좋았고, 그녀의 전문가로서의 명성에도 도움을 주었다.

하지만 3년 반 전, 매기는 자신의 유튜브 채널에 사진과는 전혀 상관없는, 당시 진단받은 병과 관련된 영상을 올렸다. 자신이 흑색종 4기라는 것을 알았을 때 불현듯 느꼈던 두려움과 믿기지 않는 기분에 대해 여과 없이 횡설수설하며 늘어놓은 그 영상은 어쩌면 올려서는 안 되는 것이었다. 그런데 텅 빈 인터넷 공간에서 외로운 메아리만 돌아올 거라는 매기의 짐작과 달리, 어찌된 영문인지 영상은 사람들의 관심을 끌었다. 이유도 방법도 알 수 없지만 그때까지 올렸던 모든 게시물 중에 하필 그 영상에 조금씩 반응이 오더니 흐름이 꾸준히 이어지다 마침내 사진작가로서의 그녀나 그녀의 작품에 대해 들어본 적도 없던 사람들의 조회와 댓글, 질문, '좋아요'가 급증했다. 매기는 자신의 고난에 감동받은 사람들에게 반응을 해줘야 할 것 같은 기분에 병에 대한 영상을 하나 더 올렸고, 그 영상은 훨씬 큰 인기를 끌었다. 그 후로 한 달에 한 편가량 같은 맥락에서 동영상을 계속 게시했다. 계속하는 것 말고는 선택의 여지가 없는 것 같다는 게 주된 이유였다. 지난 3년 동안 매기는 영상을 통해 다양한 치료법과 치료를 받을 때 어떤 기분인지에 대해 상세히 설명했다. 심지어 가끔은 수술 자국도 보여주었다. 방사선치료로 얻은 화상과 메스꺼움과 탈모에 대해 이야기했고, 삶의 의미에 대해 터놓고 의문을 제기하기도 했다. 죽음의 공포에 대해 숙고하거나 사후 세계의 가능성에 대해 사색하기도 했다. 심각한 주제였지만 그런 괴로운 주제를 논할 때는 우울한 기분이 들지 않도록 가능한 밝은 톤을 유지하려고 최선을 다했다. 매기는 이것이 동영상의 인기 비결 중 하나일 거라고 추측했지만, 누가 알겠는가? 확실한 건 오직 하나, 매기가 어쩌다 본의 아니게 시작은 희망찼으나 단 하나의 필연적 끝을 향해 천천히 좁혀져가는 자신의 리얼리티 시리즈 영상 속 스타가 되었다는 것이다.

그리고 어쩌면 당연한 일이겠지만, 장엄한 종말이 가까워질수록 영상의 조회수는 훨씬 폭발적으로 증가했다.

♣

매기는 속으로 그 영상들을 **리얼 동영상**이 아닌 **암 동영상**이라고 불렀다. 첫 영상에서 그녀는 씁쓸한 미소로 카메라를 바라보며 이렇게 말했다. "처음엔 너무 싫었어요. 그러다 점점 정이 들기 시작하더군요."

자신의 병에 관한 농담을 던지는 게 고상하지 못할 수 있다는 건 알았지만 매기에겐 그 모든 게 부조리해 보였다. **'왜 그녀인가?'** 처음 암을 진단받았을 당시 매기는 서른여섯이었다. 운동도 규칙적으로 했고 식단도 상당히 건강했다. 가족력도 없었다. 구름이 잔뜩 낀 시애틀에서 자랐고 맨해튼에서 살았으니 일광욕은 불가능했다. 태닝 숍은 가본 적도 없었다. 말이 되는 게 하나도 없었지만 암이라는 게 그런 거 아니겠는가? 암은 차별하지 않는다. 그저 운이 나쁜 사람에게 일어나는 것이다. 얼마 후 매기는 결국 **'왜 그녀여선 안 되는가?'**라고 묻는 게 더 낫다는 사실을 받아들였다. 그녀는 특별하지 않았다. 그때까지 살면서 자신이 재밌거나 지적이거나 예쁘다는 생각은 해봤어도 **'특별하다'**란 단어는 한 번도 떠올린 적이 없었다.

암 진단을 받았을 때 매기는 자신이 흠잡을 데 없이 건강하다고 자부했을 것이다. 진단받기 한 달 전, 매기는 콘데 나스트(《GQ》, 〈보그〉 등의 잡지를 운영하는 미국의 미디어 기업—옮긴이)에서 사진을 의뢰받고 몰디브의 바드후섬을 찾았다. 마치 바닷물 속에 조명이라도 켜놓은 듯 물결이 별빛처럼 반짝이게 만드는 발광 생물을 포착하길 기대하며 연안 근처를 돌아다녔다. 그 유령 같은 빛의 장관을 연출한 건 바다 플랑크톤이었다. 그리고 매기는 남는 시간을 할애해 개인적인 용도로 사용할, 어쩌면 궁극적으로는 갤러리에서 판매할 사진을 찍으러 다녔다.

매기는 오후 중반쯤 카메라를 들고 호텔 근처의 한적한 해변을 돌아다니며 그날 저녁에 찍을 사진을 머릿속으로 그려보려 애썼다. 전경에 바위를 두고 해안선과 하늘을, 그리고 당연히 치솟는 파도를 포착하고 싶어서였다. 해변에서 한 시간 넘게 장소를 이동하며 여러 각도에서 다양한 풍경을 찍고 있는데 웬 커플이 손을 잡고 그녀 옆을 거닐었다. 하지만 매기는 일에 정신이 팔려 그들의 존재를 알아차리지 못했다.

잠시 후 뷰파인더를 통해 바다 저편에서 파도가 부서지는 모양을 살피고 있는데 뒤에서 여자의 목소리가 들려왔다. 영어를 사용했지만 억양을 들어보니 독일인이었다.

"실례합니다." 여자가 말했다. "바쁘신 것 같은데 귀찮게 해서 죄송해요."

매기는 카메라를 내렸다. "네?"

"이런 말하기 뭐하지만 어깨 뒤쪽에 있는 검은 반점이 뭔지 검사받으신 적 있으세요?"

매기는 여자가 가리키는 수영복 끈 사이의 반점을 보려다 실패하고 얼굴을 찌푸렸다. "거기에 검은 반점이 있는지도 몰랐네요…." 그녀는 어리둥절해하며 여자를 향해 실눈을 떴다. "그런데 왜 그러시죠?"

짧은 회색 머리에 50대로 보이는 여자가 고개를 끄덕였다. "제 소개를 해야겠군요. 저는 자비네 케셀 박사라고 합니다. 뮌헨에서 피부과 전문의로 일하고 있어요. 그 반점이 정상 같지 않아서요."

매기가 눈을 깜빡였다. "암 같은 걸 말하는 건가요?"

"그건 저도 몰라요." 여자가 조심스러운 표정으로 말했다. "하지만 저라면 가능한 빨리 검사를 받을 겁니다. 물론 별거 아닐 수도 있어요."

심각한 병일 수도 있지만요. 케셀 박사가 이 말을 덧붙일 필요는 없었다.

원하는 사진을 얻기까지 다섯 밤이 걸렸지만 매기는 원본 파일이 마음에 들었다. 요즘엔 대개 후반 작업을 거쳐야 작품이 완성되므로 그 사진들 역시 디지털 작업을 해 폭넓게 손볼 예정이었다. 하지만 결과물이 굉장하리라는 것을 이미 알고 있었다. 그러는 와중에 매기는 그날의 일을 염려하지 않으려 애쓰면서도 뉴욕으로 돌아온 지 사흘 만에 어퍼 이스트 사이드의 피부과 전문의 스네할 카트리 박사와 약속을 잡았다.

매기는 2016년 7월 초에 조직 검사를 했고 이어서 추가 검사를 받았다. 같은 달 말에는 메모리얼 슬로언 케터링 병원에서 MRI 와 PET 검사를 진행했다. 결과가 나오자 카트리 박사는 매기를 진찰실에 앉혀놓고 차분하고도 진지하게 흑색종 4기라고 알려주었다. 그날 늦게 그녀는 치료를 담당할 레슬리 브로디건이라는 종양학자를 소개받았다. 이러한 진찰의 여파로 매기는 직접 인터넷 검색에 뛰어들었다. 브로디건 박사가 일반적인 통계자료는 특정 개인의 결과를 예측하는 데 별 의미가 없다고 말해주긴 했지만, 매기는 그 숫자들에서 눈을 뗄 수 없었다. 자료에 따르면 흑색종 4기 진단을 받은 환자의 5년 후 생존율은 15퍼센트에 못 미쳤다.

매기는 믿을 수 없는 사실에 망연자실하며 바로 다음 날 첫 번째 **암 동영상**을 만들었다.

🌲

건강한 몸이라는 용어의 전형을 보여주는 듯한 생기 넘치는 푸른 눈에 금발 머리를 가진 브로디건 박사는 매기와의 두 번째 약속에서 그녀의 몸 상태에 대해 다시 한번 상세히 설명해주었다. 지난 모든 과정이 너무 버거워 매기가 첫 만남을 아주 단편적으로밖에 기억하지 못한 탓이었다. 원래 흑색종 4기라고 하면 멀리 떨어진 림프샘뿐 아니라 다른 기관까지 암이 퍼져 있음을 의미하는데, 매기의 경우 간과 위까지 전이된 상태였다. MRI와 PET 검사 결과, 마치 개미 군단이 소풍용 테이블에 놓인 음식을 먹어치우듯 암세포가 자라 몸의 건강한 부분까지 침범해 있었다.

긴 과정을 짧게 요약하면 이렇다. 매기는 그 후 3년 반 동안 치료와 회복에 전념했고, 그사이 희망의 불빛이 이따금씩 어두운 불안의 터널을 비춰주었다. 그녀는 감염된 림프샘과 암이 전이된 간과 위를 제거하는 수술도 받았다. 뒤이어 몹시 고통스러운 방사선 치료를 진행했다. 그로 인해 피부가 군데군데 검게 변한 것은 물론이고 커다란 수술 자국과 함께 보기 흉한 흉터도 여럿 생겼다. 매기는 또한 흑색종도 종류가 다양해서 4기라 해도 각기 다른 치료를 받는다는 사실을 알게 되었다. 매기의 경우는 면역요법이었는데 몇 년 동안 진행한 보람이 있는 듯했지만 결국에는 원하는 결과를 얻지 못했다. 그러고 나서 지난 4월부터는 부작용은 끔찍해도 효과가 있으리라는 확신을 가지고 몇 달 동안 항암 치료를 지속했다. 몸 안 구석구석이 죽어가는 것 같은데 어떻게 효과가 없을 수 있는지 매기는 의문스러웠다. 근래에는 거울 속의 자신도 알아보기 힘들었다. 음식이 너무 쓰거나 짜게 느껴질 때가 많아 먹는 게 힘들다 보니 안 그래도 작은 체구가 10킬로그램이 넘게 줄었다. 툭 튀어나온 광대뼈 탓에 타원형의 갈색 눈은 휑하니 너무 커 보였고, 얼굴은 해골 위에 피부를 늘려놓은 것 같았다. 항상 추위를 탔으며 따뜻하다 못해 더운 아파트에서조차 두꺼운 스웨터를 입었다. 짙은 갈색 머리카락은 전부 빠졌고 그 결과 다시 서서히 아기처럼 옅고 고운 머리카락이 듬성듬성 자랐다. 목은 꼬챙이처럼 부러질 듯 가늘어져 거울을 흘깃거리지 않으려고 스카프로 목을 감쌌다.

한 달도 더 전인 11월 초, 매기는 CAT와 PET 검사를 한 번 더 받은 뒤 12월에 다시 브로디건 박사를 만났다. 박사의 두 눈에 연민이 가득했음에도 분위기는 평소보다 차분했다. 박사는 매기에게 3년 반이 넘게 치료를 받은 덕에 진행 속도가 간간이 느려지긴 했지만, 진행 자체가 아예 멈춘 것은 아니라고 말했다. 매기가 그 밖의 어떤 치료를 받을 수 있는지 묻자 박사는 남은 날을 의미 있게 보내는 쪽으로 그녀의 관심을 부드럽게 돌렸다.

매기가 곧 죽을 거라고 말하는 브로디건 박사만의 방식이었다.

매기는 9년도 더 전에 트리니티라는 조각가와 함께 갤러리를 열었다. 대부분의 공간은 트리니티의 거대하고 다양한 조각상들이 차지했다. 트리니티의 진짜 이름은 프레드 마시번으로, 두 사람은 매기가 좀처럼 참석하지 않는 다른 화가의 전시회 개막식에서 만났다. 당시 트리니티는 이미 굉장히 성공한 예술가였고 재미 삼아 갤러리를 열어볼까 생각한 지 오래였다. 하지만 그는 실제로 갤러리를 관리할 의욕이 없었고 그곳에서 시간을 보내고 싶어 하지도 않았다. 서로 호흡도 잘 맞겠다, 작품의 장르가 달라 경쟁할 일도 없겠다, 결국 두 사람은 거래를 했다. 매기가 갤러리 운영을 책임지는 대가로 적절한 보수를 받으며 작품까지 전시하기로 한 것이다. 당시에는 트리니티가 주는 보수보다 자신의 위신이 높아지는 게 더 마음에 들었다. 사람들에게 자기 갤러리가 있다고 말할 수 있지 않은가! 처음 한두 해 동안 매기가 찍은 사진은 겨우 몇 점밖에 팔지 못했다.

그 당시엔 매기가 1년에 평균 100일 이상 이곳저곳을 돌아다닐 때라 사실상 일상적인 갤러리 운영은 루앤 소머스라는 여자의 손에 맡겨졌다. 매기가 처음 루앤을 고용했을 때 그녀는 장성한 자식을 둔 돈 많은 이혼녀였다. 경험이라고 해봤자 수집에 대한 아마추어적 열정과 니만 마커스 백화점에서 값싼 세일 품목을 찾는 데 필요한 숙련된 안목이 전부였다. 장점은 옷을 잘 입고 책임감이 강하며 양심적이고 배우려는 의지가 있다는 것이었다. 또 최저 시급이나 다름없는 보수에도 개의치 않았다. 루앤의 말에 따르면 직업전선에서 물러나도 호화롭게 살 수 있을 정도로 위자료를 넉넉히 받았지만, 그로 인해 정신이 이상해질 정도로 시간이 남아돌았다고 한다.

알고 보니 루앤은 영업에 타고난 소질이 있었다. 처음에 매기는 루앤에게 자신의 모든 사진에 사용된 기술적 요소뿐만 아니라 이미지만큼이나 구매자들의 흥미를 유발하는 각 사진의 비하인드 스토리를 간략히 알려주었다. 한편 고물상에서 수집한 사슴뿔,

피클 병, 캔과 같은 물건들에 캔버스 천, 금속, 플라스틱, 풀, 그리고 물감까지 갖가지 재료를 더한 트리니티의 조각상은 활발한 토론을 불러일으킬 정도로 독창적이었다. 트리니티는 이미 평단의 인정을 받는 총아였고 그의 작품들은 엄청난 가격에도 불구하고 정기적으로 팔렸다. 하지만 갤러리에서 객원 예술가들을 많이 초청하거나 홍보를 하지 않다 보니 일 자체는 적은 편이었다. 극소수의 사람만 방문하는 날도 있어 한 해의 마지막 3주 동안은 갤러리를 닫을 수 있었다. 이런 식으로 매기, 트리니티, 루앤은 오랫동안 순조롭게 갤러리를 운영해왔다.

그런데 두 가지 사건이 그 모든 것을 바꿔놓았다. 먼저 매기의 **암 동영상**이 새로운 사람들을 갤러리로 끌어들였다. 그들은 늘 보던 경험 많은 현대미술 혹은 사진 애호가들이 아니라 테네시나 오하이오 같은 곳에서 온 관광객들, 매기에게 공감하며 인스타그램과 유튜브에서 그녀를 팔로우하기 시작한 사람들이었다. 그중 일부는 매기의 사진에 반해 진짜 팬이 되었으나 대부분은 그저 매기를 만나거나 매기의 사인이 들어간 사진을 기념품으로 사고 싶어 했다. 여러 지역에서 주문 전화가 쇄도했고 웹사이트로 추가 주문이 밀려들었다. 그것이 매기와 루앤이 변화를 따라잡기 위해 할 수 있는 전부였다. 작년에는 관람객이 계속 찾아와 연휴 기간에도 갤러리를 열기로 결정했다. 그러다 매기는 곧 항암 치료를 시작해야 한다는 사실을 알게 되었다. 그 말은 매기가 몇 달 동안 갤러리 일을 도울 수 없다는 뜻이었다. 누가 봐도 직원을 추가로

고용해야만 하는 상황이 되자 매기가 그 주제를 꺼냈고 트리니티
가 그 자리에서 승낙했다. 공교롭게도 이튿날 마크 프라이스라는
청년이 갤러리를 찾아와 면담을 요청했다. 당시 매기로서는 그의
등장이 믿을 수 없을 정도로 반가운 일이었다.

🌲

마크 프라이스는 고등학생이라고 해도 믿을 만큼 앳된, 대학을
갓 졸업한 청년이었다. 처음에는 그가 또 한 명의 '암 동영상 추종
자'라 짐작했으나 매기의 예상은 일부만 맞았다. 온라인에서의 유
명세 덕에 매기의 작품에 친숙해졌고 특히 매기의 영상을 좋아한
다고 자진해서 인정하긴 했지만 마크의 손엔 이력서도 들려 있었
다. 마크는 일자리를 찾고 있으며 예술업계에 종사하는 것에 강한
호감을 느꼈다고 설명했다. 그러면서 예술과 사진이 언어는 하지
못하는 방식으로 새로운 생각을 전달하도록 도와준다고 덧붙였다.
　팬을 고용한다는 불안감에도 매기는 그날 마크와 대화를 나눴
고 그가 숙제를 제대로 해왔음을 확인했다. 마크는 트리니티와 그
의 작품에 대해 많은 것을 알았다. 최근 뉴욕 현대 미술관MoMA과
뉴스쿨(뉴욕의 대학교―옮긴이)에 전시한 특정 설치물을 언급하며
로버트 라우션버그의 후기 작품 일부와 비교했는데, 시종일관 지
적이면서도 꾸밈없는 태도를 유지했다. 당연히 매기의 모든 작품
에 대해서도 인상적이리만치 해박했다. 하지만 모든 질문에 만족

스럽게 대답했음에도 불구하고 매기는 여전히 살짝 불안했다. 그가 진지하게 갤러리에서 일하고 싶어 하는 것인지, 아니면 그녀의 비극을 가까이서 목격하고 싶어 하는 또 하나의 구경꾼인지 파악하기 힘들었다.

만남이 끝나갈 무렵 매기는 마크에게 지금은 면접 기간이 아니라고 말했다. 시간 문제이긴 했지만 엄밀히 말해 사실이었다. 그런데도 마크는 자신의 이력서를 받아줄 수 있는지 공손하게 물었다. 매기의 마음을 사로잡은 건 마크의 그런 공손한 태도였다고, 그녀는 이후 회상했다. **"그럼에도 제 이력서를 받아주시겠어요?"** 촌스러우리만치 공손한 그 모습에 매기는 이력서로 손을 뻗으며 미소 짓지 않을 수 없었다.

그 주 후반에 매기는 예술 관련 업계 사이트에 구인 공고를 올리고 다른 갤러리 몇 군데에 전화해 사람을 구한다고 알렸다. 메일함에 이력서와 지원서가 쏟아졌고, 매기가 첫 항암 주사로 인한 메스꺼움과 구토를 견디며 집에서 기운을 되찾는 동안 루앤이 여섯 명의 지원자와 면접을 진행했다. 오직 한 명의 지원자가 첫 번째 면접을 통과했으나 두 번째 면접에 나타나지 않아 탈락했다. 루앤은 다급한 마음에 진행 상황을 보고하려고 매기의 집을 찾았다. 매기는 며칠 동안 그녀의 아파트에 처박혀 소파에 누운 채 루앤이 갖다준 과일 아이스크림 스무디를 홀짝이고 있던 터였다. 그것이 매기가 그나마 억지로라도 삼킬 수 있는 몇 안 되는 음식 중 하나였다.

"갤러리에서 일할 자격을 갖춘 사람이 하나도 없다는 게 믿기지 않네요." 매기가 고개를 흔들었다.

"다들 경험도 없고 예술에 대해 아는 것도 쥐뿔 없어요." 루앤이 씩씩거렸다.

당신도 별반 다르지 않았죠. 이렇게 지적할 수도 있었지만 매기는 말을 아꼈다. 루앤이 친구이자 직원으로서 최고의 행운이자 보물과도 같다는 것을 충분히 알고 있었다. 마음이 따뜻하고 어떤 곤경에도 침착한 루앤은 오래전부터 단순한 직원 그 이상이었다.

"당신의 판단력을 믿어요, 루앤. 그냥 처음부터 다시 시작해요."

"만나볼 만한 지원자가 정말 이것밖에 없어요?" 루앤의 목소리 톤이 애처로웠다.

어떤 이유에선지 매기의 머릿속에 불현듯 자신의 이력서를 받아주겠냐고 너무나 공손하게 묻던 마크 프라이스가 떠올랐다.

"그 미소는 뭐죠?" 루앤이 말했다.

"아니, 아니에요."

"딱 보면 알아요. 무슨 생각을 한 거예요?"

매기는 스무디를 한 모금 더 홀짝이며 시간을 벌다가 마침내 털어놓기로 결심했다. "젊은 남자애 하나가 구인 공고를 내기도 전에 찾아왔어요." 매기는 마크와의 만남을 설명하기에 앞서 시인했다. "아직 확신이 안 들어요." 그러면서 이렇게 결론 내렸다. "그렇지만 제 사무실 책상 어딘가에 그 애의 이력서가 있을 거예요." 매기가 어깨를 으쓱했다. "벌써 일자리를 구했을지도 모르지만요."

루앤은 마크가 일자리에 관심을 가지게 된 동기를 캐물은 뒤 얼굴을 찌푸렸다. 그녀는 관람객 무리의 거짓말을 그 누구보다 잘 간파했으며, 매기의 영상을 본 사람들이 종종 매기를 위안처이자 감정을 이입하고 측은히 여겨야 할 대상으로 바라본다는 것도 알았다. 그들은 보통 자신의 이야기, 자신이 견뎌온 고통과 상실을 매기와 공유하고 싶어 했다. 하지만 매기가 아무리 그들을 위로해주고 싶어도 정신 줄을 붙잡는 것조차 힘에 부쳐 응원해주기 힘들 때가 많았다. 루앤은 과도하게 적극적인 팬들에게서 매기를 보호하기 위해 최선을 다했다.

"내가 이력서를 살펴보고 얘기해볼게요." 루앤이 말했다. "그런 다음에 한 번에 하나씩 해나가요."

루앤은 그다음 주에 마크에게 연락을 취했다. 그들의 첫 대화는 두 번의 공식 면접으로 이어졌고 그중 하나는 트리니티가 진행했다. 이후 루앤이 매기와 대화를 나누며 마크에 대해 입이 닳도록 칭찬했지만, 매기는 확실히 하기 위해 한 번 더 만나보겠다고 고집을 피웠다. 매기가 갤러리로 걸음 할 에너지를 찾기까지는 4일이 더 걸렸다. 마크 프라이스는 정장 차림에 얇은 책자를 들고 시간 맞춰 사무실을 찾았다. 매기는 최악의 컨디션을 견디며 이력서를 꼼꼼히 살펴보다가 마크가 인디애나주 엘크하트 출신이라는 데 주목했다. 그가 노스웨스턴 대학을 졸업한 날짜를 확인한 뒤 재빨리 암산했다.

"스물두 살이에요?"

"네."

단정한 가르마, 푸른 눈동자, 앳된 얼굴을 보니 마치 졸업 파티에 가려고 말쑥하게 차려입은 10대 소년 같았다. "신학 전공이에요?"

"네." 마크가 답했다.

"왜 신학이죠?"

"아버지가 목사님이세요." 그가 말했다. "저도 나중에 신학 박사 학위를 받고 싶어요. 아버지의 뒤를 이어서요."

그 말을 듣자마자 매기는 자신이 조금도 놀라지 않은 걸 알아차렸다. "성직자가 되고 싶다면서 왜 예술에 관심을 보이는 거죠?"

마크는 단어를 신중히 고르려는 것처럼 손끝을 한 데 모았다. "예술과 믿음은 공통점이 많다고 늘 생각했어요. 둘 다 자신의 감정을 아주 세심하게 들여다보고 그만의 방식으로 예술의 의미를 해석하게 만들거든요. 작가님과 트리니티 작가님의 작품은 늘 **생각하게** 만들어요. 무엇보다 **마음에 울림을 줘서** 경이로움을 선사할 때가 많아요. 믿음처럼 말이죠."

훌륭한 답변이었지만 그럼에도 매기는 마크가 무언가를 빼먹었다는 의심이 들었다. 매기는 그런 생각을 제쳐두고 업무 경력과 사진 및 현대 조각 관련 지식을 묻는 기본적인 질문을 좀 더 던지며 면접을 이어나갔다. 그리고 마침내 의자 뒤로 몸을 기댔다.

"왜 본인이 갤러리에 딱 맞는 인재라고 생각하나요?"

마크는 매기의 질문 공세에 당황하지 않았다. "먼저 소머스 씨를 뵙고 나서 함께 일하면 잘 맞을 것 같다고 느꼈어요. 그분의 허락을 맡고 면접이 끝난 뒤에 갤러리에서 시간을 좀 보냈는데 거기에 추가 조사를 살짝 곁들여 현재 전시되고 있는 작품들에 대한 제 생각을 정리해보았습니다." 마크가 몸을 앞으로 기울여 책자를 건넸다. "소머스 씨에게도 한 부 드렸어요."

매기는 책자를 대강 훑어보았다. 아무 페이지에 멈춰서 그녀가 2011년 지부티에서 찍은 사진에 관한 문단 두어 개를 속독했다. 당시 지부티는 수십 년 만에 찾아온 최악의 가뭄으로 처참한 상황이었다. 사진 전경에는 낙타의 해골 잔해가, 배경에는 눈부시도록 다채로운 색의 의복을 걸친 세 가족이 있었다. 그들 모두 말라버린 강바닥을 따라 걸으며 미소를 머금은 채 웃고 있었다. 붉은 주황빛 노을이 지는 하늘에 몰려 있는 먹구름은 해골의 빛바랜 뼛조각은 물론이고 최근 비가 한 방울도 내리지 않았음을 보여주는 쩍쩍 갈라진 깊은 균열과 생생한 대조를 이루었다.

마크의 논평에는 뛰어난 전문적 소양과 매기의 예술적 의도에 대한 성숙한 이해가 담겨 있었다. 매기는 절망의 한가운데서 불가능할 것 같은 기쁨을 보여주기 위해, 자연의 변덕스러운 힘 앞에 인간이 얼마나 하찮은지를 설명하기 위해 노력했고, 마크는 그런 의도를 잘 짚어냈다.

나머지는 볼 필요가 없음을 알고 매기는 책자를 덮었다.

"준비가 잘 된 건 확실하네요. 나이를 생각하면 놀라울 정도로 자격이 차고 넘쳐요. 하지만 내 진짜 걱정은 그게 아니에요. 난 여전히 당신이 여기서 일하고 싶어 하는 진짜 이유를 알고 싶어요."

마크가 미간을 찡그렸다. "전 도스 씨의 사진이 대단하다고 생각해요. 트리니티 작가님의 조각도 마찬가지고요."

"그게 다예요?"

"무슨 뜻인지 모르겠습니다."

"솔직히 말할게요." 매기가 한숨을 쉬며 말했다. 너무 피곤하고 속이 메스껍고 시간도 부족해서 솔직해지는 것 말고는 달리 방법이 없었다. "당신은 우리가 구인 공고를 내기도 전에 이력서를 들고 찾아왔고 내 영상의 팬이라고 시인했어요. 그 부분이 걸려요. 내 병에 대한 영상을 본 사람들이 나와 거짓 친밀감을 느낄 때가 있거든요." 매기가 눈썹을 치켜올렸다. "혹시 우리가 친구가 돼서 깊고 의미 있는 대화를 나눌 거라고 상상하는 건 아니죠? 왜냐면 그런 일은 없을 거거든요. 난 아마 갤러리를 자주 비우게 될 거예요."

"이해합니다." 마크가 상냥하고 차분하게 말했다. "저라도 그렇게 느낄 거예요. 제 목적이 훌륭한 직원이 되는 거라고 호언장담하는 것 외에 달리 할 수 있는 게 없군요."

매기는 그 자리에서 결정하는 대신 하룻밤을 자고 난 다음 날 루앤 그리고 트리니티와 상의했다. 매기가 계속 확신하지 못했음에도 그들은 마크를 놓고 도박을 하고 싶어 했고 마크는 5월 초부터 일을 시작했다.

다행히 그 후로 마크는 매기에게 뒤늦게 후회할 거리를 제공하지 않았다. 계속된 항암 치료로 여름 내내 녹초였던 탓에 일주일에 몇 시간 정도만 갤러리에 나갔지만, 매기가 그곳에 있는 짧은 순간마다 마크는 매우 전문가다웠다. 유쾌하게 인사를 건넸고 잘 웃었으며 언제나 매기를 도스 씨라고 불렀다. 지각을 하거나 병가를 낸 적도 없었다. 매기를 좀처럼 귀찮게 하지도 않았는데, 진짜 구매자나 수집가가 딱 집어 그녀를 필요로 하거나 그 정도로 중요해 보이는 일이 생겼을 때만 그녀의 사무실 문을 점잖게 두드렸다. 그때 그 면접이 마음에 걸려서인지 최근에 게시한 영상에 대해 묻거나 사적인 질문을 하지도 않았다. 가끔 매기의 몸이 나아지면 좋겠다는 바람을 드러내긴 했지만, 그것에 관해 별로 묻지도 않고 그녀가 내킬 때만 더 말하도록 내버려뒀기 때문에 괜찮았다.

게다가 무엇보다도 마크는 뛰어난 직원이었다. 공손하고 호감 어린 태도로 고객들을 대했고, 암 동영상 추종자들을 정중하게 출구로 이동시켰으며, 강요하지 않아서인지 판매 실적도 좋았다. 전화는 보통 벨이 두세 번 울리고 받았으며, 메일로 주문받은 물건을 배송할 때는 포장에 신중을 기했다. 평소에는 맡은 업무를 전부 끝내기 위해 문을 닫은 뒤 한 시간도 더 넘게 갤러리에 머물렀다. 마크에게 매우 감동한 루앤은 갤러리 일을 시작한 후로 매년 그랬듯 모든 걱정을 내려놓고 딸과 손녀와 함께 12월 한 달 동안 마우이섬에서 휴가를 보내기로 결정했다.

매기에겐 그 어떤 것도 크게 놀랍지 않았다. 오히려 그녀를 놀라게 한 건 지난 몇 달 동안 들었던 마크에 대한 의구심이 서서히 강한 신뢰로 변하고 있다는 사실이었다.

※

매기도 정확히 언제부터인지 알 수 없었다. 주기적으로 엘리베이터를 같이 타는 아파트 이웃처럼 그들의 다정한 관계는 편안한 친숙함으로 자리 잡았다. 9월에 마지막 항암제를 맞고 차츰 기운을 차리던 매기는 갤러리에서 더 많은 시간을 보내기 시작했다. 마크와 간단히 인사를 나누다 보면 어느새 잡담으로 발전했고 이후에는 더 사적인 주제로 넘어갔다. 그런 대화는 때로는 사무실 복도 아래쪽 작은 휴게실에서, 방문객이 뜸할 땐 갤러리에서 이루어졌다. 대개 세 사람이 갤러리 영업을 끝내고 전화나 온라인으로 주문받은 사진을 처리하고 포장하는 시간에 많은 대화가 오갔다. 보통은 루앤이 전남편의 형편없던 데이트 코스나 자식과 손주들에 대한 이야기를 늘어놓으며 대화를 주도했다. 루앤이 **워낙** 입담이 좋아서 매기와 마크는 듣는 데 만족했다. 이따금 루앤이 한 말에 한 명이 눈짓을 하면(**"분명 내 전남편이 그 싸구려 꽃뱀의 성형 비용을 전부 대주고 있을 거예요"**) 다른 한 명이 살짝 미소를 지어 보였는데, 두 사람만의 내밀한 소통 방식이었다.

하지만 영업이 끝난 뒤 루앤이 곧장 자리를 떠야 하는 경우도 있었다. 그런 날에는 마크와 매기 둘이서 일했는데 마크는 되도록 매기에게 사적인 질문을 삼갔지만 매기는 점차 마크에 대해 많은 것을 알게 되었다. 부모님이 자기 전에 동화책을 읽어준 것부터 하키와 야구 경기, 학교행사가 있을 때마다 부모님이 참석한 일까지 마크의 부모님과 유년 시절 이야기를 들으면서 매기는 노먼 록웰(중산층의 일상을 친근하게 그려낸 미국의 20세기 화가—옮긴이)이 그린 가족의 모습을 떠올렸다. 또 마크는 이제 막 시카고 대학에서 경제학 석사과정을 시작한 여자 친구 애비게일에 대해서도 자주 이야기했다. 마크처럼 애비게일도 아이오와주 워털루의 작은 마을에서 자랐는데, 그의 아이폰에는 두 사람의 사진이 수없이 저장돼 있었다. 사진 속 애비게일은 중서부 느낌이 나는 붉은 머리의 젊고 명랑한 여자애였다. 마크는 애비게일이 학위를 받으면 청혼할 계획이라고 말했다. 매기는 그 말에 자신이 웃었던 것을 기억했다. "아직 그렇게 어린데 왜 결혼을 하려는 거야?" 그녀가 물었다. "몇 년 더 기다리지 않고?"

"왜냐면요⋯." 마크가 대답했다. "여생을 함께 보내고 싶은 사람이니까요."

"그걸 어떻게 알아?"

"때로는 그냥 알 수 있어요."

매기는 마크에 대해 더 많이 알게 될수록 그런 부모님이 계신 것만큼이나 그런 아들을 둔 게 행운이라는 생각이 들었다. 마크는 책임감이 강하고 다정한 모범 청년이었다. 밀레니얼 세대는 게으르고 특권 의식에 사로잡혀 있다는 고정관념이 틀렸음을 입증하

는 사례였다. 매기는 마크와 공통점이 그토록 적은데도 불구하고
그에 대한 자신의 호감이 커지는 게 놀라웠다. 매기의 어린 시절
은… **남달랐다**. 적어도 한동안은. 부모님과의 관계도 대체로 껄끄
러웠다. 마크와 비슷한 구석이 하나도 없었다. 마크는 학구적이었
고 최고의 대학을 최고의 성적으로 졸업했지만, 매기는 고등학생
시절 성적과 사투를 벌였고 커뮤니티 칼리지를 세 학기도 다니지
못했다. 매기는 마크의 나이일 때 순간을 사는 데 만족하고 때마
다 상황에 맞춰 대충 판단했지만, 마크는 모든 일에 계획이 있는
듯 보였다. 매기가 좀 더 어렸을 때 마크를 만났더라면 그와는 말
도 섞지 않았을 것이다. 20대의 매기는 정말 남자 보는 눈이 형편
없었다.

그럼에도 마크는 때때로 매기가 오래전에 알던 누군가를, 한때
그녀의 전부였던 그 누군가를 떠올리게 했다.

🌲

추수감사절이 찾아올 무렵 매기는 마크를 갤러리의 확실한 가
족으로 여겼다. 그는 수년을 함께 지낸 루앤이나 트리니티만큼 친
하지는 않았지만 친구 비슷한 존재가 되었다. 휴가가 시작되고 이
틀 뒤 네 사람은 갤러리 영업을 끝내고 늦게까지 남았다. 토요일
밤이었고 다음 날 아침 루앤은 마우이섬으로, 트리니티는 카리브
해로 떠날 계획이었기 때문에 그들은 루앤이 주문한 치즈, 과일

안주와 어울릴 만한 와인을 한 병 땄다. 매기는 무언가를 먹고 마시는 걸 상상도 할 수 없었지만 잔을 받아 들었다.

단연코 그 어느 때보다 성공적인 한 해였으므로 그들은 갤러리를 위해 건배했다. 그러고는 또다시 한 시간 동안 편히 대화를 나눴다. 파장 무렵 루앤이 매기에게 카드를 주었다.

"안에 선물이 있어요." 루앤이 말했다. "내가 떠나고 열어봐요."

"전 아무것도 준비 못 했는데."

"괜찮아요." 루앤이 답했다. "지난 몇 달 동안 다시 전 같은 모습을 보여준 게 선물보다 값져요. 그래도 크리스마스 전에는 꼭 열어봐야 해요."

매기가 그러겠다고 약속하자 루앤은 플래터 쪽으로 걸어가 딸기 몇 개를 집었다. 몇 걸음 떨어진 곳에서 트리니티가 마크와 대화를 나누고 있었다. 매기보다 훨씬 뜸하게 갤러리를 찾는 트리니티가 마크에게 몇 달 전 그녀가 물은 것과 똑같은 사적인 질문을 던지는 소리가 들렸다.

"자네가 하키를 하는지 몰랐네." 트리니티가 말을 건넸다. "난 아일런더스의 광팬이야. 스탠리 컵에서 우승을 못한 지 100만 년도 더 된 것 같지만 말이야."

"대단한 스포츠죠. 저도 노스웨스턴 대학에 입학하기 전까지 매년 경기를 뛰었어요."

"거기도 하키 팀이 있지 않나?"

"대학 팀에서 뛸 정도로 잘하진 못했어요." 마크가 인정했다.

"부모님도 그다지 개의치 않으셨고요. 두 분 모두 제 경기를 한 번도 빼놓지 않고 전부 보셨어요."

"크리스마스에 자넬 보러 오시나?"

"아니요." 마크가 대답했다. "아빠가 휴가를 맞아 교회 사람 수십 명과 성지순례를 가세요. 나사렛, 베들레헴 전부 들르세요."

"그런데 자네는 안 가고?"

"두 분의 꿈이지 제 꿈은 아니거든요. 게다가 전 여기 있어야해요."

매기는 트리니티가 그녀 쪽을 흘깃 바라본 뒤 다시 마크에게로 주의를 돌리는 것을 보았다. 그가 몸을 기울이며 마크에게 뭐라고 속삭였다. 말소리가 들리진 않았지만 몇 분 전 그가 매기를 향한 염려를 드러낸 덕분에 그녀는 트리니티가 무슨 말을 하는지 정확히 알았다.

"루앤과 내가 자리를 비운 동안 매기를 예의 주시해주게. 우리 둘다 매기가 좀 걱정돼."

마크가 대답 대신 고개를 끄덕였다.

♣

트리니티는 자신이 생각하는 것보다 예지력이 좋았다. 다시 말하지만 트리니티와 루앤 둘 다 매기가 12월 10일에 브로디건 박사와 약속이 잡혀 있다는 사실을 알았다. 그리고 아니나 다를까 그날 브로디건 박사가 매기에게 남은 삶의 질에 집중할 것을 권했다.

어느새 12월 18일이었다. 끔찍했던 그날 이후 일주일이 지났지만 매기는 여전히 정신이 멍했다. 자신의 예후에 대해선 어느 누구에게도 말하지 않았다. 매기의 부모님은 언제나 간절히 기도하면 신이 어떻게든 낫게 해준다고 믿었고, 진리를 얻기 위해선 매기가 지금보다 더 많은 에너지를 내야 한다고 말했다. 그녀의 언니도 말하는 방식만 달랐지 내용은 똑같았다. 간단히 설명하자면 매기에겐 그런 에너지가 없었다. 마크가 몇 차례 확인 문자를 보내왔지만 자신의 상태를 문자로 말하는 건 얼토당토않아 보이는 데다 아직 그 누구와도 대면할 준비가 되어 있지 않았다. 루앤이나 트리니티라면 전화로 말할 수도 있겠지만 그런다고 뭐가 달라지겠는가? 루앤은 매기에 대한 걱정을 내려놓고 가족과 즐거운 시간을 보내야 마땅했고, 트리니티에게도 그만의 삶이 있었다. 게다가 그 누구도 정말로 할 수 있는 게 없었다.

대신에 매기는 새로운 현실의 충격에서 벗어나지 못한 채 지난 여드레의 대부분을 집에 머물거나 잠깐씩 나가 근방을 천천히 걸어 다니며 보냈다. 어떨 때는 늘 차고 다니는 목걸이의 작은 펜던트를 무심코 어루만지며 그저 창밖을 가만히 쳐다보았고, 또 어떨 때는 사람들을 관찰했다. 뉴욕에 처음 이사 왔을 때 매기는 사람들이 지하철로 서둘러 내려가는 모습을 바라보거나 한밤중에도 직원들이 책상을 지키고 있는 사무실 건물을 유심히 쳐다보며 그녀 주변의 끊임없는 활동에 매료되었다. 창문 아래로 보이는 행인들의 정신없이 바쁜 움직임을 따라가다 보니 뉴욕에서 보낸 20대 초반의 기억과 더 젊고 건강했던 자신의 과거 모습이 떠올랐다. 그 후로 오랜 세월이 지나간 것 같으면서도 동시에 그 시간이 눈 깜짝할 사이에 흘러간 것만 같았다. 그러한 모순을 이해할 수 없다는 사실이 매기를 평소보다 더욱 자기 성찰적으로 만들었다. 매기는 시간이란 언제나 규정하기 힘든 것이라고 생각했다.

기적을 기대한 건 아니었다. 속으로는 늘 치료가 불가능하다는 사실을 알고 있었다. 그래도 항암 치료 덕분에 암의 진행 속도가 살짝 줄어서 한두 해를 더 벌었다는 소식을 들었다면 좋지 않았을까? 아니면 어떤 실험적인 치료법을 시도해볼 수 있게 되었다든가? 너무 과한 바람이었을까? 삶의 마지막 장이 시작되기 전 최후의 휴식 시간을 선물받는 게?

그것이 암 투병의 힘든 점이었다. **기다림** 말이다. 지난 몇 년은 대부분이 **기다림**의 시간이었다. 의사와의 약속을 기다리고, 치료를 위해 기다리고, 치료 후 몸 상태가 좋아지기를 기다리고, 치료 효과가 나타나기를 기다리고, 새로운 무언가를 시도할 만큼 몸이 괜찮아지기를 기다리고. 암 진단을 받기 전까지는 짜증 나는 일이었으나 기다림은 느리지만 확실하게 매기의 삶의 현실이 되어갔다.

심지어 지금도 불현듯 그런 생각이 들었다. 나는 여기서 죽기를 **기다리고** 있구나.

유리창 너머로 방한 용품을 둘러싼 인도 위 사람들이 입김을 뿜으며 미지의 목적지를 향해 바삐 걸음을 옮기는 모습이 보였다. 거리에는 미등을 밝힌 긴 차량 행렬이 벽돌로 된 예쁜 주택가와 맞닿은 좁은 도로를 따라 기어가고 있었다. 마치 인생이 온통 평범한 일뿐이라는 듯 바쁜 일상을 사는 사람들이었다. 하지만 이제 매기는 어떤 것도 평범하게 느껴지지 않았다. 매기는 자신이 또다시 평범한 기분을 느낄 날이 올까 의문스러웠다.

매기는 그들이, 한 번도 만난 적 없는 낯선 이들이 부러웠다. 그들은 남은 날을 세지 않은 채 살아갔고 매기는 두 번 다시 그렇게 살지 못할 터였다. 그리고 언제나 그랬듯 거리는 너무 많은 사람들로 넘쳐났다. 매기는 뉴욕의 모든 곳이 시간과 계절에 상관없이 늘 붐비고 그래서 아주 단순한 일조차 불편함이 가미된다는 사실에 갈수록 익숙해졌다. 드웨인 리드(미국의 대형 약국 체인―옮긴이)에서 이부프로펜(비스테로이드성 항염진통제―옮긴이)을 계산할 때도 줄을 서야 했다. 영화를 보러 가면 극장 앞에 줄이 있었다. 길을 건널 때면 도로변에서 밀치고 돌진하는 사람들에 꼼짝없이 둘러싸였다.

하지만 대체 왜 서두른단 말인가? 다른 수많은 것에 의문을 품었듯 매기는 그것이 궁금했다. 누구나 그렇듯 후회스러운 일은 많은데 남은 시간은 얼마 없다 보니 지나간 일들을 곱씹을 수밖에 없었다. 하지 말걸 후회되는 행동도, 다시는 오지 않을 기회를 놓친 일도 있었다. 매기는 한 동영상에서 후회되는 일들을 솔직히 털어놓으며 그것들과 화해하지 못한 기분이고 처음 암을 진단받

앉을 때보다 답에 가까워지지 못했다고 밝혔다.

매기는 브로디건 박사와 마지막으로 만난 후로 울지 않았다. 그 대신 창밖을 바라보거나 산책하지 않을 때는 일상에 집중했다. 매기는 하룻밤 평균 열네 시간씩 자고 또 잔 뒤 온라인으로 크리스마스 선물을 주문했다. 브로디건 박사와의 마지막 상담 내용을 담은 **암 동영상**은 찍었지만 아직 올리지 않았다. 매기는 스무디를 배달시켜 거실에 앉아 끝까지 마시려고 애썼다. 최근 유니언 스퀘어 카페에서 점심을 먹으려고 노력한 적도 있었다. 바에서 맛있는 식사를 즐길 수 있는, 매기가 가장 좋아하는 음식점 중 하나였지만, 혀에 닿는 모든 음식이 여전히 이상하게 느껴져 방문은 결국 허사가 되었다. 암은 매기의 인생에서 또 하나의 즐거움을 앗아갔다.

이제 크리스마스까지 일주일이 남았다. 저녁 해가 저물기 시작하자 매기는 아파트를 벗어나고 싶은 기분이 들었다. 잠시 정처 없이 거닐어야겠다는 생각으로 옷을 여러 겹 껴입었지만, 집 밖을 나서는 순간 그저 걷고 싶었던 기분은 처음 생겼을 때만큼 빠르게 사라졌다. 고민하던 매기는 갤러리로 향했다. 일을 많이 하지 않더라도 모든 게 제대로 돌아가고 있다는 것을 확인하면 안심이 될 것 같았다.

갤러리가 집에서 몇 블록 근처라 매기는 아는 사람과 마주치지 않도록 천천히 걸음을 옮겼다. 바람이 얼음장 같아서 영업 종료 30분 전 매기가 갤러리 문을 밀고 들어갈 때쯤엔 몸이 벌벌 떨렸다. 갤러리는 그날따라 유난히 붐볐다. 연휴라 관람객이 줄어들었겠거니 짐작했지만 예상은 보기 좋게 빗나갔다. 다행히 마크가 상황을 잘 통제하는 듯 보였다.

언제나 그렇듯 매기가 안으로 들어서자 고개들이 일제히 그녀 쪽으로 향하면서 몇몇 얼굴에 알아보는 기색이 나타났다. **죄송해요. 오늘은 안 돼요, 여러분.** 이런 생각이 불쑥 들어 매기는 재빨리 손을 흔들고 사무실로 서둘렀다. 그리고 들어가자마자 문을 닫았다. 사무실 안에는 책상과 사무용 의자가 있고, 한쪽 벽의 붙박이 책장에는 사진 서적과 장거리 여행에서 얻은 기념품들이 높이 쌓여 있었다. 책상 맞은편에는 자그마한 2인용 회색 안락의자가 있었는데, 눕고 싶을 때 몸을 웅크리고 쉬기에 안성맞춤인 크기였다. 구석에는 루앤이 별장에서 가져온 꽃무늬 쿠션이 놓인 화려한 장식의 흔들의자가 있어서 현대적인 사무실에 약간의 온기를 부여했다.

매기는 책상 위에 장갑, 모자, 재킷을 차례로 쌓은 뒤 스카프를 다시 매만지고서 사무실 의자에 털썩 앉았다. 컴퓨터를 켜고 무의식적으로 주간 판매 수치를 확인하다가 판매량이 치솟은 걸 알았지만 숫자를 자세히 파악할 기분이 아니었다. 대신 다른 폴더를 열어 좋아하는 사진들을 살펴보다 이윽고 지난 1월 몽골 울란바토르에서 찍은 사진들에서 멈췄다. 당시엔 그것이 마지막 해외여행이 될 거라고는 꿈에도 생각하지 못했다. 그곳에 있는 내내 영하의 날씨에 칼바람이 불어서 바깥에 맨살이 몇십 초만 노출돼도 얼어버릴 것 같았다. 그렇게 기온이 낮으면 부품에 잔고장이 생기기 때문에 카메라가 작동하도록 유지하는 것도 일이었다. 카메라를 체온으로 데우려 재킷 속에 반복해서 집어넣었던 일이 아직도 생각났다. 하지만 매기에겐 사진이 너무도 중요했기에 두 시간가량 그런 궂은 환경에 꿋꿋이 맞섰다.

매기는 공기 오염의 유독성과 그것이 주민들에게 미치는 가시적인 영향을 기록할 방법을 찾고 싶었다. 인구가 150만 명인 도시에서 거의 모든 가구와 회사가 겨울 내내 석탄을 때는 탓에 그곳은 가장 환한 대낮에도 하늘이 어두컴컴했다. 이는 환경뿐 아니라 건강에도 적신호였다. 매기는 자신의 사진이 사람들이 행동하게 만드는 자극제가 되길 원했다. 그래서 집 밖에 놀러 나왔다가 먼지를 뒤집어쓴 아이들의 사진을 수도 없이 찍었다. 그리고 활짝 열린 창문에 걸린 지저분한 커튼을 흑백의 이미지로 훌륭하게 포착해 그렇지 않았다면 건강했을 폐에 무슨 일이 일어나고 있는지를 극적으로 보여주었다. 또 적나라한 도시 전경을 찾으려 노력한 끝에 마침내 자신이 원하던 이미지를 건졌다. 신이 선을 곧게 그어 둘로 나누기라도 한 것처럼 눈부시게 푸른 하늘이 느닷없이 불쾌한 누런빛의 연기와 안개로 **곧장** 바뀌는 광경이었다. 특히 몇 시간에 걸친 세심한 후반 작업을 마치고 나니 느낌이 완전히 압도적이었다.

매기는 안락한 사무실에서 이미지를 바라보며 다신 그런 작업을 하지 못하리라는 것을 실감했다. 다신 업무차 여행을 갈 수 없을 터였다. 부모님의 설득에 굴복해 시애틀로 돌아가지 않는다면 맨해튼을 떠나지 못할 수도 있었다. 몽골은 아무것도 변하지 않았다. 매기가 〈뉴요커〉에 기고한 사진 에세이와 더불어 〈사이언티픽 아메리칸〉과 〈애틀랜틱〉을 비롯한 수많은 매체가 울란바토르의 심각한 오염 상태에 대한 인식을 고쳐시키려 애썼지만, 공기는 오히려 지난 11개월 동안 훨씬 나빠졌다. 매기는 그것이 암과의 전쟁과 마찬가지로 자기 인생의 또 다른 실패라고 느꼈다.

그런 생각들을 연결시켜선 안 됐지만 그 순간 모든 생각이 이어지며 갑자기 매기의 눈에 눈물이 고이기 시작했다. 그녀는 죽어가고 있었다. 진짜로 **죽어가고** 있었다. 그리고 문득 정말 마지막 크리스마스를 눈앞에 두고 있다는 것을 깨달았다.

이 소중한 마지막 몇 주 동안 무엇을 해야 할까? 실제적인 일상을 놓고 봤을 때 **질 높은 삶**이라는 건 대체 무엇을 의미할까? 이미 그 어느 때보다 잠을 많이 자고 있지만 컨디션을 높이려고 더 자는 것을 의미할까, 아니면 하루를 길게 쓰려고 잠을 줄이는 것을 의미할까? 그러면 평범한 일과는? 이를 닦으려고 굳이 약속을 잡아야 할까? 신용카드의 최소 대금을 갚아야 할까, 아니면 돈을 흥청망청 써야 할까? 그래야 한다면 무엇 때문에? 정말 중요한 게 있기는 할까?

매기의 머릿속에 100가지 생각과 질문이 마구잡이로 넘쳐났다. 그 모든 생각에 골몰히 잠겨 있던 매기는 질식할 것 같은 느낌이 들자 생각의 끈을 놓았다. 흥분 상태가 얼마나 오래 지속됐는지 그녀도 알지 못했다. 시간이 훌쩍 지나갔다. 결국 힘이 다 빠진 매기는 일어나 눈가를 닦았다. 책상 위쪽 일방향 창문으로 언뜻 보니 갤러리는 비고 정문은 잠겨 있었다. 불은 여전히 켜져 있었지만 이상하게 마크가 보이지 않았다. 그가 어디 있나 생각하는데 노크 소리가 들렸다. 그 소리마저 예의 발랐다.

격한 감정이 가라앉을 때까지 핑계를 댈까 생각했지만 굳이 왜 그런단 말인가? 외모에 신경을 안 쓴 지도 오래였다. 매기는 컨디션이 최상일 때조차 자신의 몰골이 끔찍하다는 것을 알았다.

"들어와." 매기가 말했다. 책상 위 상자에서 티슈를 뽑아 코를 푸는데 마크가 문을 열고 들어왔다.

"안녕하세요." 그의 목소리는 침착했다.

"안녕."

"다시 올까요?"

"괜찮아."

"좋아하실 것 같아서요." 마크가 테이크아웃 컵을 내밀며 말했다. "딸기 바나나 스무디에 바닐라 아이스크림을 곁들인 거예요. 도움이 될까 싶어서요." 컵에 그려진 상표가 눈에 익었다. 갤러리에서 두 집 건너에 있는 가게였다. 매기는 마크가 자신의 기분을 어떻게 알았는지 궁금했다. 어쩌면 그녀가 사무실로 곧장 향하는 것을 보고 직감적으로 눈치챘을 수도, 아니면 그냥 트리니티가 했던 말이 기억났을 수도 있었다.

"고마워." 매기가 컵을 받으며 말했다.

"괜찮으세요?"

"좀 나아졌어." 그녀가 말하며 한 모금을 들이켰다. 다행히도 그것은 매기의 고장 난 미각을 압도할 정도로 달콤했다. "오늘은 어땠어?"

"바빴지만 지난 금요일만큼은 아니었어요. 3번 작품 〈러시〉를 포함해 사진 여덟 점을 팔았어요."

매기의 사진은 각각 25번까지 번호가 붙여져 있는데 번호가 낮을수록 가격이 높았다. 마크가 언급한 작품은 도쿄에 있는 지하철역에서 찍은 것으로, 혼잡한 출퇴근 시간에 똑같은 검은 정장을 차려입은 수천 명의 사람들이 플랫폼을 가득 메운 사진이었다.

"트리니티 작품은?"

"오늘은 없어요. 하지만 조만간 팔릴 것 같아요. 며칠 전에 재키 번스타인이 그녀의 컨설턴트를 데리고 왔었어요."

매기가 고개를 끄덕였다. 재키는 과거에도 트리니티의 작품을 두 점 구매했다. 재키가 다른 작품에도 관심이 있다는 것을 알면 트리니티가 기뻐할 터였다.

"온라인이나 전화 주문은?"

"여섯 건은 확정이고 두 명은 정보가 더 필요하대요. 판매된 작품은 배송 준비까지 오래 걸리지 않을 거예요. 집에 가고 싶으시면 제가 처리할게요."

마크가 그렇게 말하자마자 매기의 머릿속에 새로운 질문들이 둥둥 떠다녔다. **내가 정말 집에 가고 싶을까? 텅 빈 아파트로? 고독 속에 홀로 뒹굴 텐데도?**

"아니, 있을 거야." 매기가 고개를 흔들며 말했다. "어쨌거나 잠시 동안은."

마크의 호기심을 감지했지만 매기는 그가 더 이상 묻지 않을 것임을 알았다. 매기는 면접의 영향이 아직 가시지 않았음을 다시 한번 깨달았다.

"내 게시물과 영상을 구독하고 있으니 아마 내 병에 대해 전반적으로 알고 있을 거야." 그녀가 말을 시작했다.

"사실 그렇지 않아요. 이곳에서 일한 후로는 한 편도 본 적 없어요."

예상치 못한 답변이었다. 심지어 루앤도 매기의 영상을 보았다. "왜?"

"안 봤으면 하실 것 같아서요. 처음에 제가 여기서 일하는 것에 대해 염려하신 부분을 생각하면 그게 옳은 일 같았어요."

"그래도 내가 항암 치료를 받은 건 알고 있었지?"

"루앤이 말해줬어요. 하지만 자세히는 몰라요. 물론 가끔 갤러리에 들르실 때 안색이…."

마크가 말끝을 흐리자 매기가 대신 끝맺었다. "곧 죽을 사람 같았어?"

"조금 피곤해 보였다고 말하려 했어요."

물론 그랬겠지. 갈수록 핼쑥하니 여위고 왜소해지고 머리칼이 빠

지는 게 너무 일찍 일어난 탓이라고 할 수 있으면 말이야. 그러나 매기는 마크가 배려하려고 노력 중임을 알았다. "시간 좀 있니? 배송 준비 시작하기 전에?"

"물론이죠. 오늘 밤에는 아무 계획 없어요."

매기는 충동적으로 안락의자로 자리를 옮기며 마크에게 2인용 의자에 편히 앉으라고 손짓했다. "친구들이랑 놀러는 안 가?"

"비용이 좀 부담돼서요." 마크가 말했다. "그리고 놀러 가면 보통 술을 마시는데, 전 술을 안 마시거든요."

"한 번도 안 마셔봤어?"

"네."

"와우." 매기가 감탄했다. "술을 입에도 안 댄 스물두 살은 난생 처음 보는걸."

"실은 이제 스물셋이에요."

"얼마 전에 생일이었어?"

"별거 아니에요."

아닐 수도 있지. 매기는 생각했다. "루앤도 알아? 나한테 아무 언질도 안 하던데?"

"말 안 했어요."

매기가 몸을 앞으로 기울이며 컵을 들어 올렸다. "늦었지만 생일 축하해."

"고맙습니다."

"재밌게 보냈어? 생일날 말이야."

"주말에 애비게일이 와서 뮤지컬 〈해밀턴〉을 봤어요. 보셨어요?"

"오래전에. **이제 다시는 못 보겠지.** 굳이 이렇게 덧붙이지는 않았다. 매기가 혼자 있지 않으려는 또 다른 이유였다. 그런 생각들로 다시 감정을 무너뜨리고 싶지 않았다. 웬일인지 마크가 곁에 있으니 감정을 붙들기가 쉬웠다.

"브로드웨이 공연은 처음 봤어요." 마크가 말을 이었다. "음악도 훌륭하고 역사적 요소와 춤까지… 전부 좋았어요. 애비게일이 흥분해서 이런 경험은 두 번 다시 못 할 거라고 맹세하던데요."

"애비게일은 어때?"

"잘 지내요. 방학이 막 시작돼서 지금쯤 가족을 보러 워털루로 가고 있을 거예요."

"널 보러 이리로 오지 않고?"

"소규모 가족 모임 같은 거예요. 애비게일은 저와는 달리 대가족이에요. 오빠와 언니 다섯이 전부 미국 전역에 흩어져 살거든요. 온 식구가 모일 수 있는 유일한 날이 크리스마스예요."

"그런데 넌 안 가고 싶었어?"

"전 일하잖아요. 애비게일도 이해해줘요. 또 28일에는 뉴욕에 올 거예요. 함께 시간도 보내고 새해 전야에 볼 드롭(뉴욕 타임스스퀘어의 새해맞이 행사—옮긴이)도 보고 그러려고요."

"나도 만나볼 수 있을까?"

"원하시면요."

"연차가 필요하면 말해. 며칠은 나 혼자서 할 수 있을 거야."

매기는 혼자서 가능할지 자신이 없었지만 그렇게 말해야 할 것 같았다.

"그럴게요."

매기는 스무디를 한 모금 더 마셨다. "최근에 말한 적 있는지 모르겠는데, 너 정말 잘하고 있어."

"일이 재밌어요." 마크는 이렇게 말하고 기다렸다. 매기는 그가 사적인 질문을 하지 않을 작정임을 다시 한번 깨달았다. 그 말은 곧 매기가 자신의 병세에 대해 자발적으로 털어놓을지 아니면 혼자 간직할지 선택해야 한다는 의미였다.

"지난주에 종양 전문의를 만났어." 목소리를 최대한 차분하게 가라앉히며 매기가 말했다. "항암 치료를 한 번 더 하면 득보다는 실이 많을 거래."

마크의 표정이 누그러졌다. "그게 무슨 뜻이에요?"

"더 이상 치료는 없다. 그리고 시간이 얼마 남지 않았다."

매기가 하지 않은 말의 의미를 알아차린 마크의 얼굴이 창백해졌다. "아… 도스 씨. 그런 안타까운 일이. 너무 마음이 아프네요. 뭐라고 해야 할지 모르겠어요. 제가 할 수 있는 일이 있을까요?"

"누구도 할 수 있는 게 없어. 그리고 제발 매기라고 불러. 그만큼 오래 일했으면 서로 이름을 불러도 돼."

"의사 말이 틀릴 가능성은 없어요?"

"검사 결과가 좋지 않아." 매기가 말했다. "모든 부위에 전이됐어. 위. 췌장. 신장. 폐. 넌 묻지 않겠지만 여섯 달도 안 남았어. 아마 서너 달 정도일 거야. 어쩌면 더 짧을 수도 있고."

놀랍게도 마크의 눈에 눈물이 차오르기 시작했다. "아… 주여…." 마크의 표정이 갑자기 온화해졌다. "도스 씨를 위해 기도해도 될까요? 지금 말고, 집에 가서요."

매기의 얼굴에 미소가 절로 번졌다. 미래의 목사님이니 그라면 당연히 매기를 위해 기도하고 싶을 터였다. 매기는 마크가 살면서 단 한 번도 욕을 해본 적이 없을 거라 짐작했다. 참으로 맑은 아이였다. 뭐, 엄밀히 따지면 청년이지만….

"그래주면 좋지."

잠시 둘 다 말이 없었다. 그때 마크가 점잖게 머리를 흔들더니 입술을 꽉 깨물었다. "불공평해요." 그가 말했다.

"언제는 인생이 공평했어?"

"몸은 좀 어떠세요? 혹시 제가 선을 넘는 거라면 죄송합니다…."

"괜찮아." 매기가 말했다. "가망이 없다는 얘기를 들은 뒤로는 좀 멍했어."

"견디기 힘들 거예요."

"어떨 땐 힘들어. 하지만 또 어떨 땐 괜찮아. 이상한 게 올 초에 항암 치료를 할 때보다 몸이 한결 나아진 기분이야. 그때는 죽는 게 더 쉽겠다고 확신한 적도 있었는데 지금은…."

매기는 선반 위를 가만히 바라보며 자신이 수집한 자질구레한 물건들을 눈에 담았다. 하나하나 여행의 추억이 깃들어 있었다. 그리스와 이집트, 르완다와 노바스코샤, 파타고니아와 이스터섬, 베트남과 코트디부아르. 참 많은 장소로 참 많은 모험을 떠났었다.

"마지막이 바로 코앞이라는 걸 아니까 이상해." 매기가 자신의 감정을 털어놓았다. "수많은 질문이 떠올라. 어쩌다 이렇게 됐는지 자문하게 돼. 때로는 아주 괜찮은 인생이었다 싶다가도 돌아서면 내가 놓친 것들에 집착한다니까."

"이를테면요?"

"우선 결혼이 있지." 매기가 말했다. "내가 미혼인 건 알지?" 마크가 고개를 끄덕이자 매기가 말을 이었다. "어릴 적엔 이 나이가 되도록 여전히 미혼일 거라고는 상상도 못 했어. 내가 자란 환경이 그렇지 않았거든. 부모님은 전통을 중시하는 분들이셨고 나도 그분들처럼 될 거라 여겼어." 매기의 생각이 과거로 흘러가며 기억이 의식의 표면으로 솟아올랐다. "물론 내가 수월한 아이는 아니었지. 어쨌든 너와는 달랐어."

"저도 항상 완벽한 아이는 아니었어요." 마크가 반박했다. "저도 골치를 썩였어요."

"뭣 때문에? 심각한 일이었어? 방 청소를 안 했거나 통금 시간에 1분 늦었던 거 아냐? 아, 잠깐만. 통금 시간 어긴 적 한 번도 없지?"

마크가 입을 열고도 말을 하지 않자 매기는 자신이 맞았다는 것을 알았다. 마크는 순전히 **수월한** 천성을 타고난 탓에 또래 아이들을 힘들게 만드는 완벽한 아들이었던 게 틀림없었다.

"요점은, 만약 다른 길을 선택했다면 인생이 어떻게 달라졌을지 궁금하다는 거야. 결혼만이 아니야. 학창 시절에 공부를 더 열심히 했더라면, 대학을 졸업했더라면, 사무직을 얻었더라면, 뉴욕이 아니라 마이애미나 로스앤젤레스로 이사를 갔더라면 어떻게 됐을까? 뭐 그런 것들이지."

"대학 졸업장은 필요 없었잖아요. 작가님은 사진작가로서 훌륭한 길을 걸었고 암에 대한 영상과 글로도 많은 사람에게 영감을 줬어요."

"그렇게 말해주니 고맙지만 그 사람들은 사실 나를 몰라. 결국 삶에서 가장 중요한 건 그거 아닐까? 내가 선택한 사람이 진정으로 나를 알고 사랑하는 거?"

"그럴지도요." 마크가 인정했다. "하지만 그렇다고 작가님이 자신의 경험을 통해 사람들에게 끼친 영향이 무효가 되진 않아요. 그건 강력한 행위예요. 누군가의 인생을 바꿀 수도 있는 일이라고요."

진심일 수도, 아니면 촌스러운 말버릇일 수도 있었겠지만 매기의 머릿속에 문득 그가 자신이 오래전 알던 누군가와 너무도 닮았다는 생각이 또 한 번 스쳐 지나갔다. 어쨌거나 수년 동안 브라이스에 대해 의식적으로 생각하지 않은 터였다. 성인이 된 후로 그에 관한 기억을 저 멀리 안전한 곳에 묻어두려고 애써왔다.

그러나 더 이상 그럴 이유가 없었다.

"개인적인 질문 하나 해도 괜찮을까?" 매기가 마크의 유별나게 공손한 말투를 흉내 내며 말했다.

"그럼요."

"애비게일을 사랑한다는 건 언제 처음 알았어?"

애비게일의 이름이 나오자마자 마크의 표정이 부드러워졌다. "작년에요." 마크가 2인용 소파 쿠션에 등을 기대며 말했다. "졸업하고 얼마 안 돼서요. 네댓 번 정도 데이트를 했는데 제게 부모님을 소개시켜주고 싶어 했어요. 아무튼, 차를 몰고 워털루로 가는 중이었어요. 요기를 하려고 멈췄다가 길을 떠나려는데 애비게일이 아이스크림이 먹고 싶다는 거예요. 찌는 듯한 날씨에 공교롭게도 자동차 에어컨이 말을 안 들었고 당연히 아이스크림이 그녀 위로 녹아내리기 시작했죠. 다른 사람이라면 그런 상황에서 짜증을 냈겠지만, 애비게일은 아이스크림이 녹는 속도보다 빨리 먹어치우려 애쓰면서 마치 살면서 겪은 가장 재밌는 일인 양 깔깔 웃어댔어요. 아이스크림이 애비게일의 코, 손가락, 무릎 위, 심지어 머리카락까지 사방에 묻었죠. 그때 그런 사람과 영원히 함께하고 싶다고 생각했어요. 불편한 일이 생겨도 웃을 수 있고 어떤 경우에도 기쁨을 발견할 줄 아는 사람이요. 바로 그 순간 애비게일이 제 반쪽이라는 걸 알았어요."

"그 자리에서 말했어?"

"아, 아니요. 용기가 없었어요. 지난 가을이 돼서야 드디어 말할 용기가 생겼죠."

"애비게일도 사랑한다고 말했고?"

"네. 그래서 한숨 돌렸죠."

"멋진 사람인 것 같아."

"맞아요. 전 정말 행운아예요."

매기는 마크가 겉으로는 웃고 있지만 속으로는 여전히 걱정하고 있다는 걸 알았다.

"제가 할 수 있는 게 있으면 좋겠어요." 그의 목소리는 다정했다.

"여기서 일하는 것만으로도 충분해. 뭐, 그것도 그렇고 늦게까지 남아주는 것도."

"여기 있어서 좋아요. 그런데 혹시…."

"말해봐." 매기가 스무디를 들고 말했다. "뭐든 물어봐도 좋아. 더 이상 숨길 것도 없어."

"결혼은 왜 안 하신 거예요? 하실 줄 알았다면서요."

"이유야 차고 넘치지. 일을 막 시작했을 땐 자리를 잡을 때까지 일에 전념하고 싶었어. 그러다 출장이 늘고 그다음엔 갤러리를 열고…. 그냥 너무 바빠서 그랬던 것 같아."

"그러면 그 모든 것에 의문을 품게 만드는 사람을 만난 적은 없어요?"

정적 속에서 매기는 자기도 모르게 목걸이로 손을 뻗었다. 그러고는 작은 조개 모양 펜던트를 만지며 아직 그 자리에 있는지 확인했다. "그런 줄 알았지. 사랑하는 사람이 있었지만 타이밍이 좋지 않았어."

"일 때문에요?"

"아니." 매기가 말했다. "그보다 훨씬 전의 일이야. 하지만 내가 그에게 부족한 사람이었다는 건 확실해. 어쨌건 그땐 그랬어."

"믿기지 않아요."

"넌 내가 어떤 사람이었는지 몰라." 매기가 컵을 내려놓고 무릎 위에 손을 포갰다. "듣고 싶어?"

"저야 영광이죠."

"꽤 긴 이야기야."

매기는 이미지들이 기억의 가장자리로 떠오르는 것을 느끼며 고개를 숙였다. 이미지들과 함께 결국 말이 나올 것을 알았다.

"1995년, 열여섯 살에 내 비밀스러운 삶이 시작됐어." 매기가 이야기를 시작했다.

고립되다

오크라코크

1995년

솔직히 말해서, 사실 내 비밀스러운 삶이 진짜 시작된 건 열다섯 살, 얼굴이 하얗게 질린 채 화장실 바닥에서 두 팔로 변기를 감싸고 있는 나를 엄마가 발견한 날부터다. 열흘 전부터 아침마다 구역질을 한 터였다. 나보다 그런 일에 훤한 엄마가 약국으로 달려가더니 집에 도착하자마자 웬 막대기에 소변을 보게 했다. 양성을 의미하는 파란색 줄이 나타나자 엄마는 한마디 말도 없이 한참 동안 막대기를 쳐다보다 부엌으로 숨었다. 그러고는 해가 질 때까지 울다 그치기를 반복했다.

때는 10월 초였고, 난 임신 9주가 조금 지난 상태였다. 아마 그날 나도 엄마만큼 울었던 것 같다. 나는 가장 아끼던 테디 베어를 꼭 붙들고 방 밖을 나서지 않았다. 내가 학교에 가지 않은 걸 엄마가 눈치챘는지조차 확실치 않다. 나는 퉁퉁 부은 눈으로 창밖을 바라봤다. 안개가 자욱한 거리 위로 비가 억수같이 퍼부었다. 전형적인 시애틀 날씨였다. 지금도 전 세계에서 그곳보다 더 우울한 곳이 있을까 의심스럽다. 특히 열다섯에 임신해서 인생이 시작하기도 전에 끝난 게 뻔할 때는 더더욱.

내가 앞으로 어떻게 될지 전혀 알 수 없었다는 건 말할 것도 없다. 그게 내가 기억하는 전부다. 내 말은, 내가 부모가 되는 것에 대해 뭘 알겠는가? 하물며 어른이 되는 건 어떻고? 아, 물론 학교 농구 대표 팀의 인기 선수인 지크 왓킨스가 학교 주차장에서 내게 말한 것처럼 내가 또래보다 성숙하다고 느낀 적은 있었지만 나의 일부는 여전히 어린아이 같았다. 나는 디즈니 영화와 생일에 롤러스케이트장에서 딸기 아이스크림 케이크로 하는 축하 파티를 좋아했다. 언제나 테디 베어를 끼고 잠에 들었고 심지어 운전도 못했다. 솔직히 이성 경험도 그다지 많지 않았다. 인생을 통틀어 겨우 네 명의 남자애들과 입을 맞췄는데, 딱 한 번 입맞춤이 너무 멀리까지 나가는 바람에 구역질과 눈물로 범벅이 된 그 끔찍한 날로부터 3주가 조금 지난 뒤, 부모님은 나를 평생 듣도 보도 못한 노스캐롤라이나 아우터뱅크스의 오크라코크로 보내버렸다. 관광객들이 감탄을 자아내는 그림 같은 해변 마을일 거라 생각했다. 그곳에서 나는 살면서 딱 한 번밖에 만난 적 없는 아빠의 큰누나 린다 도스 고모와 지내게 될 터였다. 또 부모님은 내가 학업에 뒤처지지 않게 하겠다고 선생님들과 약속했다. 교장 선생님은 부모님과 한참 상의하고 고모와 대화를 나눈 끝에 그녀에게 내가 커닝 없이 시험을 치르고 숙제를 전부 제출하게끔 감독하는 역할을 맡겼다. 그렇게 나는 갑자기 가족의 비밀이 되었다.

부모님이 노스캐롤라이나까지 동행하지 않아서 떠나기 훨씬 힘들었다. 우리는 핼러윈이 지나고 며칠 뒤, 어느 쌀쌀한 11월 아침에 공항에서 작별 인사를 나눴다. 이제 막 열여섯이 되고 임신 13주 차에 접어들었던 난 몹시 겁났지만 다행히 비행기에서 울지 않았다. 고모가 외딴 곳에 자리 잡은 허름한 공항으로 나를 데리러 왔을 때도, 심지어 이튿날 아침 오크라코크행 연락선에 승선하기 위해 지저분한 해변가 모텔에 체크인했을 때도 울지 않았다. 그 무렵 나는 결코 울지 않으리라 다짐했다.

맙소사, 그런 허무맹랑한 다짐이라니.

연락선에서 내린 뒤 집으로 가기 전 고모가 짧게 마을 구경을 시켜주었다. 실망스럽게도 오크라코크는 내가 상상하던 곳이 아니었다. 나는 바다가 수평선까지 넓게 펼쳐진 열대 풍경을 배경으로 예쁜 파스텔컬러 오두막들이 모래언덕 위에 자리한 마을을 상상했다. 판자로 된 산책로에는 햄버거 집과 아이스크림 가게가 있어 10대들이 북적거리고 대관람차나 회전목마도 있을 거라고 생각했다. 하지만 오크라코크는 예상과는 전혀 다른 모습이었다. 연락선이 정박한 코딱지만 한 항구의 낚싯배들을 지나고 나서 눈에 들어온 풍경은··· **볼품없었다.** 집들은 오래되고 비바람에 낡아 있었다. 해변도, 판자로 된 산책로도, 야자수도 없었다. 고모가 **마을**이라고 부르는 곳은 완전히 버려진 듯 보였다. 고모가 오크라코크는 본래 어촌이며 800명이 채 안 되는 사람들이 살고 있다고 말해 줬지만, 나로서는 사람들이 왜 그곳에 살고 싶어 하는지 의문만 들었다.

린다 고모의 집은 석호 바로 옆으로, 우열을 가릴 수 없이 쇠락한 집들 사이에 껴 있었다. 팜리코 사운드 호수가 보이는 곳에 기둥을 세워 올린 그 집 앞쪽에는 작은 테라스가, 호수와 마주한 거실에는 큰 테라스가 있었다. 집은 크기도 작았는데 거실에는 현관 가까이 난 창문과 벽난로가, 그 밖에는 식사 공간, 부엌, 침실 두 개, 욕실 하나가 있었다. 텔레비전은 보이지 않았다. 고모는 눈치채지 못했겠지만 그걸 알고 일순간 두려움이 엄습했다. 고모는 집을 구경시켜주고 마지막으로 그녀의 방에서 복도를 가로질러 위치한, 평소 그녀가 서재로 사용하는 내 방을 가리켰다. 처음엔 고향 집의 내 침실과 너무 다르다고 생각했다. 크기가 내 원래 침실의 절반도 되지 않았다. 방에는 창문 아래 고정된 트윈 베드와 폭신한 안락의자, 독서용 램프, 그리고 가톨릭 신앙, 성 토마스 아퀴나스, 마더 테레사에 관한 두꺼운 책들뿐만 아니라 베티 프리던, 실비아 플라스, 어슐러 르 귄, 엘리자베스 버그의 책들도 빽빽하게 꽂힌 선반이 있었다. 마찬가지로 텔레비전은 없었지만 100년은 된 것 같은 라디오와 구식 시계가 있었다. 옷장이라 부르기도 민

망한 장은 깊이가 30센티미터도 되지 않아 옷을 보관하려면 접어서 바닥부터 수직으로 쌓는 수밖에 없었다. 침실용 탁자나 서랍장도 없었다. 그 방을 보니 불현듯 내가 6개월이 아니라 예기치 못하게 하룻밤만 머물다 갈 곳 같은 느낌이 들었다.

"난 이 방이 좋아." 고모가 내 여행용 가방을 바닥에 놓으며 한숨을 쉬었다. "무척 안락한 곳이야."

"좋네요." 나는 마지못해 대답했다. 고모가 짐을 풀 수 있게 나만 두고 나가자 내가 정말 이곳에 있다는 사실이 여전히 믿기지 않아 침대 위에 털썩 주저앉았다. 이 **집**에, 이 **장소**에, 이 **친척**과 함께라니. 창밖을 응시하는데 이웃집의 적갈색 목재 마루 판자가 보였다. 나는 눈을 깜빡일 때마다 퓨젓사운드가, 눈 덮인 캐스케이드산맥이, 내가 평생 알고 지내온 바위투성이 해안이 보이길 기도했다. 그리고 미송과 붉은 삼나무, 심지어 안개와 비도 떠올렸다. 다른 행성에 있는 것과 다름없는 가족과 친구들을 생각했다. 그러자 더 목이 메었다. 나는 임신한 몸으로 홀로 이 끔찍한 곳에 고립됐고 내가 원하는 건 시간을 되돌려 과거를 바꾸는 것뿐이었다. **그날의 사고**, 구역질, 휴학, 이곳으로의 여행, 이 모든 것을 되돌리고 싶었다. 다시 평범한 10대가 되고 싶었다. 젠장, 이렇게 사느니 그냥 다시 **어린애**가 되는 쪽을 택할 것 같았다. 갑자기 임신 테스트기의 파란색 양성 표시가 생각나면서 눈 뒤쪽으로 압력이 가해졌다. 여행의 시작부터 그 순간까지는 굳게 버텼을지 몰라도 테디베어를 가슴에 꼭 끌어안고 익숙한 냄새를 맡자 눈물 댐이 확 터져버렸다. 웰메이드 가족 영화에서 보던 예쁜 울음이 아니라 콧물을 훌쩍이고 목 놓아 통곡하고 어깨를 들썩이는 격렬한 흐느낌이 영원할 것처럼 이어졌다.

✦

내 테디 베어로 말하자면 귀엽지도 비싸지도 않았지만 아주 어릴 적부터 잠자리를 지켜준 친구였다. 얇은 커피색 털은 군데군데 헤졌고 프랑켄슈타인을 닮은 바느질 자국이 한쪽 팔을 붙들고 있었다. 한쪽 눈이 떨어졌을 때 엄마가 단추를 달아줬는데 나에게도 흠이 있다는 생각이 자주 들어서 그것이 내겐 더욱 특별해 보였다. 3학년 당시, 나는 인형 발바닥에 네임 펜으로 내 이름을 적어 영원히 내 것이라는 표식을 남겼다. 더 어릴 적에는 어디든 데리고 다녔는데 내겐 일종의 애착 담요 같은 것이었다. 한번은 친구의 생일 파티를 하러 척 E. 치즈(미국의 대형 피자 체인—옮긴이)에 갔다가 실수로 인형을 놓고 왔는데, 집에 돌아와서 어찌나 울었는지 속을 게우기까지 했다. 아빠는 인형을 찾으러 다시 마을까지 차를 몰아야 했고 그 후로 나는 일주일 내내 인형을 붙잡고 놓지 않았다.

수년 동안 인형은 진흙에 빠지고 스파게티 소스가 튀고 잠결에 흘린 침에 젖었다. 엄마는 정말 빨 때가 됐다 싶을 때마다 내 옷과 함께 인형을 세탁기에 집어넣었다. 그러면 나는 바닥에 앉아 세탁기와 건조기를 바라보면서 인형이 청바지, 수건과 뒤섞여 굴러다니는 광경을 상상하며 망가지지 않기를 빌었다. 하지만 그럴 때마다 내가 **매기 베어**라 이름 붙인 그 인형은 다시 깨끗하고 따뜻한 모습으로 나타나곤 했다. 엄마가 내게 인형을 돌려주면 갑자기 세상 모든 것이 다 괜찮은 것처럼 완전한 기분이 들었다.

매기 베어는 오크라코크에 갈 때 내가 꼭 챙겨야 하는 유일한 물건이었다.

린다 고모는 실의에 빠진 내 상태를 확인했으면서도 내게 어떻게 말하고 행동해야 할지 모르는 것 같았다. 내가 혼자 이겨내도록 내버려두는 게 최선이라고 판단한 것이 분명했다. 그래서 좋기도 했지만 그러는 바람에 훨씬 더 고립된 기분이 들어 한편으로는 슬펐다.

어쩌다 보니 첫날과 이튿날은 살아남았다. 고모가 창고 세일에서 산 자전거를 보여줬다. 나보다 나이가 많아 보이는 데다 안장은 덩치가 내 두 배인 사람에게 맞을 정도로 컸고 거대한 핸들 앞에는 바구니가 달려 있었다. 나는 몇 년 동안 자전거를 탄 적이 없었다.

"마을 청년한테 고쳐달라 부탁했으니 작동은 잘 될 거야."

"잘됐네요." 그게 내가 내뱉을 수 있는 전부였다.

세 번째 날, 눈을 떠보니 고모는 한참 전에 일터로 가고 집에 없었다. 탁자 위에 숙제로 가득한 파일이 놓여 있어서 내가 벌써 학교 진도에 뒤처졌음을 알아차렸다. 평범한 학생일 적에도 성적이 뛰어나지 않은 중위권 정도라 성적표가 나올 때면 너무 싫었다. 게다가 전에는 우등생이 되는 것에 별 관심이 없었다면 지금은 훨씬 무관심한 상태였다. 고모가 내일 볼 퀴즈가 두 개라는 것을 상기시키려고 쪽지까지 남겨놓은 터였다. 공부를 하려고 노력해도 집중이 안 돼서 시험을 완전히 망치리라는 것을 알았다. 그리고 실제로 그렇게 되었다.

그 후 내가 평소보다 훨씬 안돼 보였는지 고모는 나를 집 밖으로 내보내는 게 낫겠다 판단하고 그녀의 가게로 데려갔다. 고모의 가게는 음식 외에도 많은 것을 판매하는 작은 음식점 겸 커피 바였다. 주력 메뉴는 매일 아침 구운 신선한 비스킷으로, 소시지 그레이비와 함께 내놓거나 일종의 샌드위치 혹은 디저트로 제공했다. 아침 식사뿐 아니라 중고 책도 팔고, 비디오카세트도 빌려주고, UPS 택배도 발송하고, 우편함도 대여하고, 팩스, 스캔, 복사 서비스도 제공하고, 웨스턴 유니온 송금 서비스도 처리했다. 고모는 그녀의 친구인 그웬과 동업했는데 어부들이 일하러 가기 전에 요기를 할 수 있도록 새벽 5시에 문을 열었다. 즉, 비스킷을 굽기 위해 보통 4시에는 가게에 가 있어야 한다는 뜻이었다. 고모는 내게 그웬을 소개시켜주었다. 그웬은 플란넬 셔츠와 청바지 차림에 앞치마를 두르고 희끗한 금발 머리를 대충 뒤로 묶었다. 그런대로 좋은 사람 같았다. 가게에 약 한 시간밖에 머물지 않았지만 그들이 서로를 오래된 부부처럼 대한다는 인상을 받았다. 그들은 눈짓 한 번으로 의사를 전달하고 서로가 원하는 것을 알아챘으며 카운터 뒤에서 무용수들처럼 서로의 주위를 움직였다.

사업은 꾸준히 잘됐지만 호황은 아니었다. 나는 그곳에서 중고 책을 훑어보며 대부분의 시간을 보냈다. 아가사 크리스티의 미스터리, 루이스 라무르의 서부 소설을 비롯해 베스트셀러 작가들의 작품이 꽤 많이 구비돼 있었다. 기부 상자도 있었는데, 내가 그곳에 있는 동안 커피와 비스킷을 먹으러 온 한 여자가 로맨스 소설이 대부분인 작은 상자 하나를 놓고 갔다. 나는 그 책들을 휙휙 넘겨보면서 속으로 이번 8월에 로맨스가 조금만 더 약했더라면 지금처럼 어이없는 상황은 없었을 거라고 생각했다.

가게는 주중에는 오후 3시에 문을 닫았는데 고모와 그웬이 가게 문을 잠근 뒤 마을을 좀 더 오래, 더 넓게 구경시켜주었다. 걸린 시간은 총 15분으로 내가 느낀 첫인상은 조금도 바뀌지 않았다. 그런 다음 우리는 집으로 갔고 나는 해가 지도록 내 방에 숨어 나오지 않았다. 방이 기이하긴 해도 그곳이 린다 고모가 집에 있을 때 내가 사생활을 지킬 수 있는 유일한 공간이었다. 공부하는 척하지 않을 때 음악을 듣거나 수심에 잠길 수 있고, 내가 없어야 이 세상, 특히 우리 가족이 더 행복해질 거라는 커져가는 믿음과 죽음에 대해 숙고하며 하릴없이 시간을 보낼 수도 있었다.

고모를 어떻게 생각해야 할지도 확신이 서지 않았다. 고모는 짧은 회색 머리와 주름이 깊게 팬 얼굴에 따뜻한 적갈색 눈동자를 가지고 있었다. 걸음은 언제나 급했다. 결혼을 하거나 아이를 낳은 적이 없었고 가끔은 약간 권위적으로 보이기도 했다. 또 고모는 한때 수녀였는데, 자비의 수녀회를 떠난 지 거의 10년이 됐는데도 여전히 '청결은 독실함에 버금간다'는 믿음이 굳건했다. 나는 매일 내 방을 깨끗이 정돈하고, 내 빨래를 알아서 세탁하고, 고모가 집에 오기 전 오후와 저녁 식사를 마친 뒤 부엌을 정리해야 했다. 그곳에서 먹고 자고 했으니 공평한 처사였지만 아무리 열심히 노력해도 일을 제대로 하는 것 같지 않았다. 집안일에 대한 우리의 대화는 대개 짧았다. 고모가 말하면 내가 사과했는데, 이를테면 이런 식이었다.

찬장에 넣어둔 컵들에 물기가 남아 있더구나.

죄송해요.

식탁에 부스러기가 있던데.

죄송해요.

레인지 위를 청소할 때 전용 세척제를 안 썼더구나.

죄송해요.

침대 커버를 똑바로 펴야지.

죄송해요.

그곳에 도착한 첫 주에 **"죄송해요"**라고 100번은 말했던 것 같다. 둘째 주에는 더 심했다. 시험은 잇따라 죽을 쑤었고 테라스에 앉아 보는 경치는 점점 신물이 났다. 결국 난 아무리 끝내주는 열대 섬에 갇혀도 풍경은 조금만 지나면 식상해진다고 믿게 되었다. 그러니까 내 말은, 바다는 변화라곤 절대 없어 보였다. 물은 볼 때마다 그냥 **그곳에** 있었다. 물론 하늘은 구름이 흘러가기도, 일몰 직전에 주황, 빨강, 노랑으로 물들기도 했지만 함께 나눌 사람이 없으면 석양을 감상하는 게 무슨 재미일까? 고모는 그런 것을 이해하는 사람이 아니었다.

그건 그렇고, 임신은 **엿같다**. 여전히 아침마다 속이 메스꺼웠고 때로는 제시간에 화장실에 가는 것마저 힘들었다. 입덧을 전혀 하지 않는 여자들도 있다고 읽었지만 내 얘기는 아니었다. 내 경우엔 마흔아홉 번의 아침 동안 연이어 구역질을 했는데, 내 몸이 무슨 기록이라도 세우려나 보다 하고 느낄 정도였다.

구역질에 장점이 있다면 몸무게가 많이 늘지 않는다는 것이었다. 11월 중순까지 0.5~1킬로그램 정도가 늘었다. 솔직히 말하면 살찌는 게 싫었는데, 어느 날 저녁 엄마가 사준《임신한 당신이 알아야 할 모든 것들》이란 책을 마지못해 훑어보던 중 많은 여자들이 임신 첫 3개월 동안은 0.5~1킬로그램밖에 늘지 않는다는 것을 알게 되었다. 그러니 내가 특별한 건 아니었다. 하지만 그 뒤로 분만 때까지 일주일 평균 약 0.5킬로그램씩 몸무게가 는다고 써 있었다. 나는 계산 끝에 앞으로 내 자그마한 체구에 12킬로그램이 추가되고, 복근 자리에 작은 나무통이 들어설 거란 사실을 깨달았다. 물론 애초에 복근이 있었던 건 아니지만.

구역질보다 짜증 나는 것은 종잡을 수 없는 호르몬이었는데,

내 경우엔 여드름이 문제였다. 아무리 열심히 세수를 해도 밤하늘의 별자리처럼 뺨과 이마에 뾰루지가 올라왔다. 내 완벽한 언니 모건은 살면서 단 한 번도 뾰루지가 난 적이 없었다. 나는 거울을 바라보며 내 뾰루지 열두 개를 언니에게 줘도 내 피부가 더 나쁠 거라고 생각했다. 설령 그렇게 돼도 언니는 전처럼 아름답고 똑똑하고 인기가 많을 테지만. 훨씬 어렸을 적엔 사이가 좋아서 둘이 집에서도 잘 지냈지만, 언니는 학교에 가고 친구들과 어울리면서 내게 거리를 두었다. 언니는 성적이 전부 A였고, 바이올린을 연주했으며, 지역 백화점 TV 광고를 하나도 아니고 **두 개씩이나** 찍었다. 언니와 비교당하며 자라는 게 무슨 대수인가 싶다면 다시 한 번 생각해보길 바란다. 거기다 난 임신까지 했으니 부모님이 왜 언니를 최고의 자랑거리로 여기는지는 안 봐도 뻔한 일이었다. 솔직히, 언니는 나의 자랑이기도 했다.

추수감사절이 다가올 무렵 나는 공식적으로 우울감에 빠졌다. 그나저나 우울감은 전체 임산부의 약 7퍼센트에게 발생한다고 한다. 나는 구역질, 여드름, 우울감, 이 세 가지를 연타로 맞았다. 참 대단하지 않은가? 학교 진도는 갈수록 뒤처졌고 내 워크맨 속 노래들은 눈에 띄게 우울해졌다. 하물며 그웬도 내 기운을 북돋으려다 실패했다. 처음 인사를 나눈 뒤 그웬에 대해 조금 알게 됐는데, 그녀가 일주일에 두 번 저녁 식사를 하러 고모의 집에 들렀기 때문이다. 그웬은 내게 메이시스 추수감사절 퍼레이드를 보고 싶으냐고 물으면서 작은 텔레비전을 가져와 부엌에 설치했다. 하지만 그 무렵 TV가 어떻게 생겨먹었는지 사실상 잊어버렸음에도 그것만으로는 나를 방에서 꾀어내기에 충분하지 않았다. 그 대신 나는 홀로 엄마와 모건이 부엌에서 뭔가를 만들거나 파이를 굽는 동안 아빠가 리클라이너에 앉아 축구 경기를 즐기는 모습을 상상하며 울지 않으려고 애썼다. 고모와 그웬이 우리 가족이 평소 먹던 것과 비슷한 식사를 준비해줬지만 맛이 같지도 않았거니와 식욕도 전혀 없었다.

내 절친한 친구 매디슨과 조디에 대해서도 수없이 생각했다. 그들에게 내가 집을 떠난 진짜 이유를 말할 수 없었다. 부모님은 매디슨과 조디의 부모님을 포함한 이웃들에게 내가 **위급한 의료 상황**으로 **전화가 잘 터지지 않는** 외딴 곳에 위치한 고모네에 갔다고 둘러댔다. 책임감 넘치는 박애주의자인 내가 자진하여 린다 고모를 도우러 간 것처럼 말한 게 틀림없었다. 그럼에도 거짓말이 탄로 날 수 있으니 집을 떠나 있는 동안 친구들과 말을 해서는 안 됐다. 그땐 학생이 핸드폰을 가지고 다니는 일이 매우 드물었고 고모가 일하러 가면서 집에 있는 전화선을 뽑아 갔기 때문에 **위급한 의료 상황**만큼이나 **전화가 잘 터지지 않는** 것도 사실인 셈이었다. 부모님이 나만큼 교활할 수 있다는 깨달음은 내겐 일종의 폭로였다.

그즈음 고모가 별일 아닌 척하면서도 나에 대해 염려하기 시작했던 것 같다. 추수감사절이 지나고 남은 음식을 먹던 고모는 내가 요즘따라 더 기운이 없어 보인다고 대수롭지 않다는 듯 말을

뱉었다. **더 기운이 없다.** 이것이 고모가 사용한 표현이었다. 고모
는 정리 정돈에 대해서도 한결 너그러워졌다. 내가 전보다 청소를
잘해서일 수도 있지만. 이유가 뭐든 그 무렵 고모의 불평이 많이
줄어들었다. 고모가 나를 대화에 끌어들이려 애쓴다는 걸 알 수
있었다.

"임산부용 비타민은 먹고 있니?"

"네." 내가 대답했다. "맛있어요."

"몇 주 있다가 모어헤드 시티로 산부인과 의사를 만나러 갈 거
야. 오늘 아침에 약속을 잡았어."

"좋아요." 내가 답했다. 나는 밥을 안 먹고 있는 것을 들키지 않
으려 접시에 놓인 음식을 뒤적거렸다.

"음식은 입속에 넣는 거야." 그녀가 말했다. "그런 다음 삼키는
거고."

고모가 분위기를 풀어보려고 노력하는 것 같았지만 나는 그럴
기분이 아니라 그냥 어깨를 으쓱했다.

"다른 거 만들어줄까?"

"배가 별로 안 고파요."

고모는 입술을 앙다물더니 다시 **기운이 나게** 할 마법의 단어를
찾기라도 하는 듯 방을 훑어보았다. "아, 까먹을 뻔했네. 부모님한
테 전화는 했어?"

"아니요. 아까 하려고 했는데 고모가 전화선을 가져가서요."

"저녁 먹고 하려무나."

"그럴게요."

고모가 포크를 사용해 칠면조를 한입 크기로 잘랐다. "공부는 잘 되니?" 그녀가 물었다. "진도가 많이 뒤처졌더라. 최근 퀴즈 성적도 별로고."

"노력하고 있어요." 거짓말이었지만 그렇게 답했다.

"수학은 어때? 다가오는 크리스마스 연휴 전에 큰 시험이 있는 거 잊지 마."

"수학은 싫고 기하학은 짜증 나요. 사다리꼴 면적 재는 법을 아는 게 뭐가 중요해요? 실생활에 써먹을 일도 없잖아요."

고모가 한숨을 쉬었다. 또 무언가를 궁리하는 듯했다. "역사 리포트는 썼니? 그것도 다음 주가 마감인 것 같던데."

"거의 다 끝냈어요." 거짓말이었다. 서긋 마셜(최초의 흑인 대법관—옮긴이)에 대한 리포트를 써야 했지만 아직 손도 안 댄 터였다.

고모가 내 말을 믿어야 할지 말아야 할지 의심하는 눈초리로 나를 보는 게 느껴졌다.

✦

그날 밤늦게 고모가 다시 대화를 시도했다.

나는 매기 베어와 함께 침대에 누워 있었다. 저녁을 먹고 방으로 도피했는데 고모가 파자마 차림으로 문간에 섰다.

"신선한 바람 좀 쐬고 싶지 않니?" 고모가 물었다. "내일 공부하기 전에 산책을 하거나 자전거를 타거나?"

"갈 곳이 없어요. 겨울이라 거의 다 문을 닫았잖아요."

"해변은 어때? 이맘때면 평화롭단다."

"해변은 너무 추워요."

"어떻게 알아? 며칠 동안 밖에 나가지도 않았으면서."

"그야 숙제와 집안일이 너무 많으니까요."

"네 또래를 만나봐야겠다는 생각은 안 해봤어? 친구를 만들거나?"

처음엔 제대로 들은 게 맞나 내 귀를 의심했다. "친구를 만들어요?"

"안 될 이유가 있나?"

"이곳에 내 또래가 어딨어요."

"당연히 있지." 고모가 말했다. "내가 학교도 보여줬잖니."

그 마을에는 유치원생부터 고등학생까지 다니는 학교가 한 군데 있었다. 섬을 구경할 때 차로 지나쳤었다. TV 시리즈 〈초원의 집〉 재방송에서 본 학교처럼 학급이 하나인 곳은 아니었지만 그보다 크게 나을 것도 없었다.

"해변 산책로에 가거나 클럽에 들르면 되겠네요. 아 맞다, 오크라코크엔 둘 다 없죠."

"나나 그웬 말고 다른 누군가와 대화하면 너한테 좋을 것 같다는 뜻이야. 이렇게 혼자 섬처럼 지내는 건 건강에 좋지 않아."

두말하면 잔소리죠. 하지만 문제는 오크라코크에 도착한 이후로 10대는 구경도 못 해봤다는 단순한 사실이었다. 게다가 뭐 그래, 내가 임산부고, 이 사실을 비밀로 숨겨야 하는데, 그게 다 무슨 소용이겠는가?

"저한테는 이 섬에 있는 것도 좋지 않아요. 아무도 개의치 않는 것 같지만요."

고모는 마치 옷 속에서 적당한 말을 찾기라도 하듯 파자마 매무새를 다듬더니 화제를 전환했다.

"네게 과외 선생님을 구해주면 좋을 것 같다고 생각했어." 그녀가 말했다. "기하학은 확실한데 다른 과목도 필요할지 모르겠네. 리포트 검토 같은 거 말이야."

"과외 선생님이요?"

"내가 적임자를 알지."

불현듯 올드 스파이스와 좀약 냄새를 풍기며 **그리운 옛 시절** 타령을 하는 늙은 영감님이 내 옆에 앉아 있는 모습이 떠올랐다. "과외 선생님은 필요 없어요."

"기말고사가 1월이야. 3주 후에 있을 큰 시험을 포함해 치러야 할 시험이 여러 개야. 네 부모님한테 네가 1년을 꿇지 않도록 최선을 다하겠다고 약속했다."

어른들이 논리와 책임을 운운하는 게 싫어서 나는 뻔한 대답으로 물러났다. "그러시든가요."

고모가 침묵을 유지하며 눈썹을 치켜올렸다. 그러더니 마침내 입을 열었다. "일요일에 교회 가는 거 잊지 말고."

어떻게 잊겠어요? "알아요." 나는 마지못해 중얼거렸다.

"그런 다음에 크리스마스트리를 고르러 가자꾸나."

"환상적이네요." 이렇게 말했지만 고모가 나가기만을 기다리던 나는 이불을 머리 위로 뒤집어쓰고 싶었다. 하지만 이내 고모가 돌아서서 그럴 필요가 없었다. 잠시 후 침실 문이 닫히는 소리가 들렸다. 이제 내 어두운 생각들만이 홀로 남은 내 곁을 밤새 지켜주겠지.

✦

나머지 요일도 비참했지만 일요일은 정말 최악이었다. 시애틀에서는 교회에 가는 게 그리 싫지 않았다. 나보다 한 살부터 몇 살 많은 테일러가 형제 넷이 같은 교회에 다녔기 때문이다. 하얀 치아와 항상 손질한 것처럼 보이는 머리카락을 가진 그들은 보이밴드와 다름없는 외모를 자랑했다. 우리처럼 그들도 앞줄에, 정확히 말하면 언제나 우리는 오른쪽에, 그들은 왼쪽에 앉았는데 나는 기도할 때조차 그들을 훔쳐보곤 했다. 어쩔 수 없었다. 그들과 실제로 말을 섞어본 적은 없었지만 나는 아주 오랫동안 그중 한 명에게 홀딱 빠져 있었다. 모건은 나보다 운이 좋았다. 형제 중 가운데다 당시 꽤 괜찮은 축구 선수로 뛰던 대니 테일러가 어느 일요일 예배가 끝나고 언니를 아이스크림 가게로 데려갔던 것이다. 당시 나는 8학년이었는데, 그가 내가 아닌 언니를 데려갔다는 사실에 배가 아파 죽을 것 같았다. 내 방에 앉아 시계를 뚫어지게 쳐다보며 시간이 흘러가는 것을 지켜봤던 기억이 난다. 모건이 마침내 집에 돌아오자 나는 대니가 어땠는지 말해달라고 언니에게 매달렸다. 모건은 모건답게 어깨를 으쓱이며 그가 자기 취향이 아니라고 말했고, 그 모습을 본 나는 그녀의 목을 조르고 싶었다. 모건이 인도를 걸어가거나 동네 쇼핑몰 푸드 코트에서 다이어트 콜라를 홀짝이면 실제로 남자애들이 침을 줄줄 흘렸다.

요점은, 고향에서는 교회에 재밌는 볼거리, 구체적으로 말하면 네 명의 귀여운 소년들이 있어 시간이 빨리 갔다는 것이다. 하지만 이곳의 예배는 따분할 뿐 아니라 하루가 꼬박 걸리는 행사였다. 오크라코크엔 가톨릭교회가 없었다. 가장 가까운 교회가 모어헤드 시티에 있는 세인트 에그버트였는데, 그건 곧 아침 7시에 연락선을 타야 한다는 의미였다. 연락선이 시더 아일랜드에 도착하는 데까지 보통 두 시간 반, 거기서 교회까지 가는 데 또 40분이 걸렸다. 또 11시 예배까지 한 시간을 더 기다려야 했고 미사는 12시까지 이어졌다. 그게 다가 아니었다. 오크라코크행 연락선이 오후 4시에야 떠나는 탓에 그곳에서 훨씬 긴 시간을 죽여야 했다.

아, 그웬도 늘 함께 갔으므로 미사가 끝나면 셋이 같이 점심 식사를 했다. 고모처럼 그웬도 과거에 수녀였는데, 주일 미사에 참석하는 것을 한 주의 가장 중요한 행사로 여겼다. 좋은 사람이긴 했지만 아무 10대나 붙잡고 오십 줄의 전직 수녀 두 명과 함께 하는 점심 식사가 얼마나 즐거운지 물으면 아마 대답은 뻔할 것이다. 식사가 끝나면 쇼핑을 하러 갔는데 쇼핑몰이나 시애틀 해안가에서처럼 즐거운 쇼핑이 아니었다. 그들은 나를 월마트로 끌고 가서 밀가루, 쇼트닝, 달걀, 베이컨, 소시지, 치즈, 버터밀크, 다양한 향의 커피, 기타 대용량 베이킹 재료 등의 **저장용 식재료**를 구매한 뒤 창고 세일에 들러 오크라코크 주민들에게 대여할 베스트셀러 작가들의 저렴한 책과 영화 비디오카세트를 뒤적였다. 연락선 탑승 시각이 느지막한 오후라는 사실까지 보태면 이 모든 건 해가 지고도 한참 후인 7시나 되어서야 집에 도착한다는 것을 의미했다.

열두 시간. 열두 시간이라는 **그 길고 긴** 시간. 그 시간을 바쳐야 교회에 갈 수 있었다.

아무튼 일요일을 더 잘 보낼 수 있는 100만 가지 방법이 있었음에도 나는 슬프게도 그날 아침이 밝아올 무렵 재킷을 턱 끝까지 잠그고 두 발을 쿵쾅거리며 부두 위에 서 있었다. 차가운 공기 때문에 입에서 담배를 피우는 것처럼 입김이 뿜어져 나왔다. 한편 고모와 그웬은 서로에게 귓속말을 하며 웃고 있었다. 새벽같이 일어나 비스킷을 굽고 커피를 서빙하지 않아서 기분이 좋아 보였다. 시간이 되자 고모가 연락선에 차를 실었고 배는 약 열두 대의 차량으로 가득 찼다.

연락선 탑승이 유쾌하거나 재밌었다고 말할 수 있으면 좋겠지만 그렇지 않았다. 특히 겨울이라 더 그랬다. 회색 하늘과 그보다 더 회색인 호수를 바라보는 걸 좋아하지 않으면 볼 것도 없는 데다 부두가 얼어붙을 듯이 춥다면 연락선 위는 그보다 50배는 더 추웠다. 바람이 정면에서 불어와 바깥에 5분도 채 있지 않는데 콧물이 줄줄 흐르고 귀가 빨갛게 얼었다. 다행히 연락선 한가운데에 추위를 피할 수 있는, 스낵 자판기 몇 대와 앉을 곳이 있는 커다란 선실이 있었고 그웬과 고모는 그곳에 자리를 잡았다. 나는 차로 기어들어가 뒷자리에 몸을 뻗고 누운 채 여기가 다른 곳이길 빌며 내가 처한 이 시궁창 같은 상황에 대해 생각했다.

임신 테스트기에 소변을 보게 한 다음 날, 엄마는 나를 그녀보다 한 열 살쯤 많아 보이는 바비 선생님께 데려갔다. 살면서 처음 만난 비非소아과 전문의였다. 바비 선생님의 진짜 이름은 로베르타로, 산부인과 의사였다. 그분이 언니와 나를 받아주셨기 때문에 그녀와 엄마는 오랫동안 알고 지낸 사이였고, 그래서 엄마가 우리의 방문 목적을 창피해했던 것 같다. 바비 선생님은 임신을 확인시켜준 뒤 초음파를 통해 아기가 건강한지 살폈다. 내가 셔츠를 끌어올리고 담당자가 내 배 위에 찐득한 물체를 바르자 아기의 심장 소리를 들을 수 있었다. 차가운 동시에 너무 두려웠는데 가장 기억에 남는 건 기분이 너무 초현실적이었다는 것, 그리고 그 모든 게 그저 악몽이기를 간절히 원했다는 것이다.

하지만 그건 꿈이 아니었다. 나는 가톨릭교도였기 때문에 낙태는 선택지에조차 없었다. 일단 아기가 건강하다는 것을 알고 나서 바비 선생님이 우리에게 **얘기**를 꺼냈다. 선생님은 내가 임신 주기를 다 채울 정도로 육체적으로 충분히 성숙하다고 장담했지만 감정적인 부분은 다른 이야기라고 했다. 그러면서 예상치 못한 임신인 것도 있지만 내가 아직 10대기 때문에 많은 도움이 필요할 거라고 말했다. 우울감 외에 분노와 실망을 느낄 수도 있었다. 덧붙여 내게 친구들과 멀어졌다는 느낌이 들 수 있으며 그로 인해 모든 게 더 힘들어질 거라고 경고했다. 만약 지금 바비 선생님을 만났다면 "맞아요, 맞아요, 맞아요, 맞아요"라고 말했을 것이다.

그 이야기를 잊지 못한 엄마는 나를 오리건주 포틀랜드의 10대 임산부 지원 센터에 데려갔다. 시애틀에도 비슷한 종류의 지원 센터가 있었겠지만, 나도 부모님도 누군가 우연찮게 이 사실을 알게 되는 걸 원하지 않았다. 그래서 차로 약 세 시간을 달린 끝에 나는 YMCA의 은밀한 방에 원형으로 배열된 접이식 의자 중 하나를 차지하게 되었다. 그곳에는 아홉 명의 다른 여자애들이 있었는데, 일부는 셔츠 밑에 몰래 수박을 숨겨 들여온 것처럼 보였다. 담당자인 워커 부인은 사회복지사였고 우리는 돌아가며 자기소개를 했다. 뒤이어 모두가 자신의 **감정**과 **경험**에 대해 말할 차례였다. 그러나 나머지 여자애들이 자신의 감정과 경험을 이야기하는 동안 나는 그냥 듣기만 했다.

정말이지, 그건 내 평생 가장 우울한 일이었다. 나보다 어린 한 여자애는 치질이 얼마나 심해졌는지 털어놓았고, 다른 여자애는 젖꼭지가 너무 쓰라린다고 낮게 웅얼거리더니 셔츠를 들어 올려 쓸린 자국을 보여주었다. 전부는 아니지만 대부분이 다양한 고등학교에 계속 다녔다. 그들은 수업이 끝나기 전에 때로는 두세 번씩 화장실에 가고 싶다고 선생님께 말씀드려야 할 때 얼마나 부끄러운지에 대해 이야기했다. 모두들 여드름이 심해졌다고도 불평했다. 두 명은 자퇴를 했는데 둘 다 학교에 다시 돌아갈 계획이라고 했지만 그걸 믿는 사람은 없어 보였다. 모두가 친구를 잃었고 한 명은 집에서 쫓겨나 조부모님 집에서 살고 있었다. 오직 한명, 세레타라는 이름의 예쁜 멕시코 여자애만이 아기 아빠와 대화를 주고받았고 그녀 외에는 단 한 명도 결혼할 생각이 없었다. 나를 제외한 모두가 부모님의 도움을 받아 아이를 키울 계획이었다.

나는 모임이 끝나고 차로 걸어가면서 엄마에게 두 번 다신 이런 모임에 참석하고 싶지 않다고 말했다. 도움도 얻고 외로움도 덜 느끼지 않을까 해서 온 거였지만 내 기분은 정확히 반대였다. 그저 이 모든 일을 끝내고 원래의 삶으로 돌아가고만 싶었다. 부모님이 원하는 것도 나와 같았다. 물론 그 바람에 부모님이 나를 여기에 보내기로 결심했지만. 그러면서 부모님은 그게 그들이 아닌 나를 위한 선택이라고 안심시켰으나 난 그 말을 믿지 않았던 것 같다.

✦

교회가 끝나고 린다 고모와 그웬은 여느 때처럼 나를 점심 식사, 식재료 쇼핑, 창고 세일에 끌고 다니다가 철물점 인근의 자갈 덮인 도로로 향했다. 판매용 크리스마스트리가 너무 많아 작은 숲을 연상시키는 곳이었다. 고모와 그웬은 내게 재미있는 경험을 주려고 애쓰며 계속 내 의견을 물어봤지만, 나는 수차례 어깨를 으쓱거리며 그들이 원하는 것을 고르라고 말했다. 어차피 내가 어떻게 생각하는지는 아무도 신경 쓰지 않는 것 같았다. 적어도 내 인생에 대한 결정만큼은.

예닐곱 번째 나무쯤 되니 린다 고모가 질문을 멈췄고 그들은 결국 자신들끼리 나무를 선택했다. 값을 지불하자 멜빵바지 차림의 두 남자가 자동차 지붕에 나무를 실었고 우리는 다시 차에 탔다.

연락선으로 돌아가는 길은 왠지 모르게 시애틀에서 공항으로 가던 마지막 날 아침의 여정을 떠올리게 했다. 부모님이 나를 배웅했는데 내가 임신한 사실을 알고부터 아빠는 나를 제대로 쳐다보지도 못했기 때문에 좀 놀라웠다. 그들은 나를 게이트까지 데려다준 뒤 탑승 시각까지 함께 기다려주었다. 두 분 다 매우 조용했고 나도 별말을 하지 않았다. 하지만 출발 시각이 조금씩 다가오자 내가 엄마에게 무섭다고 말했던 기억이 난다. 사실 난 두 손이 떨리기 시작할 정도로 겁에 질려 있었다.

엄마가 내 손을 잡고 꽉 쥐었던 것을 보면 떨림을 눈치챘던 게 틀림없다. 엄마는 사람들의 눈을 피하기 좋은, 덜 붐비는 게이트로 나를 데려갔다.

"나도 무섭단다."

"엄마가 왜 무서워?" 내가 물었다.

"네가 내 딸이니까. 온통 네 걱정뿐이야. 그리고 이 일이 일어난 건… 불행이야."

불행. 엄마는 최근에 이 단어를 많이 사용했다. 그러고는 그날의 작별이 나를 위한 것임을 상기시켰다.

"가기 싫어." 내가 말했다.

"다 끝난 얘기야." 엄마가 이어서 말했다. "너를 위해서라는 거 알잖아."

빙고.

"친구들이랑 헤어지기 싫어." 그 시점에 내가 할 수 있는 유일한 말이었다. "린다 고모가 날 싫어하면 어떡해? 몸이 아파서 병원에 가야 하면 어떡해? 거긴 병원도 없잖아."

"네가 돌아왔을 때 친구들은 여기 그대로 있을 거야." 엄마가 나를 안심시켰다. "그리고 긴 시간 같겠지만 5월은 네 생각보다 빨리 올 거야. 린다 고모가 수녀원에 있을 때 너처럼 임신한 여자애들을 도왔다고 말한 거 기억하지? 고모가 잘 돌봐줄 거야. 엄마만 믿어."

"난 고모를 잘 알지도 못한다고."

"고모는 좋은 사람이야." 엄마가 말했다. "아니었으면 거기 보내지도 않지. 병원은 고모가 알아서 처리할 거야. 하지만 최악의 경우에도 고모 친구 그웬이 경험 많은 산파야. 아기를 많이 받아봤어."

그래도 기분이 전혀 나아지는 것 같지 않았다.

"거기가 너무 싫으면 어떡해?"

"어떻게 싫을 수가 있겠니? 바로 옆이 호숫가란다. 게다가 우리가 상의한 거 기억 안 나니? 여기 머물면 당장은 수월하겠지만 길게 봐서는 분명 더 힘들 거야."

소문을 말하는 것이었다. 나뿐만 아니라 우리 가족에 대한 소문. 1950년대는 아니지만 10대 미혼모에게는 여전히 낙인이 찍혔고 심지어 나조차 열여섯은 엄마가 되기엔 너무 어린 나이라고 인정할 수밖에 없었다. 소문이 나면 나는 이웃들에게, 학교의 다른 학생들에게, 교회 사람들에게 언제나 **그 여자애**일 것이다. 1학년을 마치고 애를 밴 **그 여자애**. 그들의 비난하는 눈빛과 거들먹거림을 견뎌내야 할 것이다. 복도에서 그들을 지나칠 때 들리는 귓속말을 무시해야 할 것이다. 누가 아기를 입양했는지, 내가 아기를 다시 보고 싶어 하는지에 대한 질문들로 유언비어가 들끓을 것이다. 내게 직접 물어보진 않아도 다들 내가 왜 피임을 안 했는지, 남자에게 콘돔을 쓰라고 주장하지 않았는지 궁금해할 것이다. 가족의 친구들을 비롯한 수많은 부모가 자식들에게 나를 그릇된 판단을 한 **그 여자애**의 본보기로 삼을 것임을 알았다. 그리고 나는 이 모든 일이 일어나는 와중에 10분마다 소변을 보러 학교 복도를 뒤뚱뒤뚱 걸어 다니겠지.

그래, 맞다. 나는 부모님과 이 모든 일에 관해 수차례 이야기했다. 엄마는 내가 그 대화를 또 반복하기 싫어한다는 것을 알아차리고 주제를 바꿨다. 말싸움을 하고 싶지 않을 때, 특히 공공장소에서 엄마가 자주 하는 행동이었다.

"생일은 재밌게 보냈어?"

"괜찮았어."

"그냥 괜찮은 정도였어?"

"아침 내내 구역질했어. 재밌기 힘든 상황이었어."

엄마가 두 손을 모았다. "그래도 친구들을 만나고 떠나서 다행이구나."

그날을 끝으로 아주 오랫동안 보지 못할 테니. 엄마가 이 말을 덧붙일 필요는 없었다. "크리스마스에 내가 집에 없다니 믿기지가 않아."

"린다 고모가 특별하게 만들어줄 거야."

"그래도 다르잖아." 내가 징징댔다.

"그렇지." 엄마가 인정했다. "아마 다를 거야. 하지만 엄마가 1월에 기분 좋게 찾아갈게."

"아빠도 와?"

그녀가 침을 삼켰다. "아마도."

아닐 수도 있고. 나는 속으로만 생각했다. 두 분이 나누는 대화를 들었지만 아빠는 무엇도 약속하지 않았다. 지금도 나를 쳐다보지 못하는데 내가 여자 부처를 흉내 내려 애쓰는 꼴을 보면 기분이 어떻겠는가?

"가지 않아도 되면 좋을 텐데."

"그러게 말이다." 엄마가 말했다. "아빠도 한동안 같이 가면 좋겠어?"

아빠한테 함께 가고 싶은지 물어보는 게 맞는 거 아냐? 하지만 나는 이번에도 말을 삼켰다. 그러니까, 그런다고 무슨 의미가 있겠는가? "괜찮아." 내가 답했다. "난 그저…."

내가 말꼬리를 흐리자 엄마가 연민의 표정을 지어 보였다. 그리고 이상하게도 나를 떠나보내고 있음에도 실제로는 엄마가 내켜하지 않는 듯한 느낌이 들었다.

"쉬운 게 하나도 없다는 거 알아." 엄마가 속삭였다.

그러더니 엄마는 갑자기 지갑을 열어 내게 봉투를 건넸다. 봉투에는 현금이 꽉 차 있었다. 아빠도 알고 있는지 궁금했다. 우리 집에 마구 써도 되는 여분의 돈이 있을 리 없었지만 엄마는 구태여 설명하지 않았다. 그 대신 우리는 탑승 안내 방송이 들릴 때까지 몇 분 더 함께 앉아 있었다. 내 차례가 되자 부모님이 나를 껴안았다. 하지만 그때도 아빠는 시선을 다른 곳에 두고 있었다.

대략 한 달 전 일이지만 벌써 완전히 다른 세상의 이야기처럼 느껴졌다.

✦

연락선 위는 아침만큼 춥지 않았고 회색 하늘도 청명한 푸른색을 거의 되찾았다. 우리가 구매한 식재료 때문에 뒷좌석에 몸을 펴고 눕는 게 불가능했지만 그럼에도 나는 한동안 차에 머물기로 했다. 나는 린다 고모와 그웬 둘 다 크리스마스트리 쇼핑에도 불구하고 일요일은 여전히 최악이라는 사실을 이해하지 못하는 것 같아 순교자 행세를 하려고 애썼다.

"마음대로 하려무나." 내가 선실에 함께 있자는 제안을 거절하자 고모는 어깨를 으쓱하며 이렇게 말했다. 고모와 그웬은 차에서 내려 배의 상층부로 이어지는 계단을 오르더니 곧 시야에서 사라졌다. 불편한 차 안에서 어쩌다가 잠든 나는 한 시간이 지나서야 눈을 떴다. 워크맨을 켜 또 한 시간 동안 음악을 듣는데 배터리가 나가고 하늘도 어두워져 금방 답답하고 지루해졌다. 창밖으로 반짝이는 연락선 조명 아래 어부로 보이는 나이 많은 남자 몇 명이 자신들의 차 근처에 모여 있었다. 고모와 그웬처럼 그들도 결국 선실로 들어갔다.

나는 앉은 채로 자세를 바꾸다가 자연의 신호를 느꼈다. 또 왔다. 별로 마신 것도 없는데 그날에만 예닐곱 번째였다. 깜빡하고 말하지 않았는데 무관심의 대상에서 갑자기 과민하고 불편한 기관이 된 내 방광 때문에 화장실이 어디인지 알아두는 건 필수였다. 아무 예고도 없던 내 방광 세포들이 돌연 이런 메시지를 날리며 걷잡을 수 없이 진동하기 시작했다. **나를 지금 당장 비워라, 그러지 않으면 어떻게 되나 두고 봐라!** 이 문제에 대해서는 선택의 여지가 없다는 것을 깨달았다. 만약 셰익스피어가 이 응급 상황을 묘사했다면 이렇게 썼을 것이다. **싸느냐 참느냐… 그건 '절대' 문제가 아니다.**

나는 차에서 뛰쳐나와 서둘러 계단을 올라가서 선실로 들어갔다. 고모와 그웬이 한 칸막이 안에서 누군가와 수다를 떠는 것을 알아챌 틈도 없었다. 재빨리 화장실을 찾았는데 다행히 비어 있었다. 화장실에서 돌아 나오는 길에 린다 고모가 내게 같이 앉자고 손짓했다. 나는 고모의 부름에 응하는 대신 머리를 숙이고 선실을 탈출했다. 가장 하기 싫은 게 어른들과 또 대화하는 것이었다. 계단을 내려온 뒤 처음에는 차로 돌아갈까 생각했다. 하지만 순교자 행세도 통하지 않고 워크맨 배터리도 다 됐는데 뭣 하러 그러겠는가? 그 대신 나는 시간이나 죽이려 배를 살펴보기로 마음먹었다. 벌써 저 멀리 오크라코크의 불빛이 보이는 걸로 짐작건대 정박까지 30분쯤 남은 것 같았다. 그렇지만 아쉽게도 연락선 구경은 팜리코 사운드보다 크게 재밌지 않았다. 연락선에는 앞서 언급했던 중앙의 선실과 갑판 아래 주차된 차들, 그리고 선실 위에 출입이 금지된 선장의 통제실이 있었다. 그러나 배 앞쪽 방향으로 빈 벤치들이 놓인 게 보여서 별로 할 일도 없겠다 나는 그리로 향했다.

왜 그곳에 아무도 없었는지 알아차리는 데 오래 걸리지 않았다. 공기가 얼음처럼 차가워 바람이 작은 바늘로 내 피부를 콕콕 찌르는 것 같았고, 재킷 주머니에 손을 파묻어도 얼얼함이 가시지 않았다. 양옆으로 어두운 바닷물이 잘게 부서지며 작은 섬광이 반짝이는 듯했는데 그 작은 파도들을 보니 원하지도 않는 그 애가 생각났다.

제이. 나를 이 시궁창으로 밀어 넣은 그 남자애.

어떻게 설명하면 좋을까? 그 애는 해변이 잘 어울리는 캘리포니아 남부 출신의 잘생긴 열일곱 살 서퍼로, 내 친구와 우연찮게 친구가 된 그의 사촌과 함께 시애틀에서 여름을 보내고 있었다. 제이를 처음 본 건 6월 말 작은 파티에서였다. 부모님이 집을 비운 사이 술판을 벌이고 침실 문 아래에서 마리화나 연기가 피어오르는 그런 파티는 떠올리지 말길 바란다. 그랬다면 부모님에게 맞아 죽었을 테니까. 심지어 집도 아닌 사마미쉬 호숫가 파티였고 내 친구 조디가 제이를 데려온 그 사촌과 친구였다. 나는 조디의 설득에 하는 수 없이 파티에 따라갔는데, 그곳에 도착한 지 고작 2초 만에 제이가 눈에 들어왔다. 그는 꽤 긴 금발 머리에 딱 벌어진 어깨, 짙게 그을린 피부를 가지고 있었다. 햇빛에 노출되면 빨간 사과처럼 익어버리는 나로선 절대 얻을 수 없는 피부였다. 제이의 복근은 살아 있는 인체해부학 전시물이라도 되는 양 멀리서도 세세하게 보였다.

제이는 잘은 몰라도 들어는 본 한 공립고등학교에 다니는 미모가 출중한 3학년생 클로이와 데이트를 했다. 둘이 사귀는 게 분명했다. 서로 진한 스킨십을 주고받고 무엇보다도 딱 달라붙어 지냈으니 자칭 소녀 탐정 낸시 드류로서 눈치채지 않을 수 없었다. 그럼에도 나는 교회에서 스스로를 주체하지 못하고 테일러가 형제들을 곁눈질한 것처럼 오후 내내 수건을 깔고 앉아 제이를 염탐했다. 몇 년간 내가 남자애들에게 좀 미쳐 있었던 건 사실이다.

거기서 끝냈어야 했는데 이상하게도 그렇게 되지 않았다. 조디 때문에 7월 4일에 또 제이를 보게 되었다. 불꽃놀이를 벌이는 야간 파티였고 부모님도 많이 와 계셨다. 몇 주 뒤 쇼핑몰에서도 제이와 마주쳤다. 그는 매번 클로이와 함께였고 내겐 조금도 관심이 없어 보였다.

그러다 8월 19일 토요일이 되었다.

일이 벌어진 경위는 뻔했다. 나는 이미 한 번 본 〈다이하드〉를 조디와 함께 다시 본 뒤 그녀의 집에 갔다. 그날은 부모님이 집에 안 계셨다. 조디의 사촌이 제이와 함께 와 있었고 클로이는 보이지 않았다. 어쩌다 제이와 집 뒤편 테라스에서 대화를 나누게 되었고 믿을 수 없게도 그가 내게 관심을 보이는 듯했다. 제이는 생각보다 상냥했다. 캘리포니아 이야기를 하고 내 시애틀에서의 삶에 대해 묻더니 이윽고 클로이와 헤어졌다는 말을 지나가듯 흘렸다. 얼마 지나지 않아 제이가 내게 입을 맞추었고, 그가 너무 멋있었던 나머지 내 의지와 상관없이 그저 일이 벌어졌다. 간단히 말해 그의 사촌의 자동차 뒷좌석까지 가고 말았다. 그와 섹스를 하려고 작정한 건 아니었지만 내 또래면 으레 그렇듯 모든 게 궁금했다. 안 그런가? 나는 그 대단한 일이 어떤 건지 알고 싶었다. 그가 강요한 것도 아니었다. 자연스레 일어난 일이었고 모든 게 5분도 채 안 돼 끝이 났다.

그 후에도 제이는 상냥했다. 내가 밤 11시 통금 시간에 맞춰 자리를 떠야 하자 제이는 나를 차까지 바래다주면서 다시 입을 맞췄다. 그리고 내게 전화하겠다고 약속했다. 하지만 전화는 없었다. 3일 후 나는 제이가 클로이의 어깨에 팔을 두르고 있는 모습을 보았고 두 사람이 입을 맞추는 순간 그가 나를 보지 못하게 돌아섰다. 방금 막 모래를 삼킨 것처럼 목구멍이 따끔거렸다.

나중에 임신 사실을 알고 캘리포니아에 있는 제이에게 전화를 걸었다. 제이가 번호를 주지 않아 조디가 그녀의 사촌에게서 번호를 받았다. 내가 누군지 밝혔으나 제이는 나를 기억하지 못하는 것 같았다. 그날 밤 일에 대해 상기시키고 나서야 우리가 함께한 시간을 생각해냈고 그러고서도 우리가 어떤 이야기를 나눴는지, 내가 어떻게 생겼는지조차 전혀 기억하지 못하는 듯했다. 내게 왜 전화했냐고 묻는 말투도 짜증스러웠다. SAT 만점이 아니어도 제이가 내게 전혀 관심이 없다는 걸 알 수 있었다. 제이에게 임신 사실을 알릴 생각이었지만 나는 그 말이 튀어나오기도 전에 전화를 끊었고 다시는 그에게 연락하지 않았다.

그나저나 부모님은 이런 사정에 대해 아무것도 몰랐다. 나는 아기 아빠에 관한 어떤 사실도 말하기를 거부했다. 제이가 처음에 얼마나 상냥했는지는커녕 나를 완전히 잊었다는 것조차 말하지 않았다. 그래봤자 바뀌는 건 없었고 그 무렵 아이를 입양 보낼 거라는 사실을 이미 알고 있었다.

내가 부모님에게 말하지 않은 게 또 뭔지 아는가?

제이에게 전화를 건 뒤 나 자신이 바보처럼 느껴졌다는 것, 부모님이 내게 실망하고 화난 것보다 내가 나 자신에게 더 실망하고 화가 났다는 것이다.

이미 빨개진 귀로 콧물까지 흘려가며 벤치에 앉아 있는데 순간적으로 저 옆쪽에서 무언가가 움직이는 게 보였다. 고개를 돌리니 웬 개가 초콜릿 껍질을 입에 문 채로 달려가고 있었다. 고향에 두고 온 내 반려견 샌디보다 몸집만 좀 작을 뿐 몹시 비슷하게 생긴 강아지였다.

골든 리트리버와 래브라도 리트리버의 교배로 태어난 샌디는 한시도 쉬지 않고 꼬리를 흔들었다. 샌디의 두 눈은 부드럽고 짙은 캐러멜색으로 감정 표현이 풍부했다. 만약 샌디가 포커 선수였다면 허풍 떠는 법을 몰라 돈을 몽땅 잃었을 것이다. 나는 언제나 샌디의 기분이 어떤지 정확하게 파악했다. 내가 칭찬하면 샌디의 다정한 눈이 행복으로 빛났고, 내가 속상해하면 연민으로 가득 찼다. 내가 1학년일 때 데려왔으니 가족이 된 지 9년째였는데 그동안은 대부분 내 침대 발치에서 잠을 잤다. 하지만 이젠 전처럼 고관절이 좋지 않아 계단을 오르내리기 힘들다 보니 주로 거실에서 잠들었다. 주둥이 부분이 하얗게 변했는데도 샌디의 두 눈은 조금도 변하지 않았다. 특히 양손으로 샌디의 북슬북슬한 머리를 살짝 감쌀 때면 여전히 사랑스러웠다. 내가 집으로 돌아가면 샌디가 나를 기억할지 궁금했다. 바보 같은 소리, 당연히 기억하겠지. 샌디가 나를 잊을 리가 없다. 샌디는 언제나 나를 사랑할 것이다.

그렇지?

그럴까?

향수병에 눈가가 촉촉해져 눈물을 훔쳤지만 호르몬이 다시 솟구치며 **"샌디가 너무 보고 싶어!"**라고 소리쳤다. 나는 아무 생각 없이 벤치에서 일어섰다. 그리고 가짜 샌디가 갑판 가장자리 근처 접이식 의자에 다리를 앞으로 쭉 뻗고 앉아 있는 남자를 향해 달려가는 모습을 바라보았다. 그는 올리브그린색 재킷을 걸치고 있었는데 옆에 세워둔 카메라 삼각대가 눈에 띄었다.

나는 움직임을 멈췄다. 개의 주인과, 그것도 내가 울고 있던 걸 알아챈 사람과 부자연스러운 대화를 시작하고 싶을 만큼 강아지가 보고 싶은지 확신이 서지 않았다. 내가 몸을 돌리려는 찰나 그 남자가 개에게 뭐라고 속삭였다. 나는 개가 몸을 돌려 근처 쓰레기통으로 달려가더니 뒷발로 일어나 스니커즈 껍질을 조심스레 버리는 모습을 지켜보았다.

나는 눈을 깜빡이며 생각했다. **와우, 대단한데.**

개가 남자 옆으로 돌아가 자리를 잡고 막 눈을 감으려는데 남자가 갑판 위로 빈 종이컵을 떨어뜨렸다. 그러자 개는 재빨리 일어나 컵을 물고 가서 쓰레기통에 넣은 뒤 다시 돌아왔다. 약 1분 후 또 컵이 떨어지자 나는 참을 수 없었다.

"뭐 하는 거예요?" 내가 마침내 물었다.

남자가 의자에서 몸을 돌렸다. 그제서야 내가 착각했음을 깨달았다. 그는 성인이 아니라 나보다 한두 살쯤 많아 보이는 10대로 초콜릿색 머리카락에 즐거움이 어른거리는 짙은 두 눈을 가지고 있었다. 올리브색 캔버스를 정교하게 박음질해 만든 재킷은 특히 이런 외진 곳에서 보니 이상하게 멋있었다. 그가 눈썹을 치켜올리자 내가 말을 걸기를 기다리고 있었던 것 같은 불편한 기분이 들었다. 정적 속에서 나는 고모의 말이 맞았다는 생각에 무척 놀랐다. 정말 이곳에 내 또래가, 적어도 오크라코크로 가는 내 또래가 **있었던** 것이다. 그 섬에 어부와 전직 수녀, 비스킷을 먹으며 로맨스 소설을 읽는 중년 여성들만 있는 게 아니었다.

그 개도 나를 평가하는 듯 보였다. 귀를 쫑긋 세우고 남자의 다리를 쿵쿵 칠 정도로 세게 꼬리를 흔들고 있었지만, 누구든 보자마자 좋아서 날뛰고 재빨리 달려와 나를 맞이하던 샌디와 달리 그 개는 컵으로 관심을 돌리더니 쓰레기통에 다시 집어넣는 좀 전의 동작을 빠르게 반복했다.

그동안 그 남자는 나를 계속 지켜보았다. 비록 의자에 앉아 있었지만 그가 날씬하고 탄탄하고 매우 귀엽다는 건 알 수 있었다. 하지만 바비 선생님이 내 배 위에 찐득한 물체를 바르고 아기의 심장 소리를 들려준 순간, 남자에 환장하던 단계는 끝난 거나 마찬가지였다. 나는 그냥 차로 돌아가지 않고 그에게 말을 건넨 것을 후회하며 시선을 떨구었다. 파자마 파티에서 친구들과 눈씨름을 할 때를 제외하곤 눈을 잘 못 마주치는 데다가 내 인생에 가장 불필요한 것이 또 다른 남자애였다. 특히 오늘 같은 날은 더 그랬다. 눈물만 흘린 게 아니라 화장도 안 했고 배기 바지에 컨버스 하이 톱, 다운재킷 차림이라 통통한 마시멜로맨처럼 보일 터였다.

"안녕." 그가 내 생각을 방해하며 드디어 조심스레 말을 건넸다. "그냥 신선한 공기를 즐기는 중이야."

나는 대답하지 않았다. 대신 그가 내게 울었냐고 묻지 못하도록 아무 말도 못 들은 척 호수만 뚫어져라 바라보았다.

"괜찮아? 울고 있었던 것 같은데."

끝내주는군, 나는 속으로 생각했다.

그와 대화하고 싶지 않았지만 그가 나를 정신적으로 망가진 사람이라 생각하는 것도 원치 않았다.

"괜찮아." 내가 딱 잘라 대답했다. "배 앞쪽에 있었더니 바람 때문에 눈물이 난 거야."

그가 내 말을 믿었는지는 모르겠지만 다행히 그런 척 행동해주었다. "앞쪽이 예쁘지."

"해가 지니까 볼 게 별로 없네."

"맞아." 그가 동의했다. "지금까지 너무 잠잠하네. 카메라를 건드릴 이유도 없을 만큼. 그나저나 난 브라이스 트리켓이야."

브라이스의 목소리는 부드럽고 듣기 좋았다. 이렇든 저렇든 내 알 바 아니었지만. 그 와중에 개가 꼬리로 쿵쿵 치며 나를 응시하기 시작했다. 그러자 애초에 내가 그에게 말을 붙인 이유가 생각났다.

"쓰레기를 버리도록 훈련시킨 거야?"

"그러려고 노력하고 있어." 브라이스가 미소 짓자 순간 보조개가 보였다. "그런데 어려서 아직 훈련 중이야. 몇 분 전에 도망을 가서 다시 연습시켜야 했어."

나는 그의 보조개에 정신이 팔렸다가 금방 생각의 흐름을 되찾았다. "왜?"

"왜라니 뭐가?"

"왜 개한테 쓰레기 버리는 법을 훈련시키냐고."

"난 쓰레기가 싫고 조금의 쓰레기도 바다로 날아가는 걸 원치 않으니까. 그건 환경에 해로워."

"내 말은 왜 직접 버리지 않고."

"나는 앉아 있으니까."

"개가 수단도 아니고."

"때론 수단이 목적을 정당화하지, 안 그래?"

하하, 나는 속으로 비웃었다. 하지만 실은 그 바보 같은 말장난에 넘어가서 꽤 독창적이라고 인정할 수밖에 없었다.

"게다가 데이지가 싫어하지 않아." 브라이스가 말을 이었다. "데이지는 놀이라고 생각해. 너도 인사 나눌래?"

내가 대꾸하기도 전에 브라이스가 말했다. "쉬어." 그러자 데이지가 재빨리 일어섰다. 데이지가 걸어오더니 내 다리를 감싸고 손가락을 할짝할짝 핥으며 칭얼거렸다. 샌디와 생김새도 흡사하거니와 느낌도 비슷해 데이지의 털을 쓰다듬는 동안은 모든 게 엉망이 되기 전 시애틀에서의 단순하고 행복했던 삶으로 돌아간 듯했다.

그러나 그만큼 빠르게 다시 현실이 밀어닥쳤고 나는 그곳에 계속 머물고 싶지 않음을 깨달았다. 나는 데이지를 마지막으로 두어 번 쓰다듬은 뒤 손을 주머니에 집어넣고 자리를 피할 궁리를 했다. 브라이스는 단념하지 않았다.

"네 이름을 못 들은 것 같네."

"내가 말을 안 했으니까."

"그렇지." 브라이스가 말했다. "하지만 알아낼 수 있을 것 같아."

"내 이름을 맞힐 수 있다고?"

"보통은 꽤 잘 맞혀." 그가 말했다. "손금도 읽을 수 있어."

"진짜야?"

"시범을 보여줄까?"

내가 대답하기도 전에 브라이스가 의자에서 우아하게 일어서 더니 내 쪽으로 걸어왔다. 그는 생각보다 키가 조금 더 컸고 농구 선수처럼 홀쭉했다. 지크 왓킨스처럼 센터나 포워드가 아니라 슈팅 가드 같았다.

브라이스가 가까워지자 갈색 눈동자의 적갈색 반점들이 보였고 그의 얼굴에 좀 전에 보았던 즐거운 기색이 다시 나타났다. 브라이스는 내 얼굴을 유심히 살피더니 만족스러운 표정으로 아직 주머니 속에 묻혀 있는 내 손을 가리켰다. "손 좀 봐도 될까? 손바닥이 위를 향하게 하면 돼."

"손 시린데."

"오래 안 걸려."

안 그래도 이상했는데 점점 더 이상해졌다. 뭐, 아무렴 어떤가.

브라이스에게 손바닥을 보여주자 그는 몸을 가까이 굽히고 정신
을 집중했다. 그러더니 손가락을 올렸다.

"괜찮을까?" 그가 물었다.

"마음대로 해."

브라이스가 손가락으로 내 손금을 하나씩 훑었다. 이상하게 친
근하다는 생각이 들면서도 살짝 긴장됐다.

"오크라코크 출신이 아닌 건 확실하군." 그가 읊조렸다.

"와우." 브라이스에게 기분을 들키지 않으려 애쓰며 내가 말했
다. "놀랍네. 네가 전에 이 근처에서 나를 본 적이 없다는 건 알아
도 모른 척해줄게."

"내 말은 노스캐롤라이나 출신이 아니라는 뜻이야. 남부 출신
도 아니네."

"내가 남부 억양을 안 쓴다는 걸 눈치챘나 보지."

불현듯 그건 브라이스도 마찬가지라는 걸 깨달았다. 남부에선
모두가 앤디 그리피스(미국의 배우─옮긴이)처럼 말할 거라고 생
각했던 터라 신기했다. 브라이스는 몇 초 더 손금을 살피다가 손
가락을 거두었다. "됐어, 이제 파악한 것 같아. 손은 다시 주머니
에 넣어도 좋아."

나는 손을 주머니에 넣었다. 잠시 기다렸지만 브라이스는 아무
말이 없었다. "그래서?"

"그래서 뭐?"

"원하는 답을 전부 얻었어?"

"전부는 아니야. 하지만 충분해. 네 이름은 알아낸 것 같아."

"알아내기는, 거짓말."

"네가 그렇게 말한다면야."

브라이스가 귀엽거나 말거나 게임도 끝났고 이제 가야 할 시간이었다. "잠시 차에 가서 앉아 있어야 할 것 같아." 내가 말했다. "점점 추워지네. 만나서 반가웠어." 돌아서서 두어 발자국 걷자마자 그의 헛기침 소리가 들렸다.

"웨스트 코스트 출신이지." 브라이스가 소리쳤다. "하지만 캘리포니아는 아니고. 보자보자… 워싱턴? 어쩌면 시애틀?"

브라이스의 말이 내 발걸음을 붙들어 세웠다. 몸을 돌린 나는 충격을 감출 수 없었다.

"내 말이 맞지?"

"어떻게 알았어?"

"네가 열여섯이고 2학년이라는 걸 알아낸 것과 같은 방법으로. 위에 형제가 하나 있는데 흠… 언니구나? 그리고 네 이름의 첫 글자는 M인데… 몰리, 메리, 마리는 아니고 좀 더 점잖은 이름인데. 이를테면… 마거릿? 그렇지만 매기 뭐 그런 식으로 자신을 부르겠지?"

내 턱이 살짝 벌어졌다. 너무 놀라 말문이 막혔다.

"오크라코크에 아주 살러 온 건 아니네. 몇 달 정도만 지낼 거야, 맞지?" 브라이스가 다시 활짝 웃으며 고개를 저었다. "이 정도면 됐겠다. 좀 전에도 말했지만 난 브라이스야. 만나서 반가워, 매기."

나는 몇 초가 지나서야 겨우 쉰 소리를 뱉을 수 있었다. "그 모든 걸 내 얼굴과 손금을 보고 알아낸 거야?"

"아니. 대부분 린다한테 들은 거야."

상황을 파악하는 데 잠깐 시간이 걸렸다. "우리 고모?"

"선실에 있을 때 잠시 찾아갔었어. 네가 우리 테이블을 지나칠 때 린다가 너를 가리키면서 너에 대해 살짝 얘기해줬고. 그나저나 네 자전거를 고친 사람도 나야."

브라이스를 찬찬히 보고 있자니 고모와 그웬이 칸막이 안에서 누군가와 대화하던 장면이 어렴풋이 기억났다.

"그러면 내 얼굴이랑 손금 어쩌고 한 건 다 뭐야?"

"아무것도 아니야. 그냥 재미로 한 거야."

"재미없었어."

"그럴지도. 하지만 네 표정을 봤어야 하는데. 할 말을 잃었을 때 엄청 귀엽더라."

제대로 들은 게 맞나 내 귀가 의심스러웠다. **귀엽다고? 방금 내가 엄청 귀엽다고 한 거야?** 나는 다시 한번 이렇든 저렇든 상관없는 일이라고 스스로에게 상기시켰다. "나라면 손금 같은 장난은 안 쳤을 거야."

"맞아. 다신 안 그럴게."

"고모가 내 얘긴 왜 한 거야?" 고모가 **그 밖에** 또 무슨 말을 했을지 궁금했다.

"네 과외를 맡아줄 수 있는지 물어봤어. 가끔 과외를 하거든."

농담도 잘하셔. "네가 내 과외 선생님이 된다고?"

"약속한 건 아니야. 먼저 너를 만나보고 싶어서."

"과외 선생님은 필요 없어."

"그렇다면 내가 실수했네."

"고모가 걱정이 많은 것뿐이야."

"이해해."

"그런데 왜 네가 내 말을 안 믿는 것처럼 들리지?"

"나도 모르지. 네 고모가 말해서 꺼내본 거야. 하지만 네가 필요 없다면 나도 알겠어." 브라이스의 환한 미소가 누그러졌지만 보조개는 그대로였다. "지금까지의 인상은 어때?"

"뭐가?"

"오크라코크 말이야." 브라이스가 말했다. "여기 온 지 몇 주 됐잖아."

"동네가 작은 것 같아."

"그야 그렇지." 그가 웃었다. "나도 여기 적응하는 데 꽤 걸렸어."

"여기가 고향이 아니야?"

"응." 브라이스가 말했다. "나도 너처럼 고지인이야."

"고지인이 뭐야?"

"이곳 출신이 아닌 고지대에서 온 사람."

"그런 표현은 처음 듣는데."

"여기 방언이야." 그가 말했다. "우리 아빠와 형제들도 고지인이야. 하지만 엄마는 아니야. 여기서 나고 자랐거든. 이곳에 돌아온 지 몇 년밖에 안 됐어." 브라이스가 어깨 너머로 엄지를 구부리며 빨간 페인트칠이 바래기 시작한, 거대한 타이어가 달린 구형 트럭을 가리켰다. "차에 여분의 의자가 있어. 벤치보다 훨씬 편할 거야."

"가봐야 할 것 같아. 번거롭게 하고 싶지 않아."

"전혀 번거롭지 않아. 네가 나타나기 전까지 꽤 지루했거든."

그가 집적거리는 건지 뭔지 알 수 없었지만 나는 확신이 없어 아무 말도 하지 않았다. 나의 대답 없음을 긍정으로 해석했는지 브라이스가 말을 이었다.

"좋아." 그가 말했다. "의자 가져올게." 무슨 일이 일어나고 있는지 알 겨를도 없이 의자가 그의 옆쪽 바다를 향해 놓였고 나는 브라이스가 의자에 앉는 모습을 지켜보았다. 그러고는 느닷없이 덫에 걸린 듯한 기분으로 또 다른 의자로 걸어가 조심스레 그의 옆에 앉았다.

브라이스가 두 다리를 앞으로 쭉 뻗었다. "벤치보다 훨씬 좋지?"

나는 여전히 브라이스가 너무 잘생겼다는 사실을, 그리고 전직 수녀인 고모가 이 모든 일을 기획했다는 사실을 이해하려고 노력하는 중이었다. 고모가 기획한 게 아닐 수도 있지만. 부모님이 가장 원치 않는 게 내가 다시 이성을 만나는 것이었고 고모에게도 그 사실을 말했을 터였다.

"그런 것 같네. 그래도 좀 추워."

내가 말을 하는 사이 데이지가 어슬렁거리며 다가와 우리 사이에 누웠다. 나는 손을 뻗어 데이지를 토닥거렸다.

"조심해." 브라이스가 말했다. "한번 쓰다듬어주면 계속 만져달라고 고집 피울 수도 있어."

"괜찮아. 데이지를 보면 우리 집 개가 생각나. 고향에 있는 개 말이야."

"그래?"

"샌디가 나이도 많고 좀 더 크긴 하지만. 샌디가 그리워. 데이지는 몇 살이야?"

"10월에 한 살이 됐어. 그러니까 지금은 거의 14개월이야."

"어린데도 훈련이 굉장히 잘 된 것 같아."

"그럴 수밖에. 강아지 때부터 훈련시켰으니까."

"쓰레기 버리는 걸?"

"다른 것들도. 줄행랑치지 않는 법 같은 것들." 브라이스가 약간 들뜬 목소리로 말하며 개에게로 관심을 돌렸다. "하지만 아직갈 길이 멀어, 그렇지?"

데이지가 꼬리로 툭툭 치며 칭얼거렸다.

"오크라코크 출신이 아니라면 여기 산 지는 얼마나 된 거야?"

"4월이면 4년이야."

"무슨 일로 온 가족이 오크라코크로 왔어?"

"아빠가 군에서 일했는데, 엄마는 아빠 은퇴 후에 외조부모님과 가까이 살고 싶어 했어. 아빠 직장 때문에 이사를 자주 다녀야 했던 터라 아빠도 우리 가족이 한동안 머물 곳을 엄마가 결정하는 게 공평하다고 판단했고. 모험이 될 거라고 했었지."

"모험이었어?"

"가끔은." 브라이스가 말했다. "여름에는 아주 재밌어. 섬이 꽤 붐비는데 7월 4일경이 성수기야. 게다가 해변이 정말 아름다워. 데이지가 해변을 달리는 걸 좋아해."

"그 카메라로는 뭘 찍는 거야?"

"흥미로운 거 아무거나. 오늘은 별로 없었어, 해가 안 떨어졌을 때도."

"흥미로운 게 있기는 해?"

"작년에 어선에 불이 났었어. 해안경비대가 도착하기 전에 연락선이 방향을 돌려 선원들을 구조하러 나섰지. 정말 안타까운 일이었지만 선원들은 무사히 구조됐고 나는 굉장한 사진들을 건졌어. 돌고래도 있어서 물 위로 튀어 오를 때 멋진 사진을 찍을 수 있어. 그런데 사실 오늘은 내 프로젝트 때문에 가져온 거야."

"무슨 프로젝트?"

"이글 스카우트가 되려고. 데이지를 훈련시키면서 괜찮은 사진도 몇 장 건질까 해서."

나는 얼굴을 찌푸렸다. "이해가 안 돼. 개를 훈련시키는 걸로 이글 스카우트가 될 수 있다고?"

"나중에 고급 훈련을 받을 수 있도록 준비시키는 중이야." 브라이스가 말했다. "지체장애인 보조견이 되는 법을 배우고 있거든." 내 다음 질문을 예상하기라도 한 듯 그가 설명했다. "휠체어에 앉아 있는 사람들 말이야."

"맹인 안내견처럼?"

"비슷해. 필요한 기술은 다르지만 원칙은 같아."

"쓰레기 버리는 기술 같은 거?"

"맞아. 리모컨이나 수화기를 찾아온다거나 서랍이나 장식장, 문을 연다거나."

"문은 어떻게 열어?"

"물론 문에 둥근 손잡이가 아니라 길쭉한 손잡이가 달려 있어야 해. 뒷발로 서서 앞발을 사용하면 나머지는 코로 살살 밀어서 열 수 있어. 꽤 잘하는 편이야. 손잡이에 끈만 있으면 서랍도 열 수 있어. 내가 주로 훈련시켜야 하는 건 집중력인데 그건 나이 탓도 있는 것 같아. 공식 프로그램에 합격하면 좋겠고 분명 그렇게 될 거야. 고급 기술이 필요한 건 아니지만. 그건 공식 훈련사가 할 일이거든. 그래도 한발 앞서 가르치고 싶었어. 그리고 준비가 끝나면 새로운 집으로 가게 될 거야."

"데이지를 보내야 한다고?"

"4월에."

"나라면 이글 스카우트 같은 건 잊어버리고 그냥 키울 텐데."

"도움이 필요한 사람들을 돕는 일이니까. 하지만 네 말이 맞아. 쉽지 않을 거야. 데이지가 온 뒤로 우린 떨어질 수 없는 사이가 됐거든."

"학교에 갔을 때만 빼고 말이지."

"공부할 때도 그래." 브라이스가 말했다. "이미 졸업했지만, 엄마한테 홈스쿨링을 받았거든. 남동생들도 마찬가지고."

시애틀에 있을 때 내 주변 사람 중 홈스쿨링을 하는 유일한 가족은 종교적 근본주의자들이었다. 그들과 잘 알고 지낸 건 아니었다. 내가 아는 건 그 집 딸들은 언제나 긴 치마를 입어야 한다는 것과 그 가족은 크리스마스 때마다 앞마당에 거대한 예수 탄생 조형물을 설치한다는 것뿐이었다.

"좋았어? 그러니까, 홈스쿨링 말이야."

"너무 좋았지." 브라이스가 말했다.

나는 학교의 사회적 측면에 대해 생각했다. 단연코 내가 학교에서 가장 좋아하는 부분이었다. 나로선 친구들을 볼 수 없다는 게 상상이 안 됐다.

"뭐가?"

"내 속도대로 배울 수 있으니까. 엄마가 선생님이기도 하고 이사를 자주 해서 부모님이 그 편이 교육에 좋겠다고 생각한 거야."

"남는 방에 책상을 여러 개 두는 거야? 칠판도 있고, 프로젝터도 있고?"

"아니." 브라이스가 답했다. "수업은 부엌 식탁에서 했어. 혼자 공부하는 시간도 많았고."

"그게 효과가 있었어?" 나는 내 목소리에서 의심을 지울 수 없었다.

"그런 것 같아." 브라이스가 말했다. "동생들의 경우엔 확실해.

그 녀석들은 정말 똑똑해. 실은 무서울 정도로 똑똑하지. 그나저나 그 둘은 쌍둥이야. 로버트는 항공학에, 리처드는 컴퓨터 프로그래밍에 빠져 있어. 열대여섯 살이 되면 대학에 갈지도 몰라. 공부만 놓고 보면 지금 당장 가도 되지만."

"몇 살인데?"

"겨우 열두 살. 너무 감탄할까 봐 말해두자면 둘 다 아직 철부지기도 해서 바보 같은 짓으로 날 미치게 해. 직접 만나보면 너도 혼이 나갈 거야. 네가 나나 녀석들을 오해하기 전에 미리 경고해 둬야 할 것 같아. 아닌 척 행동해도 실제로는 정말 영리한 녀석들이라니까."

나는 브라이스에게 말을 건 뒤 처음으로 웃지 않을 수 없었다. 그의 어깨 너머로 오크라코크가 모습을 드러내고 있었다. 주위에 있던 사람들이 그들의 차를 향해 천천히 걷기 시작했다.

"명심할게. 그러면 너는? 너도 무서울 정도로 똑똑해?"

"동생들만큼은 아니야. 하지만 그게 홈스쿨링의 장점 중 하나지. 보통 두세 시간 안에 공부를 끝낼 수 있어서 다른 것들을 배울 시간이 생기거든. 동생들은 그게 과학이지만 나는 사진을 좋아해서 많이 찍었어."

"그러면 대학은?"

"이미 붙었어." 브라이스가 말했다. "다음 가을 학기부터 시작이야."

"열여덟 살이야?"

"열일곱. 7월에 열여덟이 돼."

나는 브라이스가 나보다 나이가 훨씬 많고 우리 학교의 어느 누구보다 성숙해 보인다는 생각이 절로 들었다. 어째선지 이 세상에 대해, 그 안에서 자신이 맡은 역할에 대해 좀 더 자신감 있고 편안해 보였다. 오크라코크 같은 곳에서 어떻게 그럴 수 있는지 나로선 도무지 이해되지 않았다.

"대학은 어디로 가?"

"웨스트포인트(미국 뉴욕주에 있는 육군사관학교―옮긴이)." 브라이스가 말했다. "아빠가 그 학교 출신이니 일종의 집안 내력이지. 그나저나 너는? 워싱턴은 어떤 곳이야? 가본 적은 없지만 아름다운 곳이라고 들었어."

"맞아. 산도 멋지고 괜찮은 하이킹 코스도 많아. 시애틀은 확실히 재밌는 곳이야. 나는 친구들과 영화를 보거나 쇼핑몰에서 놀아. 그래도 집 근방은 조용한 편이야. 나이 많은 사람들이 많이 살거든."

"퓨젓사운드에 고래도 있지? 혹등고래?"

"당연하지."

"본 적 있어?"

"많이 봤지." 나는 어깨를 으쓱였다. "6학년 때 반에서 배를 타고 현장학습을 나가서 꽤 가까이서 볼 수 있었어. 멋지더라."

"대학 가기 전에 한 번쯤 보고 싶었는데. 여기 앞바다에서도 가끔 목격되는데 나는 늘 운이 없었어."

두 사람이 우리 양옆을 지나쳐 갔다. 내 뒤에서 문이 닫히는 소리가 들렸다. 배의 엔진이 그르렁거리는 소리를 냈고 연락선이 속도를 늦추는 게 느껴졌다.

"거의 다 온 것 같네." 평소보다 여정이 짧았다고 생각하며 내가 말했다.

"그렇네." 브라이스가 말했다. "난 데이지를 트럭에 실어야겠어. 네 고모가 널 찾을 것 같은데."

브라이스가 내 뒤를 향해 손을 흔들어서 고개를 돌리니 고모가 다가오는 게 보였다. 나는 고모가 손을 흔들거나 난리 법석을 떨어서 연락선에 탑승한 모든 승객에게 내가 그녀가 소개해주려던 과외 선생님과 만났다는 걸 소문내지 않기를 기도했다.

고모도 손을 흔들었다. "여기 있었구나!" 그녀가 소리쳤다. 고모가 다가오자 나는 의자 깊숙이 몸을 묻었다. "차에서 찾았는데 안 보이더라니." 그녀가 말을 이었다. "브라이스를 만났구나."

"안녕하세요, 도스 부인." 브라이스가 일어나서 의자를 접었다. "네, 어쩌다 보니 서로 안면을 조금 텄어요."

"잘됐네." 말이 잠깐 끊긴 사이 두 사람 다 내가 무슨 말이라도 하길 기다리고 있다는 느낌을 받았다. "네, 고모." 브라이스가 트럭 짐칸에 의자를 올리는 것을 보고 내가 일어설 차례임을 알았다. 나는 의자를 접어 브라이스에게 건넨 뒤 그가 트럭에 의자를 싣고 뒷문을 닫는 모습을 지켜보았다.

"올라가, 데이지." 브라이스가 말했다. 데이지가 일어나서 트럭 뒷좌석으로 껑충 뛰어올랐다.

고모가 브라이스를, 이어서 나를, 이어서 우리 둘을 동시에 쳐다보며 어떻게 할지 고민하는 게 느껴졌다. 수녀가 되기 전, 아마도 일반인들과 비슷한 감정을 느끼며 평범하게 살던 때가 기억난 게 분명했다. "난 차에서 기다리마." 고모가 말했다. "만나서 반가웠다, 브라이스. 또 보게 되니 좋구나."

"안녕히 가세요." 브라이스가 대답했다. "아무래도 이번 주에 또 비스킷을 먹으러 갈 것 같은데 그때 뵐게요."

린다 고모는 우리 둘을 바라보더니 마침내 몸을 돌려 자리를 떴다. 말소리가 안 들릴 정도로 고모가 멀어지자 브라이스가 다시 나를 쳐다봤다.

"린다와 그웬은 정말 좋은 분들이야. 두 분의 비스킷은 내가 먹어본 것들 중 최고야. 너도 이미 알겠지만. 비밀 레시피를 알아내려고 노력했는데 어림도 없더라고. 아빠와 할아버지도 배를 타러 가실 때면 몇 개씩 사 드시곤 해."

"배?"

"할아버지가 어부거든. 아빠는 DOD에 자문하지 않을 땐 할아버지의 일을 도와드려. 배나 장비를 수리하거나 함께 배를 타고 나가거나."

"DOD가 뭐야?"

"국방부Department of Defense."

"아." 뭐라고 덧붙여야 할지 몰랐던 나는 감탄사만 내뱉었다.

국방부에 자문하는 사람이 오크라코크에 살기로 했다는 사실을 이해하기 어려웠다. 그때 연락선이 멈추면서 차 문이 닫히고 엔진이 우르릉거리는 소리가 들렸다. "이제 가야겠다."

"그래. 대화 즐거웠어, 매기. 보통 때는 연락선에 내 또래와 엇비슷한 사람도 없거든. 네 덕분에 오늘 여정은 너무 즐거웠어."

"고마워." 나는 브라이스의 보조개를 쳐다보지 않으려 애쓰며 말했다. 뒤돌아서는데 놀랍게도 불현듯 브라이스와 함께하는 시간이 끝났다는 실망감과 안도감이 섞인 이상한 기분이 들었다.

✦

질문을 받기 싫었던 나는 마지막 순간까지 기다렸다가 차에 올라탔다. 질문을 던지는 건 부모님의 주특기였다. **무슨 얘기를 나눴어? 그 애가 마음에 드니? 그 애가 네게 기하학을 가르쳐주고 필요할 때 네 리포트를 손봐준다니 상상이 되니? 내가 사람을 잘 고른 것 같니?**

부모님은 모든 일에 시시콜콜 간섭했다. 내가 처음 구역질을 한 날, 아니 임신 테스트기에 소변을 본 그날까지 학교만 갔다 오면 항상 내게 학교는 어땠냐고 물었다. 수업을 듣는 게 모두가 열광하는 신비롭고 미스터리한 영화라도 되는 양. 내가 단답형으로 괜찮았다고 아무리 대답해도 계속 물어보았다. 실은 그건 **'그런 멍청한 질문은 그만 물어봐요'**라는 의미였다. 그리고 솔직히 **괜찮**

았다는 말 대신 뭐라 답하겠는가? 그들도 학교에 다녔으니 어땠는지 모를 리 없었다. 선생님들이 시험에서 좋은 성적을 거두기 위해 배워야 할 것들을 가르쳤지만 그 어떤 수업도 재미있지 않았다.

점심시간은 가끔 재밌을 때도 있었다. 내가 좀 더 어렸다면 쉬는 시간이 이야깃거리가 됐을 수도 있다. 하지만 **학교**는 어땠냐니? 학교는 그냥⋯ **학교**였다.

다행히 고모와 그웬은 나는 기억도 못 하는 그날의 설교 내용에 대한 이야기를 나누었고 당연하게도 이동 시간은 몇 분밖에 되지 않았다. 우리는 가게에 먼저 들렀고 나는 두 사람이 비축품을 내리는 데 손을 보탰다. 그 후 크리스마스트리를 집 안으로 끌고 갈 때 도움이 필요해 그웬을 고모네 집까지 데려왔다.

나는 임산부고 그들은 중년 여성이었음에도 우리는 어찌어찌하여 나무를 계단까지 끌고 갔고, 린다 고모가 복도 벽장 뒤편에서 꺼내 온 스탠드에 나무를 설치했다. 그때쯤에 난 좀 지쳐 있었고 그들도 그래 보였다. 고모와 그웬은 곧바로 트리를 장식하는 대신 부엌에서 일을 시작했다. 린다 고모가 갓 구운 비스킷을 만드는 동안 그웬이 남아 있던 추수감사절 음식을 데웠다.

나는 배가 얼마나 고팠는지 모처럼 접시를 비웠다. 브라이스가 말을 꺼내서 그런지 평소보다 비스킷이 맛있게 느껴졌다. 내가 두 번째 비스킷을 집자 고모가 미소 지었다.

"왜요?" 내가 물었다.

"그냥 네가 잘 먹으니 좋아서." 고모가 답했다.

"이 비스킷엔 뭐가 들었어요?"

"기본적인 것들. 밀가루, 버터밀크, 쇼트닝."

"특별한 비법은 없어요?"

고모는 내가 관심을 가지는 이유를 궁금해하는 눈치였지만 물어보지 않았다. 그웬에게 공모하는 듯한 눈짓을 보내더니 다시 나를 쳐다보았다. "당연히 있지."

"뭔데요?"

"비밀이야." 고모가 윙크하며 말했다.

그 후로는 대화가 이어지지 않았다. 나는 설거지를 마친 뒤 내 방으로 들어갔다. 창밖을 보니 하늘에 별이 가득했고 물 위에 달이 떠 있어 바다가 은빛으로 빛났다. 나는 잠옷으로 갈아입고 침대 속으로 기어들어가려다 문득 아직 서굿 마셜에 대한 리포트가 남았다는 사실을 떠올렸다. 나는 노트를 집어 들고 진짜로 글을 쓰기 시작했다. 적어도 거기까지는 해냈다. 글쓰기는 늘 괜찮은 편에 속했다. 대단하게 잘하진 않아도 수학보다는 확실히 나았다. 한 장 반 정도 진도가 나갔을 때 노크 소리가 들렸다. 흘깃 올려다보니 린다 고모가 문틈 사이로 슬쩍 고개를 들이밀고 있었다. 고모가 숙제하는 내 모습을 보고 놀란 표정을 지었다. 하지만 곧 내 진도에 급제동이 걸리지 않도록 입을 다무는 편이 낫겠다고 생각한 것 같았다.

"부엌이 근사하네." 고모가 말했다. "고맙다."

"뭘요. 저녁 잘 먹었어요."

"남은 음식인걸." 그녀가 어깨를 으쓱했다. "비스킷 말곤 한 것도 없어. 오늘 밤에 부모님한테 전화하려무나. 거긴 아직 이른 시간일 거야."

나는 시계를 보았다. "아마 저녁 식사 중일 거예요. 조금 있다가 할게요."

고모가 조용히 헛기침을 했다. "브라이스한테 너에 대해… 그러니까 네 상황에 대해 아무 말 안 했다는 걸 알려주고 싶었다. 그냥 조카가 몇 달 동안 집에 와서 지낸다는 거 정도만 얘기했어."

내가 그 부분을 염려하는지도 몰랐는데 속에서 안도의 한숨이 나오는 게 느껴졌다.

"왜인지는 안 물어봐요?"

"물어볼 수도 있었겠지. 하지만 과외와 관련 없는 얘기는 안 나오게 했어."

"하지만 나에 대해 말해줬잖아요."

"녀석이 너에 관해 알아야 할 게 있다고 해서 그런 거야."

"제가 그 애를 과외 선생님으로 원한다면 말이죠."

"그렇지." 고모가 동의했다. "그리고 중요한 건 아니지만 네 자전거를 고쳐준 청년이 바로 그 녀석이야."

그건 이미 알고 있었고 나는 여전히 브라이스를 매일 보게 될 가능성에 대해 곰곰이 생각하는 중이었다. "저 혼자 진도를 따라잡겠다고 약속하면요? 그 애의 도움 없이요."

"할 수 있겠니? 너도 알겠지만 난 너를 도울 수 없어. 학교를 졸업한 지 오래돼서."

내가 머뭇거렸다. "왜 이곳에 왔냐고 물으면 뭐라고 해요?"

고모가 잠시 생각했다. "인간은 그 누구도 완벽하지 않다는 걸 절대 잊어선 안 돼. 누구나 실수하며 산단다. 우리가 할 수 있는 건 앞으로 나아가면서 가장 좋은 내가 되려고 노력하는 것뿐이야. 이 경우엔 사실대로 말할 수도 있고 거짓말을 할 수도 있겠지. 내 생각에 그건 네가 거울 앞에 섰을 때 어떤 사람을 보고 싶은지의 문제인 것 같구나."

나는 전직 수녀에게 도덕과 관련된 문제는 묻지 말았어야 한다는 사실을 깨달으며 움찔했다. 그 말에 재빨리 대꾸할 방도가 없자 나는 너무 뻔한 이야기로 돌아갔다. "아무한테도 알리고 싶지 않아요. 그 애를 포함해서요."

고모가 슬픈 미소를 지었다. "나도 안다. 하지만 임신은 지켜지기 어려운 비밀이라는 걸 명심하렴. 특히 오크라코크 같은 마을에서는 더더욱. 그리고 언젠가 네 배가…."

문장을 마무리할 필요도 없었다. 고모가 무슨 말을 하려는 건지는 나도 알았다.

"집 밖으로 안 나가면 어때요?"

그렇게 말하는 순간 그게 얼마나 비현실적인 생각인지 깨달았다. 나는 일요일마다 예배를 보러 가기 위해 오크라코크 주민들과 함께 연락선을 탔다. 모어헤드 시티에 있는 산부인과도 가야 하니 연락선을 타는 횟수는 늘어날 터였다. 고모네 가게에 들렀던 탓에 내가 이 섬에 와 있는 건 이미 알려졌다. 일부 사람들은 그 이유에 대해 궁금해하고 있을 게 뻔했다. 브라이스도 비슷할 것이다. 그들은 임신까진 아니어도 내가 어떤 문제에 휘말린 거라 의심하고 있으리라. 가족 문제, 약물 문제, 법적인 문제… **어떤** 문제든. 그게 아니면 내가 뭣 때문에 한겨울에 난데없이 이곳에 나타났겠는가?

"솔직히 말해야 한다는 거죠?"

"내 생각엔 말이다." 고모가 의견을 말했다. "네 의지와 상관없이 그 애는 진실을 알게 될 게다. 그게 언제냐, 누가 말해주느냐의 문제일 뿐이야. 난 네 입에서 그 말이 나오는 게 최선일 것 같구나."

나는 보이지도 않는 창밖을 뚫어지게 바라보았다. "내가 형편 없는 사람이라 생각할 거예요."

"글쎄다."

나는 마른침을 삼켰다. 이 상황이, 이 모든 상황이 싫었다. 고모는 침묵을 지키며 내게 생각할 시간을 주었다. 그런 면에서는 고모가 부모님보다 훨씬 낫다는 걸 인정하지 않을 수 없었다.

"브라이스에게 과외를 받을게요."

"녀석에게 알려주마." 고모의 목소리는 차분했다. 그러더니 헛기침하며 물었다. "무슨 공부를 하고 있니?"

"오늘 밤에 리포트 초고를 끝내고 싶어서요."

"좋은 결과물이 나올 거라 믿는다. 넌 똑똑한 아가씨니까."

과연 부모님도 그 말에 동의할까, 나는 속으로 생각했다. "고마워요."

"자러 가기 전에 뭐 필요한 거 있니? 우유 한 잔 주련? 내일은 내가 일찍 나가야 한다."

"괜찮아요, 고마워요."

"부모님한테 전화하는 거 잊지 말고."

"그럴게요."

고모가 돌아서서 자리를 뜨려다 다시 멈춰 섰다. "아, 하나 더. 내일 저녁 먹고 함께 트리를 장식하자꾸나."

"네."

"잘 자라, 매기. 사랑한다."

"저도 사랑해요." 내가 말했다. 친구들에게 했던 것처럼 그 말이 저절로 튀어나왔다. 나중에 부모님과 통화하다 그들이 고모와는 잘 지내냐고 물었을 때야 난 그날 우리가 처음으로 서로에게 사랑한다고 말했다는 걸 깨달았다.

호두까기 인형

맨해튼

2019년 12월

이윽고 매기의 말소리가 잦아들었을 때 마크는 알 수 없는 표정으로 손가락 끝을 마주 댄 채 앉아 있었다. 곧바로 입을 열진 않았지만 그는 갑자기 자신이 말할 차례라는 걸 깨달은 듯 고개를 흔들었다.

"죄송해요." 마크가 말했다. "아직 방금 들은 내용을 흡수하려고 노력하는 중이에요."

"지금까지는 네가 예상한 것과 많이 다르지?"

"제가 뭘 예상했는지 모르겠어요." 그가 수긍했다. "그다음은요?"

"지금 바로 나머지 얘기를 하기에는 너무 피곤하네."

마크가 한 손을 들었다. "알겠어요. 그런데 아직도… 와. 제가 열여섯이었다면 그런 위기를 헤쳐 나갈 수 있었을지 모르겠어요."

"선택의 여지가 없었어."

"그래도⋯." 마크가 무심코 한쪽 귀를 긁었다. "린다 고모는 흥미로운 분 같아요."

매기의 얼굴에 슬그머니 미소가 떠올랐다. "물론."

"아직도 연락해요?"

"했었지. 고모와 그웬이 나를 보러 뉴욕에 몇 번 왔었고 나도 오크라코크에 가서 고모를 한 번 만났어. 하지만 주로 편지를 주고받고 전화로 수다를 떨었지. 고모는 6년 전에 돌아가셨어."

"안타깝네요."

"여전히 고모가 그리워."

"편지는 가지고 계세요?"

"하나도 빠짐없이."

마크가 시선을 옆으로 돌렸다가 다시 매기에게로 향했다. "그분이 수녀의 길을 포기한 이유는 뭐예요? 물어본 적 있어요?"

"그때는 못 물었어. 물어보기 불편한 것도 있었고 내 문제에 너무 사로잡혀 있어서 그 질문이 생각도 나지 않았거든. 수년이 지나서야 그 이야기를 꺼냈는데, 막상 묻고 나서도 속 시원히 이해될 만한 답은 얻지 못했어. 내가 확실한 증거 같은 걸 바랐었나 봐."

"뭐라고 하셨어요?"

"인생에선 계절이 중요한데, 계절이 바뀌었대."

"하. 좀 이해하기 어렵네요."

"임신한 10대들을 돌보는 일에 지친 게 아닌가 싶어. 경험자로서 말하자면 임산부는 변덕이 죽 끓듯 하거든."

싱긋이 웃던 마크가 진지해졌다. "수녀원에선 여전히 임신한 10대들을 돌보나요?"

"나도 잘 모르지만 아닐 것 같아. 시대가 변했어. 몇 년 전, 일명 '호기심병'에 걸렸을 때 인터넷에 자비의 수녀회를 검색해봤는데, 10년도 더 전에 문을 닫았다고 적혀 있었어."

"그 수녀원은 어디였어요? 그분이 떠나기 전에 있던 곳이요."

"일리노이였던 것 같아. 아니면 오하이오거나. 여하튼 중서부 어디였어. 고모가 애초에 왜 수녀가 됐는지는 묻지 마. 우리 아빠처럼 고모도 웨스트 코스트 출신이었어."

"수녀 생활은 얼마나 하셨어요?"

"25년쯤? 그보다 길거나 짧을 수도 있고. 나도 확실히는 몰라. 내 생각엔 그웬이 먼저 수녀가 되고 그다음이 고모였던 것 같아."

"혹시 두 분이…?"

마크가 말을 멈추자 매기가 눈썹을 치켜올렸다. "연인은 아니었냐고? 솔직히 그것도 잘 모르겠어. 나이가 들면서 그럴 수도 있겠다고 생각한 적도 있어. 두 분이 항상 붙어 다녔으니까. 하지만 그들이 입을 맞추거나 손을 잡거나 하는 건 못 봤어. 그렇지만 한 가지는 확실하지. 그들이 서로를 깊이 사랑했다는 거야. 린다 고모가 눈을 감을 때 그웬이 침상을 지켰어."

"그웬과도 연락하고 지내세요?"

"당연히 난 고모와 더 가까웠지만 고모가 돌아가시고 1년에 몇 번씩은 꼭 그웬에게 연락했어. 하지만 최근엔 뜸해졌지. 그웬은 알츠하이머에 걸려 더 이상 내가 누군지 기억도 못 할 거야. 그래도 고모는 기억해. 그래서 기뻐."

"이런 과거를 루앤에겐 입도 뻥긋 안 했다니 믿기지 않아요."

"몸에 밴 거야. 우리 부모님조차 여전히 아무 일도 없었던 것처럼 행동해. 모건도 마찬가지고."

"루앤한테 연락 왔어요? 하와이로 떠난 뒤에요."

"의사가 뭐라고 했는지는 아직 털어놓지 않았어. 네가 묻는 게 그거라면 말이야."

마크가 침을 삼켰다. "이런 일이 작가님한테 일어난 게 너무 싫어요." 그가 말했다. "진심이에요."

"누구든 마찬가지지. 건강 잘 챙겨서 절대 암에 걸리지 마. 특히 인생이 한창일 때는."

마크가 고개를 숙였고 매기는 그가 할 말을 잃었다는 걸 알았다. 죽음에 관한 농담은 다른 더 어두운 감정들을 가로막는 데는 도움이 되지만, 아무도 어떻게 반응해야 할지 정확히 알지 못한다는 단점이 있었다. 마침내 마크가 시선을 들었다.

"오늘 루앤한테 문자가 왔어요. 작가님한테 문자를 보냈는데 답이 없대요."

"오늘 핸드폰 확인을 안 했어. 뭐라고 보냈대?"

"아직 카드를 안 봤으면 잊지 말고 열어보라고요."

아, 맞다. 그 안에 선물이 있다고 했지. "찾는 걸 도와주려거든 아마 아직 책상 위에 있을 거야."

마크가 일어서서 서류함을 살피는 동안 매기는 책상 맨 위 서랍을 뒤졌다. 매기가 서랍 안을 살피는데 마크가 송장 더미에서 봉투를 끄집어내 건네주었다.

"이거예요?"

"맞아." 매기가 잠시 살펴보며 말했다. "섹시한 셀카 사진이 아니어야 할 텐데."

마크의 눈이 휘둥그레졌다. "그건 루앤답지 않은데요…."

매기가 웃었다. "농담이야. 그냥 네가 어떤 반응을 보일지 보고 싶어서." 그녀가 봉투를 열었다. 안에는 평범한 인사말이 적힌 우아한 분위기의 카드가 들어 있었다. 매기에게 '함께 일하기 좋은 유쾌한' 사람이 되어준 것에 대한 감사를 표하는 짧은 문구도 함께였다. 루앤은 올바른 문법과 단어 사용에 있어 언제나 남들보다 까다로웠다. 카드 안에는 링컨 센터에서 열리는 뉴욕시티 발레단의 〈호두까기 인형〉 티켓 두 장이 동봉되어 있었다. 공연은 금요일 저녁으로, 이틀 밤 뒤였다.

매기가 티켓을 꺼내 마크에게 보여주었다. "네가 알려줘서 다행이야. 날짜를 넘길 뻔했어."

"너무 멋진 선물이에요. 이 공연 본 적 있으세요?"

"늘 보고 싶다 말만 했지 실제로 본 적은 없어. 너는?"

"저도 그래요."

"같이 갈래?"

"저요?"

"안 될 거 없지? 늦게까지 근무한 것에 대한 보상으로."

"저야 좋죠."

"잘됐네."

"작가님 이야기도 잘 들었어요. 결말을 모르는 채 끝나긴 했지만요."

"어떤 결말?"

"작가님, 그러니까 작가님의 남은 임신 기간이요. 고모와의 관계가 돈독해지기 시작한 것과 브라이스도요. 그에게 과외를 받기로 한 건 어떻게 됐어요? 도움이 됐어요, 아니면 실망스러웠어요?"

마크가 그 이름을 꺼내자마자 매기는 오크라코크에서 보낸 수개월 후로 거의 4분의 1세기가 지났다는 게 믿기지 않아 마음이 아려왔다.

"나머지 얘기도 정말 듣고 싶니?"

"네." 마크가 시인했다.

"왜?"

"작가님을 좀 더 이해하는 데 도움이 되거든요."

매기는 녹아가는 스무디를 한 모금 더 마셨다. 불현듯 브로디건 박사와 가장 최근에 나눈 대화가 섬광처럼 뇌리를 스쳤다. 박사가 냉소적으로 말했다. **누군가와 유쾌하게 대화를 나누다가도 느닷없이 자신이 죽어가고 있다는 생각에 사로잡힐 거예요.** 매기는 이러한 자각을 밀어내려다 실패한 뒤 문득 마크도 똑같은 생각을 하고 있는지 궁금해졌다. "애비게일과 매일 통화하는 거 알아. 여자 친구한테 내 몸 상태에 대해 말해줘도 괜찮아."

"말하지 않을 거예요. 그건… 작가님의 사생활이에요."

"애비게일도 내 영상을 보니?"

"네."

"그럼 어차피 알게 될 거야. 부모님과 언니에게 말하고 나서 최근 병세에 관해 올릴 계획이었거든."

"가족한테 아직 말 안 했어요?"

"크리스마스가 끝날 때까지 기다리려고."

"왜요?"

"지금 말하면 곧장 시애틀로 날아오라고 하거나 이리로 오겠다고 우길 텐데, 둘 다 싫어. 다들 스트레스받을 거고 슬픔과 싸워야 할 거야. 그러면 모두가 더 힘들어져. 거기다 덤으로 그들이 앞으로 보낼 모든 크리스마스를 망쳐버릴 테고. 그렇게 만들고 싶진 않아."

"언제 말하든 힘들 거예요."

"알아. 하지만 우리 가족과 나는 관계가… 독특해."

"어떻게요?"

"난 부모님이 기대하던 종류의 삶을 살지 못했어. 어쩌다 엉뚱한 가정에서 태어났다는 느낌이 늘 따라다녔지. 부모님과 거리를 좀 둘 때 관계가 유지된다는 사실을 오래전에 깨달았어. 그들은 내 선택을 이해하지 못해. 언니는 부모님과 좀 더 닮았어. 결혼도 하고, 애들도 있고, 교외에 사는데, 여전히 전처럼 아름다워. 그런 사람과 경쟁하기란 어려운 일이야."

"하지만 작가님이 이룬 그 모든 것들을 보세요."

"우리 가족에게 그건 중요하지 않아."

"유감이에요." 침묵이 이어지는 가운데 매기가 갑자기 하품을 하자 마크가 목을 가다듬었다. "피곤하면 집에 가시는 게 어때요?" 마크가 말했다. "제가 책임지고 업무 일지도 기록하고 배송도 전부 처리할게요."

이전 같으면 남겠다고 고집을 피웠을 것이다. 이젠 그래봐야 아무 도움이 안 된다는 걸 매기도 알았다. "괜찮겠어?"

"발레를 보여주시잖아요. 이게 제가 할 수 있는 최소한이에요."

매기가 무장을 마치자 마크는 그녀를 따라가 문을 열어주고는 잠글 준비를 했다. 바람이 매서워 매기의 두 볼이 얼얼했다.

"다시 한번 스무디 고마웠어."

"우버나 택시를 잡아드릴까요? 날씨가 추워요."

"별로 안 멀어. 괜찮아."

"내일 뵐까요?"

매기는 거짓말을 하고 싶지 않았다. 내일 몸 상태가 어떨지 누가 알겠는가? "상황 봐서." 그녀가 말했다.

입술에 힘을 주고 고개를 끄덕이는 모습에서 매기는 마크가 이해한 걸 알아챘다.

🌲

모퉁이에 다다랐을 무렵, 매기는 자신의 선택이 잘못됐음을 알았다. 추위가 그저 얼얼한 수준이 아니라 몸이 얼어붙을 정도여서 집에 들어선 뒤에도 몸을 심하게 떨었다. 마치 얼음덩어리가 가슴에 박힌 것처럼 추워서 담요를 덮어쓰고 30분가량 소파에 웅크려 있고 난 뒤에야 다시 움직일 힘이 생겼다.

매기는 부엌에서 캐모마일차를 끓였다. 따뜻한 물에 목욕을 할까도 생각해봤지만 그건 힘이 너무 많이 들었다. 그 대신 매기는 침실로 가서 두꺼운 플란넬 잠옷, 운동복 상의, 양말 두 겹, 머리를 따뜻하게 해줄 취침용 모자를 쓰고 이불 속으로 기어들어갔다. 그리고 차를 반쯤 마신 뒤 끔뻑끔뻑 졸다가 열여섯 시간을 내리 잤다.

🌲

매기는 밤을 꼴딱 새기라도 한 것처럼 **끔찍한** 기분으로 잠에서 깼다. 그보다 더한 건 여러 기관에서 뿜어져 나오는, 심장이 뛸 때마다 선명해지는 고통이었다. 매기는 마음을 단단히 먹고 어찌어찌 침대에서 일어나 화장실에 갔다. 그곳에 브로디건 박사가 처방한 진통제를 보관해두었다.

매기는 알약 두 개를 물과 함께 삼킨 뒤 침대 가장자리에 앉아 약이 넘어갔다는 확신이 들 때까지 가만히 집중했다. 그때야 비로소 하루를 시작할 준비가 되었다.

지금 샤워를 하면 찌르는 듯한 통증이 느껴질 것이므로 매기는 욕조에 물을 받아 약 한 시간 동안 따뜻한 비눗물에 몸을 담갔다. 그러고 나서 마크에게 문자를 보내 오늘은 갤러리에 못 나가지만 발레 공연 시간 및 장소에 관련해서는 내일 연락하겠다고 알렸다.

매기는 편안한 옷으로 갈아입은 후, 이미 오후였음에도 불구하고 아침을 만들었다. 소금을 친 마분지 맛이 나는 달걀과 토스트 반쪽을 억지로 삼키고, 지난 10일 동안 하던 대로 소파에 몸을 파묻은 채 창문 너머로 바깥세상을 관찰했다.

눈발이 흩날렸고 최면을 거는 듯 나부끼던 작은 눈송이가 유리창에 부딪쳤다. 길 건너편 아파트 창가에서 포인세티아를 언뜻 본 매기는 오크라코크에서 시애틀로 돌아온 뒤 처음 맞은 크리스마스를 회상했다. 명절이라 들뜬 기분을 느끼고 싶었지만 12월의 대부분을 그저 시늉만 하면서 보냈다. 심지어 크리스마스 날 아침에는 선물을 열며 감격하는 척했다.

매기는 그것이 나이를 먹어가는 것과도 관련이 있음을 알았다. 유년 시절의 믿음들은 사라졌고 이젠 쿠키 냄새를 맡을 때조차 칼로리를 계산하는 나이가 되었다. 하지만 그게 다가 아니었다. 오크라코크에서 보낸 수개월이 매기를 자신도 알아보기 힘든 낯선 사람으로 바꿔놓았다. 시애틀이 더 이상 집처럼 느껴지지 않을 때도 있었다. 돌이켜 보면 그때도 끝내 그곳을 영원히 떠날 수 있는 날이 오기를 손꼽아 기다렸다.

그도 그럴 것이 그때까지 비슷한 기분이 몇 달째 이어진 탓이었다. 시애틀에 돌아온 지 얼마 되지 않아 평범한 삶을 되찾았다는 느낌이 막연히 들기 시작했을 때, 매디슨과 조디는 매기와의 끊어진 관계를 회복하길 간절히 원하고 있었다. 겉으로는 별로 달라진 게 없었다. 하지만 매기는 함께 많은 시간을 보낼수록 그들은 예전 그대로 머물러 있는 반면 자신은 성장했다는 느낌을 받았다. 그들은 전과 똑같은 것에 흥미와 불안을 느꼈고, 전과 똑같이 남자애들에게 홀딱 반했으며, 전과 똑같이 토요일 오후마다 쇼핑몰 푸드 코트에서 몰려다니는 것에 열광했다. 그들이 익숙하고 편안하긴 했지만 매기는 결국 그들이 자신의 삶에서 영원히 멀어질 것임을 차츰 깨달았다. 이따금 스스로 이전의 삶에서 멀어지고 있다고 느낀 것처럼 말이다.

또 매기는 집으로 돌아오고 처음 몇 달간은 주로 오크라코크를 생각했다. 매기가 예상한 것보다 그곳이 훨씬 더 그리웠다. 매기는 고모를, 바람이 몰아치는 적막한 해변, 연락선 여행, 창고 세일을 생각했다. 그곳에 있는 동안 일어난 모든 일이 되돌아보면 너무 놀라워서 지금도 가끔씩 숨이 막혔다.

매기는 넷플릭스에서 니콜 키드먼 주연의 제목은 기억나지 않

는 드라마를 보고, 늦은 오후에 낮잠을 자고, 스무디 두 개를 배달
시켰다. 둘 다 해치우지 못할 걸 알았지만 금액이 너무 적어서 하
나만 시키면 마음이 불편했다. 하나는 버린다 한들 뭐 그리 대수
겠는가?

와인을 한잔할지 말지도 곰곰이 생각했다. 지금은 말고, 좀 있
다가, 아마도 잠들기 전에. 11월 말에 갤러리에서 열린 작은 모임
까지 포함해 수개월간 술을 마시지 않았다. 그때도 보여주기 식으
로 그냥 잔을 들고만 있었다. 항암 치료 동안 술은 생각만 해도 속
이 메스꺼웠고 그 후로는 단지 마실 기분이 아니었다. 매기는 냉
장고에 충동적으로 구매한 나파 밸리산 와인이 한 병 있다는 걸
알았다. 지금은 괜찮은 생각 같아도 얼마 후 욕구가 사라지며 그
저 자고 싶다는 생각만 들 거라는 의구심이 일었다. 자는 게 최선
일 수도 있었다. 와인이 어떤 영향을 미칠지 누가 알겠는가? 진통
제를 복용하는 중인 데다 먹는 양이 너무 적어 몇 모금만 마셔도
의식을 잃거나 화장실로 달려가 변기를 붙들고 토할지도 몰랐다.

별나다고 생각할 수 있지만 매기는 누군가 자신이 토하는 모
습을 보거나 듣는 게 싫었다. 항암 치료 동안 그녀를 보살펴준 간
호사들도 마찬가지였다. 그들이 화장실까지 부축하면 매기는 문
을 닫고 최대한 소리 내지 않으려 노력했다. 매기의 엄마가 그녀
를 화장실에서 발견한 그날 아침을 제외하고 매기가 기억하는 한
누군가가 그녀의 구토 장면을 목격한 건 딱 한 번이었다. 마르티
니크섬 앞바다를 항해하는 쌍동선에서 사진을 찍다가 뱃멀미가

났을 때였다. 메스꺼움이 해일처럼 빠르게 엄습했다. 곧바로 위가 요동치기 시작해 제때에 난간까지 가기도 힘들었다. 매기는 두 시간 동안 쉬지 않고 구역질을 했다. 여태껏 일을 하며 겪었던 것 중 가장 비참한 경험이었는데, 누가 보든 말든 신경 쓸 새도 없었다. 그날 밤 매기가 할 수 있는 건 아무 사진이나 찍는 것뿐이었고, 사진을 찍는 사이사이에 최대한 가만히 있으려고 최선을 다했다. 결국 100장이 넘는 사진 가운데 건진 건 겨우 세 장이었다. 입덧은커녕, 망할 항암 치료 당시의 구토와도 비교가 안 될 만큼 심해서 매기는 자신이 열여섯에 왜 그렇게 징징거렸는지 의문마저 들었다.

그때 매기는 어떤 사람이었을까? 매기는 마크에게 당시 상황을, 특히 오크라코크에서의 첫 몇 주가 외로운 열여섯 살 임산부에게 얼마나 끔찍했는지 재현하려고 노력했다. 당시엔 유배 생활이 영원할 것 같았지만 돌이켜 보면 그곳에서의 몇 개월이 너무 빨리 지나갔다는 생각밖에 들지 않았다.

부모님에게는 자세히 말하지 않았지만 매기는 오크라코크로 돌아가고 싶은 마음이 간절했다. 특히 시애틀로 돌아온 뒤 처음 두 달은 너무 그리웠다. 어떤 때는 욕구를 주체하기 힘들었다. 매기의 갈망은 시간이 지나면서 점차 사그라들었지만 완전히 사라지지는 않았다. 수년 전 〈뉴욕타임스〉 여행 면에 누군가가 아우터 뱅크스 여행에 관한 글을 기고한 적이 있었다. 작가는 그 섬에서 야생마를 보고 싶어 했고 결국 코롤라 근처에서 말들을 보았다.

하지만 매기의 가슴을 울린 것은 야트막한 평행 사도(모래와 자갈로 이루어진 퇴적 지형―옮긴이)의 소박한 아름다움에 대한 묘사였다. 그 기사는 린다 고모와 그웬이 이른 아침마다 어부들을 위해 굽던 비스킷 냄새와 바람이 세차게 부는 겨울날 마을에 감돌던 적막한 고독을 소환했다. 매기는 그 기사를 스크랩해놨다가 당시에 찍은 사진 몇 장과 같이 고모에게 보냈던 것을 떠올렸다. 늘 그랬듯이 린다 고모는 메일로 답장했고 매기에게 기사를 보내줘서 고맙다고 말하며 사진에 대한 칭찬을 아끼지 않았다. 그리고 매기가 무척 자랑스럽고 많이 사랑한다는 말과 함께 편지를 끝마쳤다.

매기는 마크에게 수년에 걸쳐 린다 고모와 서서히 가까워졌다고만 말했을 뿐 아주 자세히 설명하지는 않았다. 끊임없이 편지를 보낸 린다 고모는 매기의 인생에서 나머지 가족을 합친 것보다 더 변함없는 존재였다. 세상 어딘가에 그녀를 있는 그대로 사랑하고 받아들인 누군가가 있다는 게 위안이 되었다. 그들이 함께 보낸 그 몇 달은 매기에게 조건 없는 사랑의 의미를 가르쳐준 시간이었다.

린다 고모가 돌아가시기 몇 달 전, 매기는 그녀에게 늘 그녀처럼 되고 싶었다고 고백했다. 10대 시절 그곳을 떠난 후 처음이자 마지막으로 오크라코크를 방문했을 때였다. 마을은 변한 게 거의 없었고 고모의 집이 시발점이 되어 쌉쌀하면서도 달콤한 기억들이 홍수처럼 밀려왔다. 가구도 냄새도 똑같았지만 세월이 지나며 조금씩 퇴색된 흔적이 보였다. 모든 것이 좀 더 해지고 바래고 낡아 있었다. 린다 고모도 예외는 아니었다. 얼굴의 선들은 깊어져 주름이 되었고 흰머리는 가늘어져 군데군데 두피가 드러났다. 고모의 변함없는 두 눈만이 영원히 알아볼 수 있을 것 같은 반짝임으로 빛났다. 그 당시 두 사람은 한때 매기가 숙제를 하던 부엌 식탁에 앉았다.

"왜 나처럼 되고 싶었다는 거니?" 린다 고모가 깜짝 놀라며 물었다.

"왜냐면 고모는… 정말 멋진 사람이거든요."

"오, 얘야." 고모가 매기의 마음을 저미게 한, 너무나 가냘프고 노쇠한 손을 뻗었다. 그러고는 매기의 손가락을 부드럽게 꼭 쥐었다. "그게 바로 내가 너한테 하고 싶은 말이라는 걸 모르겠니?"

🌲

금요일, 매기는 혼수상태에 빠진 듯한 잠에서 겨우 일어나 집 안을 어슬렁거린 뒤 아무 맛도 나지 않는 인스턴트 오트밀을 삼키며 마크에게 이따가 갤러리에서 보자고 문자를 보냈다. 그다음 애틀랜틱 그릴에 예약을 하고, 저녁에는 가게 인근에서 우버나 택시를 잡는 게 불가능할 때가 많으므로 식사 후 이용할 자동차 픽업 서비스도 준비했다. 모든 일을 완료한 매기는 다시 자러 들어갔다. 평소보다 늦게 저녁 약속을 잡았기 때문에 식사 자리에서 접시에 얼굴을 박고 기절하는 불상사가 일어나지 않으려면 충분히 쉴 필요가 있었다. 매기는 알람을 맞추지 않고 세 시간을 더 잤다. 그러고 나서야 준비를 시작했다.

매기는 생각했다. **문제는, 얼굴이 해골처럼 앙상하고 피부가 휴지 조각처럼 찢어질 것 같을 때는 그럴듯한 모습으로 나타나는 데 한계가 있다는 거지.** 누구든 아기처럼 곱슬곱슬한 머리칼을 흘긋 보기만 해도 매기가 죽음의 문턱에 서 있다는 사실을 알아차리겠지만, 그래도 시도는 해야 했다. 매기는 목욕을 한 뒤 공들여 화장하고 양볼에 색조(생명)를 더했다. 이어서 색이 다른 세 가지 립스틱을 발라보고는 아주 살짝 자연스러워 보이는 립스틱 하나를 발견했다.

머리는 스카프나 모자 외에는 선택의 여지가 없어 결국 빨간색 모직 베레모로 결정했다. 원피스를 입을까도 생각했지만 얼어 죽을 것 같아 결국 바지와 함께 그녀의 체구를 부풀려줄, 우둘투둘하고 두꺼운 스웨터를 선택했다. 언제나처럼 목걸이는 그 자리에 있었고 목을 따뜻하게 감싸기 위해 사랑스러운 밝은색 캐시미어 목도리를 둘렀다. 매기는 뒤로 물러나 거울에 비친 자신의 모습을 감상하며 항암 치료를 시작하기 전만큼 좋아 보인다고 생각했다.

매기는 지갑을 챙기고 진통제를 몇 알 삼켰다. 통증이 어제만큼 심하진 않았지만 위험을 감수할 이유는 없었다. 준비를 마친 매기는 우버를 불렀다. 마감 시간이 몇 분 지난 뒤 갤러리 앞에 도착했고 창문 너머로 마크가 50대 커플과 그녀의 사진에 대해 이야기하는 모습을 보았다. 매기가 안으로 들어가 사무실로 걸음을 재촉하자 마크가 보일 듯 말 듯 손을 흔들었다. 매기의 책상 위에는 작은 우편물 꾸러미가 있었다. 매기가 재빨리 그것들을 살펴보는데 별안간 마크가 열려 있는 사무실 문을 두드렸다.

"저기, 죄송해요. 작가님이 도착하시기 전에 결정이 끝날 줄 알았는데 질문이 많았어요."

"그리고?"

"작가님 사진을 두 점 구매했어요."

굉장하네, 매기는 생각했다. 갤러리를 연 지 얼마 안 됐을 때는 사진을 한 점도 팔지 못하고 몇 주가 지나가곤 했다. 경력이 쌓이면서 판매량이 늘었지만 매기의 진짜 명성은 **암 동영상**과 함께 찾아왔다. 명성이 실로 모든 것을 바꿔놓았다. 어느 누구에게도 바란 적 없는 이유 때문에 생긴 명성이긴 했지만. 마크는 사무실로 걸어 들어오다가 갑자기 걸음을 멈췄다. "와우." 그가 감탄했다. "너무 멋있어요."

"신경 좀 썼어."

"기분은 어떠세요?"

"평소보다 피곤해서 잠을 많이 잤어."

"정말 계획대로 하실 거예요?"

매기는 마크의 표정에서 걱정을 읽었다. "루앤이 준 선물이니 가야지. 덕분에 크리스마스 기분도 좀 내고."

"작가님이 초대하신 순간부터 목이 빠지게 기다렸어요. 준비되셨나요? 오늘 밤엔 교통 체증이 어마어마할 거예요. 특히 날씨가 이래서요."

"준비됐어."

그들은 불을 끄고 문을 잠근 뒤 냉랭한 밤공기 속으로 걸어 들어갔다. 마크는 손을 들어 택시를 세우고 매기가 차 안으로 들어갈 수 있게 팔꿈치를 붙잡았다.

미드타운으로 가는 동안 마크가 고객에 대한 새로운 정보를 알려주며 재키 번스타인이 그동안 흠모해온 트리니티의 조각을 구매하러 돌아왔다고 전했다. 값이 꽤 나갔지만 매기가 생각하기에 투자용으로는 그만한 가치가 있는 작품이었다. 지난 5년 동안 트리니티의 작품은 그 가치가 천정부지로 치솟았다. 매기의 사진도 마지막 두 점을 포함해 총 아홉 점이 판매됐는데, 마크가 매기가 오기 전에 배송 절차를 전부 마쳤다고 확인해주었다.

"일하다 짬이 날 때마다 뒤쪽에서 작업했어요. 오늘 내로 꼭 출고하고 싶었거든요. 대부분 선물용이라."

"네가 없었으면 어떻게 됐을까?"

"아마 다른 사람을 고용했겠죠."

"넌 네 자신에게 너무 박해. 많은 사람이 네 자리에 지원했다가 떨어졌다는 걸 잊었구나."

"그랬어요?"

"몰랐어?"

"어떻게 알겠어요?"

마크의 말엔 일리가 있었다. "루앤도 없이 그 모든 일을 책임져

준 것도 고마워. 특히 연휴 기간에 말이야."

"천만에요. 전 사람들과 작가님 작품에 대해 얘기하는 게 좋아요."

"트리니티의 작품도 말이지."

"물론이죠." 마크가 덧붙였다. "하지만 트리니티의 작품은 조금 부담스러워요. 그것들에 대해선 주로 많이 듣고 적게 말하는 게 낫다는 걸 깨달았어요. 그분의 작품에 관심 있는 손님들은 보통 저보다 아는 게 많거든요."

"그래도 요령이 생겼네. 혹시 큐레이터가 되거나 직접 갤러리를 운영할 생각은 안 해봤어? 신학 말고 예술사로 석사 학위를 따거나?"

"아니요." 마크가 말했다. 그의 어조는 온화하지만 단호했다. "제가 살면서 따라야 할 길이 무엇인지 알아요."

그렇겠지, 매기는 생각했다. "그건 언제 시작하니? 너의 길 말이야."

"내년 9월에 수업이 시작돼요."

"입학 허가는 받았어?"

"네." 마크가 대답했다. "시카고 대학에 다닐 거예요."

"애비게일과 함께?"

"물론이죠."

"잘됐구나." 매기가 말했다. "가끔 대학 생활은 어떨까 궁금해져."

"커뮤니티 칼리지에 다니셨잖아요."

"4년제 대학 말이야. 기숙사 생활에, 파티에, 교정에서 음악을 들으며 플라스틱 원반을 날리는 삶."

마크가 눈썹을 치켜올렸다. "수업도 듣고, 공부도 하고, 리포트도 쓰고요."

"아, 그렇지. 그것도 있지." 매기가 활짝 웃었다. "애비게일한테 오늘 밤에 발레 보러 간다고 말했어?"

"네, 살짝 질투하던걸요. 언젠가 애비게일도 데려가주기로 약속했어요."

"가족 상봉은 어떻게 돼가고 있대?"

"집이 혼란과 소음으로 꽉 차서 숨 돌릴 틈이 없대요. 그래도 애비게일은 아주 좋아해요. 오빠 한 명이 공군에 있는데 이탈리아에서 왔거든요. 작년 이후로 처음 보는 거예요."

"다들 모여서 부모님이 정말 신나시겠다."

"맞아요. 생강 쿠키로 과자 집을 만들었을 거예요. 어마어마한 크기로요. 연례행사예요."

"내가 널 붙잡지만 않았어도 너도 가서 도왔을 텐데 말이지."

"이것도 분명 배움을 얻는 경험이 될 거예요. 게다가 전 부엌에서 별 쓸모도 없어요."

"그러면 너희 부모님은? 트리니티한테 두 분은 지금 해외에 계신다고 말하는 걸 들었어."

"오늘과 내일은 예루살렘에 머무르세요. 크리스마스이브에는 베들레헴에 가시고요. 두 분이 성묘 교회에서 찍은 사진을 문자로 보내줬어요." 마크가 핸드폰을 꺼내 매기에게 보여주었다. "이번

여행은 부모님이 수년 동안 원하신 거예요. 제가 대학을 졸업할 때까지 미뤄두셨죠. 그래야 제가 방학 때 집에 갈 수 있으니까요." 마크가 핸드폰을 주머니에 도로 넣었다. "어디로 가셨어요? 제 말은, 처음 해외에 나가셨을 때요."

"캐나다 밴쿠버." 매기가 대답했다. "운전해서 갈 수 있는 거리라는 게 가장 큰 이유였지. 거대한 눈보라가 지나가고 나서는 주말 동안 휘슬러에 머물며 사진을 찍었어."

"전 아직 해외에 나가본 적이 없어요."

"꼭 경험해봐." 매기가 말했다. "다른 장소에 가면 시야가 달라져. 그게 어디든, 어느 나라든, 사람은 다 비슷하다는 걸 깨닫게 될 거야."

웨스트 사이드 하이웨이로 빠지면서 교통 체증이 심해지더니 교차로에서 동쪽으로 빠지자 차가 훨씬 더 막혔다. 추위에도 불구하고 인도가 빽빽했다. 사람들이 쇼핑백을 들고 노상 음식점 모퉁이에 줄 서 있는 광경이 보였다. 어떤 이들은 일을 마치고 귀가를 서둘렀다. 이윽고 그들은 링컨 센터의 불 켜진 창문이 보이는 지점까지 다다랐다. 거북이걸음을 하는 택시에 10분에서 15분가량 앉아 있거나 내려서 걷는 것 둘 중에 하나를 택해야 했다.

그들은 걷기로 하고 정문 앞에 늘어선 인파를 뚫고 천천히 나아갔다. 매기는 체온을 유지하기 위해 팔짱을 낀 채 양발을 번갈아 움직였다. 다행히 줄이 빠르게 줄어들었고 그들은 몇 분 후 로비에 들어섰다. 그리고 안내원의 도움으로 데이비드 코크 극장 발

코너석 첫 줄에 있는 자신들의 좌석을 찾았다.

그들은 공연이 시작하기 전까지 조용히 대화를 이어나갔고, 주변을 둘러보며 뒤섞여 앉은 어른과 아이들로 꽉 채워진 좌석을 구경했다. 공연 시간이 되자 불빛이 어두워졌다. 음악이 나오는 순간 관객들은 크리스마스이브의 슈탈바움가로 초대되었다.

이야기가 전개되면서 매기는 무용수들의 우아함과 아름다움에, 환상적인 차이콥스키 음악에 생기를 불어넣으며 공중으로 부양하는 그들의 섬세한 움직임에 몸이 얼어붙는 듯했다. 이따금 마크를 훔쳐볼 때마다 그는 넋을 놓고 공연에 집중하고 있었다. 무대에서 눈을 떼지 못하는 것을 보니, 마크가 이러한 공연은 구경도 못 해본 중서부 출신 남자애라는 사실이 떠올랐다.

공연이 끝난 뒤 그들은 브로드웨이로 쏟아져 나오는 흥겨운 무리들에 합류했다. 매기는 애틀랜틱 그릴이 바로 길 건너편인 것에 감사했다. 진통제 때문인지, 아니면 온종일 거의 아무것도 먹지 않아서인지 몸이 춥고 불안정했다. 매기는 횡단보도로 향하면서 마크의 팔에 자신의 팔을 둘렀다. 마크는 속도를 늦추며 매기가 자신에게 의지하도록 했다.

레스토랑 테이블에 앉고 나서야 몸이 조금씩 나아지기 시작했다.

"이만 집에 가보지 않아도 괜찮으시겠어요?"

"괜찮을 거야." 그렇게 말하면서도 완전히 확신할 수 없었다. "그리고 진짜 뭘 좀 먹어야겠어." 마크가 마음을 내려놓지 못하는 것 같자 매기가 말을 이었다. "난 네 상사야. 이걸 회식이라고 생각해."

"회식이 아니잖아요."

"사적인 회식." 매기가 말했다. "오크라코크에서 보낸 시절에 대해 더 듣고 싶어 하는 줄 알았는데."

"그건 그래요." 마크가 냉큼 말했다. "그래도 기력이 되실 때만요."

"나 정말 음식이 필요해. 농담 아니야."

마크가 마지못해 고개를 끄덕였고 마침 종업원이 도착해 메뉴판을 건넸다. 놀랍게도 매기는 와인을 한잔하기로 결심하고 프랑스산 부르고뉴 와인을 골랐다. 마크는 아이스티를 주문했다.

종업원이 떠나자 마크가 레스토랑을 둘러보았다. "전에 여기 와본 적 있으세요?"

"한 5년 전에 데이트하러? 오늘 밤엔 자리가 없을 줄 알았는데 누가 예약을 취소했나 봐."

"어떤 사람이었어요? 여기 같이 온 사람이요."

매기가 기억을 떠올리려 애쓰며 고개를 기울였다. "키가 크고 새치가 멋지게 난, 액센츄어에서 경영컨설턴트 일을 하는 사람이었어. 애가 둘 딸린, 아주 지적인 이혼남. 그가 어느 날 갤러리로 들어와 서성이는 거야. 함께 커피를 마시고 데이트를 몇 번 했지."

"하지만 잘 안 됐어요?"

"때로는 그냥 화학작용이 안 일어나기도 하잖아. 그 사람의 경우에는 키라고섬에 촬영하러 갔다가 그걸 깨달았어. 집에 돌아왔는데 그가 전혀 보고 싶지 않더라고. 누구와 데이트를 하든 내 연애 생활은 전부 이런 식이었어."

"무슨 말씀인지 잘 모르겠어요."

"20대에 처음 여기로 이사 와서는 몇 년 동안 클럽에 드나들었어…. 심지어 주중에도 한밤중에 나가서 동틀 무렵까지 놀았지. 거기서 만난 남자들은 가족에게 인사시킬 만한 부류가 아니었어. 솔직히 집에 데려간 것도 좋은 생각이 아니었던 것 같아."

"왜요?"

"생각해봐…. 몸에 문신이 가득하고 래퍼나 디제이를 꿈꾸는 남자들이야. 그땐 내 이상형이 그랬거든."

마크가 오만상을 찌푸리는 걸 본 매기가 웃음을 터트렸다. 종업원이 와인을 가지고 오자 매기가 자신 없게 잔을 들었다. 조금 맛본 뒤 잠시 기다리며 위가 거부반응을 일으키지 않는지 확인했는데 괜찮은 것 같았다. 그제서야 매기는 대서양 대구로, 마크는 필레 살로 원하는 메뉴를 정했다. 종업원이 애피타이저나 샐러드로 시작하길 원하는지 묻자 둘 다 거절했다.

종업원이 사라진 뒤 매기가 테이블로 몸을 기댔다. "더 시키지 그랬어." 그녀가 한마디 했다. "내가 많이 못 먹는다고 너까지 따라 할 필요는 없어."

"갤러리에 오시기 전에 피자 두 조각을 먹었어요."

"왜 그랬어?"

"비용이 많이 나올까 봐요. 이런 곳은 비싸잖아요."

"진짜야? 왜 그런 바보 같은 짓을."

"애비게일과 저는 그렇게 해요."

"정말 유별난 애야. 너도 알지?"

"꼭 물어보고 싶은 게 있었는데… 여행 사진은 어떻게 시작하게 된 거예요?"

"순전히 끈기 때문이지. 그리고 광기."

"그게 다예요?"

매기가 어깨를 으쓱했다. "운도 좋았어. 잡지사에는 더 이상 월급을 받는 일자리가 존재하지 않으니까. 내가 시애틀에서 모시던 첫 사진작가가 한때 〈내셔널 지오그래픽〉과 작업을 많이 해서 이미 여행 사진작가로 명성이 자자했어. 잡지사, 여행사, 광고대행사 연락처를 꽤 많이 가지고 있었는데 가끔 나를 조수로 데려가기도 했지. 그러다 2년 뒤에 정신이 어떻게 돼서 이리로 오게 됐어. 승무원들과 한집에 산 덕에 할인 항공권을 얻었고 비용을 감당할 수 있는 곳이면 어디든 가서 사진을 찍었어. 여기서도 유행에 민감한 사진작가 밑에서 일을 했지. 디지털 사진을 일찌감치 받아들인 사람이었는데, 돈을 버는 족족 장비와 소프트웨어에 투자했어. 즉, 나도 그래야 했지. 나만의 웹사이트를 시작해 조언과 리뷰, 포토샵 강좌를 올렸는데 콘데 나스트의 사진 편집자 중 하나가 우연히 그걸 보게 됐어. 그가 나를 고용해 모나코 촬영을 맡겼고 그게 두 번째 일로, 또 그게 그다음 일로 연결된 거야. 그러는 동안 시애틀의 옛 상사가 은퇴하면서 내게 고객 명단과 추천서를 주었지. 그래서 그가 하던 일의 대부분을 내가 넘겨받았고."

"완전히 독립하게 된 계기는 뭐예요?"

"평판이 지역 일감은 따낼 수 있을 정도로 높아진 거지. 해외 작업의 경우 일부러 수수료를 낮게 유지했는데 그래서 늘 편집자들이 혹하곤 했어. 게다가 내 웹사이트와 블로그가 인기를 끌면서 온라인 판매가 이루어졌고 월세를 내기가 훨씬 수월해졌지. 그리고 일찍부터 페이스북, 인스타그램, 특히 유튜브를 활용한 게 인지도를 올리는 데 도움이 됐어. 물론 그런 다음엔 갤러리가 생기면서 상황이 안정됐고. 몇 년 동안 돈 되는 여행 사진 일을 맡으려고 쟁탈전을 벌였는데 갑자기 스위치가 켜진 것처럼 내가 감당할 수 있는 모든 일을 맡게 된 거지."

"모나코 촬영 일감을 얻었을 때가 몇 살이었어요?"

"스물일곱."

매기는 마크의 눈이 반짝이는 걸 보았다. "멋진 이야기네요."

"말했다시피 운이 좋았어."

"처음엔 그랬겠죠. 그 뒤로는 능력으로 해내신 거예요."

매기는 레스토랑을 둘러보았다. 뉴욕의 다른 수많은 장소가 그렇듯 명절 분위기로 꾸며져 있었다. 화려한 크리스마스트리와 바 근처에 놓인 빛나는 메노라(유대교에서 쓰는 큰 촛대―옮긴이)가 특히 눈에 띄었다. 대충 살펴봐도 빨간 원피스나 빨간 스웨터를 입은 사람이 평소보다 많았다. 손님들을 훑어보던 매기는 다들 크리스마스에 무엇을 할지, 자신은 무엇을 하게 될지 궁금해졌다.

매기는 벌써 취기가 오르는 것을 느끼며 와인을 한 모금 더 마셨다.

"이야기 얘기가 나와서 말인데, 지금 시작할까 아니면 음식이 도착할 때까지 기다릴까?"

"준비되셨으면 지금 듣고 싶어요."

"어디서 끝났는지 기억나?"

"브라이스에게 과외를 받기로 하고, 린다 고모한테 사랑한다고 말한 부분이요."

매기가 짙은 보랏빛 액체를 응시하며 와인 잔을 향해 손을 뻗었다.

"그날은 월요일이었어." 매기가 말을 시작했다. "크리스마스트리를 산 다음 날이었지…."

시작

오크라코크

1995년

내 방 창문 너머로 쏟아지는 햇빛에 나는 잠에서 깼다. 고모가 한참 전에 일을 나간 건 알았다. 잠결이긴 했지만 누군가 부엌에서 뒤적거리는 소리를 들은 것 같았다. 아직 정신이 혼미한 데다 **아침이면 찾아오는 입덧**이 또 시작될까 두려워하며 머리 위로 베개를 부드럽게 당기고는 움직여도 괜찮겠다는 느낌이 들 때까지 눈을 감고 있었다.

나는 서서히 기운을 되찾는 한편, 메스꺼움이 찾아오기를 기다렸다. 그때까지 그건 태양이 떠오르는 것처럼 자연스러운 일이었다. 하지만 이상하게도 몸 상태가 괜찮았다. 천천히 일어나 앉아 또 몇 분을 기다렸지만 여전히 아무 일도 없었다. 이윽고 위장이

요동칠 것을 확신하며 바닥에 두 발을 내려놓고 일어섰지만 아무렇지 않았다.

세상에나, 할렐루야!

집이 쌀쌀해서 잠옷 위에 운동복 상의를 걸치고 보송보송한 슬리퍼를 신었다. 부엌에 가니 고모가 사려 깊게도 내 모든 교과서와 다양한 파일들을 식탁 위에 쌓아놓았다. 아침에 일어나자마자 바로 공부를 시작하라는 뜻이었다. 나는 그것들을 단칼에 무시했다. **속이 괜찮아서**가 아니라 사실 배가 고파서였다. 나는 아침 식사로 달걀 프라이를 만들고 비스킷을 데우면서 내내 하품을 했다. 서굿 마셜에 대한 리포트 초고를 끝내려고 늦게까지 깨어 있던 탓에 평소보다 더 피곤했다. 총 네 장 반으로 선생님이 요구한 다섯 장에는 미치지 못했지만 그만하면 괜찮았다. 나는 나 자신의 근면함에 뿌듯함을 느끼며 정신이 좀 더 돌아올 때까지 스스로에게 나머지 숙제는 모른 척하는 상을 주기로 결심했다. 그 대신 고모의 책장에서 실비아 플라스의 책을 끄집어낸 뒤 재킷을 단단히 여미고 잠깐 책을 읽으려 테라스에 앉았다.

그런데 문제는 독서가 내 취미였던 적이 없다는 것이었다. 그건 모건의 취미였다. 나는 언제나 이것저것을 조금씩 훑어보며 전체적인 주제를 파악하는 편이었다. 아무 페이지나 펼치자 고모가 줄 쳐놓은 문장이 몇 개 보였다.

고요함이 나를 우울하게 했다. 그것은 고요함으로 생긴 고요함이

아니었다. 나 자신의 고요함이었다.

나는 인상을 찌푸리며 실비아 플라스의 의도를 파악하고자 같은 부분을 다시 읽었다. 첫 문장은 이해한 것 같았다. 모호하긴 하나 외로움에 대해 이야기하고 있었다. 두 번째 문장도 그리 어렵지 않았다. 내가 보기에 그녀는 고요한 장소에 있어서 우울하다는 게 아니라, 외로움의 성질에 대해 말하고 있다는 걸 짚고 넘어가고 있었다. 하지만 세 번째 문장은 조금 헷갈렸다. 아마도 외로움으로 인해 생겨난 그녀 자신의 무감각을 가리키는 것 같았다.

그러면 그냥 **외로움은 엿같다**고 쓰면 안 됐을까?

나는 왜 어떤 사람들은 이토록 복잡하게 생각을 표현해야 하는 건지, 그리고 솔직히 그런 통찰력이 어디가 그렇게 심오하다는 건지 의아했다. 외로움이 불쾌한 경험일 수 있다는 건 모두가 알지 않는가? 그렇게 말하면서 나는 그냥 10대일 뿐이라고 하면 될 터였다. 젠장, 오크라코크에 고립된 이후로는 외로움이 내 삶이었으니까.

어쩌면 내가 그 구절 전체를 잘못 해석했을 수도 있다. 나는 영문학자가 아니니까. 진짜 궁금한 건 왜 고모가 그 부분에 밑줄을 쳤느냐 하는 것이었다. 고모에게 의미가 있으니 그랬겠지만, 무슨 의미가 있을까? 고모가 외로웠던 걸까? 고모는 외로워 보이지도 않고 그웬과도 많은 시간을 보내지만, 사실 내가 그녀에 대해 정말 아는 게 있을까? 이곳에 온 이후로 고모와 사적인 대화를 깊이 있게 나눠본 적이 없었다.

여전히 그 생각에 빠져 있는데 엔진 소리와 함께 자동차 타이어가 집 앞 자갈을 우두둑우두둑 밟는 소리가 들렸다. 그런 뒤 차문이 쿵 하고 닫혔다. 나는 의자에서 일어나 미닫이문을 열고 귀를 기울이며 기다렸다. 아니나 다를까, 이내 노크 소리가 들렸다. 누구일지 전혀 감이 안 왔다. 내가 그곳에 도착하고 누군가 문을 두드린 건 그때가 처음이었다. 긴장해야 했을 수도 있지만 오크라코크가 딱히 범죄의 온상도 아닌 데다 범죄자는 애초에 노크를 할 리도 없었다. 태평하게 현관으로 가서 문을 열었는데 내 앞에 브라이스가 서 있는 게 아닌가. 당혹스러움에 뇌가 정지하는 듯했다. 그에게 과외를 받겠다고 동의한 건 맞지만 웬일인지 과외가 시작되기까지 며칠의 시간이 있을 거라고 생각했다.

"안녕, 매기." 브라이스가 말했다. "너희 고모가 집에 들러서 시작하라고 하셨어."

"뭘?"

"과외 말이야." 그가 대답했다.

"아⋯."

"시험 준비에 도움이 필요할 거라고 하시던데. 학습 진도를 따라잡는 것도 그렇고."

샤워도, 양치질도, 화장도 하지 않은 상태였다. 잠옷과 슬리퍼에 재킷 차림이라 노숙자처럼 보일 터였다. "나 방금 일어났어." 내가 마침내 말을 뱉었다.

브라이스가 고개를 갸웃거렸다. "재킷을 걸치고 자?"

"어젯밤에 추웠어." 그가 계속 쳐다보자 내가 말을 이었다. "감기에 쉽게 걸리거든."

"아." 브라이스가 말했다. "우리 엄마도 그래. 그런데… 준비는 됐어? 너희 고모가 9시에 오라고 했거든."

"9시?"

"오늘 아침에 운동 마치고 잠깐 얘기를 나눴어. 집에 돌아가서 네게 쪽지를 남겨놓겠다고 하시던데."

아침에 누군가 부엌에 있는 소리를 **들었던** 것 같다. 이런. "아." 나는 시간을 벌려고 뜸을 들였다. 지금 이 몰골로 브라이스를 집에 들일 수는 없었다. "쪽지에는 10시라고 적혀 있었던 것 같아."

"10시에 돌아올까?"

"그게 낫겠어." 나는 브라이스가 있는 쪽으로 숨을 쉬지 않으려고 애를 쓰며 말했다. 그의 차림새로 말할 것 같으면… 글쎄, 그 전날과 많이 비슷했다. 머리카락은 살짝 바람에 날린 듯했고 이따금씩 보조개가 나타났다. 옷은 청바지와 또 그 멋진 올리브색 재킷 차림이었다.

"그럴게." 브라이스가 말했다. "그때까지 너희 고모가 준비해놓은 것들 좀 볼 수 있을까? 그러면 내용을 파악하는 데 도움이 될 거라고 하셔서."

"어떤 거?"

"부엌 식탁 위에 있다고 하셨어."

아, 그래. 불현듯 생각났다. **아침부터 시작하라고 식탁 위에 사려**

깊게 쌓아둔 책들.

"잠시만." 내가 말했다. "확인해볼게."

나는 브라이스를 테라스에 두고 부엌으로 물러났다. 아니나 다를까, 책 더미 맨 위에 고모가 남긴 쪽지가 있었다.

안녕, 매기.

좀 전에 브라이스와 얘기했는데 그 애가 9시에 과외를 시작하러 들를 거야. 숙제와 가정학습 목록, 퀴즈와 시험 일자는 내가 복사해뒀다. 내가 도와줄 수 없는 과목들을 그 애가 설명해줄 수 있으면 좋겠구나. 좋은 하루 보내고 오후에 보자. 사랑한다.

축복을 담아,
린다 고모가.

나는 앞으로 쪽지는 꼭 눈여겨보리라 다짐했다. 책 더미를 잡으려는데 내가 쓴 리포트가 기억났다. 그대로 침실로 가서 리포트를 챙긴 뒤 나머지 전부를 재빨리 양팔로 그러모아 현관으로 가져갔다. 그리고 곧바로 실수를 깨달았다.

"브라이스? 아직 거기 있어?"

"응, 있어."

"문 좀 열어줄래? 빈손이 없어."

문이 열리자 나는 자료 더미를 브라이스에게 건넸다. "이게 고모가 널 위해 준비해놓은 것들 같아. 그리고 어젯밤에 리포트도 썼는데 맨 위에 올려놨어."

자료의 양에 놀랐는지는 모르겠지만 브라이스는 감정을 드러내지 않았다. "좋아." 브라이스가 자료에 손을 뻗으며 말했다. 자료 더미를 가져가던 그는 중심을 살짝 잃었으나 다시 균형을 잡았다. "테라스에서 살펴봐도 괜찮을까? 집에 갔다 돌아오는 대신에?"

"좋아." 내가 말했다. 나는 양치질이 너무너무 하고 싶었다. "준비하려면 시간이 좀 걸려, 알겠지?"

"괜찮아." 브라이스가 말했다. "아무 때나 시작해도 돼. 천천히 해."

나는 문을 닫은 뒤 곧장 침실로 가서 입을 거리를 찾았다. 재빨리 옷을 벗고 옷장 속 옷 더미에서 내가 제일 좋아하는 청바지를 꺼냈지만 맨 위 단추를 잠그자 허리 부분이 살을 파고들어 아팠다. 두 번째로 좋아하는 바지도 마찬가지였다. 그 말은, 연락선에서 입었던 것과 같은 헐렁한 바지를 입어야 한다는 뜻이었다. 상의도 입어봤는데 다행히 그건 아직 맞았다. 나는 적갈색 긴팔 상의를 골랐다. 하지만 신발은 몇 개 없었다. 운동화, 슬리퍼, 고무부츠, 어그 부츠. 어그면 될 듯했다.

옷을 고른 나는 샤워를 하고, 이를 닦고, 머리를 말렸다. 화장품을 좀 찍어 바르고는 미리 골라놓은 옷을 입었다. 고모가 워낙 청결을 중시해서 방이 완벽하게 정리돼 있던 터라 내가 할 일은 시트를 펴고, 이불을 정돈하고, 매기 베어를 베개 앞에 세워놓는 것뿐이었다. 물론 브라이스에게 내 방을 보여주려는 의도는 전혀 없었지만 혹시 그가 화장실을 사용하려다 안을 엿보게 되면 깔끔히 정돈돼 있다는 것을 알아차릴 테니 말이다.

그게 중요한 건 아니지만.

아침 식사 때 사용한 접시, 컵, 주방 용품을 씻고 말렸지만 그것 외에 주방은 완벽했다. 나는 커튼을 걷어서 집 안에 빛이 좀 더 들게 한 뒤 심호흡을 하고 문으로 갔다.

문을 여니 브라이스가 다리를 계단에 걸친 채 테라스에 앉아 있는 게 보였다.

"아, 안녕." 그가 뒤에서 내 소리를 들은 게 분명했다. 브라이스는 자료 더미를 정돈하고 일어서더니 순간 얼어붙었다. 그러고선 마치 나를 처음 보는 것처럼 빤히 쳐다봤다. "와. 너 정말 보기 좋다."

"고마워." 나는 이렇게 대답하면서 모건만큼은 아니어도 **괜찮아** 보일지는 모른다고 생각했다. 그럼에도 내 양 볼이 살짝 붉어지는 게 느껴졌다. "그냥 아무거나 걸친 거야. 넌 준비됐어?"

"이것 좀 챙기고."

브라이스가 책 더미를 그러모으자 내가 뒤로 물러났다. 그는 문을 간신히 통과하고선 어디로 가야 할지 몰라 걸음을 멈추었다.

"부엌 식탁이 좋겠다." 내가 손짓하며 말했다. "거기가 보통 공부하는 데야."

공부할 때가 아주 드물긴 하지만. 나는 속으로 생각했다. 그것도 침대에서 안 할 때지만. 그 말을 입 밖에 낼 생각은 없었다.

"완벽하네." 브라이스가 말했다. 그는 부엌 식탁에 자료 더미를 놓고 맨 위에 놓인 서류철을 집더니 내가 아침 식사 때 앉았던 의자에 자리를 잡았다. 그동안 나는 여전히 그가 테라스에서 내게 했던 말을 생각했다. 내가 브라이스를 안으로 들였음에도 그가 진짜 부엌에 있다는 사실이 텔레비전이나 영화에서만 보고 실제로 경험할 거라곤 전혀 예상하지 못한 엄청난 일인 양 이상하게 느껴졌다.

나는 '**침착해야 해**'라고 생각하며 고개를 흔들었다. 그러고는 부엌으로 향하다가 싱크대 근처 찬장으로 갑자기 방향을 돌렸다. "물 마실래? 난 마실 건데."

"주면 고맙지."

나는 물 두 잔을 식탁으로 가져간 다음 평소 고모가 앉는 자리에 앉았다. 이 각도에서 보니 집이 완전히 달라 보인다는 생각이 스치면서, 브라이스의 눈에는 어떻게 보일까 궁금해졌다.

"내가 쓴 리포트는 읽어봤어?"

"읽었어." 그가 말했다. "그 사람은 미국 역사상 가장 저명한 법관 중 하나야. 네가 직접 고른 거야, 아니면 선생님이 정해준 거야?"

"선생님이 정해줬어."

"운이 좋았네. 쓸거리가 정말 많은 사람이거든." 브라이스가 몸 앞쪽으로 양손을 포갰다. "이거부터 시작하자. 네 생각에 수업은 잘 따라가고 있는 것 같아?"

그 질문은 예상치 못한 터라 답하는 데 시간이 조금 걸렸다. "나쁘진 않은 것 같아. 특히 선생님 없이 나 혼자 이 모든 걸 배워야 한다는 점을 생각하면. 최근에 본 퀴즈나 시험 성적은 좀 별로였지만 성적을 올리려면 아직 시간이 있으니까."

"성적을 올리고 싶어?"

"무슨 말이야?"

"나는 어릴 적부터 엄마한테 '가르침은 없다, 오직 배움만 있을 뿐이다'라는 얘기를 귀에 못이 박히도록 들었어. 아마 100번도 넘게 들었을 거야. 그 말이 무슨 뜻인지 오랫동안 알지 못했어. 엄마가 내 선생님이었거든, 말했지? 엄마가 선생님이 아니라는 소린가 싶었지. 하지만 나이를 먹으면서 학생이 배우려 하지 않으면 가르칠 수 없다는 뜻이라는 걸 결국 이해하게 됐어. 내 식으로 표현하면 그렇게 되겠지. 넌 배우고 싶어? 정말로, 진심으로? 아니면 그냥 낙제만 면하고 싶은 거야?"

연락선에서와 마찬가지로 브라이스는 그 또래의 다른 애들보다 훨씬 성숙해 보였다. 하지만 브라이스의 목소리가 너무 멋있어서 그가 한 질문의 속뜻을 곰곰이 생각한 걸 수도 있었다.

"글쎄… 2학년을 또 다니고 싶진 않아."

"알겠어. 그런데 그건 내 질문에 대한 답이 아니야. 어떤 성적을 받고 싶어? 어떤 결과가 나와야 만족스러울 것 같아?"

공부 안 하고 올 A를 받는 것. 나도 알았다. 하지만 소리 내어 말하면 내게 아무 도움도 되지 않을 터였다. 사실 나는 B보다는 C가 많은 B나 C 등급의 학생이었다. 음악이나 미술처럼 약간 쉬운 수업에서는 A를 받기도 했지만 D도 두어 개 있었다. 모건과는 비교조차 안 되리라는 걸 알았지만 마음 한구석에선 여전히 부모님을 기쁘게 하고 싶었다.

"평균 B만 맞으면 만족할 것 같아."

"좋아." 브라이스가 다시 미소를 짓자 보조개가 나타났다. "이제 알겠어."

"그게 다야?"

"그런 건 아니고, 네 현재 위치와 네가 원하는 위치가 당장엔 일치하지 않아. 수학 공부에선 숙제가 최소 여덟 개 밀려 있고, 시험 성적도 많이 낮은 편이야. 기하학에서 B를 받으려면 남은 학기 동안 공부를 정말 열심히 해야 해."

"아."

"생물학도 많이 뒤처졌어."

"아."

"미국사도 비슷해. 영어도, 스페인어도."

그때쯤 나는 브라이스가 나를 바보라 여길 거라는 생각에 그와 눈을 마주칠 수 없었다. 내게도 웨스트포인트가 스탠포드만큼이나 들어가기 어렵다는 걸 알 정도의 지각은 있었다.

"내 리포트에 대해선 어떻게 생각해?" 나는 어떤 대답이 나올까 두려워하며 물었다.

브라이스의 시선이 리포트 위를 빠르게 오갔다. 리포트는 파일 안에 없었다. 그가 교과서 더미 맨 위에 올려둔 터였다.

"그 문제도 너와 상의해보고 싶어."

✦

　　과외를 받는 게 처음이라 무엇을 기대해야 할지 확신이 안 섰다. 게다가 **과외 선생님이 너무 잘생겨서** 훨씬 더 감이 안 왔다. 아마 난 함께 공부하고 잠깐 쉬면서 서로에 대해 알아가고 어쩌면 살짝 시시덕거리기도 하는 장면을 상상했던 것 같다. 하지만 그날은 공부 외에는 내 예상과 전혀 딴판이었다.

　　수업을 한다. 화장실에 간다. 수업을 좀 더 한다. 또 화장실에 간다. 이것이 몇 시간 동안 반복됐다.

　　브라이스가 내 리포트를 훑어보며 시간 순서를 섞지 말고 연대기순으로 작성하라고 조언해주었다. 그것 외에 우리는 그날의 대부분을 기하학에 쏟아부으며 진도를 쫓아갔다. 브라이스가 모든 문제를 스스로 해결하게 해서 어떤 것도 쉽게 지나갈 수 없었다. 내가 도움을 요청할 때마다 브라이스는 교과서를 뒤적여 그 개념에 해당하는 부분을 찾았다. 그리고 내가 꼼꼼히 읽도록 시킨 뒤 그래도 이해하지 못하면 자세하게 설명하려 노력했다. 그래도 이해를 못 하면, 뭐 대부분 그렇긴 했지만, 내가 헤매는 부분을 검토하고 그와 비슷한 문제를 만들었다. 그런 뒤 그 예제를 어떻게 푸는지 인내심을 발휘해 차근차근 알려주었다. 그러고 나서야 원래 문제로 돌아갔고 나는 혼자 문제를 풀어야 했다. 그 바람에 모든 과정이 느려지고 동시에 공부의 양까지 늘어나 정말이지 모든 게 절망스러웠다.

브라이스가 떠나려는 찰나 고모가 집에 돌아와 두 사람이 문간에서 대화를 나누게 됐다. 그들이 무슨 이야기를 나누는지는 알 수 없었지만 목소리가 유쾌하게 들렸다. 나는 의자에서 꼼짝도 않은 채 이마를 식탁에 처박고 있었다. 그 많은 공부를 했음에도 고모가 문 안으로 들어오기 직전, 브라이스가 내게 **추가** 숙제를, 정확히 말하면 내가 이미 끝냈어야 하는 숙제를 준 탓이었다. 브라이스는 리포트를 다시 쓰게 하는 것도 모자라 생물학과 역사 교과서까지 몇 장 읽게 했다. 그리고 그렇게 말하며 미소 지었다. 몇 시간 동안 머리에 쥐가 나도록 나를 혹사시켜놓고 그런 요구를 하는 게 완전히 합리적이라는 듯. 브라이스의 보조개는 내게 아무런 감흥도 불러일으키지 못했다.

다만….

브라이스가 문제를 직관적으로 설명하는 데 아주 뛰어났으며 수업 시간 내내 인내심을 발휘한 것은 사실이었다. 수업이 끝날 무렵이 되자 뭐가 뭔지 좀 더 파악한 것 같은 기분이 들면서 모형이며 숫자며 등호를 봐도 조금 덜 위축됐다. 하지만 착각은 마시라. 갑자기 기하학 전문가로 변신했다거나 그런 건 아니었으니까. 하루 종일 크고 작은 실수를 한 탓에 수업이 끝날 무렵에는 나 자신이 싫어질 지경이었다. 모건이라면 전혀 허우적거리지 않았으리라는 걸 나는 알았다.

브라이스가 떠나자마자 나는 낮잠을 잤다. 눈을 떴을 땐 저녁 식사가 준비돼 있었다. 나는 식사를 마치고 부엌을 치운 뒤 방으로 돌아가 교과서를 읽었다. 리포트 작성이 아직 끝나지 않아서 워크맨을 크게 틀고 글을 휘갈기기 시작했다. 몇 분 후 고모가 문간으로 고개를 빠끔히 내밀고 내게 뭐라고 말했다. 나는 듣지 않으면서 듣는 척했다. 중요한 얘기라면 나중에 다시 와서 말해주겠지 싶었다.

얼마간 리포트를 쓰던 나는 내가 임산부라는 사실을 까먹는 실수를 저질렀다. 좀 더 편안한 자세로 몸을 돌리는데 느닷없이 소변이 마려웠다. **또다시.** 복도로 이어진 문을 여는데 거실에서 대화 소리가 들려 깜짝 놀랐다. 누군지 확인하려고 모퉁이 언저리를 훔쳐보니 그웬이 장식품과 전구로 가득한 종이 상자를 크리스마스트리 앞에 놓는 게 보였다. 고모가 오늘 밤 일을 마치고 트리를 장식할 거라고 말했던 게 어렴풋이 생각났다.

그렇지만 브라이스가 고모와 수다를 떨고 있는 모습을 보게 되리라고는 예상하지 못했다. 고모는 대화를 하며 라디오 주파수를 맞추다가 크리스마스 노래가 나오자 채널을 고정했다. 브라이스를 보자마자 가슴이 철렁 내려앉았지만 적어도 내 차림새가 화물칸에 무임승차한 부랑자처럼 잠옷에 슬리퍼 차림은 아니었다.

"거기 있구나." 린다 고모가 말했다. "가서 부르려던 참이었는데. 브라이스가 막 도착했어."

"안녕, 매기." 브라이스가 말했다. 그는 여전히 같은 청바지와 티셔츠를 입고 있었다. 그의 어깨와 엉덩이가 만들어내는 보기 좋은 실루엣이 자연스레 눈에 들어왔다. "너희 고모가 트리 장식하는 걸 도와달라고 초대했어. 민폐가 아니었으면 해."

나는 순간적으로 할 말을 잃었지만 누구도 눈치챈 것 같지 않았다. 린다 고모는 밖으로 나가려고 벌써 재킷을 걸치는 중이었다. "그웬과 나는 에그노그(우유와 달걀을 주재료로 한 달콤한 음료—옮긴이) 좀 사러 가게에 잠깐 갔다 올게." 고모가 말했다. "둘이 먼저 시작하고 싶으면 그렇게 하렴. 우리는 몇 분 있다 올 테니까."

나는 문간에 서 있다가 다급한 통증을 느끼며 애초에 내가 왜 방에서 나왔는지 기억했다. 그길로 화장실에 가서 볼일을 보고 손을 씻었다. 세면대 위 거울을 보니 내가 보기에도 피곤한 티가 났지만 할 수 있는 게 아무것도 없었다. 왜 갑자기 긴장되는 건지 의아해하며 머리를 빗고 양치질을 하고 화장실 밖으로 나갔다. 브라이스와 나는 이미 몇 시간을 이 집에서 단둘이 보냈다. 이번이라고 뭐가 다르겠는가?

내면의 목소리가 속삭였다. **왜냐면, 지금은 과외를 하러 온 게 아니니까. 린다 고모가 그 애를 부른 건, 본인이 필요해서가 아니라 내가 좋아할 거라 생각해서니까.**

화장실에서 나오니 린다 고모와 그웬은 이미 나가고 브라이스가 상자에서 전구 줄을 꺼내고 있었다. 브라이스가 얽힌 줄을 힘겹게 푸는 걸 지켜보다가 마음을 가다듬고 나도 다른 줄을 찾아 풀기 시작했다.

"읽기 숙제 다 했어." 내가 말했다. "리포트도 일부분 끝냈고."
창문으로 햇살이 비치지 않아 브라이스의 머리카락과 눈동자가

153

평소보다 어두워 보였다.

"잘했네." 브라이스가 말했다. "난 해변에서 데이지를 산책시키고 나서 부모님 심부름으로 장작을 팼어. 불러줘서 고마워."

"당연한걸." 내가 부른 게 아니었지만 그렇게 답했다.

브라이스가 줄을 다 푼 다음 방을 훑어보았다. "전구에 불이 들어오는지 확인해봐야 할 것 같아. 근처에 콘센트가 있으려나?"

나도 아는 바가 없었다. 콘센트가 어디 있는지 알아야 한 적이 없었으니까. 하지만 그가 몸을 숙여 소파 옆 테이블 아래를 살피는 것으로 보아 혼잣말인 것 같았다. "여기 있네."

브라이스는 쭈그리고 앉아 유연하게 움직이더니 아래쪽으로 손을 뻗어 전구 줄을 콘센트에 꽂았다. 나는 형형색색의 불빛이 깜빡이는 광경을 지켜보았다.

"난 크리스마스트리 장식하는 걸 좋아해." 브라이스가 다시 상자로 향하며 말했다. "크리스마스 분위기에 취하게 되니까." 그가 또 다른 줄을 잡았을 때 나도 줄 풀기를 끝냈다. 나는 바닥에 있는 선에 전원을 연결한 뒤 마찬가지로 불이 들어오는 것을 확인하고 다른 줄을 쥐었다.

"난 트리를 장식해본 적이 없어."

"정말?"

"주로 엄마가 하거든." 내가 말했다. "엄마가 원하는 방식이 있어서."

"아." 브라이스의 목소리에서 의아함이 묻어났다. "우리 집은 반대야. 엄마는 지휘를 하고 나머지 식구들이 직접 몸을 움직이지."

"엄마가 장식하는 걸 안 좋아하셔?"

"좋아하시지만 직접 만나보면 알 거야. 그나저나 에그노그는 내 생각이야. 우리 집 전통이라는 얘기를 꺼내자마자 여기서도 마셔야겠다고 하시더라고. 고모한테 네가 오늘 얼마나 잘했는지 말씀드리는 중이었어. 특히 마지막에는 내가 도와줄 필요가 전혀 없던데."

"아직 한참 멀었어."

"난 걱정 안 해." 브라이스가 말했다. "오늘 한 것처럼 하면 금방 따라잡을 거야."

나는 확신이 없었다. 브라이스가 나에 대해 나보다 더 자신하는 게 분명했다. "도와줘서 고마워. 네가 가기 전에 이 말을 했는지 모르겠어. 그때는 좀 정신이 없어서."

"괜찮아." 그가 말했다. 브라이스는 내 줄을 잡고 그 전구들도 확인했다. "시애틀에는 얼마나 살았어?"

"태어나서부터 쭉." 내가 말했다. "같은 집. 실은 같은 방에서."

"그런 게 어떤 삶인지 상상이 안 돼. 난 이곳에 오기 전까지 2년에 한 번 꼴로 이사를 다녔어. 아이다호, 버지니아, 독일, 이탈리아, 조지아, 심지어 노스캐롤라이나까지. 우리 아빠가 한동안 포트 브래그에 계셨거든."

"어딘지 몰라."

"페이엣빌에 있어. 롤리 남쪽이야. 해안에서 세 시간쯤 가면 나와."

"그래도 감이 안 와. 노스캐롤라이나에 대한 내 지식은 오크라코크와 모어헤드 시티에 국한돼 있어."

브라이스가 웃었다. "네 가족에 대해 얘기해줘. 부모님은 무슨 일을 하셔?"

"아빠는 보잉사에서 선 작업을 해. 리벳으로 선을 고정하는 일인 것 같은데 나도 잘은 몰라. 일 얘기를 많이 안 하지만 느낌상 매일 같은 일인 것 같아. 엄마는 우리 교회에서 시간제로 비서 일을 하고 있어."

"언니도 있지?"

"응." 내가 고개를 끄덕였다. "모건이야. 나보다 두 살 많아."

"둘이 닮았어?"

"그러면 얼마나 좋을까." 내가 말했다.

"장담하는데 언니도 너에 대해 똑같이 말할 거야." 그날 아침 브라이스가 **'정말 보기 좋다'**고 말했을 때처럼 그의 칭찬이 나를 당황하게 만들었다. 그러는 사이 브라이스가 상자에서 멀티탭 연장 코드를 꺼냈다. "준비가 끝난 것 같아." 그가 말했다. 브라이스는 멀티탭을 콘센트에 꽂고 첫 번째 전구 줄을 연결했다. "지휘하고 싶어, 아님 조정하고 싶어?"

그가 무슨 말을 하는지 이해가 안 됐다. "조정하지 뭐."

"좋아." 브라이스가 말했다. 그는 나무를 꽉 잡고선 앞쪽 창문에서 조심스레 떨어뜨려 공간을 넓혔다. "이러면 나무 주위로 이동하기 쉬울 거야. 다 끝나면 원래대로 돌려놓자."

브라이스가 줄이 충분히 느슨한지 확인하며 트리 뒤편에서 전구를 걸치기 시작하더니 앞쪽으로 감았다. "전구 사이 간격이 너무 넓거나 좁은 곳이 있는지만 확인해줘."

그게 조정하는 거구나. 이해했다.

나는 브라이스가 요청한 대로 했다. 얼마 안 돼 첫 번째 줄이 끝났고 그가 다음 줄을 전원에 연결했다. 우리는 함께 그 과정을 반복했다.

브라이스가 헛기침을 했다. "오크라코크엔 어째서 오게 된 건지 물어보고 싶었어."

드디어 나왔다. **그 질문이.** 실은 더 일찍 물어보지 않아서 놀랐다. 나는 고모와 나눈 대화와 오크라코크에선 비밀을 숨기는 게 불가능하다는 사실을 떠올렸다. 고모가 말했듯 그 대답이 내 입에서 나오는 게 최선이리라. 나는 두려움에 떨며 심호흡했다.

"임신을 했어."

브라이스는 여전히 허리를 굽힌 채 고개를 들어 나를 보았다. "그건 알고 있어. 내 말은 왜 오크라코크에 가족도 없이 혼자 왔냐고."

나는 입이 떡 벌어졌다. "내가 임신한 걸 알았다고? 고모가 말해줬어?"

"린다는 아무 말도 안 했어. 그냥 여러 조각을 하나로 합친 것뿐이야."

"어떤 조각?"

"너는 이곳에 있는데 아직 시애틀 학교에 학적이 등록돼 있다

157

는 거? 5월에 떠난다는 거? 너희 고모가 너의 갑작스러운 방문 이유에 대해 모호하게 답한다는 거? 고모가 네 자전거 안장을 좀 더 편하게 만들어달라고 부탁했다는 거? 네가 오늘 화장실에 많이 들락거렸다는 거? 이걸 설명할 길은 임신밖에 없어."

브라이스가 그 사실을 그토록 쉽게 파악했다는 것과 그렇게 말하는 그의 목소리나 표정에 어떤 비난의 기미도 없었다는 것 둘 중 뭐에 더 놀랐는지 알 수 없었다.

"실수였어." 내가 황급히 말했다. "지난 8월에 잘 알지도 못하는 남자애랑 바보 같은 짓을 저질렀어. 그래서 아기를 낳을 때까지 이곳에 있게 된 거야. 부모님이 아무도 이 일에 대해 모르길 원했거든. 그러니 너도 다른 사람에겐 말하지 말아줘."

브라이스가 다시 트리를 감기 시작했다. "아무 말도 안 할 거야. 그런데 네가 아기를 데리고 걸어 다니는 걸 보면 사람들이 알게 되지 않을까?"

"입양시킬 거야. 부모님이 방법을 다 알아놨어."

"여자애야?"

"나도 몰라. 엄마는 우리 집안이 딸만 줄줄이라 여자애일 거래. 내 말은… 우리 엄마는 다섯 자매고, 아빠는 여자 형제가 셋이야. 나는 여자 사촌만 열둘이고 남자 사촌은 없어. 우리 부모님도 딸만 낳았고."

"대단하다." 브라이스가 말했다. "우리 집안은 엄마 말고는 죄다 남잔데. 줄 하나 더 건네줄래?"

주제가 바뀌자 나는 당황했다. "잠깐만… 질문 더 없어?"

"어떤 질문?"

"나도 몰라. 어쩌다 그런 일이 생겼느냐 같은?"

"나도 남녀 관계가 어떻게 돌아가는지는 알아." 브라이스의 목소리 톤에는 편견이 없었다. "네가 잘 알지도 못하는 남자애와 실수를 했고 아이는 입양 보낼 거라고 벌써 말해줬는데 더 물어볼 게 뭐가 있겠어?"

우리 부모님은 궁금한 게 훨씬 많았지만 브라이스의 요지는 이거였다. 자세한 정보가 뭐가 중요한데? 나는 혼란 속에서 줄을 하나 잡아 그에게 건넸다. "난 나쁜 사람이 아니야…."

"그렇게 생각한 적 없어."

브라이스가 트리에 다시 줄을 두르기 시작했다. 그때쯤 아래쪽 절반가량이 마무리됐다.

"왜 조금도 거슬려 하지 않아?"

"왜냐면." 브라이스가 계속 전구를 달면서 말했다. "우리 엄마한테도 같은 일이 일어났으니까. 엄마도 10대일 때 나를 가졌어. 유일한 차이라면 우리 아빠는 엄마와 결혼을 했고, 결국 내가 태어났다는 거지."

"부모님이 그 사실을 말해줬어?"

"그럴 필요가 없었어. 부모님의 결혼기념일을 알고, 내 생일을 아니까. 계산해보면 쉽게 나와."

와우, 나는 속으로 생각했다. 고모가 이 모든 걸 아는지 궁금했다.

"너희 엄마는 몇 살이었어?"

"열아홉."

나이 차가 크지 않아 보였지만 실은 컸다. 브라이스는 그렇게 말하지 않았지만. 어쨌거나 열아홉이면 법적으로 성인이고 더 이상 고등학생도 아니니까. 그 대신 브라이스는 다음 줄을 끝내고 나서 이렇게 말했다. "뒤로 물러나서 우리가 잘 하고 있는지 보자."

멀리서 보니 전구 사이 간격이 넓은 곳과 좁은 곳이 더 잘 보였다. 우리는 나무로 다가가 줄을 조정했다가 뒤로 물러났다가 다시 또 조정했다. 가지가 움직이면서 소나무 향기가 방 안을 가득 채웠다. 빙 크로스비의 노래가 흘러나오는 가운데 깜빡이는 불빛이 브라이스의 이목구비 위로 떨어졌다. 침묵 속에서 나는 브라이스가 실은 무슨 생각을 하는지, 겉으로 보이는 것처럼 그 사실을 받아들인 건지 궁금했다.

일을 마친 우리는 트리 위쪽 절반에 전구를 걸쳤다. 나보다 키가 큰 브라이스가 대부분의 일을 맡았고 나는 서서 지켜봤다. 일이 끝나자 우리는 다시 훨씬 뒤로 물러나 우리의 작품을 살펴보았다.

"어떻게 생각해?"

"예뻐." 마음이 여전히 딴 곳에 가 있었지만 이렇게 대답했다.

"고모가 꼭대기에 뭘 다는지 알아? 별이야, 천사야?"

"모르겠어. 그리고… 고마워."

"뭐가?"

"캐묻지 않은 거. 내가 오크라코크에 온 이유에 관해 편견 없이 대해준 거. 내 과외 선생님이 되어준 거."

"고마워할 필요 없어." 브라이스가 말했다. "믿거나 말거나 나도 네가 여기 있어서 좋아. 오크라코크는 겨울에 좀 지루하거든."

"설마."

그가 웃었다. "너도 알 텐데, 아니야?"

브라이스가 오고 나는 처음으로 미소를 보였다. "나쁘지만은 않아."

✦

약 1분 후 나타난 린다 고모와 그웬은 전구를 보고 감탄사를 연발하다가 에그노그를 잔에 따랐다. 우리 넷은 에그노그를 홀짝이며 나무에 반짝이를 비롯해 장식품을 추가하고 복도 옷장에 보관돼 있던 천사를 꼭대기에 달았다. 얼마 지나지 않아 트리가 완성되었다. 브라이스가 트리를 제자리로 밀고 맨 아래 부분에 물을 더 부었다. 그런 다음 린다 고모가 가게에서 산 시나몬 롤을 우리에게 권했다. 고모의 비스킷만큼 신선하진 않았지만 우리는 식탁에서 빵을 맛있게 먹었다.

아주 늦은 건 아니었지만 린다 고모와 그웬이 아침 일찍 일어나야 했기 때문에 브라이스가 가야 할 시간이었다. 다행히 브라이스는 그 사실을 눈치챘는지 접시를 싱크대에 갖다 놓은 뒤 작별 인사를 건넸고 우리는 문 쪽으로 향했다.

"오늘 불러줘서 고마워." 그가 손잡이를 잡으며 말했다. "아주 재밌었어."

브라이스가 재밌었다는 게 트리를 장식한 것인지 나와 함께 시간을 보낸 것인지 알 수 없었지만, 그에게 사실을 털어놨다는 점에서 안도감이 밀려왔다. 그리고 그가 그 모든 사실에 대해 친절함 이상으로 대해줬다는 점도.

"와줘서 고마워."

"내일 봐." 차분하게 내뱉는 그 말들이 이상하게도 약속이면서 동시에 기회처럼 들렸다.

✦

"그 애한테 말했어요." 그웬이 떠나고 나서 내가 고모에게 말했다. 우리는 거실에서 빈 상자를 복도 옷장으로 치우는 중이었다.

"그리고?"

"이미 알고 있던데요. 눈치를 챘더라고요."

"매우… 똑똑한 녀석이지. 그 가족 전부가."

바닥에 상자를 놓는데 청바지 허리 부분이 너무 끼었다. 다른 바지는 훨씬 더 낀다는 것도 알고 있었다. "좀 더 큰 옷이 필요할 것 같아요."

"안 그래도 그것 때문에 일요일에 예배 마치고 쇼핑 좀 하자고 말할 생각이었어."

"살찐 게 보여요?"

"아니. 하지만 그럴 때가 됐지. 수녀일 적에 임신한 여자애들을 데리고 쇼핑 간 게 한두 번이 아니니까."

"제가 어떤 상황인지 뻔히 드러나지 않는 바지를 살 수 있을까요? 그러니까, 다들 알게 되겠지만 그래도…."

"겨울에는 스웨터와 재킷으로 많이 가릴 수 있으니 제법 숨기기 쉬울 거야. 3월까지 누가 네 불룩한 배를 볼 일은 없을 거다. 어쩌면 4월에도. 그리고 배가 나오더라도 주목을 덜 받게 할 수 있어. 네가 원하는 게 그거라면."

"다른 사람들도 눈치챌까요? 브라이스처럼요. 그리고 저에 대해 떠들까요?"

고모는 신중하게 할 말을 고르는 것 같았다. "네가 왜 여기 왔는지 호기심은 가져도 내게 직접 물어보는 사람은 없었어. 물어본대도 그냥 개인적인 일이라고 말할 거야. 그들도 더 이상 물어보기 힘들다는 걸 알겠지."

나는 고모가 나를 조심스레 대해주는 게 좋았다. 열린 내 방문쪽을 응시하는데 지난번에 실비아 플라스의 책에서 읽은 부분이 떠올랐다. "뭐 좀 물어봐도 돼요?"

"물론이지."

"완전히 혼자라고 느낀 적 있어요?"

고모가 시선을 떨구면서 이상한 표정을 지었다. "언제나." 고모의 목소리는 속삭임에 가까웠다.

첫째 주에 대한 자세한 설명으로 지루하게 만들 생각은 없다. 과목만 다를 뿐 한 일은 거의 같았으니까. 내가 리포트를 다시 쓰면 브라이스는 **또다시** 고쳐 쓰게 했고 그런 과정을 거친 뒤에야 마침내 흡족해했다. 나는 느리지만 꾸준히 진도를 따라잡기 시작했다. 목요일에는 금요일에 치를 기하학 시험공부를 하느라 거의 하루를 투자했다. 그쯤 되자 고모가 퇴근한 후에는 머리에 과부하가 걸려 시험을 보기 힘들 거라는 걸 알았고, 결국 다음 날 브라이스가 도착하기 전인 8시에 고모가 시험을 감독하러 가게에서 돌아왔다.

나는 잔뜩 긴장했다. 공부를 하긴 했지만 바보 같은 실수를 하거나 차라리 중국어로 쓰여 있는 게 나을 법한 문제가 나올까 봐 겁이 났다. 고모가 시험지를 건네주기 직전, 별 도움이 안 될 거라 생각하면서도 짧게 기도를 했다.

다행히 대부분의 질문을 이해하고 브라이스가 시범을 보인 것처럼 차근차근 문제를 풀어나갔다. 그럼에도 마지막에 시험지를 제출할 때는 여전히 테니스공을 삼킨 듯한 기분이 들었다. 이전 시험과 퀴즈에서 50~60점대를 기록한 터라 고모가 채점하는 모습을 차마 볼 수 없었다. 고모가 빨간 연필로 줄을 치는 게 보기 싫어 나는 창밖을 뚫어져라 쳐다보았다. 드디어 고모가 미소를 지으며 시험지를 가지고 왔는데, 동정심에서인지 내가 잘해서인지 알 수 없었다. 고모가 내 앞쪽 식탁에 시험지를 내려놓았고 나는 크게 심호흡한 뒤 결국 용기를 냈다.

나는 좋은 성적을 거둔 적이 없었다. 심지어 A는 한 번도 받아보지 못했다.

하지만 내가 받은 B는 C보다는 A에 가까웠다. 기쁘고 또 믿기지 않아 본능적으로 소리를 지르자 린다 고모가 양팔을 벌렸고 나는 그 품에 안겼다. 우리 둘은 부엌에서 한참을 부둥켜안고 있었다. 그리고 나는 내가 그런 포옹을 얼마나 필요로 했는지 깨달았다.

✦

브라이스가 도착해 시험지를 검토한 뒤 고모에게 다시 돌려주었다.

"다음에는 더 잘할게." 시험을 본 건 나인데 그가 그렇게 말했다.

"난 너무 좋아." 내가 말했다. "내가 받아주지 않는다고 기분 나빠 하지 마."

"괜찮아." 브라이스가 답했다. 그래도 여전히 신경 쓰이는 눈치였다.

린다 고모가 내 시험지를 전부 모아서 문 쪽으로 걸어갔다. 고모는 금요일이면 학교로 모든 자료를 부쳤다. 브라이스가 불편한 표정으로 나를 흘깃거렸다.

"물어보고 싶은 게 있어." 브라이스가 말했다. "좀 늦기도 했고 너희 고모한테 물어봐야 하는 것도 알지만 너한테 먼저 말하고 싶었어. 네가 원치 않으면 고모한테 물어볼 이유가 없으니까, 안 그래? 그리고 당연히 고모가 별로라고 하시면 걱정할 필요도 없겠지."

"무슨 말인지 모르겠어."

"뉴번 플로틸라New Bern Flotilla라고 알지?"

"처음 들어봐."

"아." 그가 말했다. "그걸 생각 못 했네. 뉴번은 모어헤드 시티 내륙에 있는 작은 마을인데 매년 거기서 크리스마스 플로틸라가 열려. 간단히 말해 여러 척의 배에 크리스마스 조명을 장식해 퍼레이드처럼 강 위에 띄우는 거야. 행사가 시작되면 우리 가족은 저녁 식사를 하고 밴스보로로 이 근사한 광경을 구경하러 가. 여하튼 우리 가족의 연례행사인데 그게 내일이야."

"그 얘긴 왜 꺼내는데?"

"너도 같이 가고 싶은지 궁금해서."

브라이스가 내게 일종의 데이트 신청을 했다는 걸 깨닫는데 몇 초의 시간이 걸렸다. 물론 그의 부모님과 어린 동생들도 함께하니 진짜 데이트는 아니었다. 그보다는 **가족 행사**에 더 가까웠다. 하지만 브라이스가 서투른 솜씨로 에둘러 그 주제를 꺼낸 것으로 보아 여자에게 데이트를 신청한 게 처음이 아닐까 하는 의구심이 들었다. 항상 그가 나보다 훨씬 어른스러워 보였기 때문에 놀랐다. 시애틀에서는 남자애들이 **'나랑 놀러 갈래?'** 이러면 끝이었다. 제이는 그조차도 안 했다. 그냥 테라스에서 내 곁에 앉아 말을 걸었다.

하지만 나는 그런 서툴고 에두른 방식이 마음에 들었다. 우리 사이에 로맨틱한 것들을 전혀 상상할 수 없었음에도. 브라이스가 귀엽든 아니든 간에, 내 낭만 세포는 뜨거운 인도 위 건포도처럼 쪼그라든 상태라 그런 욕망의 감정을 또다시 경험할 수 있을까 싶었다. 그래도 브라이스의 행동은… **달콤했다.**

"고모가 허락하면, 재밌을 것 같아."

"먼저 알아야 할 게 또 있어." 그가 말했다. "연락선이 그렇게 늦은 시간에는 운행하지 않아서 우리 가족은 뉴번에서 하룻밤을 지내. 그래서 집을 한 채 빌리는데, 당연히 네 방도 있을 거야."

"고모가 나가기 전에 물어보는 게 좋겠다."

그때 고모는 이미 문을 나서 계단을 내려가고 있었다. 브라이스가 고모를 뒤쫓았고 내 머릿속은 그가 방금 내게 데이트 신청을 했다는 생각으로 가득했다.

아니야… 그 생각은 지워버려. **이건 가족 행사야.**

고모가 뭐라고 했을지 궁금했는데 잠시 후 브라이스가 돌아오는 소리가 들렸다. 브라이스가 문안으로 들어오며 활짝 웃었다. "우리 부모님한테 물어보고 오후에 알려주신대."

"잘됐다."

"그럼 이제 시작할까? 내 말은, 과외 말이야."

"너만 괜찮으면 나도 준비됐어."

"좋아." 브라이스가 갑자기 어깨에 긴장을 풀며 식탁에 앉았다.

"오늘은 스페인어부터 시작하자. 화요일에 퀴즈가 있으니까."

그러고는 스위치가 휙 켜진 것처럼 자신에게 보다 편안한 역할인 내 과외 선생님으로 돌아갔다.

✦

린다 고모는 3시가 조금 넘어 집에 돌아왔다. 고모는 지친 기색에도 미소를 지으며 들어와 재킷을 벗었다. 고모가 집에 들어오며 항상 미소를 짓는다는 생각이 언뜻 들었다.

"안녕." 그녀가 말했다. "오늘은 어땠니?"

"잘했어요." 브라이스가 자기 물건들을 정리하며 말했다. "가게는 어떠셨어요?"

"바빴어." 고모가 옷걸이에 외투를 걸었다. "네 부모님과 얘기해봤는데 매기가 내일 같이 가고 싶다면 그렇게 하려무나. 일요일에 교회에서 만나자고 하시더라."

"부모님께 말해주셔서 감사해요. 승낙해주신 것도요."

"천만에." 이어서 고모가 나를 향해 말을 덧붙였다. "그리고 일요일에 교회 끝나고 쇼핑하러 가는 거 알지?"

"쇼핑이요?" 브라이스가 무의식적으로 물었다.

고모가 일순간 나를 힐끗거렸지만 그녀는 내가 무슨 생각을 하는지 알았다. "크리스마스 선물 쇼핑." 고모가 말했다.

그렇게 나는 데이트를 하게 됐다.

정식은 아니었지만.

✦

다음 날 아침엔 늦잠을 잤는데 6일 연속으로 속이 멀쩡했다. 분명 좋은 현상이었지만 곧바로 샤워를 하려고 옷을 벗다가 또 한번 놀랐다. 내⋯ **가슴둘레**가 전보다 더 커져 있었다. 화장실 벽에 걸린 십자가 때문에 원래 내 머릿속에 떠오른 단어 대신 **가슴둘레**란 단어를 사용한 걸 인정하겠다. 내 생각에 그건 고모가 사용할 법한 단어였다.

가슴이 커질 거라고 책에서 읽긴 했지만 이런 식은 아니었다. 하룻밤 사이라니. 그래, 나는 세심한 주의를 기울이지 않았고 나도 모르는 새 가슴이 자라고 있었을 수도 있다. 하지만 거울 앞에 서 있으니 불현듯 내가 돌리 파튼(미국의 싱어송라이터—옮긴이)의 미니어처 같다는 생각이 들었다.

안 좋은 건 한때 가늘었던 허리가 이미 사라진 낙원 아틀란티스의 전철을 밟기 시작했다는 점이었다. 거울로 옆모습을 살펴보니 허리가 더 커지고 넓어져 있었다. 화장실에 체중계가 있었지만 몸무게가 얼마나 늘었는지 확인할 용기가 나지 않았다.

브라이스와 과외를 시작하고 처음으로 거의 온종일 집에 혼자 있는 날이었다. 조용한 시간을 이용해 진도를 따라잡아야 했지만 대신 나는 해변에 가기로 결심했다.

따뜻하게 껴입고 나온 나는 집 아래서 자전거를 발견했다. 오랜만에 타는 거라 출발할 때 살짝 불안정했지만 몇 분 만에 감을 잡았다. 나는 차가운 바람을 맞으며 천천히 페달을 밟았고 모래사장에 도착하자 모래언덕을 통과하는 산책로를 가리키는 표지판 옆에 자전거를 세웠다.

워싱턴의 해안과는 완전히 달랐지만 아름다운 해변이었다. 내가 살던 곳에는 바위와 절벽, 물기둥을 뿜어대는 성난 파도가 있었지만 이곳에는 잔잔한 물결과 모래, 참억새밖에 없었다. 사람도, 야자수도, 비어 있는 인명 구조 요원의 의자도, 해안을 바라보는 집도 없었다. 텅 빈 해안가를 따라 걸으니 내가 그곳을 걸은 첫 번째 사람 같다는 생각이 절로 들었다.

나는 생각에 잠겨 부모님이 뭘 하고 있을지 그려보았다. 아니, 아직 거긴 이른 시간이니 이따가 무엇을 할지를. 모건은 토요일이면 늘 하던 대로 바이올린 연습을 할지, 아니면 쇼핑몰에 선물을 사러 갈지 궁금했다. 그들이 벌써 트리를 샀는지, 아니면 오늘 오후나 내일, 혹은 다음 주에 살지도 궁금했다. 매디슨과 조디는 어떻게 지내는지, 누구라도 새 남자 친구는 생겼는지, 최근에 어떤 영화를 보러 갔는지, 휴가를 간다면 어디로 갈지도 궁금했다.

하지만 시애틀을 떠난 후 처음으로 그런 생각을 해도 과도한 슬픔에 가슴이 저미지 않았다. 오히려 이곳에 오는 것이 올바른 결정이었다는 생각이 들었다. 오해는 마시라. 여전히 이런 일이 아예 일어나지 않았으면 싶으니까. 그러나 아무튼 린다 고모가 내 인생의 이 시기에 내가 정확히 필요로 하는 사람이라는 건 알았다. 고모는 부모님은 절대 하지 못하는 방식으로 나를 이해하는 듯했다.

어쩌면 나와 마찬가지로, 고모도 언제나 혼자라고 느꼈기 때문일지도 모른다.

✦

집으로 돌아온 나는 샤워를 하고 시애틀에서 가져온 더플백에 교회에 가져갈 물건들을 챙겼다. 그런 다음 남은 하루 동안 변함없이 진도를 따라잡으려 노력했다. 브라이스가 만드는 여분의 문제를 풀지 않고도 진도를 마칠 수 있을 만큼 머릿속에 정보가 오래 남기를 기대하며 교과서의 다양한 장들을 읽었다.

토요일이라 가게 문을 일찍 닫고 2시에 돌아온 린다 고모는 치약부터 샴푸까지 내가 필요한 물건을 잊지 않고 전부 챙겼는지 확인했다. 그 후에 나는 고모가 벽난로 선반에 예수 성탄화를 설치하는 것을 도왔다. 일을 도우면서 처음으로 고모의 눈동자 색이 아빠와 같다는 사실을 알았다.

"오늘 밤에 뭐 할 거예요?" 내가 물었다. "집에 혼자잖아요."

"그웬과 함께 저녁을 먹을 거야." 고모가 말했다. "그런 다음 진러미(2인용 카드 게임―옮긴이)를 할 거고."

"편안한 저녁이 되겠네요."

"너도 브라이스네 가족과 즐거운 저녁을 보내게 될 거야."

"그냥 저녁인걸요."

"그야 모르지." 고모가 시선을 돌리며 그렇게 말하자 다음 질문이 자동으로 나왔다.

"제가 안 갔으면 좋겠어요?"

"둘이 이번 주에 벌써 많은 시간을 함께 보냈잖니."

"과외 때문이죠." 내가 말했다. "고모가 권했잖아요."

"나도 안다." 고모가 말했다. "가도 좋다고 허락하긴 했지만 걱정이 되는 건 사실이야."

"왜요?"

고모는 대답하기 전에 마리아와 요셉의 조각상을 다시 매만졌다. "젊은 사람들은 때때로 쉽게… 감정에 무너지니까."

구식이면서도 수녀다운 그녀의 말을 처리하는 데 몇 초가 걸렸지만 내 두 눈이 휘둥그레지는 게 느껴졌다. "제가 그 애한테 홀딱 반할 거라 생각하는 거예요?"

대답이 없자 나는 웃음을 터트리다시피 했다. "그건 걱정하지 마세요." 내가 말을 이었다. "전 임산부라고요, 잊었어요? 그 애한테 아무 관심도 없어요."

고모가 한숨을 내쉬었다. "내가 걱정하는 건 네가 아니야."

✦

브라이스는 우리가 벽난로 선반 장식을 마치고 나서 몇 분 후

172

에 나타났다. 고모의 말에 여전히 마음이 심란했지만 여하튼 나는 그녀의 볼에 입을 맞춘 뒤 더플백을 챙겨 문밖으로 나섰다. 브라이스는 아직 계단을 올라오는 중이었다.

"안녕." 브라이스가 말했다. 그도 나처럼 겨울밤에 대비한 차림새였다. 멋진 올리브색 재킷은 나처럼 두꺼운 다운 점퍼로 바뀌어 있었다. "준비됐어? 내가 들어줄까?"

"무겁진 않지만, 알았어."

브라이스가 더플백을 움켜쥔 뒤 우리는 고모에게 손을 흔들어 인사하고 그의 트럭으로 향했다. 연락선에서 봤던 것과 같은 트럭이었다. 가까이서 보니 내가 기억한 것보다 더 크고 높았다. 브라이스가 조수석 문을 열어주었지만 작은 산을 타다시피 한 후에야 마침내 차 안으로 기어오를 수 있었다. 브라이스는 차 문을 닫고 반대편에 올라타 우리 사이에 더플백을 놓았다. 하늘이 맑았지만 기온은 벌써 떨어지고 있었다. 곁눈으로 고모가 크리스마스트리 조명을 켜는 게 보이더니 트리가 창문 안에서 반짝였다. 무슨 이유에선지 갑자기 연락선에서 브라이스와 그의 개를 처음 본 순간이 떠올랐다.

"깜빡 잊고 못 물어봤는데 데이지도 같이 가?"

브라이스가 고개를 저었다. "아니. 좀 전에 할아버지 댁에 맡겼어."

"그분들은 안 오셔? 너희 조부모님 말이야."

"꼭 필요할 때가 아니면 섬을 떠나는 걸 안 좋아하셔." 그가 미소를 지었다. "그나저나 우리 부모님이 너를 굉장히 만나보고 싶어 해."

"나도 그래." 그들이 **그 질문**을 안 했으면 싶었지만 생각을 곱씹을 새도 없었다. 차가 겨우 몇 분 만에 멈췄기 때문이다. 호텔 구역, 선착장과 가까운 브라이스의 집은 고모의 가게와 같은 일반 지역에 있었다. 브라이스가 주택 진입로까지 들어가 거대한 흰색 밴 옆에 트럭을 세우자 나는 집을 찬찬히 살폈다. 마을의 다른 집들과 똑같이 생겼지만 조금 더 크고 관리가 잘 됐다는 인상을 받았다. 집을 눈여겨보고 있는데 현관문이 확 열리면서 어린 남자애 둘이 서로를 밀치며 계단을 빠르게 내려왔다. 나는 두 아이를 빠르게 휙휙 번갈아 보며 둘이 거울처럼 똑같이 생겼다고 생각했다.

"리처드와 로버트야. 까먹었을까 봐." 브라이스가 말했다.

"누가 누군지 절대 구분 못 할 것 같아."

"둘 다 그런 것에 익숙해. 그리고 그걸 이용해 네게 장난칠 수도 있어."

"어떻게 장난을 쳐?"

"로버트는 빨간 재킷이야. 리처드는 파란 재킷이고. 어쨌거나 지금은 그래. 하지만 바꿔 입을 수도 있으니 마음의 준비를 해. 그냥 리처드는 왼쪽 눈 아래에 작은 점이 있다는 것만 기억해."

그때 그 둘이 브라이스의 트럭 근처에서 멈추더니 우리를 빤히 쳐다봤다. 브라이스가 내 더플백을 쥐고서 자기 쪽 문을 열고 내려갔다. 나도 발이 자갈에 미처 닿기도 전에 떨어질 것 같은 기분으로 똑같이 내렸다. 우리는 트럭 앞에서 만났다.

"리처드, 로버트?" 브라이스가 말했다. "이쪽은 매기야."

"안녕, 매기." 그들이 로봇처럼 기계가 내는 듯한 부자연스러운 목소리로 동시에 대답했다. 그러더니 또 동시에 왼쪽으로 고개를 기울였다. 그들은 계속 그랬고 나는 그게 연기임을 깨달았다. "만나서 반가워. 오늘 저녁에 함께하게 돼서 영광이야."

나는 맞장구치는 의미로 〈스타트렉〉처럼 인사를 건넸다. "장수와 번영을!"

두 아이 모두 낄낄댔다. 그들이 가까이 서 있고 낮이었는데도 점을 찾을 수 없었다. 하지만 리처드(파란 재킷)가 로버트(빨간 재킷)에게 기대자 로버트가 리처드를 밀치고, 뒤이어 리처드가 로버트를 때리고, 그다음엔 로버트가 리처드를 쫓아가더니 끝내는 둘 다 집 뒤로 사라졌다.

시야 한구석으로 내 오른쪽, 집 아래쪽 바닥에 어떤 움직임이 보였다. 몸을 돌리자 휠체어를 탄 동안의 여자가 나타났고, 브라이스의 아빠로 짐작되는 짧은 스포츠머리의 키 큰 남자가 그 뒤를 따랐다.

물론 전에도 휠체어를 탄 사람들을 본 적이 있었다. 3, 4학년 때 오드리라는 이름의 여자애도, 아빠처럼 교회 집사인 페트리 씨도 휠체어를 탔다. 하지만 브라이스가 아무 말도 안 한 까닭에 그의 엄마가 휠체어를 탔을 거라곤 예상하지 못했다. 엄마가 10대에 자신을 가졌다는 건 말했으면서 이건 잊었다니.

나는 그럭저럭 친근하면서도 중립적인 표정을 유지할 수 있었다. 두 사람이 다가왔고 브라이스의 엄마가 외쳤다. "R과 R… 밴에 올라타! 아니면 그냥 놓고 갈 거야!"

잠시 후 브라이스의 남동생들이 그들을 마지막으로 봤던 집 반대편에서 괴성을 지르며 나왔다. 이번에는 리처드(파란 재킷)가 로버트(빨간 재킷)를 쫓고 있었다….

아니면 내가 속은 걸까?

그건 알 길이 없었다.

"밴에 올라타!" 브라이스의 아빠가 소리치자 쌍둥이가 밴을 한 바퀴 돌고는 옆문을 열고 안으로 뛰어올랐고, 그 바람에 밴이 살짝 덜컹거렸다.

천재고 아니고를 떠나서 분명 에너지가 넘치는 아이들이었다.

그때 브라이스의 부모님이 좀 더 가까이 다가왔다. 그들의 얼굴에서 반색하는 표정이 보였다. 그의 엄마는 내 것보다 훨씬 부피가 큰 점퍼를 입고 있었고, 적갈색 머리카락은 초록색 눈동자와 대비되었다. 그의 아빠는 대쪽 같이 꼿꼿했는데, 머리카락이 검었지만 귀 근처에 은발이 듬성듬성 나 있었다. 브라이스의 엄마가 손을 내밀었다.

"안녕, 매기." 그녀가 사람 좋은 웃음을 지으며 말했다. "난 재닛 트리켓이고 이쪽은 내 남편 포터야. 우리와 함께해줘서 너무 기쁘구나."

"안녕하세요, 트리켓 씨." 내가 말했다. "초대해주셔서 감사합니다."

나는 포터 씨와도 악수를 나눴다. "천만에." 그가 말을 이었다. "이 근처에서 새 얼굴을 보니 좋구나. 고모와 함께 머문다고 들었다."

"몇 달만요." 나는 이렇게 덧붙였다. "브라이스가 공부에 큰 도움을 주고 있어요."

"잘됐구나." 포터 씨가 말했다. "둘 다 준비됐니?"

"됐어요." 브라이스가 말했다. "집에 아직 챙길 게 남았어요?"

"가방은 벌써 실었다. 연락선이 붐빌 수도 있으니 출발해야겠구나."

밴으로 걸어가려는데 브라이스가 점잖게 내 팔을 잡으며 기다리라는 신호를 보냈다. 나는 그의 부모님이 남동생들이 들어간 곳과는 반대편 문으로 향하는 모습을 지켜보았다. 그의 아빠가 안쪽에 손을 대자 유압식 기계가 윙윙거리는 소리가 나면서 밴에서 작은 디딤대가 펼쳐지더니 땅바닥으로 낮춰졌다.

"아빠와 할아버지가 밴을 개조할 때 나도 거들었어." 브라이스가 말했다. "엄마도 운전할 수 있도록."

"왜 그냥 사지 않고?"

"가격이 비싸서." 그가 말했다. "그리고 우리한테 맞는 모델이 없었어. 두 분 모두 운전할 수 있게 앞 좌석이 쉽게 교체되어야 했거든. 이건 그냥 한쪽에서 반대쪽으로 미끄러진 다음에 고정이 돼."

"셋이서 방법을 알아낸 거야?"

"우리 아빠가 그쪽에 재주가 꽤 뛰어나셔."

"군대에서 무슨 일을 했는데?"

"정보 요원." 브라이스가 답했다. "하지만 기계와 관련된 것도 천재적이야."

난 왜 이게 하나도 놀랍지 않았을까?

그때쯤 브라이스의 엄마는 차 내부로 사라졌고 디딤대가 다시 올라가고 있었다. 브라이스는 이것을 다시 걸어가도 된다는 신호로 받아들였다. 우리는 반대편 문을 열고 차 안으로 들어가 뒷좌석의 쌍둥이들 옆자리에 비집고 앉았다.

밴은 후진한 뒤 연락선을 향해 달리기 시작했고 나는 내 옆에 있는 쌍둥이 하나를 쳐다보았다. 파란색 재킷을 걸쳤고 자세히 보니 점이 있는 것 같았다. "네가 리처드지?"

"누나는 매기죠."

"네가 좋아하는 게 컴퓨터야, 아니면 항공 엔지니어링이야?"

"컴퓨터요. 엔지니어링은 괴짜들이나 하는 거죠."

"덕후보다는 낫지." 로버트가 재빠르게 말을 덧붙였다. 그는 앉은 채로 몸을 앞으로 숙이더니 고개를 돌려 나를 바라봤다.

"왜?" 결국 내가 물었다.

"열여섯처럼 안 보여요." 로버트가 말했다. "더 나이 들어 보여요."

칭찬인지 욕인지 알 수가 없었다. "고마워해야 하나?" 내가 말했다.

로버트가 침착한 표정으로 나를 주시했다. "여기로 이사는 왜 왔어요?"

"개인적인 이유 때문에."

"초경량 비행기 좋아해요?"

"뭐라고?"

"작고 느리고 아주 가벼운 비행긴데 착륙할 때 짧은 활주로만 있으면 돼요. 제가 뒷마당에서 만들고 있어요. 라이트 형제가 했던 것처럼요."

리처드가 끼어들었다. "저는 비디오게임을 만들어요."

나는 그에게로 고개를 돌렸다. "무슨 말인지 잘 모르겠어."

"비디오게임은 컴퓨터나 다른 디스플레이 장비에서 공학적으로 조작된 이미지를 이용해 퀘스트나 미션을 하거나, 앞으로 나가거나, 임무를 수행하거나, 기타 과제를 이행하는 거예요. 혼자 아니면 다른 사람들과 함께 경쟁하거나 팀을 이루어서요."

"비디오게임이 뭔지는 나도 알아. 네가 **만든다**고 하는 게 무슨 뜻인지 모르겠다는 거야."

"그게 무슨 뜻이냐면." 브라이스가 말했다. "머릿속으로 게임을 상상하고 나서 코드를 작성하고 설계한다는 뜻이야. 그리고 매기가 게임이나 비행기 얘기는 나중에 듣고 싶어 할 테니 너희 둘은 연락선까지 조용히 가주면 안 될까?"

"왜?" 리처드가 물었다. "난 그냥 대화를 시도하는 건데."

"리처드! 그만!" 트리켓 씨가 소리치는 게 들렸다.

"아빠 말 들어." 트리켓 부인도 어깨 너머로 그들을 노려보며 한마디 거들었다. "그리고 사과하려무나."

"뭐를요?"

"버릇없게 군 거."

179

"제가 언제 버릇없게 굴었어요?"

"너희랑 입씨름하기 싫어." 그녀가 말했다. "사과해라. 둘 다."

로버트가 말했다. "왜 제가 사과해야 하는데요?"

"왜냐면." 그의 엄마가 대답했다. "둘 다 잘난 척을 했으니까. 부탁은 이게 마지막이야."

한쪽 시야로 두 아이 모두 좌석에 몸을 깊숙이 파묻는 게 보였다. "죄송해요." 그들이 한 목소리로 말했다. 브라이스가 몸을 가까이 기대고 말하는데 귀에 따뜻한 숨결이 느껴졌다. "내가 경고했지."

나는 웃음을 참았다. **우리 가족만 이상한 줄 알았더니.**

연락선에 탑승하려는 자동차 줄이 길게 늘어서 있었지만 갑판에는 공간이 넉넉했고 배는 제시간에 출발했다. 리처드와 로버트는 밴이 서자마자 앞다투어 뛰쳐나갔고 우리는 그들이 난간으로 뛰어가는 모습을 지켜보며 따라갔다. 모자와 장갑을 끼는데 뒤쪽에서 디딤대가 올라가는 소리가 들렸다. 나는 배 위쪽 의자가 있는 밀폐 공간을 향해 손짓했다.

"너희 엄마도 안에 들어갈 수 있어? 그러니까, 엘리베이터가 있으려나?"

"보통 두 분은 밴에서 대부분의 시간을 보내." 브라이스가 답했다. "하지만 엄마는 잠깐씩 신선한 공기도 즐기셔. 탄산음료 사다줄까?"

나는 사람들이 떼 지어 그 방향으로 이동하는 것을 보고 고개를 저었다. "잠시 뱃머리로 가보자."

다른 승객들과 함께 뱃머리로 걸어갔지만 사람들이 다닥다닥 붙어 있지 않은 자리를 하나 찾을 수 있었다. 공기가 쌀쌀한데도 바다는 사방이 잔잔했다.

"로버트는 정말 비행기를 만드는 거야?" 내가 물었다.

"거의 1년 동안 작업하고 있어. 아빠가 도와주시지만 로버트가 디자인한 거야."

"부모님이 비행기를 몰게 허락할까?"

"우선 파일럿 면허증을 따야 해. 주된 목적은 전미학생과학경시대회에 출품하는 건데, 내가 아는 녀석이라면 분명 비행할 거야. 하지만 아빠가 안전을 책임진댔어."

"아빠도 비행기를 몰 줄 알아?"

"많은 것들을 할 줄 알아."

"하지만 홈스쿨링은 엄마가 하지 않았어? 아빠가 아니라?"

"아빠는 늘 일을 했지."

"너희 엄마는 어떻게 공부를 가르칠 수 있는 거야?"

"엄마도 꽤 똑똑하거든." 브라이스가 어깨를 으쓱했다. "열여섯에 MIT에 입학했어."

그런데 어쩌다 10대에 임신을 했을까? 나는 궁금했다. 아, 그래. 때론 그냥 사고가 일어나기도 하지. 하지만 그래도… 대단한 가족이었다. 나는 그와 비슷한 가족에 대해 단 한 번도 들어본 적이 없었다.

"너희 부모님은 어떻게 만났어?"

"두 분 모두 워싱턴 D.C.에서 인턴을 했어. 근데 그 이상은 나도 잘 몰라. 그런 이야기는 잘 안 해주셔."

"그때도 엄마가 휠체어를 탔어? 미안해, 이런 질문은 하면 안 되는데….''

"괜찮아. 많이들 궁금해할 거야. 8년 전에 교통사고가 났어. 2차선 고속도로였는데 반대 방향에서 차가 달려오다가 추월을 시도했어. 엄마는 정면충돌을 피하려고 방향을 꺾었지만 전봇대를 박았지. 거의 죽을 뻔했어. 사실 살아나신 게 기적이야. 중환자실에서 거의 2주를 계셨고, 수차례의 수술과 엄청난 재활 치료를 받으셨지. 하지만 척수가 손상됐어. 1년 넘게 허리 아래가 완전히 마비됐었는데 결국 다리에 약간의 감각을 회복했어. 지금은 다리를 살짝 움직일 수 있어. 옷을 좀 더 쉽게 입을 수 있을 정도로. 그런데 그게 다야. 일어서진 못하셔."

"너무 끔찍한 사고다."

"슬픈 일이지. 사고를 당하기 전에는 굉장히 활동적이셨어. 테니스도 치고 매일 조깅도 하고. 그런데도 엄마는 불평하지 않아."

"왜 엄마에 대해 말해주지 않았어?"

"생각을 못 했어. 이상하게 들리겠지만 사실 장애를 더 이상 의식하지 않아. 엄마는 여전히 쌍둥이를 가르치고, 저녁 식사를 준비하고, 쇼핑을 가고, 사진을 찍고, 뭐든지 다 하셔. 하지만 네 말이 맞아. 미리 말해줄지 고민했어야 했어."

"너희 가족은 왜 오크라코크로 이사 온 거야? 외조부모님한테 도움을 받을 수 있어서?"

"사실 그 반대야. 말했다시피 아빠가 군에서 은퇴하고 자문 일을 시작한 뒤에 어디든 갈 수 있었는데, 그 전해에 외할머니가 뇌졸중에 걸리셨어. 심각하진 않았지만 의사가 추후에 더 자주 발병할지도 모른다고 했지. 외할아버지는 관절염이 점점 심해지고 있는데, 그게 아빠가 마을에 갈 때마다 할아버지를 도와드리는 또다른 이유야. 요점은 엄마가 그분들이 자신을 돕는 것보다 자신이 그분들을 더 많이 도울 수 있겠다 생각했고, 그래서 그분들 근처에 살기를 원했다는 거야. 믿거나 말거나 엄마는 꽤 독립적이야."

"데이지를 키우는 것도 엄마 때문이야? 엄마처럼 도우미견을 필요로 하는 누군가를 돕기 위해서?"

"그런 것도 있어. 그리고 아빠가 출장으로 집을 워낙 오래 비우니까 한동안 개를 키우면 내가 좋아할 거라 생각한 것도 있고."

"얼마나 오래 비우시는데?"

"그때마다 달라. 하지만 보통 1년에 4~5개월 정도 돼. 연휴가 지나면 머지않아 다시 떠날 거야. 이번엔 네 차례야. 나와 내 가족에 대해서만 떠들어서 너에 관해선 아는 게 하나도 없는 것 같은 기분이야."

바람에 머리카락이 흩날렸고 차가운 공기에서 소금 맛이 느껴졌다.

"우리 부모님과 언니에 대해선 말해줬잖아."

"그러면 너에 대해선? 그 밖에 또 뭘 좋아해? 취미는 없어?"

"어릴 적엔 춤을 췄고, 중학생 땐 운동을 했어. 하지만 진짜 취미는 아니야."

"방과 후나 주말엔 뭐 해?"

"친구들과 놀러 가고, 전화로 수다 떨고, TV를 봐." 내가 말하면서도 내 얘기가 얼마나 변변찮아 보이던지, 나에 대한 주제에서 가능한 빨리 벗어나고 싶었다. "깜빡 잊고 카메라를 안 가져왔구나."

"플로틸라 때문에? 생각해봤는데 시간 낭비일 것 같았어. 작년에 시도했는데 제대로 된 사진을 한 장도 못 건졌거든. 총천연색 조명이 전부 하얗게 나왔더라고."

"자동 설정은 시도해봤어?"

"전부 해봤는데도 실패했어. 그때는 삼각대를 놓고 감도를 조정해야 한다는 사실을 몰랐지만, 그렇다 해도 제대로 찍기 힘들었을 거야. 배가 해안에서 너무 멀리 떨어진 데다 움직여서 그런 것 같아."

무슨 말인지 도통 이해할 수 없었다. "복잡하다."

"그렇기도 하고 아니기도 하고. 시간과 연습이 필요하다는 점에서 배우는 건 무슨 일이든 똑같아. 어떻게 찍어야 하는지 정확히 아는 것 같은데도 계속 조리개를 움직이게 된다니까. 보통은 흑백으로 찍는데 그럴 땐 암실에서 타이머를 지켜보고 있어야 음영을 제대로 구현할 수 있어. 지금은 포토샵이 생겨서 촬영 후에 훨씬 많은 것들을 할 수 있지."

"전용 암실도 있어?"

"아빠가 엄마를 위해 만들어줬는데 나도 사용해."

"완전 전문가구나."

"엄마가 전문가지, 난 아니야. 인화할 때 문제가 생기면 엄마나 리처드가 도와줘. 때로는 둘 다."

"리처드가?"

"포토샵을 말하는 거야. 그 녀석은 컴퓨터와 관련된 건 뭐든지 자동으로 이해해. 그래서 포토샵 문제라면 해결할 수 있어. 짜증 나는 일이지."

내가 웃었다. "그러니까 너희 엄마가 네게 사진을 가르쳐줬다는 거네?"

"맞아. 엄마는 지난 몇 년 동안 끝내주는 사진들을 찍었어."

"그 사진들 보고 싶어. 암실도."

"기꺼이 보여줄게."

"엄마는 어쩌다 사진을 찍게 됐어?"

"엄마 말로는 고등학생 때 어느 날 그냥 카메라를 집어 들고 사진을 찍으면서 빠져들었대. 내가 태어난 뒤에는 두 분 다 나를 탁아소에 맡기길 원치 않아서 주말에 아빠가 나를 돌보는 동안 엄마는 프리랜서로 지역 사진작가 밑에서 일을 했어. 그 후 이사 갈 때마다 사진작가를 보조하는 새 일거리를 찾았지. 그렇게 일하다 쌍둥이가 태어났어. 그때쯤 엄마가 쌍둥이를 돌보며 나를 홈스쿨링하기 시작했고, 그래서 사진은 취미가 된 거야. 하지만 여전히 시간만 나면 카메라를 들고 밖으로 나가셔."

나는 우리 부모님에 대해, 일, 가족, 교회 말고 그들이 열정을 쏟는 활동에 대해 떠올리려 노력했지만 아무것도 생각나지 않았다. 엄마는 테니스도, 브리지도, 그와 비슷한 어떤 것도 하지 않았다. 아빠는 포커는 물론이고 남자들끼리 어울리면 으레 하는 어떤 취미 활동도 한 적이 없었다. 그들은 둘 다 일만 했다. 아빠는 마당과 창고를 관리하거나 쓰레기를 버렸고, 엄마는 요리하고 빨래하고 청소를 했다. 2주에 한 번 금요일마다 하는 외식을 제외하면 우리 부모님은 늘 집에만 있었다. 그래서 나 역시 별다른 취미가 없는 모양이었다. 반대로 모건이 바이올린을 연주하는 것을 보면 그건 그냥 변명인지도 몰랐다.

"웨스트포인트에 들어가서도 계속 사진을 찍을 거야?"

"시간이 날지 모르겠어. 일정이 매우 엄격하거든."

"군대에서 뭘 하고 싶어?"

"아빠처럼 정보 요원? 그런데 마음 한편으론 특수부대를 거쳐 그린베레가 되거나 델타 포스에 들어가면 어떨까 싶기도 해."

"람보처럼?" 나는 실베스터 스탤론이 맡았던 역할을 떠올리며 물었다.

"맞아. 하지만 나중에 외상성 스트레스 장애는 안 겪었으면 좋겠어. 또 내 얘기로 돌아왔네. 난 너에 대해 듣고 싶어."

"별로 말할 게 없어."

"그건 어땠어? 그러니까, 오크라코크에 오기까지의 과정 말이야."

나는 그 일에 대해 얘기하고 싶은지, 브라이스에게 얼마나 털어놓을지 생각하며 망설였지만 그런 감정은 몇 초간 지속되다가 **'뭐 어때?'**로 바뀌었다. 그러더니 말이 술술 나오기 시작했다. 내가 멍청했다는 것 말고는 별로 할 얘기가 없었다. 제이 이야기는 꺼내지 않았지만 엄마가 화장실에서 내가 토하는 모습을 발견한 사실은 털어놓았다. 그리고 거기서부터 브라이스가 내 과외 선생님으로 나타난 순간까지 일어난 모든 일을 들려줬다. 힘들었겠지만 브라이스는 내 말을 거의 가로막지 않고 내가 여유롭게 얘기하도록 배려했다.

내가 이야기를 마쳤을 때가 연락선이 부두에 도착하기 겨우 30분 전이었는데, 나는 꽁꽁 싸매고 온 것에 속으로 감사 기도를 드렸다. 몸이 얼어붙을 듯이 추워서 우리는 밴으로 들어갔고, 브라이스가 보온병을 꺼내 따뜻한 코코아를 두 잔 따랐다. 그의 부모님은 앞자리에서 대화를 나누다가 우리와 짧게 인사를 나눈 뒤 다시 하던 대화로 돌아갔다.

따뜻한 코코아를 홀짝이자 내 얼굴이 서서히 원래 색깔로 돌아왔다. 그동안 우리는 평범한 10대들의 관심 주제로 계속 수다를 떨었다. 가장 좋아하는 영화, 텔레비전 쇼, 음악, 좋아하는 피자(나는 얇은 크러스트의 더블 치즈 피자를, 브라이스는 소시지와 페퍼로니가 들어간 피자를 좋아했다) 등 생각나는 건 아무거나 이야기했다. 브라이스의 아빠가 막 시동을 켜고 연락선이 정박하기 직전에 로버트와 리처드가 밴에 기어올랐다.

우리는 깜깜하고 조용한 도로를 달리다가 농가와 크리스마스 조명으로 치장한 이동 주택을 지났다. 작은 마을이 하나 지나가자 다른 작은 마을이 나타났다. 브라이스의 다리가 내 다리와 맞닿은 것이 느껴졌다. 브라이스가 쌍둥이 중 한 녀석이 하는 말에 웃음을 터트릴 때 나는 그가 가족과 얼마나 편안한 관계를 맺고 있는지 생각했다. 브라이스의 엄마는 내가 소외감을 느낄 거라 여겼는지 부모님들이 항상 묻는 질문을 던졌고 나는 일반적인 대답으로 기쁘게 응했다. 그럼에도 사전에 브라이스가 그들에게 나에 대해 얼마나 말해줬을지 궁금했다.

뉴번에 도착하자 나는 그 **예스러운** 정취에 매료되었다. 역사적 가치가 뛰어난 집들이 강을 마주 보고 있었고, 도심 지역에는 작은 가게들이 즐비했으며, 교차로마다 설치된 가로등에는 반짝이는 크리스마스 화환이 장식돼 있었다. 인도는 유니온 포인트 공원으로 향하는 사람들로 붐볐는데, 우리도 주차한 뒤 그들 무리에 합류했다.

그때쯤 기온이 훨씬 더 내려가 입에서 하얀 입김이 뿜어져 나왔다. 공원에서 피넛 버터 쿠키와 함께 따뜻한 코코아를 좀 더 건네받았다. 쿠키를 한 입 베어 물고 나서야 나는 얼마나 배가 고팠는지 깨달았다. 브라이스의 엄마가 내 마음을 읽었는지 첫 번째 쿠키를 해치우자마자 내게 또 하나를 건넸는데, 쌍둥이가 또 달라고 하자 저녁 식사가 끝날 때까지 기다리라고 말했다. 그녀가 내게 공모하는 듯한 윙크를 보낸 순간, 이곳에 소속된 것 같은 기분이 들었다.

내가 쿠키를 조금씩 먹고 있는 사이 플로틸라가 시작되었다. 현지 라디오 방송국이 텐트 아래서 생중계를 했는데, 배들이 한 대씩 천천히 흘러가자 확성기를 통해 각 배들의 선주와 종류를 소개했다. 왠지 몰라도 나는 요트를 기대했으나 소수의 범선을 제외하고는 대부분 오크라코크 부두에서 봤던 고기잡이배와 크기가 비슷하거나 좀 더 작았다. 어떤 배는 조명으로 치장했고, 어떤 배는 위니 더 푸나 그린치 같은 캐릭터를 자랑스레 선보였으며, 일부는 갑판을 따라 트리 장식을 세워놓았다. 이 모든 것이 메이베리(미국 텔레비전 시트콤의 배경이 된 가상의 커뮤니티—옮긴이) 같은 분위기를 자아내 향수를 불러일으킬 거라 생각했지만 그렇지 않았다. 그 대신 나는 브라이스가 내게 얼마나 가까이 서 있는지에 집중하며 그의 아빠가 쌍둥이들과 함께 배들을 가리키고 활짝 웃는 모습을 지켜보았다. 그의 엄마는 그저 만족스러운 표정으로 코코아만 홀짝였다. 잠시 후 브라이스의 아빠가 상체를 숙여 아내에게 부드럽게 입을 맞추자 나는 우리 아빠가 엄마에게 저렇게 입 맞추는 걸 마지막으로 본 게 언제인지 기억하려 노력했다.

그런 다음 우리는 공원에서 멀지 않은 첼시라는 식당에서 저녁을 먹었다. 플로틸라가 끝난 뒤에 그곳으로 향한 이들이 우리만은 아니었기에 식당은 북적거렸다. 그럼에도 서비스는 빨랐고 음식도 만족스러웠다. 테이블에서 나는 리처드와 로버트가 그들의 부모님과 머리 아픈 과학 주제를 놓고 토론을 벌이는 모습을 보며 주로 듣기만 했다. 브라이스도 나처럼 입을 다물고 느긋하게 앉아 있었다.

저녁 식사가 끝나자 우리는 밴으로 돌아갔고 인적이 드문 외진 곳까지 가다가 마침내 비상등을 깜빡이며 고속도로 옆에 주차했다. 차에서 내린 나는 그 모든 것들을 흡수하려 애쓰면서 경이로운 눈으로 빤히 쳐다볼 수밖에 없었다.

시애틀에도 크리스마스 조명으로 치장한 집들은 흔했고 쇼핑몰들도 전문가의 손길로 장식되었지만 이것은 완전히 차원이 달랐다. 크리스마스 장식이 3,000평이 넘는 넓이로 펼쳐져 있는 게 아닌가. 내 왼편, 부지 가장자리에 있는 작은 집은 창틀과 지붕 선을 따라 조명이 걸려 있고 굴뚝 근처에는 산타와 썰매가 놓여 있었다. 하지만 나를 놀라게 한 것은 바닥에 놓인 나머지 장식들이었다. 불을 환히 밝힌 수십 개의 크리스마스트리와 나무 꼭대기에서 높게 빛나는 거대한 성조기, 조명으로만 조립한 천막처럼 생긴 거대한 원뿔 모형, 투명한 플라스틱 표면 아래서 작은 전구들이 눈부시게 빛나는 '얼어버린' 연못, 멋들어지게 꾸민 기차, 그리고 순록이 하늘을 날아가는 것처럼 보이게 동기화시킨 조명들이 심지어 고속도로에서도 보였다. 부지 한가운데에는 반짝이는 대관람차 미니어처가 안에 동물들을 앉혀놓고 천천히 돌아가고 있었다. 곳곳에서 합판에 그림을 그리고 자로 잰 듯이 오려낸 만화와 애니메이션 캐릭터들을 볼 수 있었다.

쌍둥이가 한 방향으로 줄행랑을 치고 브라이스의 부모님이 다른 방향으로 천천히 걸음을 옮기면서 브라이스와 나만 남게 되었다. 장식물 사이를 구불구불 나아가는데 내 시선이 여기저기로 떠돌았다. 이슬이 내 신발 끝을 촉촉하게 적셨고 나는 양손을 주머니에 더 깊숙이 집어넣었다. 우리 주변으로 가족들이 부지를 거닐고 아이들이 전시물 사이를 뛰어다녔다.

"이걸 전부 누가 장식하는 거야?"

"이 집에 사는 가족이." 브라이스가 답했다. "해마다 이렇게 설치해."

"크리스마스를 정말 좋아하나 봐."

"분명 그럴 거야." 브라이스가 동의했다. "이 모든 걸 설치하려면 얼마나 오래 걸릴까 늘 궁금해. 그리고 어떻게 치울까도. 그래야 이듬해에 또 설치할 수 있잖아."

"이 가족은 사람들이 자기들 마당을 걸어 다니는 데 개의치 않아?"

"그런 것 같아."

나는 고개를 갸우뚱했다. "나라면 낯선 사람들이 우리 집 마당을 한 달 내내 거닌다면 괜찮을지 모르겠어. 누군가 창문 너머로 훔쳐볼까 봐 늘 신경 쓰일 것 같은데."

"대부분의 사람은 그러면 안 된다는 걸 알 거야."

뒤이은 30분 동안 우리는 편히 수다를 떨며 장식물 사이를 이리저리 거닐었다. 숨겨진 스피커에서 흘러나오는 캐럴과 함께 아이들의 신나는 비명 소리가 배경음으로 들렸다. 수많은 사람이 사진을 찍었고 나는 처음으로 크리스마스 분위기를 만끽했다. 브라이스를 만나기 전에는 상상도 못 한 일이었다. 내가 무슨 생각을 하는지 브라이스가 아는 듯한 눈치였다. 브라이스가 시야에 들어오자 우리가 최근에 나눈 대화와 내가 벌써 그와 얼마나 많은 이야기를 공유했는지가 다시 생각났다. 불현듯 브라이스가 내 인생의 그 누구보다도 진짜 나를 잘 아는 사람일지도 모르겠다는 깨달음이 스쳤다.

✦

그날 우리는 플로틸라를 구경한 공원에서 멀지 않은, 뉴번의 역사적인 지구에서 하룻밤을 묵었다. 나는 더플백을 들고 가족을 따라 집 안으로 들어갔고, 브라이스의 아빠가 내게 방을 안내해 주었다. 나는 잠옷으로 갈아입은 뒤 몇 분 만에 곯아떨어졌다.

아침에 브라이스의 아빠가 팬케이크를 만들었다. 나는 브라이스 옆에 앉아 나머지 식구들이 그날 쇼핑 계획에 대해 이야기하는 소리를 들었다. 하지만 시간이 많지 않았다. 어느 누구도 고모가 교회 주차장에서 기다리는 걸 원치 않았다. 나는 빠르게 샤워를 마친 후 짐을 쌌고 머리를 미처 다 말리지도 못한 채 그들과 함께 모어헤드 시티로 되돌아갔다.

린다 고모와 그웬이 기다리고 있었다. 나는 트리켓 가족에게 작별 인사를 건네고 브라이스의 엄마에게서 포옹을 받은 뒤 미사에 참여했다. 점심 식사와 비축품 구매가 이어졌고, 좀 더 큰 옷이 필요하다는 것만 언급했던 내게 고모가 잊고 있던 사실을 무심코 상기시켜주었다.

"쇼핑할 때 부모님과 모건에게 줄 선물도 골라야겠지."

아, 맞다. 그리고 떠오른 김에 고모를 위한 선물도 사야겠다는 생각이 들었다. 고모와 함께 살고 있었으니, 그렇지 않은가.

우리는 근처 백화점으로 들어가 흩어졌다. 나는 엄마를 위한 스카프, 아빠를 위한 맨투맨 셔츠, 모건을 위한 팔찌, 그리고 고모를 위한 장갑을 샀다. 밖으로 나오는 길에 고모가 그다음 주에 가족들의 선물을 포장해서 부쳐주겠다고 약속했다.

뒤이어 우리는 임부복 전문 매장에 들렀다. 고모에겐 아무 쓸모가 없는 곳이라 그 가게를 어떻게 알았는지 모르겠지만 허리에 고무가 들어간 청바지 두 벌을 찾을 수 있었다. 하나는 바로 입을 거였고 또 하나는 배가 수박만 해졌을 때를 위한 거였다. 솔직히 말해 나는 그런 바지들이 존재하는지조차 몰랐다.

계산원이 나를 보고 그런 **표정을** 지을 걸 알았기에 계산을 해야 한다고 생각하니 겁이 났다. 다행히 고모가 내 걱정을 감지한 듯했다.

"원하면 차에 가서 기다려라." 고모가 편하게 말했다. "내가 계산할 테니 차에서 다 같이 보자꾸나."

갑자기 어깨에 긴장이 풀리는 기분이었다. "고마워요." 나는 웅얼거렸다. 문을 열고 나오는데 문득 전직이든 현직이든 사실 수녀야말로 내가 아는 가장 멋진 사람들 중 하나라는 생각이 들었다.

연락선에서 브라이스의 가족을 만났다. 그들의 밴 지붕 위에는 커다란 크리스마스트리가 묶여 있었다. 배가 거의 멈출 때까지 브라이스와 어울리고 있는데 고모가 다가와 그에게 화요일에는 나와 '개인적인 하루'를 보낼 예정이니 과외를 하지 않아도 된다고 알려주었다. 그게 무슨 의미인지 전혀 알지 못했지만 내게도 입을 다물고 있을 만큼의 눈치는 있었다. 브라이스는 그 말을 대수롭지 않게 받아들였고 집에 돌아와서야 나는 고모에게 무슨 일이냐고 물었다.

린다 고모가 산부인과 의사와 약속을 잡았으며 그웬도 함께 갈 거라고 설명했다.

이상하게도 임부복까지 샀음에도 불구하고 내가 지난 며칠 동안 임신 사실을 까마득하게 잊고 있었다는 생각이 스쳤다.

바비 선생님과 달리 새로운 산부인과 의사 치노위드 선생님은 머리가 희고 나이가 좀 더 많은 남자로, 손이 엄청 커서 보통 크기보다 두 배나 큰 농구공도 잡을 수 있을 것 같았다. 나는 18주 차였고, 선생님의 태도로 보건대 내가 그가 진료한 첫 10대 미혼모는 아닌 게 확실했다. 또 과거에 그웬과 수차례 일을 해서 서로 편한 사이가 분명했다.

모든 검진을 마친 뒤 선생님은 바비 선생님이 써준 임부용 비타민을 다시 처방해줬고, 이후 우리는 다음 몇 달 동안 내 상태가 어떻게 변할지에 대해 간단히 이야기를 나누었다. 선생님이 보통은 한 달에 한 번 약속을 잡지만 그웬이 경험 많은 산파고 병원에 오는 게 하루가 꼬박 걸리는 번거로운 일이니, 응급 상황이 생기지 않는 한 진료 횟수를 줄여도 괜찮으며 혹시 질문이나 걱정되는 부분이 있으면 그웬에게 얘기하라고 말해줬다. 덧붙여 임신 말기에는 그웬이 좀 더 면밀히 내 건강을 관찰할 테니 출산도 염려하지 말라고 일러줬다. 그웬과 고모가 방을 나가자 선생님이 입양 얘기를 꺼내면서 출산 후 아기를 안아보고 싶은지 물었다. 내가 즉각 답하지 못하자 아직 생각할 시간이 있다고 안심시키며 고민해보라고 했다. 선생님이 말하는 내내 나는 그의 손이 무서워 눈을 뗄 수 없었다.

바로 옆방으로 가서 초음파 검사를 받는데 담당자가 아기의 성별을 알고 싶으냐고 물었다. 나는 고개를 저었다. 하지만 나중에 재킷을 걸치다가 그녀가 고모에게 속삭이는 소리를 엿들었다. "각도 잡기가 어려웠지만 여자아이가 거의 확실합니다." 엄마가 일찍이 예상했던 게 맞아떨어진 것이다.

며칠이 지나고 또 몇 주가 지나면서 내 삶은 규칙적인 일상을 되찾았다. 12월은 훨씬 더 추웠다. 나는 숙제를 마무리하고, 교과서를 복습하고, 리포트를 쓰고, 시험공부를 했다. 겨울방학이 시작되기 전 마지막 시험을 치를 때는 머리가 폭발할 지경이었다.

좋은 점은 성적이 확실히 향상돼서 부모님과 통화할 때 살짝 우쭐댈 수 있었다는 것이다. 물론 모건과 같은 수준은 아니었고 그런 점수는 절대 받지 못할 터였지만 시애틀을 떠나기 전보다는 훨씬 높았다. 부모님은 말로 표현하진 않았지만 내가 왜 갑자기 공부에 매달리는지 의아해하는 눈치였다.

그보다 놀라운 건, 내가 서서히 하지만 분명히 오크라코크에서의 생활에 익숙해지고 있었다는 점이다. 그래, 동네가 작고 지루하고 여전히 가족이 그립고 친구들이 어떻게 지내나 궁금했지만, 규칙적인 스케줄을 지키면서 적응이 쉬워졌다. 가끔 공부를 끝내고 브라이스와 인근을 걷곤 했는데, 두 번은 그가 카메라와 노출계를 가지고 왔다. 브라이스는 흥미로운 각도로 집, 나무, 배처럼 대상을 가리지 않고 사진을 찍으며 각 사진으로 무엇을 얻고자 하는지 열정적으로 설명했다.

세 번은 함께 걷다가 결국 브라이스네 집에 당도했다. 부엌은 브라이스의 엄마가 쉽게 접근할 수 있도록 조리 공간이 낮춰져 있었고, 크리스마스트리는 우리가 장식한 것과 아주 비슷했으며, 그의 집에선 언제나 쿠키 냄새가 났다. 그의 엄마는 거의 매일 쿠키를 조금씩 구웠는데 우리가 들어가자마자 우유 두 잔을 내주면서 같이 식탁에 앉았다. 이렇게 간식 시간에 수다를 떤 덕분에 우리는 서로를 차차 알게 되었다. 브라이스의 엄마는 오크라코크에서의 어린 시절에 대해 들려주었고—과거엔 마을이 지금보다 더 조용했던 모양인데 나로선 믿기 어려웠다―내가 어떻게 그렇게 어린 나이에 MIT에 합격했냐고 묻자 그냥 어깨를 으쓱이며 마치 그것으로 모든 게 설명되는 양 늘 과학과 수학에 재능이 있었다고 대답했다.

훨씬 많은 이야기가 숨겨져 있다는 걸, 그럴 **수밖에** 없다는 걸 알았지만 브라이스의 엄마가 그 주제를 지루해하는 눈치여서 우리는 주로 다른 것에 대해 이야기했다. 이를테면 브라이스와 쌍둥이가 어렸을 적에는 어땠는지, 몇 년마다 이사를 다니는 삶이란 어떤 건지, 군인의 아내로서의 삶, 홈스쿨링, 심지어 사고 후의 고군분투 등이 주제였다. 브라이스의 엄마도 내게 많은 질문을 했지만 우리 부모님과 달리 앞으로 무슨 일을 하고 싶으냐고 묻지는 않았다. 내가 정말 아무 생각이 없다는 사실을 눈치챈 것 같았다. 내가 애당초 오크라코크에 오게 된 이유에 대해서도 묻지 않았는데, 이미 알았던 게 아닌가 싶다. 임신한 10대의 촉으로 보건대 브라이스가 무슨 말을 해서라기보다는 수다를 떨 때 내게 꼭 앉기를 권유하고 왜 똑같은 쫄쫄이 바지와 헐렁한 셔츠를 입는지 물은 적이 없었기 때문이다.

우리는 사진에 대해서도 이야기를 나누었다. 그들은 내게 고등학교 과학 실험실을 연상시키는 암실을 보여주었다. 사진 확대기라는 기계와 화학약품에 사용되는 플라스틱 통, 그리고 인화지를 말릴 때 걸어놓는 빨랫줄도 있었다. 벽을 따라 개수대와 선반이 설치돼 있었는데, 그중 절반이 브라이스의 엄마가 접근할 수 있을 만큼 낮았고 멋진 붉은색 조명은 마치 화성으로 여행 온 듯한 분위기를 자아냈다. 사진들은 집 안 벽면을 따라 늘어서 있었고 트리켓 부인이 때로 사진의 비하인드 스토리를 들려주었다. 내가 가장 좋아하는 사진은 브라이스가 찍은 것으로, 말도 안 되게 큰 보름달이 오크라코크 등대 위에서 빛나고 있는 사진이었다. 흑백이었음에도 마치 그림처럼 보였다.

"이건 어떻게 촬영한 거야?"

"해변에 삼각대를 설치하고 특수 케이블릴리스를 사용했어. 노출 시간이 아주 길어야 했거든." 브라이스가 답했다. "당연히 현상할 때 엄마가 지도를 많이 해줬어."

내가 호기심을 보이자 로버트는 아빠와 함께 제작 중인 초경량 비행기를 보여주었다. 그걸 보고 있자니 나라면 100만 달러를 준대도 타지 않을 것 같았다. 설마 그것이 진짜 난다고 하더라도. 뒤이어 리처드가 자신이 제작하고 있는, 용과 상상할 수 있는 모든 무기를 장착한 갑옷의 기사가 등장하는 비디오게임을 보여주었다. 그래픽은 리처드조차 인정했듯이 뛰어나지 않았지만 게임 자체는 흥미로웠다. 몇 시간 동안 컴퓨터 앞에 앉아 있는 것에 매력을 느껴본 적이 없는 나조차 그렇게 느낀 걸 보면 뭔가 대단한 게 틀림없었다.

하지만 내가 뭘 알겠는가? 특히 그런 아이 혹은 가족 앞에서?

✦

"브라이스에게 뭘 사줄지 정했니?" 런다 고모가 물었다. 금요일 저녁이었고, 크리스마스가 3일 뒤였다. 나는 싱크대에서 설거지를 하고 고모는 굳이 그럴 필요가 없는데도 접시를 닦는 중이었다.

"아직요. 카메라에 필요한 걸 살까 생각했는데 뭐부터 시작해야 할지 모르겠어요. 일요일에 교회 마치고 상점에 들러도 될까요? 크리스마스이브인 건 알지만 그게 마지막 기회일 것 같아서요. 뭔가 생각이 나겠죠."

"당연히 괜찮지." 고모가 말했다. "시간은 차고 넘칠 거다. 긴하루가 될 테니까."

"일요일은 늘 길잖아요."

고모가 웃었다. "그러면 아주 긴 하루가 되겠지, 크리스마스가월요일이니까. 아침에 언제나처럼 정기 미사를 하고 그 후에 성탄절을 축하하는 자정 미사가 있을 거야. 그사이에도 여러 행사가있고. 우리는 모어헤드 시티에서 하룻밤을 묵고 다음 날 아침에연락선을 탈 거다."

"아." 고모가 내 목소리에서 불만의 기색을 듣고도 못 들은 척했다. 나는 설득하려 해봤자 아무 소용없다는 걸 알고 접시를 행군 뒤 고모에게 건넸다. "그웬 선물은 뭘 샀어요?"

"스웨터와 골동품 뮤직 박스. 그웬이 그것들을 수집하거든."

"저도 그웬을 위해 뭘 사야 할까요?"

"아니." 고모가 말했다. "내가 뮤직 박스에 네 이름도 넣었어.

우리 둘이 보내는 게 될 거야."

"고마워요." 내가 말했다. "브라이스한테는 뭘 줘야 할까요?"

"네가 나보다 그 애를 더 잘 알잖니. 그 애 엄마한테 그 애가 뭘 원할지 물어봤니?"

"까먹었어요." 내가 말했다. "내일 가서 물어볼까 봐요. 그냥 너무 비싸지만 않았으면 좋겠어요. 그 애 가족에게도 뭔가를 줘야 하는데 멋진 사진 액자를 살까 생각 중이에요."

고모가 접시를 찬장에 넣었다. "브라이스에게 꼭 뭔가를 사서 줄 필요는 없다는 걸 명심하렴. 때로 최고의 선물은 돈으로 살 수 없단다."

"이를테면요?"

"경험을 선물할 수도, 네가 무언가를 만들거나 가르쳐줄 수도 있겠지."

"제가 그 애한테 가르칠 수 있는 건 아무것도 없어요. 그 애가 화장이나 매니큐어에 관심이 있지 않은 이상이요."

고모가 어이없다는 표정을 지었지만 눈동자에서 웃음을 읽을 수 있었다. "분명 찾아낼 거야."

설거지를 마치는 동안 생각해봤지만 거실로 이동하고 나서야 마침내 영감이 떠올랐다. 유일한 문제는 여러 가지 면에서 고모의 도움을 받아야 한다는 것이었다. 내가 설명하자마자 고모가 활짝 웃었다.

"해줄 수 있지." 그녀가 말했다. "그 애가 분명 좋아할 것 같구나."

한 시간 뒤에 전화가 울렸다. 부모님일 거라 짐작한 터라 고모가 브라이스라며 수화기를 건넸을 때 깜짝 놀랐다. 내가 알기로 그가 집으로 전화한 것은 처음이었다.

"안녕, 브라이스." 내가 말했다. "무슨 일이야?"

"크리스마스이브에 잠깐 들러도 되나 물어보려고. 너한테 선물을 주고 싶어서."

"집에 없을 거야." 나는 일요일에 있을 두 번의 미사에 대해 설명했다. "크리스마스 당일에야 돌아와."

"아." 브라이스가 말했다. "알았어. 그게 말이야, 엄마가 너한테 크리스마스에 식사하러 오지 않겠냐고 물어보래. 2시쯤이야."

내가 오길 바라는 사람이 그의 엄마였을까, 아니면 그 애였을까?

수화기를 가리고 물어보니 고모가 승낙했는데 그 후에 브라이스가 우리 집에서 크리스마스 저녁 식사를 함께 한다는 전제하에서였다.

"완벽하네." 그가 말했다. "린다 고모와 그웬 선물도 준비했는데 그때 드리면 되겠다."

전화를 끊고 나서야 그게 어떤 상황인지 불현듯 머리를 스쳤다. 브라이스의 가족과 플로틸라를 보거나 해변을 걷다가 그의 집에 들르는 것과 크리스마스에 양쪽 집에서 시간을 보내는 것은 완전히 다른 일이었다. 우리가 내가 원치 않은 방향으로 가고 있는 듯한 기분이 들었다. 하지만….

기쁜 것은 부인할 수 없었다.

✦

일요일의 크리스마스이브는 시애틀에서 가족끼리 보내던 것
과는 달랐다. 연락선을 타야 하고 예배가 두 번인 탓만은 아니었
다. 두 명의 전직 수녀에겐 크리스마스의 **진정한 의미**를 기리는 게
중요하다는 걸 예상했어야 했다. 그게 바로 우리가 크리스마스를
보낸 방식이었기 때문이다.

미사가 끝난 뒤 우리는 평소처럼 월마트에 들렀고 나는 브라이
스의 부모님께 드릴 예쁜 액자와 그에게 줄 카드를 샀다. 그러고
는 전처럼 창고 세일을 둘러보는 대신 호프 미션이라는 곳에 찾아
가 몇 시간 동안 가난한 이들과 노숙자들을 위해 부엌에서 식사를
준비했다. 내 임무는 감자를 깎는 것이었는데 처음엔 그리 빠르
지 않았지만 끝날 무렵엔 달인이 된 느낌이었다. 나가는 길에 린
다 고모와 그웬이 최소 열 사람과 포옹을 나눈 것으로 보아 가끔
그곳에서 자원봉사를 하는 게 아닌가 싶었다. 그러고 나서 고모는
쉼터 책임자에게 남몰래 기부금으로 보이는 봉투를 찔러주었다.

해질 무렵, 우리는 개신교 교회에서 성탄극을 보았다(엄마가 이
사실을 알았다면 아마 성호를 그었을 것이다). 요셉과 마리아가 여인
숙에서 문전박대를 당하고 결국 마굿간으로 가는 장면, 예수님이

탄생하고 세 명의 동방박사가 찾아오는 장면이 등장했다. 야외극인 데다 날씨가 쌀쌀하다 보니 어째선지 연극이 더 실감 났다. 연극이 끝나자 성가대가 찬송을 시작했고, 다 같이 캐럴을 따라 부를 때 고모가 내 손을 잡았다.

이어서 저녁 식사를 했다. 자정 미사까지 아직 몇 시간이 남은 까닭에 우리는 내가 시애틀에서 이곳에 도착한 날 머물렀던 그 모텔로 향했다. 나는 린다 고모와 한 방을 썼고 우리는 알람을 맞추고 모두 저녁 낮잠을 잤다. 그리고 11시에 다시 눈을 떴다. 미사 중에 피곤할까 봐 걱정됐지만 신부님이 누구라도 잠이 깰 정도로 향을 피우는 바람에 눈물이 멈출 줄 몰랐다. 그것은 또한 영적인 면에서 기묘한 경험이었다. 교회 구석구석에서 촛불이 일렁였고 오르간이 엄숙한 찬송에 깊이와 울림을 더해주었다. 흘깃 보니 고모는 소리 없이 입술로 기도를 읊고 있었다.

그런 뒤 우리는 모텔로 돌아왔고 아침에 눈뜨자마자 연락선을 탔다. 크리스마스 느낌이 전혀 안 났지만 고모는 분위기를 내려고 애썼다. 좌석 구역에서 고모와 그웬이 그들이 가장 좋아하는 크리스마스 이야기를 들려주었다. 버몬트의 한 농장에서 자란 그웬은 오스트레일리언 셰퍼드 강아지를 선물로 받았던 날에 대해 이야기했다. 당시 그웬은 아홉 살로, 아주 어릴 적부터 강아지를 원했다. 아빠가 뒷문으로 몰래 나간 것도 모르고 아침에 선물 꾸러미를 전부 풀어본 뒤 풀이 죽어 있었다. 1분 뒤 아빠가 빨간색 나비 모양 목걸이를 목에 건 강아지를 들고 다시 나타났다. 거의 반세기 전 일인데도 그웬은 강아지가 신나게 뛰어다니며 그녀와 함께 놀기 시작할 때 느꼈던 즐거움을 생생히 기억했다. 린다 고모는 좀 더 차분한 목소리로 크리스마스에 엄마와 쿠키를 구웠던 이야기를 들려주었다. 그녀의 엄마가 베이킹을 돕는 것을 넘어 거의 대부분의 계량과 혼합을 허락해준 첫 순간이었다. 고모는 온 가족이 자신의 쿠키를 격찬했을 때 얼마나 뿌듯했는지를 떠올렸다. 그리고 다음 날 아침 고모의 이름이 수놓인 앞치마와 더불어 그녀만의 베이킹 도구를 선물받았다. 일화는 그것으로 그치지 않았는데 그들과 함께 앉아 있으면서 그 이야기들이 얼마나 **평범해** 보이는지 생각했던 기억이 난다. 미래의 수녀들이 평범한 어린 시절을 보냈을 거라곤 생각도 못 한 탓이었다. 나는 그들이 어릴 적에 늘 기도하며 나무 아래서 성경과 묵주를 찾았을 줄로만 알았다.

집에 돌아온 나는 부모님과 모건과 통화를 하고, 브라이스에게 줄 카드를 쓰고, 나갈 채비를 했다. 샤워를 하고, 머리를 손질하고, 화장을 했다. 그리고 쫄쫄이 청바지—그건 그렇고 이 바지에 축복이 있으리라—를 입고 빨간 스웨터를 걸쳤다. 창밖으로 검은 구름이 하늘을 가득 메우고 있어서 만약의 경우를 대비해 고무 부츠를 신었다. 거울 속에 비친 내 모습을 점검하면서 나는 부쩍 커진 큰 가슴만 빼면 임산부처럼 보이지 않는다고 생각했다.

완벽했다.

옆구리에 선물을 끼우고 트리켓 씨네 집을 향해 걷기 시작했다. 그런데 팜리코 사운드에서 하얀 잔물결이 굽이치더니 바람이 강해지며 애초에 왜 손질을 했을까 의문이 들 정도로 머리가 엉망진창이 되었다.

내가 계단을 올라가는데 브라이스가 문을 열어주었다. 저 멀리 하늘에서 낮은 굉음이 울려 퍼지는 소리가 들렸다. 곧 태풍이 올 거라는 뜻이었다.

"안녕. 메리 크리스마스! 오늘 근사하다."

"고마워. 너도." 나는 브라이스의 짙은 모직 슬랙스와 단추를 다 채운 셔츠, 반짝이는 로퍼를 훑어보며 답했다.

실내는 크리스마스를 흠잡을 데 없이 완벽히 구현한 모습이었다. 선물을 쌌던 포장지들이 구겨진 채 종이 상자 안에 담겨 트리 밑에 놓여 있었고, 햄과 사과 파이, 버터에 달군 옥수수 냄새가 공기를 가득 채웠다. 식탁도 차림이 끝나 일부 곁들이 요리가 이미 나와 있었다. 리처드와 로버트는 잠옷과 푹신한 슬리퍼 차림으로 소파에 앉아 만화책을 읽고 있었는데, 그걸 보니 아무리 똑똑해도 아직은 어린애들이라는 생각이 들었다. 그들의 발치에 편안히 누워 있던 데이지가 일어나 꼬리를 흔들며 내 쪽으로 걸어왔다. 그동안 브라이스는 조부모님께 나를 소개했다. 너무 친절한 분들이었지만 뭐라고 하는지 하나도 알아들을 수가 없었다. 나는 고개를 끄덕이며 미소 지었고 브라이스가 결국 나를 멀리 데려가 내 귀에 속삭였다.

"호이 토이더야." 그가 말했다. "섬 사투리야. 전 세계에서 이 사투리를 사용하는 사람은 아마 몇백 명밖에 안 될 거야. 몇백 년 동안 본토와 교류가 드물다 보니 이 섬만의 방언이 발전한 거지.

하지만 낙담하지 마. 나도 절반 정도는 못 알아들으니까."

브라이스의 부모님은 부엌에서 우리를 안아서 맞아주었다. 그리고 브라이스의 엄마는 그에게 으깬 감자를 식탁에 가져가게 했다.

"리처드, 로버트?" 그녀가 소리쳤다. "식사 다 됐다. 손 씻고 자리에 앉아."

저녁 식사를 하면서 나는 쌍둥이에게, 그들은 내게 크리스마스 선물로 뭘 받았는지 물었다. 내가 우리는 나중에 선물을 풀어볼 계획이라고 설명하자 로버트인지 리처드인지가—여전히 구분하기 힘들었다—그들의 부모님 쪽으로 눈길을 홱 돌렸다.

"난 크리스마스 **아침**에 선물을 여는 게 좋은데."

"나도 그래." 다른 한쪽이 말했다.

"그 얘길 왜 나한테 하는 거니?" 그들의 엄마가 물었다.

"나중에 엄마가 말도 안 되는 행동을 할까 봐요."

그의 목소리가 너무 진지해 그녀가 웃음을 터트렸다.

모든 사람이 식사를 마치자 브라이스의 엄마가 내가 가져온 선물을 풀었고 부부는 내게 상냥하게 감사를 표했다. 그런 뒤 다 함께 힘을 합쳐 부엌을 치웠다. 남은 음식은 플라스틱 용기에 담겨 냉장고로 들어갔고 식탁이 치워지자 브라이스의 엄마가 그림 퍼즐을 꺼냈다. 상자 속 내용물을 다 쏟은 다음 브라이스의 부모님, 남동생들, 심지어 조부모님까지 앞면이 위로 가도록 퍼즐 조각을 뒤집기 시작했다.

"우린 크리스마스에 항상 퍼즐을 해." 브라이스가 내게 속삭였다. "왜인지는 묻지 마."

나는 브라이스의 옆에 앉아 나머지 가족과 퍼즐 조각을 맞추려고 애쓰면서 우리 가족은 무엇을 하고 있을까 생각했다. 모건이 새 옷을 옷장에 넣는 동안 엄마가 부엌에서 요리를 하고 아빠가 TV로 경기를 보는 장면을 어렵지 않게 그릴 수 있었다. 선물을 개봉하는 정신없는 아침이 지나면 우리 가족은 식사 시간을 제외하고 전부 각자 할 일을 했다. 가족마다 고유한 명절 전통이 있는 건 알았지만 우리 집은 뿔뿔이 흩어지는 쪽이라면 브라이스네 가족은 모이는 쪽이었다.

창밖에서 비가 내리기 시작하더니 마구 퍼부었다. 번개가 치고 천둥이 울리는 가운데 우리는 침착하게 퍼즐 놀이를 했다. 조각이 1,000개였지만 온 가족이, 특히 브라이스의 아빠가 완전히 퍼즐 귀신이어서 한 시간도 채 안 돼 끝이 났다. 나 혼자서 맞춰야 했다면 아마 내년 크리스마스까지 맞추고 앉아 있을 게 분명했다. 그의 가족은 디킨스의 고전을 뮤지컬 버전으로 만든 〈스크루지〉를 틀었고 영화가 끝난 지 얼마 되지 않아 브라이스와 내가 갈 시간이 되었다. 브라이스가 트리 아래서 풀지 않은 선물 두 개를 찾은 뒤 우산과 트럭 열쇠를 챙겼고 그동안 나는 가족 모두와 작별의 포옹을 했다.

조용한 도로를 달리는데 평소보다 날씨가 더 어두웠다. 먹구름이 별빛을 가렸지만 와이퍼가 빗물을 걷어냈다. 고모네 집에 도착할 때쯤 태풍이 가랑비로 잦아들었다. 고모와 그웬은 부엌에 있었다. 배가 조금도 고프지 않았지만 나는 또 한차례 맛있는 향을 음미했다.

"메리 크리스마스, 브라이스." 그웬이 외쳤다.

"저녁은 20분 후에 준비될 거야." 린다 고모가 알려주었다.

브라이스는 트리 밑 나머지 선물들 옆에 자신의 선물을 두고나서 두 사람과 껴안으며 인사를 나누었다. 집은 내가 나가 있는 몇 시간 동안 변해 있었다. 트리가 반짝였고 촛불들이 식탁, 벽난로 선반, 소파 근처 작은 탁자 위에서 깜빡거렸다. 라디오에선 캐럴 선율이 희미하게 흘러나와, 어릴 적 난생 처음 크리스마스 아침에 아래층을 기웃거리던 때를 생각나게 했다. 나는 트리로 걸어가 어느 것이 내 선물이고 어느 것이 모건 선물인지 파악한 뒤 계단에 앉아 있곤 했다. 보통 샌디가 곁에 있었는데, 나는 샌디의 머리를 쓰다듬으며 마침내 모든 식구가 잠에서 깰 때까지 기대감에 부풀었다.

그런 아침들을 생각하는데 브라이스의 호기심 어린 시선이 느껴졌다.

"추억이 생각나서." 나는 간단히 설명했다.

"오늘 같은 날 가족과 멀리 떨어져 있어서 힘들겠다."

브라이스와 눈이 마주치자 예상치도 못하게 마음이 따뜻해졌다. "사실, 괜찮아." 내가 말했다.

우리는 소파에 앉아 저녁 준비가 끝날 때까지 크리스마스트리에서 나오는 조명 불빛을 받으며 수다를 떨었다. 고모는 칠면조 요리를 준비했다. 아주 조금밖에 먹지 않았지만 마지막에 포크를 내려놓았을 때는 배가 터질 것 같았다.

부엌을 치우고 거실로 물러날 무렵 태풍이 지나갔다. 아직 수평선 위로 번갯불이 번쩍거렸지만 비가 그치고 안개가 옅게 깔리기 시작했다. 린다 고모가 자신과 그웬의 잔에 와인을 따랐다. 두 사람이 알코올이 든 음료를 마시는 모습을 본 건 처음이었다. 그리고 우리는 선물을 풀었다. 고모는 장갑을 마음에 들어 했고, 그웬은 뮤직 박스를 보고 감탄했다. 나는 부모님과 모건이 보낸 선물을 풀었다. 예쁜 신발 한 켤레, 그리고 내가 평소 입는 것보다 한 사이즈 큰 귀여운 상의와 스웨터였는데, 내 상황을 고려했을 때 타당한 결정이었다. 브라이스의 차례가 되자 내가 그에게 봉투를 건넸다.

나는 메시지를 적을 공간이 있는 평범한 카드를 골랐다. 거실 조명이 침침해서 브라이스는 카드에 적힌 글을 읽기 위해 독서 램프를 켜야 했다.

메리 크리스마스, 브라이스!

그 모든 일들을 도와줘서 고마워. 크리스마스 정신을 살려 네 마음에 쏙 드는, 평생 남을 선물을 준비하고 싶었어. 평생 동안 남을 선물을 말이야.

이 카드가 있으면 다음의 것들을 가질 자격을 얻게 될 거야.

1. 고모의 초극비 비스킷 레시피, 그리고

2. 우리 둘을 위한 베이킹 수업. 그래야 혼자서도 만드는 법을 배울 수 있을 테니까.

당연히 이 선물은 고모와 내가 같이 보내는 거야. 하지만 아이디어는 내가 냈어.

매기.

추신. 고모가 레시피는 비밀로 간직해달래!

브라이스가 카드를 읽는 동안 나는 린다 고모를 슬쩍 훔쳐보았다. 고모의 두 눈이 반짝이고 있었다. 브라이스는 다 읽고 나서 처음엔 내게로, 이어서 고모에게로 고개를 돌렸다가, 마침내 활짝 웃었다.

"너무 근사한 선물이야!" 그가 힘주어 말했다. "고마워! 네가 기억할 줄 몰랐어."

"그것 말고 뭘 줘야 할지 몰라서."

"완벽한 선물이야." 그러더니 브라이스가 고모에게 고개를 돌리고 말했다. "너무 민폐 끼치기 싫으니까 그 편이 더 쉬우시면 아침 일찍 고모님 가게에 가서 항상 하던 것처럼 준비하는 모습을 구경할게요."

"한밤중에?" 내가 눈을 크게 뜨고 말했다. "그건 아닌 것 같은데."

린다 고모와 그웬이 웃음을 터트렸다. "우리가 방법을 찾아보마." 고모가 말했다.

다음은 브라이스가 준비한 선물이었다. 고모가 자신과 그웬을 위한 선물을 조심스레 뜯었다. 얼핏 액자 틀이 보이기에 나는 그 선물이 사진이라는 것을 단번에 알아차렸다. 이상하게도 고모와 그웬 둘 다 말없이 사진을 응시했고, 그 모습에 나도 소파에서 일어나 그들의 어깨 너머로 사진을 훔쳐보았다. 왜 그들이 계속 바라볼 수밖에 없었는지 바로 이해했다.

그것은 아침 일찍 가게를 찍은 컬러사진으로, 그 각도로 찍으려면 브라이스가 길바닥에 누울 수밖에 없었다. 복장으로 짐작건대 어부인 듯한 한 손님이 손에 작은 봉투를 들고 막 나가려는 차에 한 여자가 가게 안으로 들어가고 있었다. 몸을 꽁꽁 싸맨 두 사람의 입에서 입김이 나오는 게 또렷이 담겼다. 창문에는 구름이 비쳤고 유리창 너머로 고모의 옆모습과 카운터에 커피 잔을 놓는 그웬의 모습이 보였다. 지붕 위 하늘은 짙푸른 회색을 띄고 있어서 칠이 바랜 건물 외벽과 날씨에 닳은 차양을 돋보이게 했다. 가게를 수없이 많이 봤지만 이토록 매력적이고… 심지어 아름다워 보인 적은 처음이었다.

"이거… 굉장하구나." 그웬이 겨우 입을 열었다. "네가 이 사진을 찍는 걸 못 봤다니 믿기지 않아."

"숨어 있었어요. 사실 원하는 사진을 건지려고 연속으로 3일 아침을 내리 가게에 갔어요. 필름을 두 롤이나 사용했죠."

"거실에 걸 거예요?" 내가 물었다.

"무슨 소리?" 고모가 대답했다. "가게 정면 중앙에 걸 거야. 이

건 모두가 봐야 해."

내 선물도 모양과 크기가 비슷한 상자에 담겨 있어서 역시나 사진이구나 싶었다. 나는 포장을 풀면서 내 사진이 아니기를, 내가 다른 데 정신이 팔려 있을 때 브라이스가 몰래 찍은 사진이 아니기를 속으로 기도했다. 대체로 나는 내 사진을 싫어했다. 헐렁한 스웨터와 촌스러운 바지 차림에 머리카락이 사방으로 날릴 때 찍힌 사진은 말할 것도 없었다.

하지만 그건 내 사진이 아니었다. 내가 가장 좋아한 등대와 거대한 달이 찍힌 사진이었다. 나와 마찬가지로 린다 고모와 그웬도 그 사진에 입을 다물지 못했다. 둘 다 내가 침대에 누워서 볼 수 있게 사진을 내 방에 걸어야 한다는 데 동의했다.

선물을 풀고 한동안 잡담을 나누는데 그웬이 잠깐 산책을 가고 싶다고 말했다. 린다 고모가 문가에 서 있는 그웬에게 합류했고 그들이 옷을 껴입는 동안 우리는 그 모습을 지켜봤다.

"정말 같이 안 갈 거야?" 고모가 물었다. "비가 다시 내리기 전에 저녁을 소화시키지 않으런?"

"괜찮아요." 내가 말했다. "괜찮다면 잠시 앉아 있고 싶어요."

고모가 스카프로 목을 둘둘 감았다. "오래 걸리지 않을 거야."

그들이 떠난 뒤 나는 사진에서 반짝이는 트리로, 다시 촛불로, 이어서 브라이스로 시선을 옮겼다. 브라이스는 소파 위에, 내 옆에 찰싹 붙지는 않아도 내가 몸을 기울이면 서로 어깨가 스칠 정도로 나와 가까이 앉아 있었다. 라디오에서 음악이 계속 흘러나왔고 그 아래로 흰 파도가 해안에 가볍게 철썩이는 소리가 잔잔하게 들렸다. 브라이스는 조용했다. 나처럼 만족스러운 듯 보였다. 나는 오크라코크에서 처음 맞았던 몇 주를 돌아보았다. 내 방에 누워서 느꼈던 두려움과 슬픔과 견딜 수 없는 외로움, 친구들이 나를 잊을 거라는 공포, 명절에 집을 떠나 있는 건 절대 바로잡을 수 없는 잘못이라는 확신.

하지만 무릎 위에 사진을 올려놓고 브라이스 곁에 앉아 있으면서 나는 이번이 절대 잊지 못할 크리스마스가 되었다는 것을 벌써 알았다. 나는 린다 고모와 그웬, 브라이스의 가족, 그리고 이곳에서 찾은 편안함과 호의를 생각했다. 그러나 그중 대부분은 브라이스에 관한 것이었다. 그는 무슨 생각을 하고 있는지 궁금했다. 브라이스의 시선이 갑자기 흘끗 나를 향하자 그가 내게 상상도 못 할 방식으로 영감을 줬다고 말하고 싶어졌다.

"뭔가 생각하고 있구나." 브라이스가 말했다. 생각들이 딱 하나만 남고 수증기처럼 흩어졌다.

"응." 내가 말했다. "생각 중이었어."

"말해줄 수 있어?"

브라이스가 내게 준 사진을 흘끗 내려다본 뒤 마침내 그와 시선을 마주쳤다.

"사진을 가르쳐줄 수 있을까?"

❄ 크리스마스트리

종업원이 디저트 메뉴판을 들고 다가와 커피를 마시겠냐고 물었을 때 매기는 그 기회를 틈타 숨을 돌렸다. 식사 내내 이야기를 하느라 손을 거의 안 댄 접시가 치워진 것도 눈치채지 못했다. 마크는 디카페인을 주문했지만 매기는 첫 와인 잔을 여전히 조금씩 홀짝이는 중이라 거절했다. 손님이 있는 자리가 몇 군데 안 돼서 대화 소리는 낮은 웅성거림으로 줄어들었다.

"브라이스가 사진 찍는 법을 가르쳐준 거예요?" 마크가 물었다.

매기가 고개를 끄덕였다. "그리고 포토샵의 아주 기본도. 당시엔 비교적 새로운 기술이었거든. 브라이스의 엄마한테선 암실 사용법에 대해 많은 것을 배웠어. 닷지, 번, 크롭, 인화 과정에서 타

214

이밍의 중요성… 사실상 지금은 사라진 옛날식 인화 기술이지. 두 사람 사이에서 특별훈련을 받는 것 같았어. 브라이스는 디지털 사진이 필름을 대체하고 인터넷이 세상을 변화시킬 거라고 예언하기도 했어. 그 교훈을 가슴에 새겼지."

마크가 눈썹을 치켜올렸다. "인상적이네요."

"똑똑한 사람이었어."

"곧바로 사진 촬영을 시작했어요?"

"아니. 브라이스가 어디 가겠어. 자신이 배운 대로 배우길 원해서 크리스마스 다음 날 사진 서적, 35밀리 라이카 카메라, 설명서, 노출계를 가지고 왔지." 매기가 말했다. "엄밀히 따지면 아직 방학이었기 때문에 난 못다한 숙제만 끝내면 됐어. 어쨌든 그 무렵 모든 과목에서 진도가 앞서기 시작한 터라 사진을 배울 시간이 더 많아졌지. 그 애가 필름 끼우는 법, 설정에 따라 사진이 변하는 방식, 노출계를 작동시키는 법을 가르쳐줬어. 설명서도 세세히 짚어줬지. 브라이스가 가져온 책에는 구도, 표현, 사진을 찍을 때 생각해야 할 것들이 간략히 담겨 있었어. 분명 벅찬 일이었지만 그 애가 차근차근 모든 것을 알려줬어. 그런 다음 당연히 퀴즈도 냈고."

마크가 웃었다. "처음으로 진짜 사진을 찍은 건 언제예요?"

"새해가 되기 직전이었어. 흑백사진이었지. 네거티브필름을 밀착 인화지에 현상하고 브라이스네 암실에서 인화하면 되니까 훨씬 쉬웠어. 롤리까지 필름을 보낼 필요가 없었는데, 수중에 돈이 많지 않았기 때문에 좋았지. 엄마가 공항에서 준 돈이 전부였으니까."

"첫날 뭘 찍었어요?"

"바다 사진 몇 장과 부두에 묶여 있는 낡은 고기잡이배들. 브라이스가 조리개와 셔터속도를 조절하도록 도와줬는데, 나중에 인화지를 보고 완전히…." 매기가 기억을 떠올리며 알맞은 단어를 찾았다. "**압도당했어.** 미세한 효과가 어떤 차이를 낳는지 보고 기분이 그냥 얼얼했지. 그때 브라이스가 사진의 핵심은 빛을 포착하는 거라고 한 말이 무슨 뜻인지 처음으로 그리고 진심으로 이해되기 시작했어. 그러고 나서 사진에 빠졌지."

"그렇게 빨리요?"

"네가 직접 봤어야 해." 매기가 말했다. "재밌는 건, 다음 몇 달동안 사진을 배우면 배울수록 학교 공부가 더 쉬워졌고 끝내는 시간도 더 빨라졌다는 거야. 내가 갑자기 똑똑해져서가 아니라 일찍 끝내야 카메라를 만지는 시간이 늘어나서였어. 심지어 밤에 별도로 공부하기 시작해서 다음 날 브라이스가 나타나면 맨 먼저 과제 두세 개를 제출했다니까. 완전 정신이 나가지 않았니?"

"전혀 정신이 나간 것 같지 않아요. 열정을 찾은 거죠. 저도 때로 그런 열정을 찾을 수 있을까 궁금해요."

"넌 목사님이 되려고 하잖아. 목사님이 되는 데 열정이 필요하지 않다면 어떤 일에 필요하겠어?"

"그럴지도요. 분명 천직이죠. 하지만 작가님이 인화지를 봤을 때 느낀 감정과는 다른 것 같아요. 전 '바로 이거야!' 하는 순간이 없었거든요. 제 감정은 어렸을 때부터 그냥 몸속 깊은 곳에서 조용히 끓으며 늘 그 자리에 있었어요."

"그렇다고 진실함이 줄어드는 건 아냐. 애비게일은 어떻게 생각해?"

"지지해줘요. 물론 그렇게 되면 애비게일이 가족을 먹여 살리는 주 부양자가 되어야 할 거라는 점도 지적했죠."

"뭐? TV에 나오는 유명 전도사가 되거나 대형 교회를 세우겠다는 꿈은 없어?"

"부름을 받는 방식은 저마다 다른 것 같아요. 제게 그런 건 관심 밖이에요."

매기는 마크의 대답이 기뻤다. 텔레비전에 등장하는 수많은 설교자가 위선적인 장사꾼이라고, 사람들이 신과 가까워지도록 돕는 것보다 유명인으로서의 삶에 관심이 더 많다고 믿었기 때문이다. 동시에 그런 사람들에 대한 매기의 지식이 신문에서 접한 정보에 국한돼 있다는 것을 인정했다. 텔레비전 전도사나 대형 교회 목사를 실제로 만나본 적은 없었다.

종업원이 다가와 마크의 잔에 리필하려 하자 그가 손짓으로 거절했다. 그녀가 떠난 뒤 마크가 테이블 위로 몸을 기울였다. "제가 계산해도 될까요?"

"무슨 소리." 매기가 말했다. "내가 초대했잖아. 게다가 네 월급이 얼마인지 정확히 알고 있어요, 식사 전에 피자 한 조각 드신 분."

마크가 웃었다. "고맙습니다." 그가 말했다. "재밌었어요. 너무 멋진 저녁이었어요. 특히 크리스마스 시즌에 함께해서요."

매기는 오래전 오크라코크에서 보낸 크리스마스를 불현듯 떠올리지 않을 수 없었다. 혼자가 아니라 사랑하는 사람들과 함께 시간을 보내는 것, 그 단순함 속에 아름다움이 있다는 걸 알았기 때문이다.

매기는 마지막 크리스마스에 혼자 있고 싶지 않았다. 또 몇 초 동안 마크를 살피면서 문득 그 역시 혼자 두고 싶지 않다고 생각했다. 자동적으로 다음 말이 튀어나왔다.

"크리스마스 기분을 좀 더 내야 할 것 같아."

"무슨 생각 있으세요?"

"지금 갤러리에 필요한 건 크리스마스트리야, 안 그래? 트리와 장식물을 배달시키는 게 어때? 그리고 내일 갤러리 문을 닫고 나서 함께 장식하는 건?"

"환상적인 생각이에요."

🌲

늦은 저녁 식사에 기분이 들뜬 동시에 녹초가 된 매기는 다음 날 정오까지 일어나지 못했다. 통증 수준이 참을 만했지만 여하튼 알약을 삼킨 뒤 차 한 잔을 마셨다. 버터와 젤리를 듬뿍 발랐는데도 왜 짠맛이 날까 의아해하며 토스트 한 조각도 억지로 먹었다.

매기는 목욕을 하고 옷을 입은 후 컴퓨터 앞에서 시간을 보냈다. 나무가 5시까지 갤러리에 도착할 수 있게 세 배의 비용을 지불하며 신속 배송을 신청했다. 장식물은 '윈터 원더랜드'라는 세트를 주문했는데 전구, 은색 실크 줄, 흰색과 은색의 장식품이 포함된 구성이었다. 역시나 신속 배송을 선택해 꽤 많은 비용이 들었지만 이 시점에 돈이 뭐가 중요하겠는가? 매기는 기억에 남을 크리스마스를 원했고 그거면 충분했다. 그런 뒤 마크에게 문자를 보내 나중에 도착할 테니 택배를 받아놓으라고 전했다.

일 처리가 끝나자 매기는 소파에 자리를 잡고 담요로 몸을 감쌌다. 부모님에게 전화를 할까 생각했지만 내일까지 기다리기로 마음먹었다. 일요일이니 두 분 다 집 근처에 있을 터였다. 모건에게도 연락해야 했지만 그것 역시 미루었다. 모건은 최근 들어 별로 대화하기 쉬운 상대가 아니었다. 정말 솔직하게 말해서 아주 드문 경우를 제외하곤 언니와의 대화가 쉬웠던 적이 한 번도 없었다.

매기는 또다시 궁금해졌다. 두 사람이 너무 다른 건 차치하고 왜 그렇게 되었을까? 매기는 자신이 오크라코크에서 돌아오고 나서 모건이 더 사랑받는 딸이라는 게 더욱 분명해졌기 때문이라고 생각했다. 언니는 평균 4.0을 유지했고, 축제의 여왕이었으며, 결국 곤자가 대학에 입학해 그녀에게 딱 어울리는 여학생 클럽에 가입했다. 부모님은 모건을 더없이 자랑스러워했으며 매기가 그 사실을 늘 알 수밖에 없게 했다. 대학을 졸업한 모건은 지역 학교에서 음악을 가르치며 은행이나 보험회사에 다니는 남자들, 그러니까 매일 정장 차림으로 출근하는 부류들과 데이트를 시작했다. 결국엔 메릴린치에서 근무하는 짐을 만났고 2년 동안 사귄 끝에 그에게 청혼을 받았다. 그들은 작지만 완벽한 결혼식을 올리고 두 사람이 구입한, 뒷마당에 바비큐 시설이 구비된 집으로 곧장 들어갔다. 몇 년 뒤 모건은 티아를 낳았다. 그리고 3년 뒤에 벨라가 태어나며 판매용 액자에 끼워 넣어도 될 정도로 완벽한 가족사진을 만들었다.

한편 매기는 수년 동안 가족을 등진 채 자기 일을 도모하려고 발버둥 치면서 자유로운 삶을 살았다. 그 말인즉, 자매의 상대적 위치가 변하지 않았다는 뜻이다. 모건과 매기 둘 다 가족 내에서 각자의 역할이 스타와 낙오자라는 것을 알았으며 이는 자주는 아닐지라도 그들의 정기적인 연락에 영향을 미쳤다.

하지만 그러다 매기에게 행운이 찾아왔고 정기적으로 세계를 돌아다니며 서서히 명성을 쌓아나가다가 갤러리를 관리하기에 이르렀다. 시간이 지나면서 매기의 사회적 삶도 안정되었다. 모건은 이러한 전개에 당황한 듯 보였다. 심지어 매기가 약간의 질투를 감지한 적도 있었다. 20대에는 겪지 못한 일이었는데 대개 은근히 비꼬면서 공격하는 형태였다. **'네가 새로 만나는 그 남자 말이야, 지난번보다는 수준이 많이 올라갔더라.'** 아니면 **'네가 얼마나 운이 좋은지 믿겨지니?'** 아니면 **'이번 달 〈내셔널 지오그래픽〉에 실린 사진들 봤어? 진짜 대단하더라.'**

매기가 성공하면 할수록 모건은 자신이 대화의 주인공이 되려고 열심히 애를 썼다. 보통은 자식, 집, 직장 등 여러 가지 난제를 줄줄이 꺼내다가 자신이 어떻게 그 문제들을 지성과 인내심으로 해결했는지 설명하는 식이었다. 그런 대화에서 모건은 피해자인 동시에 영웅인 반면, 매기는 언제나 그냥 **운이 좋은 애**였다.

오랫동안 매기는 그런… **별난 성격**을 무시하려고 최선을 다했다. 마음속 깊은 곳에선 모건이 자신을 사랑한다는 걸 알았으며, 아이 둘을 키우면서 집안일을 돌보고 동시에 전일 근무를 한다는 건 누구에게나 스트레스였다. 모건의 자아도취가 예상 못 한 일도 아니었고 게다가 질투 여부를 떠나 매기는 모건이 자신을 자랑스러워한다는 것을 알았다.

매기는 아프고 나서야 가장 기본적인 가정들에 의문을 품기 시작했다. 처음 암 진단을 받고 얼마 안 됐을 때, 그러니까 매기에게 아직 희망이 남아 있을 때, 모건의 결혼 생활이 나쁜 방향으로 돌아서면서 그녀의 불화가 거의 모든 대화의 초점이 되었다. 모건은 매기에게 암에 대한 불안을 터트리거나 드러낼 기회를 주는 대신 아주 잠시만 이야기를 듣다가 화제를 전환하곤 했다. 모건은 짐이 자신을 노예로 여기는 것 같다는 둥, 짐이 마음의 문을 닫았다는 둥, 상담을 거부하며 오히려 자신을 환자 취급한다는 둥 불평을 늘어놓았다. 아니면 몇 달 동안 섹스를 하지 않았다거나, 짐이 일주일에 사나흘 정도 사무실에서 야근을 하기 시작했다고 털어놓았다. 불평이 줄줄이 이어졌고 매기가 모건의 말을 명확히 정리하고자 할 때마다 모건은 짜증을 내며 매기가 짐을 편든다고 비난했다. 지금도 매기는 여전히 모건과 짐이 그냥 사이가 멀어졌다는 낡은 클리셰 외에 그들의 결혼이 뭐가 잘못된 건지 정확히 알지 못했다.

모건이 너무 불행했기 때문에—'**이혼**'이라는 단어가 대화에 슬슬 등장하기 시작했다—짐이 가방을 싸서 집을 나갔을 때 터진 모건의 분노에 매기는 당황했다. 모건의 분노와 고통이 강해지자 매기는 전보다 더 어찌할 바를 몰랐다. 이혼을 겪는다는 게 끔찍한 경험이라는 건 매기도 알았지만 왜 모건이 상황을 악화시키는 데 여념이 없는지 이해할 수 없었다. 왜 그들끼리 해결할 수 없었을까? 왜 각자 변호사를 고용해 불난 집에 기름을 끼얹는 것도 모자라 그 많은 돈을 날리고 모든 과정을 더디게 만든단 말인가?

매기는 자신이 순진한 것일 수도 있음을 알았다. 그녀는 이혼을 겪어본 적이 없었다. 그럼에도 모건의 배신감과 올곧은 정의감에는 짐은 벌을 받아 마땅하다는 확신이 들어 있었다. 짐으로서는 그 역시 피해자라고 느낄 터였다. 이 모든 건 이혼 과정이 길고 지저분해질 거라는 의미였고, 결국 완전히 끝을 내는 데 17개월이라는 지난한 시간이 걸렸다.

하지만 그것조차 끝이 아니었다. 지난여름에 모건은 연락이 닿을 때마다 짐과 그의 어린 새 여자 친구에 대해 전처럼 불만을 털어놓고 짐이 부모로서 자격이 없다고 쉴 새 없이 떠들었다. 짐이 학부모와 교사 간담회에 늦게 도착했다거나, 사실상 모건이 아이들과 함께하는 주말인데도 불구하고 폭포로 하이킹을 데려가려 했다는 얘기도 했다. 아니면 벨라가 벌 알레르기가 있는데도 에피펜을 깜빡한 채 딸아이들을 사과 농장에 데려갔다는 소리나.

이 모든 이야기에 매기는 이렇게 덧붙이고 싶었다. **그나저나 항암 치료는 정말 거지 같아. 머리카락은 빠지지, 눈만 뜨면 구토가 나오지. 물어보진 않았지만.**

엄밀히 말해 모건이 매기에게 몸 상태가 어떠냐고 물어보긴 했다. 그렇지만 매기는 그녀의 몸 상태가 얼마나 나쁘든 간에 모건이 자신의 상황을 더욱 나쁘게 여긴다고 느꼈다.

이 모든 건 특히 지난 한 달 반 동안 전화 통화가 점점 뜸해졌음을 의미했다. 그들의 마지막 통화는 핼러윈 직전인 매기의 생일에 이루어졌는데, 추수감사절에는 짧은 문자와 그만큼 짧은 답 문자만 주고받았을 뿐 서로 연락하지 않았다. 매기는 지금 당장 자신의 병세에 관해 말하고 싶지 않은 이유를 마크에게 이야기하면서 그런 상황은 언급하지 않았다. 그리고 모건의, 특히 티아와 벨라의 크리스마스를 침울하게 만들고 싶지 않은 것도 사실이었다. 크리스마스를 평화롭게 이어나가기 위해선 매기가 없는 편이 나을 거라 생각했다.

🌲

매기는 택시를 잡아탄 뒤 폐장 30분이 지나서 갤러리에 도착했다. 낮 동안 축 늘어져 있었고 진통제를 추가로 삼켰는데도 우연찮게 세탁물과 함께 건조기 안에 내던져진 것처럼 세게 얻어맞는 듯한 느낌이 가시지 않았다. 관절과 근육이 마치 운동을 너무 많이 한 것처럼 쑤셨고 속도 뒤틀렸다. 하지만 문 바로 오른쪽에 서 있는 크리스마스트리가 시야에 들어오자 기운이 살짝 살아났다. 잎이 풍성하고 곧은 나무였다. 직접 고르지 않았기 때문에 예전 크리스마스 특별 만화에서 찰리 브라운이 골랐던 것과 같은 나무가 올까 봐 내심 걱정했다. 문을 열고 갤러리 안으로 들어가자 때맞춰 마크가 뒤쪽 사무실에서 나타났다.

"안녕하세요." 마크의 표정이 환했다. "오셨네요. 저쪽에 몇 분 동안 있으면서 못 오시는 건가 생각했어요."

"시간이 눈 깜짝할 새 지나가더라고." 사실 도무지 끓지 않는 주전자가 된 양 좀처럼 힘을 낼 수 없는 상태였지만, 뭣 하러 시작부터 어둡고 암울한 이야기를 늘어놓겠는가? "오늘은 어땠어?"

"적당히 바빴어요. 팬들은 많았지만 사진은 두 점만 팔렸어요. 하지만 온라인 주문이 많았어요."

"트리니티 작품은?"

"온라인 문의만 몇 건 있었어요. 정보는 벌써 보냈으니 어떻게 될지 봐야죠. 뉴포트 비치의 한 갤러리에서 트리니티의 전시회를 열고 싶은데 그분 의사를 묻고 싶다는 이메일도 왔어요."

"싫다고 할 거야." 매기가 말했다. "그래도 트리니티 홍보 담당자에게 전달은 했지?"

"네. 작가님의 온라인 주문 건도 전부 배송했어요."

"바빴구나. 트리는 언제 도착했어?"

"한 4시쯤이요. 사실 장식물은 더 일찍 도착했어요. 비용이 엄청 들었겠어요."

"트리도 예쁘네. 좋은 나무가 남아 있다니 좀 놀라운데. 지금쯤이면 다 나갔을 거라 생각했거든."

"작은 기적이죠." 마크가 동의했다. "받침에 물은 벌써 추가했어요. 혹시 필요할까 봐 드웨인 리드에 들러 멀티탭도 샀고요."

"고마워." 매기가 한숨을 쉬었다. 서 있기만 하는데도 매기가 생각한 것보다 많은 노력이 필요했다. "내 사무실 의자를 이리로 갖다줄 수 있을까? 앉을 수 있게?"

"물론이죠." 마크가 몸을 돌려 뒤로 사라지더니 잠시 후 의자를 끌고 와서 나무를 바라보게끔 각도를 조정했다. 매기가 앉으면서 움찔하자 마크가 염려하며 인상을 찌푸렸다.

"괜찮으세요?"

"아니. 안 괜찮은 게 정상이지. 암이 내 속을 전부 먹어치우고 있는데 그럴 수밖에."

마크가 시선을 떨구자 매기는 좀 더 부드럽게 표현하지 않은 것을 후회했다. 하지만 암에 부드러움은 없었다.

"뭐 다른 것도 갖다드릴까요?"

"지금은 괜찮아." 매기가 말했다. "고마워."

매기는 나무를 훑어보며 옆으로 살짝 돌려야겠다고 생각했다. 마크가 그녀의 시선을 좇았다.

"아래쪽에 벌어진 곳이 불만족스러우신 거죠?"

"밖에서 볼 때는 몰랐어."

마크가 나무 쪽으로 걸어갔다. "음…." 그가 나무를 잡고 들어서 반쯤 돌렸다. "이러면 나아요?"

"완벽해." 매기가 말했다.

"깜짝 선물이 있어요." 마크가 덧붙였다. "마음에 드셨으면 좋겠어요."

"깜짝 선물 좋지."

"잠시만 기다려주실래요?"

마크가 다시 뒤쪽으로 사라지더니 작은 휴대용 스피커와 양초를 옆구리에 끼운 채 크림색 액체가 가득한 잔 두 개를 들고 돌아왔다. 매기는 스무디인 줄 알았다가 마크가 가까이 다가오자 자신이 착각했음을 알아차렸다.

"에그노그?"

"이게 어울릴 것 같았어요."

마크가 매기에게 잔을 건넸고 그녀는 속이 쓰리지 않기를 기도하며 한 모금 들이켰다. 다행히 속은 괜찮았고 뒷맛도 별로 없었다. 매기는 자신이 얼마나 배가 고팠는지 깨달으며 한 모금 더 마셨다.

"뒤쪽에 많이 있으니 마음껏 드세요." 마크 역시 한 모금 마시고 나지막한 나무 받침대에 잔을 두었다. 마크가 잔 옆에 스피커를 놓고 주머니에서 핸드폰을 꺼냈다. 몇 초 뒤 머라이어 캐리의 「크리스마스에 원하는 건 당신뿐All I Want For Christmas Is You」이 작은 소리로 흘러나왔다. 마크는 초를 밝히고 나서 건너편으로 걸어가 갤러리 뒤편의 조명만 남기고 나머지는 껐다.

마크가 받침대에 자리를 잡았다.

"내 이야기가 정말 와닿았구나?" 매기가 물었다.

"어젯밤에 페이스타임으로 애비게일한테 전부 들려줬어요. 그랬더니 트리를 장식하려거든 오크라코크에서의 크리스마스를 조금이라도 재현해보는 게 어떻겠냐고 제안하더라고요. 애비게일이 선곡을 도와줬고 저는 멀티탭을 챙기면서 에그노그와 양초를 샀어요."

매기는 장갑을 벗으며 웃었다. 하지만 아직 추워서 재킷과 스카프는 벗지 않기로 했다. "내가 트리 장식을 도와줄 만큼 에너지가 남아 있을지 모르겠어." 매기가 고백했다.

"괜찮아요. 지시만 하세요, 브라이스의 엄마가 그랬던 것처럼요. 혹시 내일 다시 하고 싶으신 게 아니라면요…."

"내일은 아니야. 지금 하자." 매기가 에그노그를 또 한입 가득 삼켰다. "언제 처음으로 크리스마스트리를 세우기 시작했을까 궁금해."

"16세기 중후반에 현재 독일인 지역에서 시작됐다고 알고 있어요. 오랫동안 크리스마스트리는 개신교의 풍습으로 여겨졌어요.

그래서 바티칸에서는 1982년이 돼서야 첫 트리를 전시했죠."

"그냥 우연찮게 머릿속에서 튀어나온 거야?"

"고등학생 때 이 주제로 리포트를 썼거든요."

"난 그 시절에 쓴 리포트는 전혀 기억이 안 나."

"서굿 마셜에 대한 것도요?"

"심지어 그 사람도. 그리고 참고로 말하자면 우리 집은 가톨릭인데도 어릴 적부터 크리스마스트리를 만들었어."

"저는 정보만 알려드린 거예요." 마크가 농담을 던졌다. "제가 일하는 동안 지휘할 준비는 되셨어요?"

"너만 정말 괜찮으면."

"농담하세요? 이게 얼마나 재밌는데요. 제 아파트에는 트리가 없어서 이번이 올해 트리를 꾸밀 수 있는 유일한 기회예요."

마크가 상자를 찾아서 전구 줄이 담겨 있던 비닐 포장을 벗겨내고 멀티탭에 연결했다. 오래전 브라이스처럼 마크가 구석에서 트리를 이동시키고 전구 줄을 건 다음 매기의 제안대로 조정했다. 이어서 비단 리본을 달고, 마지막으로 맨 꼭대기에 별 대신 그에 어울리는 거대한 나비 장식을 달았다. 그리고 매기의 지시에 따라 나무 전체에 장식물을 여기저기 걸치는 것으로 마무리했다. 나무를 재빨리 제자리로 돌려놓은 뒤 마크가 매기 옆으로 물러섰고 두 사람은 트리를 평가했다.

"괜찮아요?" 마크가 물었다.

"완벽하네." 매기가 말했다.

마크는 트리를 계속 응시하다가 마침내 핸드폰을 들었다. 그리고 사진을 여러 장 찍더니 화면을 두드리기 시작했다.

"애비게일한테?"

마크의 얼굴이 진짜로 발그레해졌다. "트리가 완성되면 바로 보고 싶다고 했거든요. 제가 제대로 할지 미심쩍었나 봐요. 부모님한테도 보낼 거예요."

"오늘 가족들한테선 연락받았어?"

"나사렛과 갈릴리호에서 사진을 몇 장 보내줬어요. 작가님은 이스라엘에 가보셨죠?"

"굉장한 나라야. 그곳에 있으면서 내가 예수님의 발자취를 따라가고 있을지도 모른다고 계속 생각했다니까. 말 그대로 말이야."

"어떤 사진을 찍으셨어요?"

"텔 메기도, 쿰란 절벽, 그리고 몇몇 고고학 발굴 현장들. 일주일 정도 있었어. 늘 그곳에 돌아가고 싶었지만 가보지 못한 다른 장소가 너무 많았어."

마크가 팔꿈치를 무릎에 댄 채 몸을 앞으로 기울이고 매기를 빤히 쳐다봤다. "세상에서 딱 한 군데만 갈 수 있으면 어디에 가고 싶으세요?" 눈동자 속에서 불빛이 깜빡거려 마크의 얼굴이 어린아이처럼 보였다.

"많은 사람이 같은 질문을 했는데 하나만 꼽기는 힘들어. 내 삶이 어떤지에 따라 달라지겠지."

"잘 이해가 안 돼요."

"몇 달 동안 밤낮으로 일하며 스트레스를 받았다면 열대 해변 어디쯤이 제일 좋겠지. 삶의 의미를 찾는다면 부탄에서 하이킹을 하거나 마추픽추에 가거나 성 베드로 대성당에서 미사에 참여하면 좋을 테고. 그냥 야생동물이 보고 싶으면 보츠와나나 캐나다 북부로 가면 돼. 어느 정도는 그 당시 내 삶의 경험을 바탕으로 모든 장소를 다르게 보고, 또 사진도 다르게 찍는다고 할 수 있지."

"이해했어요." 마크가 말했다. "적어도 머릿속으로는요."

"넌 어디에 가고 싶어? 한 곳만 볼 수 있다면?"

마크가 에그노그를 들고 한 모금 마셨다. "보츠와나가 마음에 들어요. 사파리 투어를 하면서 야생동물을 보고 싶어요. 시종일관 자동으로 찍겠지만 카메라도 확실히 가져갈 것 같아요."

"네가 원하면 사진 팁을 몇 가지 알려줄게. 그리고 또 누가 알아. 언젠가 너만의 갤러리를 가지게 될지."

마크가 웃었다. "그럴 일은 없어요."

"사파리 투어 좋은 선택이다. 신혼여행으로 고려해보는 거 어때?"

"좀 비싸다고 들었어요. 하지만 언젠가 꼭 가게 될 거라고 장담해요. 뜻이 있는 곳에 길과 그 모든 것이 있나니."

"부모님이 이스라엘에 가신 것처럼?"

"바로 그거예요." 마크가 말했다.

드디어 상태가 정상에 가까워졌다는 느낌이 들어 매기는 의자 뒤로 몸을 기댔다. 재킷을 벗을 정도로 따뜻하진 않았지만 뼛속 깊은 한기는 가셨다. "아빠가 목사님인 건 알겠는데 네 엄마에 대해선 물어본 적이 없네."

"엄마는 아동 심리학자세요. 두 분 모두 인디애나 대학에서 박사과정을 밟다가 만나셨어요."

"심리학을 가르치시는 거야, 아니면 상담을 하시는 거야?"

"예전에는 둘 다 조금씩 했는데 지금은 주로 상담을 하세요. 그리고 필요할 땐 경찰을 돕는 일도 해요. 곤경에 처한 아이를 발견할 경우에 대비해 대기하는 전문가거든요. 가끔 전문가 참고인으로 활동해서 법정에서 진술도 많이 하세요."

"총명하신 분 같구나. 그리고 매우 바쁘시겠어."

"맞아요."

약간의 노력이 필요했지만 매기는 좀 더 편안한 자세를 취하기 위해 다리를 끌어안았다. "너희 집에서는 감정이 고조돼서 고성이 오가는 일이 드물었겠어. 아빠가 목사님이고 엄마가 심리학자시니까."

"한 번도 없어요." 마크가 동의했다. "두 분이 언성을 높이는 걸 들어본 적이 없어요. 그러니까, 제가 하키나 야구를 할 때 응원하는 경우가 아니면요. 철저히 말로 설득하는 걸 좋아하시는데, 듣기에는 근사하겠지만 때로 답답하기도 해요. 혼자만 큰소리를 내는 건 재미가 없거든요."

"네가 언성을 높인다니 상상이 안 되는데."

"자주는 아니었지만 제 언성이 높아지면 이성적으로 대화하게 소리를 낮추라고 하거나 흥분이 가실 때까지 제 방에 가 있으라고 하셨어요. 그런 다음에는 어쨌거나 합리적으로 토론했죠. 목소리를 높이는 게 효과가 없다는 걸 깨닫는 데 오래 걸리지 않았어요."

"부모님은 함께 사신지 얼마나 되셨니?"

"31년이요." 마크가 말했다.

매기는 암산을 했다. "그러면 나보다 나이가 좀 더 많으시겠구나. 박사과정 때 만났다고 하셨으니까."

"두 분 다 내년이면 예순이세요. 때때로 은퇴 얘기를 나누시지만 그런 날이 오기는 올까 모르겠어요. 두 분 모두 자신이 하는 일을 워낙 사랑하셔서요."

매기는 앞서 모건에 대해 생각했던 것을 떠올렸다. "형제자매가 있었으면 하는 바람은 없었어?"

"최근까지는 없었어요." 마크가 말했다. "외동의 삶이 제가 아는 전부니까요. 부모님이 아이를 더 원했는데 마음대로 안 된 것 같아요. 그리고 외동이면 좋은 점도 있어요. 어떤 영화를 볼지 고를 때나 디즈니 월드에서 어떤 기구를 맨 처음 탈지 결정할 때 양보할 필요가 없거든요. 하지만 애비게일과 사귀면서 형제들과 얼마나 잘 지내는지 보니 형제가 있으면 어떤 기분일지 가끔 궁금해져요."

마크의 말소리가 잦아든 뒤 두 사람 모두 잠시 동안 아무 말도 하지 않았다. 매기는 마크가 오크라코크에서의 시간들에 대해 더 듣고 싶어 한다는 것을 감지했지만 자신이 아직 시작할 준비가 안 됐다는 것을 알아차렸다. 그래서 대신 질문을 했다.

"인디애나에서의 어린 시절은 어땠어? 내가 한 번도 가보지 않은 주 가운데 하나가 거기야."

"엘크하트에 관해 조금이라도 아세요?"

"하나도 몰라."

"인디애나 북부에 있는 도시예요. 인구는 약 5만이고 중서부의 많은 마을과 마찬가지로 아직 작은 동네만의 분위기가 있어요. 대부분의 가게가 6시에 문을 닫고 식당도 대개 9시면 서빙이 끝나는데, 낙농업이 마을 경제에서 큰 부분을 차지해요. 거기 사람들은 정말 친절해요. 아픈 이웃에겐 도움의 손길을 내밀고 교회들이 공동체의 중심이죠. 하지만 어릴 땐 사실 그런 것들에 전혀 신경 쓰지 않잖아요. 제게 중요한 건 뛰어놀 공원과 들판, 그리고 야구장, 농구 코트, 하키 링크가 있다는 거였죠. 어린 시절에는 학교에서 돌아오자마자 곧장 친구들과 놀러 나갔어요. 항상 어딘가에서 경기가 열리고 있었죠. 그게 그곳에서 자라면서 가장 기억나는 부분이에요. 그냥… 오후마다 야구나 농구, 축구, 하키를 하던 거요."

"난 너희 세대는 전부 아이패드에 빠져 사는 줄 알았어." 매기가 놀란 시늉을 하며 말했다.

"부모님이 못 쓰게 했어요. 열일곱이 되어서야 아이폰을 허락하셨는데 제 돈으로 사라고 하시는 거예요. 그 돈을 모으느라 여름 내내 일해야 했죠."

"두 분이 반기술주의자였어?"

"전혀요. 집에 컴퓨터도 있었고 부모님도 핸드폰을 쓰셨어요.

제가 부모님과 같은 방식으로 자랐으면 하신 것 같아요."

"옛날 가치대로?"

"그런 것 같아요."

"네 부모님이 점점 더 좋아지기 시작하는데."

"좋은 분들이세요. 때론 두 분이 어떻게 그렇게 하시는지 저도 모르겠어요."

"그게 무슨 뜻이야?"

마크가 유리잔에서 할 말을 찾기라도 하듯이 자신의 에그노그를 뚫어지게 바라보았다. "엄마는 일을 하면서 굉장히 끔찍한 일들을 자주 접해요. 특히 경찰과 일할 때요. 심리적 학대, 성적 학대, 정서적 학대, 유기… 그리고 아빠도… 목사님이라 상담을 많이 하세요. 사람들이 결혼 생활에 문제가 생기거나 중독 때문에 사투를 벌일 때, 아니면 직장에서 곤란한 일이 발생하거나 자식들이 말을 안 듣거나 믿음에 위기가 왔을 때조차 아빠에게 길잡이가 되어달라고 찾아와요. 병원에서도 시간을 많이 보내시는데, 교회의 누군가가 아프지 않거나 사고가 안 나거나 슬픔에 빠져 위로할 필요 없이 일주일이 지나가는 일이 없어요. 그래서 두 분 모두 지치실 때가 많아요. 어릴 적에 식사 자리에서 두 분 중 한 분이 유달리 조용할 때가 있었는데, 그게 특히 힘든 날이었다는 신호라는 걸 알게 되었죠."

"하지만 여전히 일을 좋아하시지?"

"맞아요. 그리고 어떤 면에선 남들을 도와주는 것에 진심으로 책임감을 갖고 계신 것 같아요."

"분명 그게 너한테 영향을 미친 거야. 너를 봐, 이렇게 또 늦게까지 머물고 있잖니."

"이건 좋아서 하는 거예요." 마크가 말했다. "전혀 희생하는 게 아니에요."

매기는 그 말이 마음에 들었다. "언젠가 네 부모님을 만나보고 싶구나. 내 말은, 그분들이 뉴욕에 올 일이 있으면 말이야."

"부모님도 작가님을 만나고 싶어 하실 거예요. 작가님 부모님은요? 어떤 분들이세요?"

"그냥 부모님이야."

"뉴욕에 오신 적은 있으세요?"

"두 번. 한 번은 내가 20대 때, 또 한 번은 30대 때." 그러다 그 말이 어떻게 들릴까 알아차리기라도 한 것처럼 매기가 덧붙였다. "비행시간이 긴 데다 대도시는 별로 안 좋아해서 시애틀에서 만나는 게 보통 더 쉽거든. 촬영지가 어디냐에 따라 가끔씩 돌아오는 비행기로 시애틀을 경유해 주말 동안 머물곤 했지. 최근까지 보통 1년에 두세 번 정도는 그랬어."

"아빠는 아직도 일을 하세요?"

매기가 고개를 저었다. "몇 년 전에 은퇴하셨어. 지금은 기차 모형을 만드는 데 재미를 붙이셨어."

"진짜요?"

"어릴 적에 가지고 놀았는데 은퇴하고 다시 돌아오신 거야. 차고에 서부 마을, 협곡, 나무로 뒤덮인 언덕을 거창하게 늘어놓고 계속 새 건물이나 관목, 표지판을 추가하거나 새 철길을 놓고 계셔. 사실 꽤 인상적이야. 작년에 한 신문에 사진까지 곁들여 기사가 실렸다니까. 그 덕분에 집 밖에도 나가고 바쁘게 사시지. 아니었으면 두 분이서 서로 못 잡아먹어 안달이었을 거야."

"그러면 엄마는요?"

"한 주에 몇 번씩 아침에 교회에서 자원봉사를 하는데, 주로 언니 모건의 육아를 도와주셔. 애들을 하교시키고, 여름방학 동안 돌봐주고, 모건이 야근하면 애들을 행사에 데려가기도 하고."

"모건은 무슨 일을 하는데요?"

"음악 교사인데 연극반도 맡고 있어. 콘서트나 공연 때문에 언제나 방과 후에 리허설이 있어."

"엄마는 손주들이 가까이 있어서 좋으시겠어요."

"그렇지. 엄마가 없으면 모건이 어떻게 해낼까 싶어. 이혼하고 힘든 시간을 보냈거든."

마크가 고개를 끄덕인 뒤 시선을 떨구었다. 두 사람 모두 잠시 아무 말도 않다가 이윽고 마크가 트리를 향해 손짓했다. "이곳에 트리를 놓기로 해서 기뻐요. 손님들도 좋아할 거예요."

"사실 나를 위한 거야."

"뭐 좀 물어봐도 될까요?"

"물론이지."

마크가 고개를 돌려 매기를 마주 보았다. "오크라코크에서 보낸 크리스마스가 살면서 가장 좋았나요?"

뒤편 스피커에선 아직 마크가 고른 음악이 흘러나왔다.

"알다시피 오크라코크에서 나는 매우 힘든 시기를 겪고 있었어. 물론 크리스마스에 대한 어린 시절의 환상이 전부 사라진 뒤긴 했지만 그해 크리스마스는 내게 너무 **진짜처럼** 느껴졌어. 플로틸라, 브라이스와 트리를 장식하던 일, 크리스마스이브에 했던 자원봉사, 한밤중의 미사, 그리고 물론 크리스마스 그 자체도. 그땐 좋기만 했는데 시간이 지나면서 그 기억이 훨씬 특별해졌어. 그게 내가 다시 경험하고 싶은 유일한 크리스마스야."

마크가 미소를 지었다. "그런 기억이 있다니 좋네요."

"나도 그래. 그나저나 그 등대 사진은 아직 갖고 있어. 내 아파트 침실 벽에 걸려 있지."

"결국 비스킷 수업은 들었어요?"

"그다음에 어떻게 됐는지 이런 식으로 물어보는구나. 내가 잘못 짚었나?"

"뒷이야기가 궁금해 죽을 것 같아요."

"조금 더 말해줄 수는 있을 것 같아. 하지만 한 가지 조건이 있어."

"뭔데요?"

"에그노그가 좀 더 필요해."

"알겠어요." 마크가 잔 두 개를 들고 뒤로 가더니 에그노그를 담아 돌아왔다. 놀랍게도 진하고 달콤한 그 음료가 속도 편하고 이상하게 배도 불렀다. 몇 주 만에 처음 느끼는 포만감이었다. 매기는 또 한 모금을 삼켰다.

"태풍 얘기를 했던가?"

"크리스마스에 왔던 거요? 비가 왔다면서요?"

"아니." 매기가 말했다. "다른 태풍이야. 1월에 왔던 거."

마크가 고개를 저었다. "크리스마스 바로 다음 주까지 말해줬어요. 학교 공부를 열심히 해내고 브라이스한테 사진 기초를 배우기 시작했을 때요."

"아, 그렇지." 매기가 말했다. "맞아." 매기는 마치 잃어버린 기억을 찾으려 노출된 파이프를 훑기라도 하듯 천장을 살폈다. 매기가 마크에게로 시선을 돌리며 말했다. "덧붙이자면 그 첫 학기 말에는 실제로 성적이 꽤 좋았어. 어쨌거나 내 기준에서는. A가 두어 개 있었고 나머지는 B였거든. 결국 내 고등학교 시절 최고의 학기가 되었지."

"봄 학기보다 훨씬 좋았어요?"

"응." 매기가 말했다.

"왜요? 사진에 빠져서요?"

"아니." 그녀가 답했다. "그런 게 아니었어. 그러니까…" 매기는 목도리를 매만지며 끊어진 이야기를 다시 이어갈 가장 좋은 방법이 무엇일지 생각할 시간을 벌었다.

"브라이스도 나도, 북동풍이 오크라코크를 강타한 그즈음에 모든 게 바뀌기 시작한 것 같아…"

임신 중기

오크라코크

1996년

1월 둘째 주에 북동풍이 도착했다. 12월의 우울한 회색빛이 가시고 평소보다 높은 기온과 어색하리만치 화창한 날들이 3일 동안 이어진 뒤였다. 거대한 태풍이 오고 있을 거라고는 꿈에도 생각할 수 없었다.

앞으로 브라이스와의 관계가 변할 거라는 것 역시 알지 못했다. 새해 전날, 브라이스가 그의 가족이 마을을 떠나 있는 동안 우리 집에서 저녁을 보내는 편을 택했음에도 나는 여전히 브라이스를 친구 이상으로 생각하지 않았다. 그웬이 자신의 텔레비전을 가져왔고 우리는 타임스스퀘어에서 생중계하는 〈딕 클라크 쇼〉를 틀었다. 그리고 자정이 다가오자 미국의 나머지 시민들과 카운트

다운을 했다. 볼 드롭 공이 떨어지자 브라이스가 테라스에서 빈 통을 이용해 만든 로켓을 두 발 쏘아 올렸고, 로켓은 쾅 하는 굉음과 함께 꽁무니에서 불꽃을 뿜으며 물 위에서 폭발했다. 이웃들 역시 자기네 테라스에서 숟가락으로 냄비를 치며 쨍그랑 소리를 냈다. 하지만 몇 분도 채 안 돼 마을이 수면 모드로 돌아가면서 인근 주택들에 불이 꺼지기 시작했다. 나는 부모님에게 전화해 새해 인사를 건넸고 두 분은 그달 말에 나를 찾아올 거라고 일깨워주었다.

휴일이었음에도 불구하고 브라이스는 여덟 시간도 지나지 않아 돌아왔다. 이번에는 데이지와 함께였는데 그가 데이지를 데려온 건 처음이었다. 브라이스가 고모와 나를 도와 트리를 내리고—당시엔 화재의 원인이 되었다—도로로 끌어냈다. 내가 장식물을 다시 포장하고 솔잎을 치운 뒤 우리는 수업을 하기 위해 식탁에 자리를 잡았다. 데이지는 부엌에서 코를 킁킁거리며 주위를 돌아다니더니 브라이스가 부르자 곧장 그의 의자 근처에 누웠다.

"어젯밤에 린다 고모한테 물어보니 데이지를 데려와도 된다고 했어." 브라이스가 설명했다. "엄마는 데이지가 아직도 너무 산만하대."

내가 데이지를 흘깃 쳐다보자 데이지는 꼬리를 툭툭 치면서 순수함과 만족감이 가득한 표정으로 나를 마주 보았다.

"내 눈에는 괜찮아 보이는데. 저 귀여운 얼굴 좀 봐."

아니나 다를까 자신에 대한 대화가 오가는 걸 안다는 듯 데이지가 일어나 앉아 코로 브라이스의 손을 쿡쿡 찔렀다. 브라이스가 무시하자 데이지는 다시 부엌으로 어슬렁어슬렁 걸어갔다. "봤지? 바로 저런 걸 말하는 거야." 브라이스가 말했다. "데이지? 이리 와."

데이지가 그의 말을 못 들은 척했다. 두 번째 명령이 떨어지고 나서야 마침내 데이지가 그의 옆으로 돌아와 낑낑거리며 누웠다. 데이지는 때로 고집불통이었다. 데이지가 또다시 제멋대로 돌아다니려 하자 결국 브라이스가 목줄을 연결해 의자에 묶었고, 데이지는 우리가 훤히 보이는 자리에 앉아 침울한 표정을 지었다.

그 일주일 안팎으로는 전주와 매우 비슷했다. 학교 공부와 사진뿐이었다. 브라이스는 내게 사진을 수없이 찍게 해준 것으로도 모자라 그와 그의 엄마가 수년 동안 찍은 사진들이 가득 담긴 파일 상자를 차에 싣고 왔다. 모든 사진의 뒷면에는 시간대, 조명, 조리개, 감광 속도 등 그 장면에 대한 기술적 정보가 적혀 있었고 나는 하나의 요소가 어떻게 이미지를 완전히 바꿀 수 있는지 조금씩 예측하기 시작했다. 또 암실을 찾은 첫 오후에는 브라이스와 그의 엄마가 내가 시내에서 찍은 열두 장의 흑백사진을 현상하는 과정을 지켜보았다. 그들이 인화지를 현상액, 현상 정지액, 정착액 등 화학약품에 올바르게 담그는 법과 네거티브필름을 세척하는 법을 차례대로 자세히 보여주었다. 그리고 확대기를 어떻게 사용하는지, 내가 원하는 명암의 균형을 만들려면 어떻게 해야 하는지 알려주었다. 대부분이 내가 감당하기 힘든 어려운 내용이었지만 이미지가 유령처럼 서서히 나타나는 걸 봤을 땐 마법 같았다.

흥미로운 점은 내가 사진을 찍고 현상하는 작업에는 여전히 초

짜였음에도 포토샵에는 약간의 소질이 있었다는 것이다. 이미지를 로딩하려면 최고급 스캐너와 맥 컴퓨터가 필요해 포터 씨가 아내를 위해 한 해 전에 구입해놓은 터였다. 그 후로 브라이스의 엄마는 자신이 아끼는 수많은 사진을 편집해왔다. 그녀의 작품을 검토하는 일은 보정 전과 후의 이미지를 둘 다 확인하고 직접 흥내까지 낼 수 있다는 점에서 내게 포토샵에 입문하는 완벽한 방법이었다. 그렇다고 내가 리처드처럼 컴퓨터 천재라든가 브라이스와 그의 엄마가 쓰던 프로그램을 사용해본 경험이 있다는 게 아니라, 일단 하나의 도구를 배우고 나면 머릿속에서 지워지지 않았다는 의미다. 게다가 나는 애초에 사진에서 어떤 부분을 편집해야 하는지에 대한 감, 그러니까 일종의 직관적 이해력이 매우 좋아서 두 사람을 놀라게 했다.

요지는 명절과 과외, 그리고 모든 사진 수업으로 인해 브라이스와 내가 크리스마스부터 거대한 태풍이 강타하기 전까지 거의 매일 이른 아침에서 저녁까지 함께 있었다는 사실이다. 1월에는 데이지도 합류하면서—데이지는 우리가 카메라를 들고 연습할 때 따라다니는 것을 너무 좋아했다—이해가 될 진 모르겠지만 내 인생은 비정상적이라 할 만큼 정상처럼 느껴지기 시작했다. 내겐 브라이스와 데이지, 그리고 새로 발견한 열정이 있었다. 덕분에 고향 생각은 싹 가셨고 실은 아침마다 눈을 뜨는 게 흥분됐다. 내겐 새로운 감정이었는데 **이 기분이 지속됐으면 좋겠다는 마음** 때문에 두렵기도 했다.

나는 브라이스와 그토록 많은 시간을 함께 보내는 것이 우리 둘에게 무엇을 의미할지 생각하지 않았다. 실은 브라이스에 대한 생각도 별로 하지 않았다. 그 시간 동안 브라이스는 린다 고모나 고향의 가족들처럼, 심지어 내가 숨 쉬는 공기처럼 그냥 **그곳에** 있었다. 일단 카메라를 들거나 사진을 공부하거나 포토샵을 만지작거리기 시작하면, 브라이스의 보조개조차도 더 이상 눈에 들어오지 않았다. 그 태풍이 닥치기 직전까지 브라이스가 내게 얼마나 중요한 존재가 되었는지 깨닫지 못했던 것 같다. 브라이스는 또 한 번의 긴 하루를 함께 보낸 뒤 테라스에 서서 마지막으로 그의 카메라, 노출계, 새 흑백필름 한 롤을 내게 건넸다.

"이게 뭐야?" 내가 그것들을 받으며 물었다.

"내일 연습하고 싶을 경우를 대비해서."

"혼자서? 난 아직 내가 뭘 하는지 몰라."

"너는 네가 생각하는 것보다 많은 걸 알아. 잘할 거야. 그리고 내가 내일부터 이틀 정도 많이 바빠."

브라이스가 그렇게 말하자마자 그를 볼 수 없다는 생각에 예상치 못한 극렬한 슬픔이 느껴졌다. "어디에 가는데?"

"어디 가는 건 아니지만 아빠가 북동풍에 대비하시는 걸 도와야 해."

고모가 그런 말을 하는 건 들었지만 이 태풍이 내가 오크라코크에 오고 나서 가끔 겪었던 것과는 차원이 다를 거라는 예감이 들었다. "북동풍이 뭐야?"

"동해안 지역에 찾아오는 태풍이야. 하지만 가끔 지금처럼 다른 기상 현상과 충돌하면 계절에 맞지 않게 허리케인처럼 강해지기도 해."

브라이스가 설명하는 동안 나는 그를 보지 못한다는 불안을 달래려고 노력했다. 우리가 만난 후로 가장 오래 떨어져 있던 기간이 이틀이었는데 그제야 생각해보니 그 역시 이상한 일이었다. 가족을 제외하고 **그 누구와도** 그토록 많은 시간을 보낸 적이 없었다. 매디슨과 조디와 주말을 함께 보낸다고 해도 대개 헤어질 무렵이면 서로 심기 불편한 상태가 되곤 했다. 하지만 브라이스를 테라스에 조금 더 오래 묶어두고 싶어서 나는 억지로 미소를 지었다.

"아빠하고 뭘 해야 하는데?"

"할아버지 배를 단단히 고정하고 우리 집과 할아버지 집 창문들을 판자로 막아야 해. 너희 고모와 그웬을 포함해 마을의 다른 집들도 마찬가지고. 모든 준비를 마치는 데 하루가 걸릴 거고 이튿날에는 전부 원상 복귀시켜놔야 해."

브라이스의 뒤로 파란 하늘이 펼쳐져 있었기에 나는 그와 그의 아빠가 과하게 반응하는 거라고 확신했다.

그러나 그건 착각이었다.

✦

다음 날, 나는 평소보다 늦게 빈집에서 일어났다. 처음 떠오른 생각은 **브라이스가 없다는** 것이었다.

솔직히 기분이 살짝 언짢았다. 나는 파자마를 입은 채 부엌에서 토스트를 먹고 테라스에 서 있다가 집 안을 어슬렁거리다가 음악을 듣다가 결국 다시 침대에 누웠다. 하지만 잠이 안 왔다. 피곤하기보다는 지루했다. 한동안 이리저리 뒤척이다가 마침내 힘을 끌어모아 옷을 갈아입었지만 **'이제 뭐 하지?'**라는 생각만 들었다.

기말시험을 대비하든가 다음 학기 진도를 이어나갈 수도 있었지만 그럴 기분이 아니어서 재킷과 카메라, 노출계를 챙겨 자전거 바구니에 봉땅 실었다. 어디로 가야 할지 몰라 얼마간 페달을 밟다가 거리 풍경, 건물, 주택처럼 그동안 찍었던 것들과 비슷한 사진을 연습하기 위해 중간중간 멈췄다. 그런데 셔터를 누르기 전에 매번 카메라를 내리고 말았다. 속으론 이미 어떤 장면도 그다지 특별하지 않을 것임을, 이전 사진들과 비슷할 것임을 알았기에 필름을 낭비하고 싶지 않았다.

그즈음 나는 마을의 분위기가 변했다는 것을 감지했다. 유령처럼 생기 없는 마을은 옛말이었고 이상하게 분주했다. 사실상 모든 거리에서 드릴과 망치 소리가 들렸고, 식료품 가게를 지나갈 때는 주차장이 꽉 차서 나머지 차들이 입구 쪽 거리에 줄 서 있는 모습이 보였다. 목재를 가득 실은 트럭들이 내 옆을 지나갔고, 티셔츠나 연과 같은 관광 상품을 판매하는 한 가게에선 웬 남자가 지붕에 방수포를 묶고 있었다. 부두의 배들이 수십 개의 밧줄로 단단히 묶여 있었고 어떤 배들은 항구에 고정돼 있었다. 보나마나 사람들이 북동풍을 준비하고 있는 것이었다. 문득 진짜 **주제**로 일련의 사진을 찍을 기회가 왔다는 걸 깨달았다. '태풍 전의 사람들'과 같은 제목으로 말이다.

필름이 열두 장 분량밖에 없었음에도 이렇게 말하긴 뭐하지만 나는 살짝 제정신이 아니었다. 사람들에게서 즐거움은커녕 단호한 결단밖에 보이지 않았기 때문에 나는 카메라를 최대한 신중히 들이대려고 노력했다. 그러면서도 브라이스와 그의 엄마가 가르쳐준 모든 것을 기억하려고 애썼다. 다행히 전반적인 빛이 꽤 괜찮아서—희끄무레한 검은색을 띈 두터운 구름이 밀려왔다—나는 노출계를 확인한 뒤 마침내 괜찮다 싶은 시야와 구도를 얻을 때까지 뷰파인더를 유심히 들여다보며 주변을 돌아다녔다. 그리고 브라이스와 함께 공부한 사진들을 떠올리며 카메라를 완벽히 고정한 채 숨을 참고 조심스레 셔터를 눌렀다. 모든 사진이 굉장하진 않을 것을 알았지만 한두 장은 건지기를 기대했다. 특히 그것은 사람들이 일상을 살아가는 모습을 카메라에 담으려는 나의 첫 시도였다…. 인상을 쓰며 배를 묶는 어부, 아기를 안고서 바람을 맞으며 걸어가는 여자, 판자가 덧대어진 상점 앞에서 담배를 피우는 주름이 자글자글한 야윈 남자.

비스킷 샌드위치를 먹으러 가게에 들른 때를 제외하곤 점심시간에도 일을 했는데, 날씨가 눈에 띄게 나빠지기 시작했다. 고모 집에 도착할 무렵엔 필름이 한 장밖에 남지 않았다. 차가 진입로에 있는 것으로 보아 고모가 가게에서 일찍 돌아온 것 같았지만 그녀는 보이지 않았다. 내가 막 도착했을 때 브라이스의 트럭이 들어왔다. 브라이스가 손을 흔들자 심장이 미친 듯이 뛰었다. 그의 아빠가 옆자리에, 리처드와 로버트는 트럭 짐칸에 있었다. 나는 자전거 바구니에서 카메라를 집어 들었다. 브라이스가 차에서 뛰어내리더니 내 쪽으로 걸어왔다. 브라이스는 티셔츠와 그의 넓은 어깨, 날씬한 엉덩이를 부각시키는 색이 바랜 청바지 차림에 무선 드릴이 담긴 가죽 공구 벨트와 가죽 장갑을 착용했다. 브라이스가 그만의 편안한 미소를 지으며 손을 흔들었다.

"오늘 어땠어?" 그가 물었다. "잘 보냈어?"

나는 브라이스에게 '태풍 전의 사람들'이라는 아이디어를 털어놓으며 이렇게 덧붙였다. "너나 너희 엄마가 이 필름을 빨리 현상해주면 좋겠어."

"엄마가 기꺼이 해주실 거야. 암실은 엄마가 집에서 가장 좋아하는 공간이고, 또 오롯이 혼자 힘으로 일할 수 있는 유일한 공간이거든. 나도 어서 빨리 보고 싶다."

브라이스가 서 있는 곳 뒤쪽으로 그의 아빠가 트럭 화물칸에서 사다리를 내리는 모습이 보였다. "너는 어땠어?"

"쉴 틈이 없었어. 아직 몇 군데 더 들러야 해. 이제 너희 고모네 가게로 갈 거야."

가까이서 보니 셔츠에 흙이 묻어 있었지만 브라이스의 멋있는 외모에 조금도 방해가 되지 않았다. "안 추워? 재킷을 걸쳐야 할 것 같은데."

"춥다고 생각할 겨를도 없었어." 그러더니 브라이스가 놀라운 소리를 했다. "네가 보고 싶었어."

브라이스는 땅바닥을 흘긋 보다가 다시 나와 눈을 마주쳤는데, 그의 흔들림 없는 시선에 아주 잠시지만 그가 내게 입을 맞추고 싶어 한다는 분명한 느낌이 들었다. 그 느낌에 나는 당황했고 브라이스도 내 생각을 알아차린 것 같았다. 그가 갑자기 엄지손가락으로 자신의 어깨 너머를 가리키며 내가 알던 브라이스로 금세 돌아간 것을 보면 말이다. "어두워지기 전에 끝마치려면 가야 할 것 같아."

입안이 바짝 말랐다. "나 때문에 지체하지 마."

브라이스가 돌아서자 나는 내가 착각한 것인지 의심하며 뒤로 물러났다. 그가 집 아래 창고 구역으로 향하면서 그의 아빠와 걸음을 맞추었다.

그사이 리처드와 로버트가 테라스 쪽으로 사다리를 날랐다. 나는 딱 한 장 남은 필름으로 마지막 사진을 가장 잘 표현할 방법을 찾기 위해 본능에 따라 무의식적으로 집에서 떨어졌다. 각도가 괜찮다 싶을 때 걸음을 멈춘 뒤 조리개를 조절하고 노출계를 확인하며 모든 준비를 마쳤다.

브라이스와 그의 아빠는 창고 안으로 사라졌으나 몇 초 후 그가 합판을 들고 나타났다. 브라이스는 합판을 벽에 기댄 다음 또 하나를 가지러 돌아갔고 몇 분 만에 합판이 무더기로 쌓였다. 브라이스와 쌍둥이 중 하나가 현관문으로 합판 한 장을 옮기는 동안 포터 씨와 나머지 쌍둥이도 똑같이 합판을 옮겼다. 그들이 안으로 사라지자 고모가 그들을 위해 문을 붙들어주었고 몇 초 후 그들은 다시 테라스에 나타났다. 나는 그들이 미닫이 유리문 위로 합판을 대기 시작할 때 렌즈를 들었다. 하지만 그들 모두 내게 등을 돌리고 있어 찍을 수가 없었다. 브라이스가 첫 번째 나사못을 박자 나머지 사람들이 재빨리 연이어 그를 따라 했다. 네 사람은 빠른 속도로 두 번째 합판까지 처리하고 사다리를 내려왔다. 두 번 다 나는 카메라를 내렸다.

다른 합판 두 장은 앞 유리창에 전의 것만큼 빠르게 덧대어졌는데 역시나 각도가 좋지 않았다. 고모의 침실로 사다리를 옮길 때까지 나는 원하는 장면을 얻지 못했다.

브라이스가 먼저 사다리를 올라갔다. 쌍둥이가 좀 더 작은 합판을 포터 씨에게 건넸고, 그가 그것을 브라이스에게 올려주었다. 온정신을 초점에 집중하고 있는데 갑자기 브라이스가 내 방향으로 몸을 틀었다. 브라이스가 양손으로 합판을 붙들 때 나는 자동적으로 셔터를 눌렀다. 그가 합판을 떨어트리지 않으려고 그만큼 빠르게 몸을 되돌렸기 때문에 혹시 그 장면을 놓쳤을까 봐 걱정하지 않을 수 없었다.

그렇게 창문이 덧대어졌고 그걸 보니 이게 그들의 첫 로데오가 아님이 확실했다. 쌍둥이가 사다리를 다시 트럭으로 가져가는 동안 브라이스와 그의 아빠가 창고로 돌아갔다. 그러더니 작은 엔진처럼 생긴 무거운 무언가를 가지고 나타났다. 그들은 창고 옆 비바람이 들지 않는 공간에 그것을 내려놓았다. 코드를 잡아당겨 시동을 걸자 잔디깎이와 비슷한 소리가 났다.

"발전기야." 내가 눈앞에 놓인 물체가 뭔지 모른다는 사실을 알고 브라이스가 큰 소리로 말했다. "분명히 정전될 거야."

그들은 발전기를 끈 뒤 트럭 짐칸에 있던 커다란 가솔린 통에서 연료를 채웠고, 브라이스가 긴 전원 코드를 집 안으로 끌고 갔다. 나는 내가 원한 브라이스의 사진을 기적적으로 건졌길 빌며 멍하니 필름을 감았다.

필름에서 딸깍 소리가 나자 호수 쪽으로 몸을 돌렸다. 흰 파도가 벌써 사방에 넘실거렸다. 브라이스가 정말 나와 입을 맞추고 싶어 한 걸까? 나는 브라이스가 계단을 뛰어 내려오는 모습을 보며 계속 생각했다. 나머지 사람들은 이미 트럭에 탄 후였고 나는 다시 한번 손 인사를 주고받은 뒤 브라이스가 차를 타고 사라지는 모습을 지켜보았다.

생각에 골몰히 잠긴 채 집 안으로 들어가려다 충동적으로 다시 자전거에 올라탔다. 그들이 아직 도착하지 않았다는 것을 알고 브라이스네 집으로 속도를 높였다. 그의 엄마가 문을 열어주자 나는 안도했다.

"매기?" 그녀가 호기심 어린 눈빛으로 나를 쳐다보았다. "브라이스를 보러 온 거라면, 오늘은 아빠와 일을 하고 있단다."

"알아요. 그게 아니라 큰 부탁을 하나 드리려고요. 태풍 대비며 여러 가지로 바쁘시겠지만 이 필름을 현상해주실 수 있을까 해서요." 브라이스에게 한 것처럼 내 주제에 대해 설명하는데 그녀가 나를 살피는 게 느껴졌다.

"브라이스의 사진도 찍었다고?"

"확실치는 않아요. 그랬으면 좋겠어요." 내가 말했다. "제일 마지막 사진이에요."

브라이스의 엄마가 이것이 내게 얼마나 중요한지 직감한 듯 고개를 기울이더니 손을 내밀었다. "가능할지 한번 확인해보마."

✦

고모네 집은 동굴처럼 어두웠다. 창문을 가려놔 빛이라곤 조금도 들어오지 않았으니 당연한 일이었다. 부엌의 냉장고는 때가 되면 발전기에 쉽게 연결할 수 있도록 벽에서 떨어트려 놓았다. 고모는 어디 있는지 보이지 않았고 나는 소파에 자리를 잡고선 브라이스가 내게 입을 맞출지도 모른다고 생각했던 순간을 재생하며 진위를 파악하려 노력했다.

나는 잡념을 떨치기 위해 교과서를 찾아서 한 시간 반 동안 공부와 숙제를 했다. 고모가 마침내 저녁을 준비하러 방에서 나왔다. 샐러드에 넣을 토마토를 썰고 있는데 웬 차량이 집 밖 자갈길 위에서 덜커덩거리는 소리가 똑똑히 들렸다. 고모도 그 소리를 듣고 의아한 표정을 지었다. 내가 혹시 저녁 식사에 브라이스를 초대한 건 아닌지 궁금해하는 표정이었다.

"집에 올 거라는 얘기는 없었어요." 내가 어깨를 으쓱이며 말했다.

"나가서 누군지 좀 봐줄래? 냄비에 치킨을 올려놔서."

나는 문으로 가서 진입로에 트리켓 가족의 밴이 있는 것을 확인했다. 브라이스의 엄마가 운전대 앞에 있었다. 하늘은 점점 어두워졌고 난간을 꽉 붙들고 있어야 할 정도로 바람이 세게 불었다. 내가 밴에 다가가자 브라이스의 엄마가 운전석 창문을 내려 서류 봉투를 내밀었다.

"급한 것 같아서 네가 가자마자 현상하기 시작했어. 일부 사진은 훌륭하더구나. 몇몇은 얼굴에서 성격을 잘 포착했어. 난 특히 가게 옆에서 담배를 피우는 남자 사진이 마음에 들더라."

"서두르게 만들어서 죄송해요." 나는 바람 소리를 이기고 그녀의 소리를 들으려 안간힘을 쓰면서 말했다. "이러실 필요까진 없었는데."

"정전이 되기 전에 처리하고 싶었어." 그녀가 말했다. "초조할 거라는 거 안다. 나도 내 힘으로 첫 사진을 찍었을 때를 기억하거든."

나는 침을 삼켰다. "브라이스 사진은 나왔어요?"

"그 사진이 제일 마음에 들어." 그녀가 말했다. "물론 팔이 안으로 굽는 걸 수도 있지만."

"아직 다들 집에 안 왔어요?"

"곧 올 것 같구나. 그러니 이제 가봐야겠다."

"이렇게 빨리 해주셔서 다시 한번 감사해요."

"천만에. 내 맘대로 할 수 있으면 난 매일 암실에서 죽치고 살았을 거야."

나는 브라이스의 엄마가 후진하는 모습을 지켜보다 밴이 앞으로 굴러가기 시작하자 손을 흔들고 집으로 허둥지둥 들어갔다. 그리고 최대한 밝은 곳에서 사진을 살펴보려고 거실 램프를 켰다.

짐작한 대로 괜찮은 사진은 몇 장밖에 없었다. 대부분 엇비슷했는데 그리 완벽하지 않았다. 초점이 나가거나 배경이 부적절하거나 둘 중 하나였다. 구도가 전부 훌륭하진 않았지만 브라이스의 엄마가 말한 것처럼 담배 피우는 사람의 사진은 분명 소장할 만했다. 하지만 거의 숨이 멎을 뻔했던 건 브라이스의 사진이었다.

초점은 날카롭고 조명은 극적이었다. 나는 브라이스가 상체를 내 방향으로 돌리는 순간을 정확히 포착해냈다. 팔근육은 마치 양각으로 새긴 양 도드라졌고 표정에선 강한 집중력이 보였다. 남을 의식하지 않고 자연스러운 품위를 지닌 실제 브라이스의 모습이 매우 잘 담겨 있었다. 나는 손끝으로 그의 형상을 가볍게 훑었다.

브라이스가 린다 고모처럼 내가 그를 가장 필요로 하던 시기에 내 인생에 들어왔다는 생각이 들었다. 그뿐만 아니라 브라이스는 금세 내 인생에서 가장 친한 친구가 되었다. 내가 그의 욕구를 잘못 읽은 게 아니었다. 단둘이 있었으면 그가 입맞춤을 시도했을지도 몰랐다. 그게 내가 절대 원하거나 필요로 하지 않는 일임을 우리 둘 다 알았음에도 불구하고. 나처럼 브라이스도 우리 관계가 절대 이루어질 수 없다는 사실을 알아야 했다. 몇 달만 지나면 나는 오크라코크를 떠나 다시 새로운 누군가, 아직 나도 모르는 누군가가 될 터였다. 우리의 관계는 실패할 운명이었다. 하지만 그 사실이 무겁게 짓누르는 중에도 나는 브라이스처럼 마음속으로 우리 사이에 그보다 더한 무언가가 생기기를 갈망했다.

✦

　생각은 저녁 식사 내내, 심지어 태풍이 다가올 때도 건조기 속 옷처럼 뒹굴고 나자빠지기를 쉬지 않았다. 어둠이 우리를 집어삼키면서 바람이 윙윙댔고 시간이 지날수록 그 강도가 심해졌다. 비바람이 마구 후려쳐서 집이 삐걱거리고 흔들렸다. 고모와 나는 혼자 있기 싫어서 거실에 함께 앉아 있었다. 태풍이 이보다 더 심해질 수 없겠다고 생각하던 찰나, 또 한 번 돌풍이 몰아치더니 비가 폭죽 소리를 내며 집을 세차게 두드렸다. 예상했던 대로 정전이 됐고 거실은 칠흑처럼 어두워졌다. 발전기를 가동해야 한다는 것을 알고 우리는 옷을 따뜻하게 껴입었다. 고모가 현관 손잡이를 돌리는 순간, 문이 안쪽으로 날아오다시피 했다. 우리는 얼굴을 때리는 비를 맞으며 서둘러 계단을 내려갔다. 둘 다 바람에 날아가지 않으려고 난간을 꼭 붙들었다.

　집 아래로 내려가니 바람에 몸을 가누기 힘들었지만 적어도 폭우는 맞지 않았다. 나는 고모가 발전기를 작동시키려고 씨름하는 모습을 지켜보다가 차례를 넘겨받아 세 번째 시도 만에 끝내 시동을 걸었다. 힘겹게 집 안으로 돌아온 뒤 고모는 양초 한 무더기에 불을 붙이고 냉장고의 전원을 연결했다. 작은 깜빡거림들은 방을 밝히는 데 거의 도움이 되지 않았다.

나는 자정이 지나고 마침내 소파에서 잠이 들었다. 태풍은 동이 튼 직후까지 맹위를 떨쳤다. 여전히 바람이 불었지만 비는 가랑비로 잦아들었다가 결국 오전 나절에 멈췄다. 그때서야 우리는 피해 상황을 살피기 위해 밖으로 나왔다.

이웃 부지의 나무 하나가 쓰러져 가지들이 사방에 흩어져 있었고 널빤지 조각들이 지붕에서 떨어져 나갔다. 입구 쪽 도로는 30센티미터 이상 물에 잠겼다. 인근 부두들은 휘어지거나 완전히 뜯겨서 잔해가 집 근처까지 날아와 있었다. 공기는 냉랭했고 바람은 확실히 북극발 같았다.

브라이스와 그의 아빠는 정오가 되기 한 시간 전에 모습을 드러냈다. 그때쯤엔 바람이 상대적으로 미미했다. 린다 고모가 남은 비스킷 봉지를 가지고 오는 동안 나는 브라이스에게로 향했다. 나는 걸어가면서 전날 느꼈던 감정이 눈뜨면 사라지는 꿈과 같다고 열심히 자신에게 최면을 걸었다. 그 감정은 진짜가 아니라 연기처럼 사라질 수밖에 없는 희미한 빛이자 불꽃에 불과했다. 하지만 브라이스가 트럭 짐칸에서 사다리를 꺼내는 모습을 보자 내 앞에서 잠시 멈췄던 그의 모습이 다시 떠올랐고, 내가 자신을 속이고 있을 뿐임을 알았다.

브라이스는 여느 때처럼 미소를 장착한 얼굴이었다. 그리고 예의 그 섹시한 올리브색 재킷과 청바지 차림에 야구 모자와 공구 벨트를 걸쳤다. 공중을 떠다니는 듯한 기분이었지만 나는 그냥 평범한 하루인 양 태연한 척하려고 온 힘을 다했다.

"태풍은 어땠어?" 브라이스가 물었다.

"어젯밤에 장난 아니었어." 내 말이 다른 곳에서 나오는 것처럼 들렸다. "마을의 다른 곳들은 어때?"

브라이스가 바닥에 사다리를 놓았다. "나무들이 많이 쓰러졌고 전기도 전부 나갔어. 설비 팀이 오늘 오후에 오면 좋겠지만 누가 알겠어? 모텔 한 곳과 업장 두 곳이 물에 잠겼고 시내 건물의 절반이 지붕에 피해를 입었어. 배 한 척의 줄이 풀려서 호텔 근처 도로까지 밀려간 게 가장 큰 문제인 것 같아."

브라이스가 보통 때의 편안한 그인 것 같아서 마음이 놓였다. "고모 가게도 피해를 입었어?"

"겉보기엔 괜찮아." 브라이스가 말했다. "합판은 걷어냈는데 당연히 누수를 확인하러 들어갈 수는 없었어."

"너희 집은?"

"마당에 나뭇가지만 몇 개 떨어졌어. 그웬과 할아버지 집도 괜찮아. 그렇지만 오늘 사진을 찍을 거라면 바닥에 떨어진 전선은 조심해. 특히 물에 잠긴 곳은 더더욱. 죽을 수도 있어."

생각도 못 했는데 감전 사고를 당하는 상상을 하니 소름이 끼쳤다. "그냥 고모와 함께 있다가 공부나 좀 할까 해. 그런데 피해 상황을 확인한 다음 사진을 찍고 싶은 마음도 없진 않아."

"내가 나중에 들러서 널 태우고 돌아다니는 건 어때? 필름을 좀 더 가져올 테니."

"시간이 나겠어?"

"합판을 걷는 게 설치하는 것보다 훨씬 빨라. 그리고 할아버지가 배는 벌써 손보셨어."

내가 좋다고 하자 브라이스가 사다리를 들어서 테라스로 옮겼다. 거기서부터 브라이스와 그의 아빠는 전날 했던 작업 과정을 거꾸로 밟아나갔다. 유일한 차이점은 나사못 구멍을 메우기 위해 코킹 건을 사용했다는 것이다. 그들이 작업하는 동안 고모와 나는 마당에서 잔해를 치워 도로 근처에 쌓았다. 브라이스와 그의 아빠가 진입로를 후진해 내려갈 때도 우리는 여전히 일을 하는 중이었다.

마당 일을 마치고 집으로 들어간 우리는 창문으로 비쳐 드는 햇빛에 눈을 끔뻑였다. 고모가 곧장 부엌으로 가서 땅콩버터와 젤리를 넣은 샌드위치를 만들기 시작했다.

"브라이스가 가게는 괜찮아 보인대요." 내가 말했다.

"그 애 아버지도 그렇게 말하더구나. 하지만 조금 있다가 가게에 가서 확인해봐야 해."

"깜빡 잊고 못 물어봤는데, 가게에도 발전기가 있어요?"

고모가 고개를 끄덕였다. "정전이 되면 자동으로 돌아가게 돼 있단다. 그것도 확인해봐야지. 전기가 복구될 때까지 요리라고 부를 만한 것도, 할 수 있는 것도 없어서 내일 다들 비스킷과 책을 찾을 거야. 그때까진 눈코 뜰 새 없이 바쁠 거다."

나는 자진해서 고모를 도울까도 생각해봤지만 아직 브라이스와 비스킷 수업을 듣지 않은 탓에 오히려 속도만 더디게 할 것 같

257

왔다. "브라이스가 나중에 들를 거예요." 내가 말했다. "태풍에 마을이 어떻게 됐나 확인하려고요."

고모가 샌드위치를 접시에 담아 식탁으로 가져왔다. "떨어진 전선은 조심해라."

나를 제외한 모두가 이 잠재적 위험에 대해 아는 게 확실했다. "그럴게요."

"브라이스와 즐거운 시간을 보내겠구나."

"그냥 사진만 찍을 거예요."

린다 고모는 내가 말을 돌리려는 걸 눈치챈 듯했지만 더 이상 캐묻지 않았다. 그 대신 고모는 미소를 지었다.

"그러면 언젠가 훌륭한 사진가가 되겠구나."

✦

점심을 먹고 나서 나는 공부를 했다. 아니, 어쨌거나 하려고 노력했다. 서류 봉투가 계속 눈에 거슬리는 게, 공부는 내려놓고 브라이스의 사진을 훔쳐보라고 조르는 것 같았다.

몇 시간 뒤에 브라이스가 들렀다. 트럭이 진입로에서 공회전하는 소리가 들리자마자 나는 카메라를 들고 계단을 내려가며 짐칸의 데이지를 보고 활짝 웃었다. 내가 다가가자 데이지가 낑낑거리면서 꼬리를 흔들었고 나는 멈춰 서 데이지에게 애정을 표시했다. 그동안 브라이스는 트럭에서 껑충 뛰어내리더니 내게 차 문을 열어주기 위해 빙 둘러왔다. 심장이 또다시 미친 듯이 쿵쾅댔다. 내가 차에 타는 걸 도와주려고 브라이스가 한 팔을 내미는데 막 샤워를 하고 왔는지 머리카락에서 물방울이 뚝뚝 떨어졌다. 브라이스가 차 문을 닫자 내면의 목소리가 정신 차리라고 나를 꾸짖었다.

우리는 편하게 수다를 떨며 마을을 돌아다니다가 여기저기 멈춰 서 사진을 찍었다. 호텔 근처 도로 한가운데에 배가 기울어진 채 놓여 있어서 나는 한참 동안 괜찮은 사진을 건지려고 용을 썼다. 결국엔 브라이스에게 찍어보라며 카메라를 건넸고, 그가 멀어지는 모습을 지켜보며 그의 움직임이 얼마나 매끄러운지 다시 한번 확인했다. 브라이스가 웨스트포인트 입학에 대비해 운동을 한다는 것은 알았지만 그의 타고난 우아함과 근육 사용법은 그가 어떤 운동을 해도 잘했을 거라는 생각이 들게 했다.

한편으론 그게 놀랄 일은 아니었다. 브라이스는, 내가 본 바로는, **모든 것에** 능숙했다. 브라이스는 완벽한 아들이자 형이었으며 똑똑하고 건장하고 잘생기고 이해심도 뛰어났다. 무엇보다 그 모든 게 자연스러워 보였다. 그의 몸가짐조차 내가 알던 그 누구와도, 특히 우리 학교의 남자애들과 비교하면 너무나 달랐다. 그들 대부분이 일대일로 대화할 때는 웬만큼 괜찮았지만, 친구들끼리 어울릴 때는 우쭐거리고 멋있는 척하고 바보 같은 말을 지껄여서 어떤 모습이 진짜인지 의아했다.

그럼에도 매디슨과 조디가 그들의 관심을 비위 맞추기라 여긴다면—실제로 그렇게 생각했다—브라이스에 대해선 어떻게 생각할지 궁금했다. 아, 브라이스가 귀엽다는 건 바로 알아차렸을 것이다. 하지만 브라이스의 지적인 면모나 인내심, 사진이라는 취미에도 호감을 보였을까? 브라이스가 휠체어 타는 사람을 돕기 위해 보조견을 훈련시킨다는 사실에도? 그가 아빠를 도와 린다 고모와 그웬 같은 이웃들의 집에 판자를 덧대주는 부류라는 것에도?

확실하진 않지만 매디슨과 조디라면 브라이스의 외모에 넘어가 나머지에는 관심을 보이는 둥 마는 둥 했을 것 같았다. 제이만 봐도 알 수 있듯이 나 역시 이곳에 와서 내 생각을 바꿔준 남자애를 만나기 전까지는 별반 다르지 않았을 것이다.

그런데 어째서 브라이스는 달랐을까? 나도 한때는 나 자신이 나이에 비해 성숙하다고 여겼지만 어른이 된다는 건 여전히 신기루 같았다. 나는 혹시 그것이 고등학교 생활 전반과도 관련이 있지 않을까 생각했다. 돌이켜 보면 나는 내가 그 사람들을 좋아하는지 파악하기보다는 그 사람들이 나를 좋아하도록 만들려고 안간힘을 쓰는 데 온 시간을 바쳤던 것 같다. 브라이스는 학교에 가지도 않고 모든 바보 같은 압박을 처리할 필요도 없었으니 그런 상황에 놓였을 리 없다. 브라이스는 거리낌 없이 자기 자신이 될 수 있었다. 생각이 거기에 미치니 친구들과 똑같아지는 데 그렇게 집착하지 않았으면 내가 어떤 사람이 되었을지 궁금해졌다.

생각할 게 너무 많아서 나는 잡념을 뿌리치려 고개를 흔들었다. 브라이스가 도로 위의 배를 더 잘 보기 위해 대형 쓰레기통 위로 올라갔다. 그를 따라다니던 데이지는 위를 올려다본 뒤에야 이

읔고 내 존재를 떠올렸다. 데이지가 꼬리를 흔들며 나를 향해 빠르게 걸어오더니 내 다리를 감쌌다. 데이지의 갈색 눈동자가 너무 다정해 몸을 굽히지 않을 수 없었다. 나는 양손으로 데이지의 턱을 동그랗게 모아 쥐고 코에 입을 맞췄다. 그때 셔터가 찰칵하는 소리가 희미하게 들렸다. 위를 흘깃 쳐다보니 브라이스가 아직 쓰레기통 위에 서서 겸연쩍은 표정을 지으며 카메라를 내렸다.

"미안해." 브라이스가 소리쳤다. 그는 폴짝 뛰어내려 체조 선수처럼 착지한 뒤 내게 다가왔다. "물어보고 찍었어야 했는데 참을 수가 없었어."

사진이 찍히는 것을 좋아하진 않았지만 나는 어깨를 으쓱했다. "괜찮아. 나도 어제 너를 찍었어."

"알아." 그가 말했다. "찍는 거 봤어."

"정말?"

브라이스가 대답 없이 어깨를 으쓱였다. "이젠 뭘 할까? 또 보고 싶거나 하고 싶은 거 없어?"

브라이스의 질문에 생각들이 질주하기 시작했다.

"잠시 고모 집에 가서 놀까?"

✦

린다 고모가 가게에 간 터라 브라이스와 나 둘뿐이었다. 우리는 소파에 앉았다. 나는 한쪽 끝에 다리를 감싸 안은 채 앉았고 브라이스는 반대쪽 끝에 자리를 잡았다. 브라이스는 내가 전날 찍은 사진 몇 장을 훑어보며 분명히 무언가 잘못했을 때조차 칭찬했다. 브라이스의 사진을 보기 직전에 갑자기 배 속에서 나비가 날개를 퍼덕이는 것 같은 아주 미세한 느낌이 전해졌다. 나는 동작을 완전히 멈추고 자동으로 양손을 배에 올렸다. 브라이스가 질문했지만 완전히 집중하느라 듣지 못했다.

"무슨 일이야? 괜찮아?"

내가 겪고 있는 일에 너무 몰입한 나머지 나는 대답을 못 하고 대신 눈을 감았다. 아니나 다를까 연못 위를 퍼져 나가는 잔물결처럼 결국 그 퍼덕거림이 다시 느껴졌다. 처음 겪는 일이었지만 그게 뭔지 정확히 알았다.

"아기가 움직였어."

잠시 기다려도 그 밖에 다른 일이 일어나지 않자 나는 좀 더 편안한 자세로 고쳐 앉았다. 엄마가 준 책에 따르면 머지않아 그 퍼덕거림이 발길질이 되고, 내 배는 〈에일리언〉에 나오는 너무나 역겹고도 무서운 장면처럼 저절로 움직일 터였다. 브라이스는 아무 말 없이 얼굴이 살짝 창백했는데, 평소 그가 좀처럼 동요하는 일이 없었기에 좀 우스웠다.

"귀신이라도 본 표정이야." 내가 놀렸다.

내 목소리에 브라이스가 정신을 차린 것 같았다. "미안해." 그가 대답했다. "네가 임신한 건 알지만 그 사실에 대해 진짜로 생각해본 적은 없었거든. 넌 심지어 살도 안 쪘잖아."

브라이스의 거짓말에 감사의 미소로 보답했다. 나는 6킬로그램이 늘어난 상태였다. "너희 엄마도 내가 임신한 사실을 아는 것 같아."

"난 엄마한테 아무 말도 안 했는데…."

"말할 필요도 없었어. 엄마라서 아는 거니까."

놀랍게도 나는 우리가 함께 크리스마스트리를 장식한 이후 처음으로 내 임신에 대해 말을 꺼냈다는 것을 깨달았다. 브라이스가 궁금하지만 어떻게 질문해야 할지 몰라 난감해하는 게 보였다.

"물어봐도 괜찮아." 내가 말했다. "난 아무렇지 않아."

브라이스가 생각에 잠긴 표정으로 커피 테이블에 사진들을 올려놓았다. "방금 태동을 느꼈다고 했는데 임신을 한다는 건 어떤 기분이야? 어떤 차이가 있어?"

"오랫동안 입덧을 해서 그때는 확실히 느꼈는데 지금은 주로 소소한 것들이야. 냄새에 좀 더 예민해졌고 때론 낮잠이 간절해져. 물론 소변도 자주 마려운데, 그건 너도 이미 아는 거고. 그거 외엔 나도 크게 모르겠어. 배가 훨씬 불러오면 아마 상황이 바뀌겠지."

"예정일은 언제야?"

"5월 9일."

"정확해?"

"의사 말에 따르면. 임신 기간은 280일이거든."

"그건 몰랐어."

"네가 그걸 왜 알겠어?"

브라이스가 깔깔거리며 웃다가 다시 진지해졌다. "무서워? 아기를 입양 보내는 거 말이야."

나는 찬찬히 대답을 생각했다. "맞기도 하고 아니기도 하고. 그러니까, 아기가 훌륭한 부부에게 갔으면 좋겠는데 사실 절대 알수가 없잖아. 그 생각을 하면 좀 겁이 나. 동시에 내가 아직 엄마가 될 준비가 안 됐다는 것도 알아. 난 아직 고등학생이라 아이를 부양할 방법이 없어. 운전도 할 줄 모른다고."

"운전면허증 없어?"

"11월에 운전 연습을 시작하려고 했는데 여기 오는 바람에 물건너갔지."

"내가 가르쳐줄게. 우리 부모님이 허락하시면. 물론 너희 고모도."

"정말?"

"안 될 이유가 없지. 섬의 반대편 끝까지 이어지는 도로에 가면 차가 거의 한 대도 없어. 나도 거기서 아빠한테 운전을 배웠어."

"고마워."

"아기에 대해 하나 더 물어봐도 될까?"

"당연하지."

"이름은 네가 짓는 거야?"

"아닐 것 같아. 병원에 갔을 때 의사가 나한테 딱 한 가지만 물어봤는데 그게 아이가 태어나면 안아보고 싶냐는 거였어."

"뭐라고 답했어?"

"대답 안 했어. 그런데 안 할 것 같아. 아이를 안으면 포기하기 더 힘들까 봐서."

"이름은 생각해본 적 있어? 내 말은, 만약 혹시 직접 지을 수 있다면."

"난 언제나 클로이나 소피아란 이름이 마음에 들었어."

"예쁜 이름이야. 네게 이름을 짓게 해주면 좋겠다."

마음에 드는 생각이었다. "솔직히 말해 분만은 기대돼지 않아. 첫 아이 땐 진통이 하루 넘게 이어질 때도 많대. 그리고 도대체가 감이 안 오는 게, 대체 아이 하나가 어떻게…."

문장을 마무리하지 않았지만 괜찮았다. 브라이스가 움찔하며 놀라는 모습을 보니 이해한 것 같았다.

"네 기분이 나아질까 해서 말하면 우리 엄마는 출산이 힘들었다는 얘기를 한 번도 꺼낸 적이 없어. 하지만 우리 형제들이 잠투정이 심해서 몇 년 동안 엄마의 잠을 뺏어갔으니 그 세월을 보상하라는 소리는 여전히 하셔."

"힘들겠다. 난 잠이 정말 많거든."

브라이스가 양손을 모으자 팔뚝 근육이 수축되는 게 보였다. "5월에 떠나면 곧장 학교로 돌아갈 거야?"

"모르겠어." 내가 답했다. "진도를 다 따라잡았는지 아니면 앞서 나갔는지에 따라 달라지겠지. 기말고사를 볼 게 아니면 거기 있을 필요가 없지 않을까. 어쩌면 집에서 시험을 볼 수도 있고. 부모님한테 생각이 있을 거야." 나는 한 손으로 머리카락을 넘겼다. "이번 달 말에 부모님이 오신대."

"부모님을 만난다니 좋겠다."

"응." 말로는 수긍했지만 사실 마음이 엇갈렸다. 고모와 달리 그들은 함께 있기에 그다지 편한 사람들이 아니었으니까.

"엄청 당기는 음식은 있어?"

"고모가 만든 소고기 스트로가노프(러시아의 대표적인 전통 음식—옮긴이)를 좋아해. 내가 먹어본 것 중 최고야. 그리고 지금은 그릴드 치즈버거가 좀 당기지만 이걸 임신 중 식탐이라고 봐야 할지는 모르겠다."

"내가 만들어줄까?"

"고맙지만 괜찮아. 고모가 곧 저녁을 차려줄 거야."

브라이스가 또 다른 질문거리를 궁리하는 듯 방을 훑어보았다. "공부는 잘 돼?"

"아, 그 얘긴 꺼내지 말아줘." 내가 말했다. "지금은 학교에 대해 생각하고 싶지 않아."

"솔직히 말해 나도 고등학교가 끝나서 속이 후련해."

"웨스트포인트로는 언제 떠나?"

"7월에."

"기대돼?"

"완전히 다른 곳일 거야." 브라이스가 말했다. "홈스쿨링을 하는 것과 같지 않겠지. 굉장히 체계적인 곳이라 잘 적응할 수 있으면 좋겠어. 난 그저 부모님께 자랑스러운 아들이 되고 싶어."

브라이스가 방금 한 말에 어이가 없어서 나는 웃음을 크게 터트릴 뻔했다. 내 말은, 어느 부모가 그를 자랑스러워하지 않겠는 가? 잠시 후에야 나는 브라이스가 진지하다는 것을 불현듯 알아 차렸다.

"당연히 자랑스러워하지."

브라이스가 카메라를 쥐고 들었다가 원래 위치로 조심스레 돌려놓았다. "네 언니가 완벽한 딸이라고 네가 말했었지." 그가 말했다. "하지만 리처드와 로버트를 동생으로 두는 것도 쉬운 일은 아니야." 목소리가 너무 나긋해서 이어지는 말을 알아듣기 위해 안간힘을 써야 했다. "동생들이 지난 9월에 SAT를 봤다는 거 알아? 생각해봐, 겨우 열두 살인데 둘 다 만점에 가까운 점수를 받았어. 1,570점과 1,580점. 내 점수보다도 훨씬 높아. 리처드에게 필요한 게 대학 교육일지 또 누가 알겠어? 곧장 코딩으로 직업전선에 뛰어들 수도 있어. 인터넷이 뭔지 알지? 내가 장담하는데 그게 세상을 바꿀 거야. 그리고 리처드는 이미 그 분야에서 유명해. 아르바이트와 프리랜서 일로 우리 할아버지보다 더 많은 돈을 번다니까. 아마 내 나이쯤에는 백만장자가 되어 있을걸. 로버트도 비슷할 거야. 녀석이 돈 때문에 질투가 좀 났는지 지난 몇 달 동안 비행기 제작으로도 모자라 리처드와 함께 프로그래밍 작업을 했어. 또 당연히 그게 가소로울 만큼 쉽다고 생각하지. 그런 동생들과 어떻게 경쟁할 수 있겠어?"

브라이스가 말을 마치자 난 아무 말도 할 수 없었다. 그의 불안을 이해하기 쉽지 않았지만 그런 집에서라면 그럴 법도 했다. "몰랐어."

"오해하지는 마. 나도 동생들이 영리한 게 자랑스러워. 하지만 그럼에도 나도 뭔가 뛰어나게 잘해야 할 것만 같아. 그리고 웨스트포인트는 힘든 도전 과제가 될 거야. 내가 아빠의 업적을 되풀이할 수 있을 거라는 환상 같은 건 없지만."

"아빠가 무슨 일을 했는데?"

"웨스트포인트의 모든 졸업생은 학업성적과 성격, 리더십, 명망 등을 토대로 공과를 따지고 그걸 바탕으로 최종 평가를 받아. 우리 아빠는 웨스트포인트 역사상 네 번째로 높은 점수를 받았는데, 더글라스 맥아더 장군 바로 다음이야."

더글라스 맥아더에 대해 들어본 적은 없었지만 브라이스가 그 이름을 언급하는 태도를 보니 꽤나 중요한 사람 같았다.

"그리고 물론 열여섯에 MIT에 들어간 우리 엄마도 있지…."

이야기를 들으면 들을수록 브라이스의 불안감이 그럴싸해 보였다. 그의 가족 수준이 인간계가 아니긴 했지만 말이다.

"졸업할 때쯤 넌 분명 장군이 돼 있을 거야."

"불가능해." 브라이스가 웃었다. "하지만 자신감을 북돋아줘서 고마워."

밖에서 고모의 차가 바퀴 자국이 깊이 팬 진입로에 정차한 뒤 엔진이 꺼지며 크게 삐걱거리는 소리가 들렸다.

브라이스도 그 소리를 들은 게 틀림없었다. "구동 벨트 때문에 저런 소리가 나는 거야. 벨트를 좀 더 조여야 할 것 같아. 내가 손볼 수 있어."

린다 고모가 계단을 올라오는 소리가 들리더니 그녀가 문을 밀어젖혔다. 고모의 시선이 우리 둘을 향했고, 말로 표현하진 않았지만 우리가 소파 양쪽 끝에 있다는 사실에 만족한 것 같았다. "안녕." 고모가 말했다.

"가게는 어땠어요?" 내가 물었다.

고모가 재킷을 벗었다. "비가 샌 곳도 없고 발전기도 잘 작동하는 중이야."

"아, 다행이네요. 브라이스가 고모 차를 수리해주겠대요."

"내 차에 무슨 문제라도 있어?"

"구동 벨트를 조여야 한대요."

고모는 브라이스가 아니라 내가 그렇게 말해서 당황한 듯했다. 흘긋 쳐다보니 브라이스는 조금 전에 인정한 내용에 대해 여전히 생각하고 있었다. "브라이스도 같이 저녁 먹어도 돼요?"

"당연하지." 고모가 말했다. "하지만 근사한 식사는 아닐 거야."

"그릴드 치즈버거 어때요?"

"그게 먹고 싶니? 수프를 곁들이는 건 어때?"

"너무 좋아요."

"그것도 식은 죽 먹기지. 한 시간 정도면 되겠니?"

전자레인지에서 팝콘이 터지듯 식욕이 터지는 게 느껴졌다. "못 기다리겠어요."

✦

저녁 식사가 끝나고 나는 브라이스를 문까지 배웅했다. 테라스에서 브라이스가 뒤돌아섰다.

"내일 보는 거지?" 내가 물었다.

"9시에 올게. 저녁 잘 먹었어."

"감사 인사는 고모한테 해, 내가 아니라. 난 설거지밖에 안 했어."

"너희 고모한테는 이미 했어." 브라이스가 주머니에 한 손을 집어넣고 말을 이었다. "오늘 즐거웠어." 그가 말했다. "내 말은, 너를 좀 더 잘 알게 됐어."

"나도 그래. 네가 거짓말을 했는데도 불구하고 말이지."

"내가 언제?"

"내가 임신한 것처럼 안 보인다고 한 거."

"진짜야." 브라이스가 말했다. "전혀 그렇게 안 보여."

"뭐, 글쎄." 나는 심술궂은 미소를 지었다. "한 달만 기다려봐."

다음 일주일 반은 기말시험 준비와 다음 학기 예습, 그리고 사진으로 정신없이 지나갔다. 그웬이 신속하게 내 몸 상태를 검진하고는 아기와 나 둘 다 건강하다고 했다. 또 내가 사용하는 필름과 인화지 비용을 지불하기 시작했는데, 브라이스의 엄마가 대량으로 주문해서 조금 더 저렴했다. 브라이스가 받기를 주저했지만 내가 필름을 너무 많이 사용했기 때문에 그렇게 하는 게 맞는 것 같았다. 무엇보다도 필름을 한 통씩 쓸 때마다 실력이 조금씩 나아지는 듯했다.

브라이스는 내가 별도로 공부하는 밤 시간에 주로 필름을 현상했다. 우리는 다음 날 아침 밀착 인화지를 점검하고 어떤 이미지를 인화할지 함께 결정했다. 또 브라이스는 내가 필요로 할 때 플래시 카드 만드는 것을 도와주고 과목마다 중요한 장에 대한 퀴즈를 내주며 기말까지 모든 준비를 완벽하게 마치도록 했다. 평균 A를 받은 건 아니었지만 나는 그전까지의 내 성적을 고려했을 때 어깨 근육을 당겨서 스스로 잘했다고 토닥여줄 정도의 점수를 받았다. 기말시험, 그리고 브라이스가 고모 차의 구동 벨트를 조일 때 구경하는 것 말고, 이제 남은 유일한 거사는 고모에게 비스킷 만드는 법을 배우는 것이었다.

우리는 부모님이 도착하기 며칠 전 토요일에 수업을 받았다. 고모는 우리에게 앞치마를 두르게 한 뒤 차근차근 수업을 진행했다.

비밀 레시피라는 건 사실 이러했다. 아무 브랜드가 아닌 화이트 릴리사에서 나온, 베이킹파우더가 첨가된 밀가루를 사용하는 것, 그리고 비스킷이 더 부풀어 오르게 하기 위해 밀가루를 체에 거른 다음 계량하는 것이 중요하다. 크리스코 쇼트닝, 버터밀크, (초극비인) 아이싱 슈거를 조금 추가하는데, 일부 남부 사람들은 불경하다고 여길 수도 있다. 그런 다음 중요한 게 반죽을 섞을 때 너무 과하지 않도록 주의를 기울이는 것이다. 아, 그리고 반죽을 밀어서 펴고 나면 비스킷 커터를 절대 비틀지 말고 똑바로 찍어

누른다. 그러고는 오븐에서 비스킷을 꺼내 신선하고 뜨거울 때 녹인 버터를 양면에 바른다.

당연히 브라이스는 수만 가지 질문을 하면서 나보다 훨씬 진지하게 수업에 임했다. 브라이스가 비스킷을 한입 물더니 어린아이처럼 진짜 앓는 소리를 냈다. 고모가 그의 엄마와 레시피를 공유해도 좋다고 말하자 브라이스는 거의 분노에 가까운 표정을 지었다.

"어림도 없어요. 이건 **내** 선물이에요."

✦

그날 오후 늦게 브라이스가 마침내 우리가 태풍 후에 마을을 확인하면서 찍었던 나와 데이지의 사진을 보여주었다.

"네 것도 인화했어." 브라이스가 내게 사진을 건네며 말했다. 우리는 등대 근처에 그의 트럭을 세워놓고 차 안에 앉아 있었다. 일몰 사진을 몇 장 찍지도 않았는데 벌써 하늘이 어둑해지기 시작했다. "사실 엄마가 인화하는 걸 도와줬는데, 그건 모른 척해줘."

왜 브라이스도 한 장 갖고 싶어 했는지 이해가 됐다. 어쩌다 내가 주인공이긴 했지만 정말로 사랑스러운 사진이었다. 우리의 옆얼굴만 담기 위해 이미지를 잘랐는데 내 입술이 데이지의 코에 닿는 순간을 포착했다. 내 눈은 감겨 있었지만 데이지의 눈은 흠모로 가득했다. 그리고 무엇보다 내 몸이 안 보여서 그 모든 **불장난**이 아예 벌어진 적 없다고 해도 믿을 것 같았다.

"고마워." 내가 사진을 계속 응시하며 말했다. "나도 너처럼 잘 찍고 싶어. 또는 너희 엄마처럼."

"내가 처음 시작했을 때보다 훨씬 잘 찍고 있어. 그리고 어떤 사진은 환상적이야."

그럴 수도, 나는 속으로 생각했다. **하지만 아닐 수도.** "내가 암실에 들락거려도 괜찮은지 계속 물어보고 싶었는데 까먹었어. 그러니까 난 임산부니까."

"엄마한테 물어봤어." 브라이스가 말했다. "걱정하지 마. 네 얘기 안 했어. 그런데 엄마도 임신했을 때 암실에서 작업을 했대. 고무장갑을 착용하고, 매일 들어가지 않는 한 위험하지 않을 거라고 하셨어."

"다행이다." 내가 말했다. "종이 위에 이미지가 나타나는 걸 지켜보는 게 너무 좋아. 아무것도 없다가… 어느 순간 조금씩 이미지가 살아나잖아."

"완전 공감해. 나 같은 경우엔 그게 그 경험의 핵심이야." 그러고는 이렇게 덧붙였다. "하지만 디지털 사진이 유행하면 어떻게 변할까? 내 생각엔 더 이상 아무도 사진을 현상하지 않을 것 같아."

"디지털 사진이 뭐야?"

"이미지를 필름 대신 카메라 디스크에 저장하는 건데 그러면 스캐너를 안 써도 컴퓨터에 연결할 수 있어. 뒤편에 달린 작은 화면으로 사진을 즉시 확인할 수 있는 카메라도 나올지 몰라."

"그게 진짜야?"

"분명 그렇게 될 거야." 브라이스가 말했다. "지금은 카메라가 엄청 비싸지만 컴퓨터처럼 가격이 계속 내려갈 거야. 때가 되면 대부분의 사람들이 그런 종류의 카메라를 사용하고 싶어 하겠지. 나를 포함해서."

"그건 좀 슬프다." 내가 말했다. "사진의 마법이 일부분 사라지는 거잖아."

"그게 미래야." 브라이스가 말했다. "세상에 영원한 건 없어."

순간 그 말이 우리 둘의 관계를 가리키는 건 아닐까, 그런 의문이 들었다.

✛

부모님이 방문하는 날이 가까워지자 나는 보이지 않는 곳에서 윙윙거리는 낮은 긴장감에 안절부절못하기 시작했다. 그들은 수요일에 뉴번으로 날아와 목요일 아침 일찍 오크라코크행 연락선을 탈 예정이었다. 일요일 오후까지 겨우 며칠을 머문 뒤, 계획대로라면 다 함께 교회에 가서 예배를 보고 곧장 주차장에서 작별하기로 되어 있었다.

목요일 아침 나는 샤워를 하고 준비를 마치려 평소보다 일찍 일어났는데 심지어 브라이스가 나타났을 때도 공부에 집중이 안 됐다. 기말고사도 끝났겠다, 할 일이 많지 않아서 모건조차 자랑스러워할 만한 속도로 2학기 진도를 헤쳐 나가는 중이었다. 브라이스뿐 아니라 데이지 역시 내가 불안해하는 것을 알아챈 게 분명했다. 데이지는 한 시간에 최소 두 번씩 내 곁으로 와서 내 손에 코를 비비다가 목구멍 저 깊은 곳에서 낑낑거리는 소리를 냈다. 나를 안심시키려는 데이지의 노력에도 불구하고 린다 고모가 부모님과 만나기 위해 나를 연락선에 데려가려고 나타나자 의자에서 일어서는데 두 다리가 후들거렸다.

"괜찮을 거야." 브라이스가 말했다. 그는 부엌 식탁에 내 책들을 가지런히 쌓고 있었다.

"나도 그랬으면 좋겠어." 내가 말했다. 마음이 심란한 나머지 브라이스가 얼마나 귀여운지, 최근에 내가 그에게 얼마나 의지하게 되었는지 신경도 안 쓰였다.

"내일 내가 정말 오길 원해?"

"부모님이 널 보고 싶대."

린다 고모가 가게에 출근한 동안 부모님과 셋이서 집에 있을 생각을 하니 두렵다는 얘기는 꺼내지 않았다.

그때 고모가 현관 안쪽으로 고개를 빼꼼히 내밀었다.

"준비됐니? 연락선이 10분 후에 도착할 거야."

"거의요." 내가 고모에게 말했다. "정리 중이에요."

나는 침실에 책을 갖다 놓고 재킷을 챙겼다. 브라이스가 나를 따라 계단을 내려왔다. 그가 트럭으로 뛰어오르며 짧게 윙크를 보냈고, 덕분에 긴장이 됐음에도 고모의 차에 오를 용기가 생겼다.

부두까지 가는 길은 춥고 우중충했다. 부모님의 렌트카는 연락선에서 내리는 두 번째 차량이었다. 아빠가 우리를 보더니 차를 세웠고 우리는 걸어가 그들에게 합류했다.

포옹하고 입 맞추고 **'얼굴 보니 좋다'** 같은 말이 오갔지만 두 분 다 내가 아예 임신한 적이 없는 척하고 싶었기 때문인지 내 불어난 살에 대해선 일언반구도 하지 않았고, 잠시 후 나는 고모와 함께 차로 돌아갔다. 그리고 사이드미러를 통해 뒤따라오는 부모님 차를 흘깃거렸다. 부모님은 우리 옆에 주차한 뒤 차에서 내려 집을 빤히 바라보았다. 날씨가 우중충해 집이 평소보다 더 낡아 보였다.

"여기구나, 어?" 엄마가 냉기를 막으려고 코트를 더 단단히 여미며 물었다. "왜 우리가 호텔을 잡아야 했는지 이제 알겠네. 집이 좀 작아 보이는구나."

"편안하고 호숫가라 전망도 끝내줘." 내가 말했다.

"연락선은 한 세월이 걸리던데 원래 그렇게 느리니?"

"그런 것 같아." 내가 말했다. "하지만 조금 지나면 익숙해져."

"흠." 엄마가 말했다. 그동안 아빠는 가만히 있었고 엄마도 말을 덧붙이지 않았다.

"점심 드실래요?" 고모가 억지로 유쾌한 목소리를 내며 끼어들었다. "아까 치킨 샐러드를 만들었는데 샌드위치를 할까 해서요."

"난 마요네즈 알레르기가 있어요." 엄마가 말했다.

린다 고모가 재빨리 만회했다. "미트로프가 남은 게 있을 텐데. 그럼 그걸로 샌드위치를 만들어줄게요."

엄마는 고개를 끄덕였고 아빠는 계속 침묵을 지켰다. 네 사람이 현관으로 향하는데 걸음을 내딛을 때마다 불안이 조금씩 커져갔다.

✛

어찌어찌하여 점심 식사를 마쳤지만 대화는 여전히 부자연스러웠다. 식탁 위에 어색한 침묵이 내려앉을 때마다 린다 고모가 가게 이야기로 화제를 돌리며 마치 그들의 방문이 별다를 게 없다는 듯 수다를 떨었다. 그런 뒤 우리 모두 고모의 차에 올라타 짧게 마을 구경을 했다. 고모는 처음 내게 마을을 보여줬을 때와 거의 똑같은 말을 반복했고, 부모님은 내가 그랬듯이 별 감흥이 없는 것 같았다. 뒷좌석에 있던 엄마는 매우 속상해하는 눈치였다.

반면에 가게는 마음에 드는 모양이었다. 그웬이 가게에 있었는데 이미 식사를 마친 두 분에게 블루베리를 넣고 달콤한 글레이즈를 끼얹은 디저트 비스킷을 드시라고 고집했다. 그웬은 단숨에 우리 가족의 어색한 분위기를 눈치채고 가볍게 대화를 이어나갔다. 혹시 부모님 중 누구라도 관심을 가질까 봐 책 코너에서 자신이 가장 좋아하는 몇 권을 소개하기도 했다. 두 분 다 독서인이 아니라 별 관심은 없었지만 어쨌거나 고개를 끄덕이는 모습을 보니 모든 등장인물이 다른 사람이 되고 싶어 하는 연극을 하고 있는 듯한 기분이 들었다.

집으로 돌아오자 린다 고모와 아빠가 가족—그들의 여자 형제들과 내 사촌들—에 대해 수다를 떨기 시작했고, 잠시 후 엄마가 헛기침을 했다.

"우리 해변을 좀 걸을까?" 엄마가 내게 제안했다.

내겐 선택지가 별로 없다는 듯한 말투여서 우리는 해변으로 렌트카를 몰고 가 모래언덕 근처에 세웠다.

"해변이 좀 더 가까울 줄 알았더니." 엄마가 말했다.

"마을이 해협 쪽에 있어."

"넌 여기에 어떻게 오니?" 엄마가 물었다.

"자전거로."

"자전거가 있어?"

"린다 고모가 내가 도착하기 전에 창고 세일에서 사놨어."

"아." 엄마는 집에 있던 내 자전거가 바퀴에 바람이 빠지고 삐걱거리며 안장이 먼지로 뒤덮인 채 차고에 방치되어 있다는 것을 알았다. "적어도 간간이 밖에는 나가는구나. 너 얼굴이 너무 창백하다."

나는 대답하지 않고 어깨만 으쓱했다. 우리는 차에서 내렸고 나는 재킷 지퍼를 끝까지 채운 뒤 양손을 주머니에 넣었다. 우리는 모래언덕을 둘러서 물가로 향했다. 걸음을 내딛을 때마다 발이 미끄러지며 모래에 빠졌다. 해변을 걷기 시작하고서야 엄마가 다시 입을 열었다.

"모건이 자기도 오고 싶었다고 전해달라더라. 학교 연극에서 주인공을 맡았는데 리허설이 있어서 못 왔어. 게다가 로터리 클럽에서 장학금을 받으려고 노력하는 중이야. 이미 학비를 전부 충당

할 만큼의 장학금을 받고 있긴 하지만."

"분명히 받을 거야." 내가 웅얼거렸다. 그건 사실이었다. 친숙한 불안의 고통이 엄습했지만 예전만큼 자신이 초라하게 느껴지진 않았다.

몇 걸음 더 걸어가는데 엄마의 목소리가 다시 들렸다. "지난 몇 주 동안 너희 둘이 연락한 적이 없다고 하더구나."

린다 고모가 출근할 때 전화선을 가져간다고 엄마에게 말했는지 궁금했다. "학교 공부 때문에 정말 바빴어. 다음 주에 언니한테 전화할게."

"애초에 왜 그렇게 진도가 뒤처진 거니? 너희 고모가 네 걱정을 정말 많이 했어. 선생님도 그렇고."

양어깨가 살짝 처지는 게 느껴졌다. "이곳 생활에 적응하는 데 시간이 좀 걸렸어."

"집이 그립지 않은 모양이구나."

나는 뭐라고 대답해야 할지 몰랐다. "매디슨이나 조디한테 소식은 없었어?"

"그 애들한테 전화온 적은 없어. 네가 묻는 게 그거라면 말이다."

"둘이 요즘 어떻게 지내는지 몰라?"

"모르겠구나. 집에 가서 모건한테 물어볼게."

"됐어." 나는 엄마가 묻지 않을 것임을 알았다. 엄마로서는 사람들이 나에 대해 말을 꺼내거나 궁금해하지 않을수록 좋았다.

"그 애들한테 편지를 쓰고 싶으면." 엄마가 말을 이었다. "내가 대신 전해주도록 하마. 물론 실제로 어떻게 지내는지 너무 자세히 설명하거나 암시해서는 안 돼."

"봐서." 내가 말했다. 그 애들에게 거짓을 말하고 싶지도 않고 그렇다고 진실을 말할 수도 없었기 때문에 아무 할 말이 없을 것 같았다.

엄마는 재킷 칼라를 매만져 목을 덮었다. "린다가 소개한 의사는 어떠니? 그웬이 산파 역할을 할 수 있다는 건 알지만 린다한테도 말했다시피 네가 병원에 있으면 내 마음이 더 편할 것 같아."

엄마가 묻자마자 치노위드 선생님의 거대한 손이 머릿속에 떠올랐다. "나이는 더 많은데 좋은 분 같아. 그웬과 일을 많이 했대. 그나저나 여자아이야."

"의사가 남자야?"

"그게 무슨 문제야?"

엄마는 대답하기 싫은지 그저 고개만 흔들었다. "여하튼 몇 달만 있으면 집에 올 거고 평범한 생활로 돌아가게 될 거야."

나는 무슨 말을 해야 할지 몰라서 아빠의 안부를 물었다. "아빠는 어때?"

"신형 비행기에 주문이 많이 들어와서 야근을 하고 있어. 그거 말곤 똑같아."

나는 브라이스의 부모님이 서로를 다정하게 대하던 모습을 떠올렸다. 우리 부모님과는 달라도 너무 달랐다. "요즘도 한 달에 두 번씩 외식하러 나가?"

"최근엔 안 했어." 엄마가 말했다. "배관에 누수가 생겨서 수리도 해야 하는데, 크리스마스도 있었지, 너도 보러 와야 하지, 그래서 생활비가 빠듯해."

엄마가 의도한 건 아니었겠지만 나는 그 말에 상심했다. 사실 엄마와 걸으면서 부모님이 도착하기 전보다 기분이 훨씬 우울해졌다. 그럼에도 궁금증이 났다….

"과외 비용도 비쌀 텐데."

"그건 해결했어."

"린다 고모가?"

"아니." 엄마가 말했다. 엄마는 곰곰이 생각하는 것 같더니 마침내 한숨을 쉬며 설명했다. "네 비용 중 일부는 예비 부모 측에서 대는 거야, 네 에이전시를 통해서. 네 학교 문제, 보험료로 처리되지 않는 일부 의사 진료비, 네 왕복 비행기표까지. 심지어 네게 준 약간의 용돈도."

그걸로 엄마가 공항에서 내게 건넨 현금 봉투가 설명이 되었다. "그 부모들은 만나본 적 있어? 내 말은, 좋은 사람들이야?"

"만나본 적은 없어. 하지만 분명 인자한 사람들일 게다."

"만난 적도 없으면서 어떻게 그렇게 확신해?"

"네 고모와 그웬이 전부터 이 에이전시와 일을 해와서 담당자를 잘 알고, 그래서 담당자가 후보들을 개인적으로 꼼꼼하게 살펴봤어. 경험이 아주 많은 사람이니 예비 부모를 철저히 평가했을 거야. 그게 내가 아는 전부고 너도 그 이상은 모르는 게 좋을 거다.

네가 걱정을 덜 할수록 마지막에 일이 더 쉬워질 거야."

엄마 말이 맞았다. 이제 태동이 규칙적으로 느껴졌지만 그럼에도 내가 임신했다는 게 여전히 실감 나지 않았다. 엄마는 그 주제를 붙들고 있을 정도로 어리석지 않았고, 그래서 자연스레 화제가 바뀌었다. "네가 없으니 집이 너무 조용하더구나."

"여기도 조용해."

"그래 보여. 마을이 더 클 줄 알았는데 너무 외지네. 그러니까⋯ 여기 사람들은 뭘로 먹고사니?"

"어업을 하거나 관광객을 상대해. 비수기에는 배와 장비를 고치면서 겨울 동안 조용히 지내." 내가 대답했다. "아니면 린다 고모 가게처럼 마을을 돌아가게 유지하는 작은 사업체를 운영하거나 그곳에서 근무하기도 해. 쉬운 삶은 아니야. 먹고살려면 열심히 일해야 해."

"난 여기서 못 살 것 같다."

나는 괜찮은데? 그럼에도 말은 다르게 나왔다. "아주 나쁘지는 않아."

"브라이스가 있어서?"

"그 애는 내 과외 선생님이야."

"그리고 네게 사진도 가르쳐주고?"

"그 애도 자기 엄마 때문에 시작했어. 너무 재밌어서 집에 돌아가서도 계속 사진을 찍을 생각이야."

"그 애 집에는 가봤니?"

나는 왜 엄마가 내 새로운 취미 활동에 관심을 보이지 않는지 여태 궁금했다. "가끔 가."

"그 집에 갈 때 부모님도 계시니?"

그 말을 듣자 질문이 어디에서 비롯됐는지 불현듯 이해가 되었다. "그 애 엄마가 늘 집에 있어. 보통은 남동생들도 있고."

"아." 그 한마디에서 엄마의 안도감을 읽을 수 있었다.

"내가 찍은 사진들 보여줄까?"

엄마가 아무 말 없이 몇 걸음을 걸었다. "취미를 찾은 건 잘된 일이지만 그보다는 학교 공부에 집중해야 하지 않겠니? 자유 시간에 혼자 공부를 하는 게 낫지 않을까?"

"혼자 공부해." 내 목소리에서 방어적인 태도가 느껴졌다. "내 성적 봤잖아. 게다가 이미 이번 학기 진도보다 한참 앞섰다고." 곁눈으로 보니 파도가 우리의 발자국을 지우려고 애쓰기라도 하듯이 해안가로 꾸준히 밀려왔다.

"그냥 네가 너 자신에게 집중하기보다 브라이스와 너무 많은 시간을 보내는 게 아닌가 싶어서."

"나 자신한테 집중한다는 게 무슨 말이야? 학교 공부도 잘 하고 있고, 멋진 취미도 찾았고, 심지어 친구도 만들었어…."

"친구들? 아니면 친구?"

"엄마가 눈치를 못 챘을까 봐 말하는데 여긴 내 또래가 별로 없어."

"난 그냥 널 걱정하는 거야, 마거릿."

"매기야." 엄마가 기분이 나쁠 때만 **'마거릿'**이라 부른다는 걸 알고 내 이름을 상기시켰다. "그리고 내 걱정은 하지 마."

"네가 여기 왜 왔는지 잊었니?"

엄마의 말이 내가 무슨 짓을 하든 난 언제나 엄마를 실망시킨 딸일 거라는 사실을 일깨우며 내 가슴을 후벼팠다. "나도 내가 왜 여기 있는지 알아."

엄마가 아무 말 없이 시선을 확 내리며 고개를 끄덕였다. "티가 거의 안 나는구나."

내 두 손이 저절로 배를 향했다. "엄마가 사준 스웨터에 가려져서 그래."

"그건 임부 바지니?"

"지난달에 필요해서 샀어."

엄마가 미소를 지었지만 슬픔을 가리진 못했다. "다들 너를 그리워해."

"나도 그래." 그 순간엔 정말 그랬다. 엄마가 때때로 그리움을 방해하긴 했지만.

✦

아빠와의 대화도 어색하긴 마찬가지였다. 그는 목요일 오후의 대부분을 고모와 보냈는데 주로 부엌 식탁에 앉아 있거나 집 뒤쪽 물가에 서 있었다. 저녁 식사 때도 "옥수수 좀 건네줄래?" 외에는 내게 별말을 하지 않았다. 여행에 지쳐서인지, 그냥 스트레스가 심해서인지, 부모님은 식사가 끝나고 얼마 되지 않아 호텔로 떠났다.

다음 날 아침 그들은 집으로 돌아와 브라이스와 내가 식탁에서 공부하는 모습을 보았다. 서로 짧게 소개를 주고받았는데 부모님이 속을 알 수 없는 표정으로 브라이스를 살피는 동안에도 그는 평소의 매력적인 모습을 유지했다. 이후 우리가 다시 공부를 하는 동안 그들은 거실에 앉아 조용히 이야기를 나누었다. 학교 진도보다 앞서 나가고 있었음에도 어쨌거나 그들의 존재는 공부하는 내내 나를 긴장하게 만들었다. 그 모든 게 괴상야릇하다는 말로도 다 표현하기 힘들 정도였다.

브라이스가 긴장감을 눈치챘고 우리 둘 다 일찍 끝내는 데 동의해 점심쯤 수업을 마쳤다. 고모 가게 외엔 먹을 만한 곳이 몇 군데 없어서 부모님과 나는 결국 포니 아일랜드 레스토랑으로 갔다. 처음 가본 식당이었는데 아침 식사 메뉴만 나왔음에도 부모님은 개의치 않는 눈치였다. 나는 엄마와 마찬가지로 프렌치토스트를, 아빠는 달걀과 베이컨을 먹었다. 그런 다음 그들이 고모네 가게를 기웃거리는 동안 나는 집으로 돌아가 낮잠을 잤다. 일어나니 엄마가 벌써 집에 돌아온 린다 고모와 대화를 나누고 있었다. 아빠가 테라스에서 커피를 마시고 있어서 나는 아빠에게로 가 남은 흔들의자에 앉았다. 처음 든 생각은 아빠가 과거 그 어느 때보다 기운이 없어 보인다는 것이었다.

"잘 지냈어, 아빠?" 내가 아무 눈치도 못 챈 척 물었다.

"잘 지내지." 아빠가 말했다. "너는 어떻게 지내니?"

"좀 피곤하지만 이게 정상이래. 어쨌거나 책에 따르면."

아빠의 시선이 순간 내 배로 향하다가 다시 위로 올라왔다. 나는 좀 더 편안하게 앉으려고 의자에서 자세를 고쳤다. "일은 어때? 엄마 말로는 최근에 야근을 많이 한다던데."

"새로 나온 777-300 기종 주문이 많아." 마치 모든 사람이 그처럼 보잉 비행기에 대한 전문 지식을 갖고 있다는 듯 아빠가 말했다.

"좋은 거지?"

"그냥 먹고살려고 하는 거지." 아빠가 푸념하듯 말했다. 그러더니 커피를 한 모금 마셨다. 나는 혹시 방광이 신호를 보내 집 안으로 들어갈 구실이 생기지 않을까 싶어 의자에서 다시 자세를 바꾸었다. 신호는 없었다.

"사진을 배우는데 재미있어." 내가 조심스레 말했다.

"아." 아빠가 말했다. "잘됐구나."

"내 사진 몇 장 보여줄까?"

아빠가 뜸을 들이다 대답했다. "봐도 뭐가 뭔지 모를 거다." 뒤이어 침묵이 흐르는 가운데 아빠의 커피에서 김이 올라오다 재빨리 사라지며 아주 잠깐 신기루를 만들어냈다. 잠시 후 자신이 대화를 이어나갈 차례라는 걸 알았다는 듯 아빠가 한숨을 내쉬었다. "린다가 네가 집안일에 큰 도움을 주고 있다고 하더구나."

"노력하고 있어." 내가 말했다. "자질구레한 집안일이지만 괜찮아. 난 고모가 마음에 들어."

"좋은 사람이지." 아빠가 내 쪽을 보지 않으려고 열심히 노력하는 것 같았다. "아직도 누나가 왜 이곳으로 이사를 왔는지 난 모르겠다."

"고모한테 물어봤어?"

"그웬과 수녀회를 떠난 뒤에 조용하게 살고 싶었다고 하더구나. 수도원은 조용한 줄 알았는데 말이야."

"어릴 때 두 사람이 친했어?"

"그웬이 나보다 열한 살이 많아서 어릴 적엔 방과 후에 나와 여동생들을 보살펴줬지. 하지만 열아홉에 출가하면서 오랫동안 보지 못했어. 그래도 내게 편지는 보내곤 했어. 누나 편지를 받으면 언제나 좋았지. 내가 네 엄마와 결혼한 뒤에는 두어 번 우리를 보러 왔어."

아빠가 한 번에 그 이상 말하는 걸 본 적이 없어서 나로선 좀 놀라웠다.

"내가 어릴 때 우리 집에 한 번 왔던 것만 기억나."

"휴가를 내기 쉽지 않았을 거야. 그리고 오크라코크로 이사를 가고 나선 못 왔지."

나는 아빠를 빤히 쳐다보았다. "아빠, 정말 괜찮은 거야?"

대답이 나오기까지 한참 걸렸다. "그냥 슬픈 것뿐이야. 너 때문에, 우리 가족 때문에."

아빠가 솔직히 말하고 있다는 건 알았지만 엄마의 말처럼 그의 말에 가슴이 아려왔다.

"미안해, 나도 바로잡으려고 최선을 다하고 있어."

"나도 안다."

나는 침을 삼켰다. "여전히 날 사랑해?"

처음으로 아빠가 나를 쳐다보았다. 아빠의 얼굴에 놀라움이 또렷이 드러났다. "영원히 사랑할 거다. 넌 언제나 나의 귀여운 꼬맹이야."

내 어깨 너머로 엄마와 고모가 식탁에 있는 게 보였다. "엄마가 나를 걱정하는 것 같아."

아빠가 다시 고개를 돌렸다. "엄마 아빠 모두 네게 이런 일이 벌어지는 걸 원치 않았으니까."

그 말이 끝나고 우리는 말없이 앉아 있었다. 마침내 아빠가 자리에서 일어나 나 혼자 사색에 잠기게 내버려두고 커피를 채우러 안으로 들어갔다.

✦

그날 저녁 늦게 부모님이 호텔로 돌아간 뒤 나는 고모와 거실에 앉았다. 날씨 얘기 사이사이에 긴 침묵이 끼어들어 저녁 식사는 어색했다. 린다 고모가 흔들의자에서 차를 홀짝이는 동안 나는 베개 밑에 발을 밀어 넣고 소파에 느긋하게 누웠다.

"부모님은 나를 봐도 기쁘지 않나 봐요."

"기뻐하고 있어." 고모가 말했다. "그냥 너를 보는 게 생각했던 것보다 힘들어서 그래."

"왜요?"

"네가 11월에 그들 곁을 떠날 때와 같은 여자애가 아니니까."

"당연히 같죠." 하지만 말을 내뱉자마자 그 말이 사실이 아님을 알았다. "내가 찍은 사진을 보고 싶어 하지 않았어요." 내가 덧붙였다.

린다 고모가 찻잔을 옆으로 치웠다. "내가 너 같은 젊은 처자들을 돌볼 때 화실을 꾸렸다고 얘기했던가? 수채화 물감을 갖다 놓고? 정원이 내다보이는 큰 창문이 있었는데, 거의 모든 여자애들이 그곳에 있는 동안 그림을 그렸어. 일부는 그림을 아주 좋아하게 돼서 부모님이 찾아왔을 때 자신이 그린 그림을 자랑하고 싶어 했지. 부모님들은 대부분 싫다고 했어."

"왜요?"

"자신의 생각이 아닌 딸의 생각을 보게 될까 봐 두려웠던 거야."

고모는 그 이상 설명하지 않았다. 그날 밤늦게 나는 매기 베어를 끌어안고서 고모가 한 말을 떠올렸다. 마당에 야생화가 피어 있는 수도원의 밝고 널찍한 화실에 임신한 여자애들이 있는 모습을 상상했다. 그들이 붓을 들고 텅 빈 화폭에 색깔과 마법을 더할 때, 잠깐이라도 과거의 실수를 내려놓고 자신이 여느 또래 여자애들과 똑같다고 느낄 때 어떤 기분이었을지 생각했다. 그리고 그들이 내가 렌즈로 세상을 볼 때와 똑같은 기분을 느꼈다는 것을, 아름다움을 발견하고 창조하면 가장 어두운 시기조차 밝게 비출 수 있다는 것을 나는 알았다.

그때서야 나는 고모가 하고자 했던 말을 이해했다. 부모님이 여전히 나를 사랑한다는 사실을 이해했던 것처럼. 그들은 지금도 미래에도 내가 잘되기를 원했다. 그렇지만 사진 속에서 내 감정이 아닌 그들의 감정을 보기를 원했다. 내가 그들과 똑같은 방식으로 나 자신을 보기를 원했던 것이다.

나는 알았다. 부모님이 실망의 감정을 보고 싶어 했다는 것을.

✦

그러한 깨달음 덕분에 부모님의 의도를 파악하는 데는 도움이 됐을지 몰라도 기분이 나아지지는 않았다. 솔직히 나도 내게 실망했었다. 하지만 예전처럼 나 자신을 책망할 시간이 없었기에 머릿속 후미진 한구석에 그런 감정을 가두려고 노력했다. 자책하고 싶지도 않았다. 부모님에겐 내가 하는 거의 모든 일이 나의 실수에 뿌리를 둔 것이었다. 그리고 식탁에 빈자리가 보일 때마다, 비어 있는 내 방을 지나칠 때마다, 나라 저편에서 내 성적표를 받을 때마다 그들은 내가 잠시나마 가족을 산산조각 냈다는 사실을 떠올렸다. 그때마다 아빠 말처럼 내가 여전히 그들의 귀여운 꼬맹이라는 환상도 부서졌다.

이튿날의 방문도 나을 게 없었다. 토요일은 브라이스가 오지 않았다는 것을 빼면 그 전날과 거의 같았다. 우리는 다시 마을을 누볐고 그들은 내 예상대로 지루해했다. 나는 낮잠을 잤는데 누울 때마다 아기의 발길질이 느껴졌지만 부모님에겐 말하지 않겠다고 다짐했다. 나는 내 방에서 문을 닫고 책을 읽고 숙제를 했다. 또 가장 헐렁한 추리닝 상의와 재킷을 걸치고서 예전과 똑같아 보이려 최선을 다했다.

다행히 긴장감이 스멀스멀 올라올 때마다 고모가 대화를 이끌었다. 그웬도 마찬가지였다. 그웬은 토요일 저녁 식사에 합류했는데 그 두 사람 덕분에 나는 말을 할 필요가 전혀 없었다. 그들은 또한 브라이스와 사진에 대해 일언반구도 하지 않았다. 그 대신 린다 고모는 가족 이야기에 집중했고, 고모가 부모님보다 다른 고모들과 사촌들에 대해 훨씬 많이 안다는 걸 깨달아서 흥미로웠다. 고모는 아빠에게 그런 것처럼 그들 모두에게 정기적으로 편지를 썼는데, 내가 고모에 관해 몰랐던 또 한 가지 사실이었다. 고모가 종이에 펜을 끼적이는 모습을 못 본 걸 보면 가게에서 편지를 쓰는 게 아닐까 싶었다.

아빠와 린다 고모는 시애틀의 많은 지역이 아직 개발되기 전이던 어린 시절 이야기도 나누었다. 그웬은 간간이 버몬트에서 살던 시절에 대해 들려줬는데, 그녀의 가족이 고급 버터를 생산하는, 여섯 번의 수상 경력이 있는 소들을 키우고 있으며 보스턴의 몇몇 고급 레스토랑에 버터를 납품하고 있다는 사실을 알게 되었다.

나는 린다 고모와 그웬의 행동에 감사했지만 대화를 듣고 있는 순간에도 생각이 자연스레 브라이스에게로 흘러갔다. 해가 지고 있었으니 부모님이 없었으면 해질 무렵의 완벽한 빛을 포착하기 위해 카메라를 만지작거리기 시작했을 터였다. 그런 순간에는 내 세계가 무한히 확장되는 동시에 오직 바로 눈앞의 대상으로만 축소되었다.

나는 무엇보다도 부모님이 내 관심사를 공유해주기를 원했다. 나를 자랑스러워했으면 했다. 그들에게 사진작가라는 꿈을 품기 시작했다고 말하고 싶었다. 하지만 그러다 주제는 모건에게로 향했다. 부모님은 모건의 성적과 인기, 바이올린, 곤자가 대학에서 받은 장학금 이야기를 늘어놓았다. 나는 그들의 눈빛이 환해지는 것을 보고 시선을 떨구었다. 부모님이 나에 관해 이야기할 때도 똑같이 자랑스럽게 눈빛을 반짝일 날이 과연 올까 의구심이 들었다.

✦

일요일에 드디어 그들이 떠났다. 오후 비행기였지만 다 함께 아침 연락선을 타고 미사에 참석한 뒤 점심을 먹고 주차장에서 작별 인사를 나누었다. 엄마와 아빠가 나를 안아주었지만 내 눈에 눈물이 고이는 순간에도 둘 다 눈물을 흘리지 않았다. 포옹을 마친 나는 뺨을 닦았다. 부모님이 도착하고 처음으로 그들에게 연민 비슷한 감정을 느꼈다.

"눈 깜짝할 사이에 집에 오게 될 거야." 엄마가 나를 안심시켰고 아빠는 고개만 끄덕였지만 최소한 나를 쳐다보았다. 아빠의 표정은 여느 때처럼 애처로웠는데 그 이상으로 그의 무력감이 느꺼졌다.

"괜찮을 거예요." 나는 계속 두 눈을 훔치며 말했다. 진심이었으나 부모님이 내 말을 믿었던 것 같지는 않다.

✦

그날 오후 브라이스가 문 앞에 나타났다. 내가 집에 들러달라고 부탁했다. 날씨가 쌀쌀했지만 우리는 아빠와 내가 며칠 전에 앉았던 테라스 자리에 앉았다.

나는 부모님이 방문한 이야기를 남김없이 쏟아냈고 브라이스는 묵묵히 듣기만 했다. 성토가 끝날 무렵 내가 눈물을 흘렸고 브라이스는 내 곁으로 의자를 당겨 앉았다.

"네가 원했던 만남이 아니어서 너무 안타까워." 브라이스가 소곤거렸다.

"고마워."

"내가 뭘 해야 네 기분이 좀 좋아질까?"

"괜찮아."

"데이지를 데려올 테니 오늘 밤에 끌어안고 자."

"데이지는 가구 위에 올라가면 안 되잖아."

"그건 그렇지. 그러면 대신 내가 코코아를 타줄까?"

"좋아."

브라이스를 알게 된 뒤 처음으로 그가 자기 손을 내 손에 올려놓았다. 브라이스가 손을 꽉 쥐자 강렬한 느낌이 전해졌다.

"별 위로가 안 될 수도 있지만 난 네가 굉장하다고 생각해." 브라이스가 말했다. "똑똑하고, 유머 감각도 뛰어나고, 당연히 얼마나 예쁜지는 이미 알고 있겠지."

브라이스의 말에 얼굴이 붉어졌지만 날이 어두워서 다행이었다. 팔 위쪽까지 온기가 올라와 브라이스의 손이 내 손을 잡고 있는 게 느껴졌다. 그가 서둘러 손을 놓을 것 같지 않았다.

"내가 무슨 생각을 했는지 알아?" 내가 물었다. "네가 오기 직전에."

"모르겠는데."

"부모님이 3일만 왔다 갔는데도 꼬박 한 달은 된 것 같다고 생각했어."

브라이스가 빙그레 웃더니 다시 나와 눈을 마주쳤다. 그의 엄지손가락이 내 손등을 깃털처럼 가볍게 쓰다듬었다.

"과외는 내일 다시 와서 할까? 네가 하루 동안 머리를 식히고 싶대도 충분히 이해해."

브라이스를 피하면 기분이 훨씬 나빠지리라는 것을 나는 알았다. "읽기 자료와 숙제 공부를 계속 하고 싶어." 내 말에 나조차 깜짝 놀랐다. "잠을 좀 자고 나면 괜찮을 거야."

브라이스의 표정은 온화했다. "그분들이 널 사랑하는 거 알지? 너희 부모님 말이야. 비록 표현은 좀 서툴지만."

"알아." 그렇게 대답했지만 묘하게도 그가 부모님을 말하는 건지, 자기 자신을 말하는 건지 문득 궁금해졌다.

2월이 되면서 브라이스와 나는 다시 규칙적인 일상으로 돌아 갔다. 하지만 전과 똑같지는 않았다. 우선 브라이스가 입맞춤을 원한다는 것을 감지했을 때 내게 어떤 깊은 감정이 뿌리내렸고, 그가 내 손을 잡았을 때 그 감정이 훨씬 강해졌다. 브라이스가 다시 내 손을 잡지도, 당연히 키스를 시도하지도 않았지만 우리 사이엔 새로운 짜릿함이, 무시하기 힘들 정도의 낮고 지속적인 전류 같은 것이 자리 잡았다. 내가 기하학 문제를 풀고 있을 때 브라이스가 낯선 표정으로 나를 뚫어지게 쳐다본다든가 내게 카메라를 건넬 때 잠깐이지만 너무 오래 붙잡고 있어서 내가 당겨야 하는 일들이 생기곤 하자, 그가 자신의 감정을 계속 확인하려 한다는 느낌이 들었다.

그동안에 나는 내 감정을 자세히 살폈다. 특히 잠들기 직전에. 돌이킬 수 없는 지점, 그러니까 의식이 무의식과 뒤섞여 모든 게 어지러워지는 잠깐의 몽롱한 순간에 이르렀을 때 느닷없이 그가 사다리 위에 서 있는 모습이 떠오르거나 브라이스의 손길에 잔뜩 긴장했던 순간이 기억나서 곧장 잠에서 깨곤 했다.

고모 역시 나와 브라이스의 관계가… **발전했다는** 것을 알아차린 듯했다. 브라이스는 여전히 일주일에 두세 번 고모 집에서 저녁을 먹었는데 이후에 곧장 떠나지 않고 한참 동안 거실에서 우리와 함께 앉아 있었다. 사생활이 없었음에도, 어쩌면 그랬기 때문에, 브라이스와 나는 우리만의 비밀스러운 비언어적 소통법을 만들어나갔다. 브라이스가 눈썹을 약하게 치켜올리면 나와 같은 생각을 하고 있다는 것을 내가 알았고, 내가 초조하게 한 손으로 머리카락을 넘기면 주제를 전환하고 싶어 한다는 것을 브라이스가 알았다. 우리가 그 모든 것을 티 안 나게 했다고 생각했지만 린다 고모는 그렇게 호락호락한 사람이 아니었다. 브라이스가 마침내 집에 가고 나면 고모는 진짜 하려던 말이 뭐였을지 돌아보게 만드는 말을 뱉곤 했다.

"네가 떠나고 나면 여기서 함께한 시간이 그리울 거야" 또는 "잠은 잘 자니? 임신을 하면 호르몬이 온갖 조화를 부리거든" 하며 무심코 던지는 식이었다.

고모가 대놓고 말하지 않아도 그건 분명 브라이스에게 빠지면 좋을 게 없다고 일깨워주는 그녀만의 방식이었다. 그렇게 하면 내가 그 아래에 숨은 진실을 자각하고 고모의 말들을 되돌아볼 터였다. 내 호르몬이 제멋대로 날뛰고 **있으며** 나는 곧 떠날 **예정이라는** 의미를.

하지만 마음이라는 건 참 이상하다. 브라이스와 나 사이에 미래가 없다는 걸 알면서도, 속으론 그 사실을 전혀 개의치 않은 채 밤중에 뜬눈으로 누워 해안가에 부딪치는 부드러운 파도 소리에 귀 기울였던 걸 보면 말이다.

✦

오크라코크에 도착한 이후로 눈에 띄게 변한 습관을 하나만 꼽으라면 학교 공부에 성실해졌다는 것이다. 2월 둘째 주까지 나는 3월 진도를 마친 것은 물론이고 퀴즈와 시험에서도 좋은 성적을 받았다. 동시에 카메라에도 점점 자신감이 붙었고 실력도 꾸준히 향상됐다. 학교 공부와 사진에 오롯이 집중한 덕분이었다. 하지만 밸런타인데이는 그냥… **괜찮은** 정도였다.

브라이스가 밸런타인데이를 잊었다는 말이 아니다. 그날 아침 그가 꽃을 들고 나타나 일순간 감동했지만 내 것과 고모 것, 이렇게 꽃다발이 총 두 개임을 즉각 알아차리고 감동이 조금 줄어들었다. 나중에 알고 보니 그의 엄마에게도 꽃다발을 줬지 뭔가. 그러고 나니 우리 사이에 일어난 모든 일들이 그저 호르몬이 만들어낸 환상은 아닐까 하는 의심이 들었다.

그런데 두 밤 뒤 브라이스가 내 서운함을 보상했다. 금요일 밤, 열두 시간째 함께하고 있을 때였다. 고모는 거실에, 우리는 테라스에 있었다. 여느 밤에 비해 날씨가 따뜻해서 미닫이문을 살짝 열어두었다. 고모가 우리 소리를 들을 수도 있겠다는 생각이 들었다. 비록 무릎 위에 책을 펼쳐놓긴 했지만 나는 고모가 가끔씩 우리를 훔쳐볼 거라고 의심했다. 그러는 사이 브라이스는 바짝 긴장한 10대처럼 가만있지 못하고 양발을 이리저리 움직였다.

"일요일 아침에 일찍 일어나야 하는 건 아는데, 혹시 내일 밤에는 한가할까 하고."

"내일 밤에 무슨 일 있어?"

"로버트와 아빠가 함께 뭔가를 만드는 중인데 그걸 너한테 보여주고 싶어."

"그게 뭔데?"

"깜짝 선물 같은 거야." 그렇게 말하더니 너무 큰 기대를 줄 위기에 처하기라도 한 듯 재빨리 말을 이었다. "대단한 건 아니야. 사진과 관련 있는 건 아니지만 날씨를 확인해보니 조건이 완벽하더라고. 낮에 보여줘도 되는데 밤이 훨씬 나을 것 같아."

브라이스가 무슨 소리를 하는지 감이 안 왔다. 확실한 것 하나는 브라이스의 행동이 그의 가족과 함께하는 뉴번 크리스마스 플로틸라에 나를 초대할 때와 비슷하다는 점이었다. **일종의** 데이트 신청 말이다. 브라이스는 긴장할 때면 정말 참을 수 없을 만큼 귀여웠다.

"고모한테 물어볼게."

"그래야지." 브라이스가 말했다.

기다려도 그가 아무 말을 덧붙이지 않자 내가 뻔한 걸 물었다. "정보를 조금만 더 주면 안 돼?"

"아. 그래. 하워즈 펍에서 함께 저녁 식사를 하고 나서 깜짝쇼를 할 생각이야. 아마 10시까지는 집에 데려다줄 수 있을 거야."

나는 속으로 만약 어떤 남자애가 우리 부모님한테 10시까지 놀아도 되겠냐고 묻는다면 **그들조차** 승낙할 거라고 생각하며 웃었다. 뭐… 예전이라면 승낙했을 것이다. 지금은 아니겠지만. 하지만 그래도 **일종의** 데이트가 아니라 **진짜** 데이트 같았다. 심장이 갑자기 쿵쾅거렸지만 나는 차분해 보이려 애쓰며 고모의 눈길을 끌고자 흔들의자에서 몸을 돌렸다.

"10시는 괜찮아." 고모가 책에 시선을 고정한 채 답했다. "하지만 더 늦으면 안 돼."

나는 다시 브라이스를 쳐다보았다. "잘됐다."

브라이스가 고개를 끄덕였다. 양발을 이리저리 움직였다. 그리고 다시 고개를 끄덕였다.

"그러면… 몇 시에?" 내가 물었다.

"무슨 말이야?"

"내일 몇 시까지 준비해야 하냐고."

"9시 어때?"

나는 무슨 말인지 정확히 알면서도 그냥 재미 삼아 못 알아듣는 척했다. "9시에 네가 나를 데리러 와서, 하워즈 펍에서 저녁을 먹고, 그런 다음 깜짝쇼를 보고, 10시까지 집에 데려다준다고?"

브라이스의 두 눈이 커졌다. "아침 9시야." 그가 말했다. "그러니까, 사진도 찍고 어쩌면 포토샵 연습도 좀 하고. 그리고 너한테 보여주고 싶은 장소가 있어. 이 지역 주민들만 아는 장소야."

"어딘데?"

"가보면 알 거야." 브라이스가 말했다. "내 말이 이해가 잘 안 된다는 거 알아, 하지만…." 그가 말꼬리를 흐렸고, 나는 브라이스가 정말 **진짜** 데이트를 신청했다는 생각에 떨리는 마음을 억눌렀다. 두려웠지만 흥분되기도 했다. "내일 볼까?" 브라이스가 마침내 말을 이었다.

"너무 기대된다."

그리고 그건 사실이었다. 너무 기대됐다.

✦

내가 문을 닫은 뒤 고모는 아무 말이 없었다. 아, 생각을 잘 숨긴 데다—책을 펼쳐놓은 것도 그렇고—속내가 드러나는 언급은 조금도 하지 않았다. 하지만 구름 속을 떠다니는 듯한 기분 속에서도 고모의 염려를 감지했다.

나는 몇 주 만에 꿀잠을 자고 산뜻한 기분으로 일어났다. 고모와 아침 식사를 하고 브라이스와 그의 집 근처에서 사진을 몇 장 찍었다. 그런 다음엔 브라이스의 엄마와 함께 컴퓨터로 작업을 했다. 브라이스가 내게 바짝 붙어 앉아 열기를 뿜어내는 바람에 평소보다 집중이 힘들었다.

우리는 브라이스의 집에서 점심 식사를 한 뒤 트럭에 올라탔다. 고모네 집으로 다시 돌아간다고 생각했으나 브라이스가 수십 번을 차로 지나갔는데도 눈치채지 못했던 거리로 방향을 꺾었다.

"어디로 가는 거야?" 내가 물었다.

"대브리튼섬으로 직행하는 우회로로 들어온 거야."

내가 눈을 깜빡였다. "영국 말하는 거야? 섬나라?"

"맞아." 브라이스가 눈을 찡긋하며 답했다. "가보면 알아."

왼편으로 작은 공동묘지를 지나고 오른편으로 또 하나를 지난 후 브라이스가 마침내 트럭을 세웠다. 차에서 내리자 그가 네 개의 직사각형 무덤 근처에 놓인 화강암 기념비로 나를 데려갔다. 무덤은 소나무 껍질과 꽃다발로 에워싸여 있었고, 그 주위를 빙 둘러 말뚝 울타리가 쳐져 있었다.

"영국에 온 걸 환영해." 브라이스가 말했다.

"무슨 말인지 도통 모르겠어."

"1942년에 HMT **베드퍼드셔**라는 저인망 어선이 인근 앞바다에서 독일 잠수함으로부터 어뢰 공격을 받았는데 시신 네 구가 오크라코크 해안으로 밀려왔어. 두 명은 신원을 확인했지만 나머지 둘은 할 수 없었지. 네 사람 모두 이곳에 묻혔고 이곳은 영연방에 영구적으로 임대됐어."

기념비에는 어선에 탔던 모든 사람의 이름을 비롯해 더 많은 정보가 적혀 있었다. 독일 잠수함이 이토록 외딴섬의 해역을 순찰했다니 믿기지 않았다. 다른 곳도 있었을 텐데. 역사 교과서로 제2차 세계대전을 배우긴 했지만 책보다는 할리우드 영화를 통해 전쟁을 더 많이 접한 터라 나는 선체가 폭발로 산산조각 날 때 배에 있었으면 얼마나 끔찍했을까를 상상했다. 37명의 탑승자 중에서 오직 네 사람만 시체로 발견됐다는 게 소름 끼쳤다. 나머지 선원들은 어떻게 됐을까 궁금했다. 선체에 갇힌 채 배와 함께 가라앉았을까? 아니면 다른 해안으로 휩쓸려 갔을까? 그도 아니면 더 먼 바다로 떠내려갔거나?

그 모든 것에 몸서리가 쳐졌지만 사실 공동묘지에서 편안해본 적도 없었다. 양쪽 조부모님 모두 내가 열 살이 되기 전에 돌아가셨는데 그때마다 부모님이 모건과 나를 그분들의 무덤으로 데려가 꽃을 놓았다. 당시 내 머릿속에 떠오른 건 내가 죽은 사람들에 둘러싸여 있다는 생각뿐이었다. 죽음을 피할 수 없다는 건 알지만 그것은 내가 생각하고 싶은 주제는 아니었다.

"여기에 꽃은 누가 둔 거야? 가족들?"

"아마 해안경비대일 거야. 영국 영토지만 그들이 이곳을 돌보거든."

"애당초 독일 잠수함이 여기엔 왜 나타난 거야?"

"아군의 상선이 남미나 카리브해 등지에서 보급 물자를 싣고 멕시코 만류를 따라 북쪽으로 가다가 유럽으로 넘어가곤 했어. 하지만 초기엔 상선이 느린 데다 호위도 받지 못해 잠수함의 목표가 되기 십상이었지. 수십 척의 상선이 연안에서 가라앉았어. 그래서 **베드퍼드셔**가 여기 있었던 거야. 그들을 보호하기 위해."

깔끔하게 손질된 무덤들을 살펴보며 나는 그 배에 승선한 선원들 다수가 나보다 나이가 그리 많지 않았음을, 그리고 이곳에 묻힌 네 명이 남은 친척들로부터 이역만리 떨어진 곳에 잠들었음을 깨달았다. 그들의 부모가 자식이 잠든 모습을 보기 위해 오크라코크까지 먼 걸음을 했을지, 그와 상관없이 얼마나 가슴이 찢어졌을지 알고 싶었다.

"생각하니 슬프다." 브라이스가 왜 카메라를 가져오자고 하지 않았는지 이해한 내가 마침내 입을 열었다. 이곳은 몸소 기억하는 게 더 나은 장소였다.

"나도 그래." 브라이스가 말했다.

"데려와줘서 고마워."

브라이스는 입술을 굳게 다물었고, 한참 후 우리는 평소보다 느린 걸음으로 트럭으로 되돌아갔다.

✦

집에 돌아온 나는 길게 낮잠을 자고 모건에게 전화를 걸었다. 부모님이 방문한 이후로 두어 번 연락했는데 우리는 15분 동안 수다를 떨었다. 좀 더 정확히 말하자면 주로 모건이 말을 하고 나는 듣기만 했다. 전화를 끊은 뒤 나는 데이트 준비를 시작했다. 옷은 쫄쫄이 청바지와 크리스마스에 받은 새 스웨터 외에는 선택지가 없었다. 다행히 여드름이 줄어들어서 파운데이션이나 파우더를 많이 바를 필요가 없었다. 블러셔나 아이섀도도 칠하는 둥 마는 둥 했지만 립글로스는 발랐다.

처음으로 내가 임신한 것을 확연히 알 수 있었다. 얼굴은 더욱 둥글었고 몸집은 그냥… **더 컸다.** 특히 가슴이. 분명히 더 큰 브래지어가 필요했다. 교회가 끝난 뒤에 사야 할 텐데, 어째선지 별로 적절해 보이지 않았지만 별다른 수가 없었다.

린다 고모는 레인지 앞에 있었다. 소고기 스트로가노프를 만든다고 해서 그웬이 함께 식사를 하리라는 걸 알았다. 음식 냄새에 내 배가 꾸르륵댔는데 고모가 그 소리를 들은 모양이었다. "과일 좀 먹을래? 저녁 식사 때까지 버티게?"

"괜찮을 거예요." 내가 말했다. 나는 식탁에 자리를 잡았다.

내 대답에도 고모가 손을 닦더니 사과를 집었다. "오늘은 어땠어?"

나는 고모에게 포토샵과 공동묘지에 대해 이야기했다. 고모가 고개를 끄덕였다. "매년 5월 11일이 되면 침몰을 기억하려 그웬과 나도 그곳에 가서 헌화하고 그들의 영혼을 위해 기도한단다."

그럼직했다. "좋은 일이네요. 고모도 하워즈 펍에 가봤어요?"

"여러 번. 이곳에서 연중무휴인 유일한 식당이지."

"고모네 가게 빼고요."

"우리는 진짜 식당이 아니야. 오늘 예뻐 보이는구나."

고모가 재빨리 사과를 쐐기 모양으로 잘라서 식탁으로 가져 왔다.

"임신한 사람처럼 보여요."

"아무도 눈치채지 못할 거야."

고모가 다시 버섯을 씻는 동안 나는 사과 한 조각을 야금야금 먹었다. 그게 내 위가 정확히 원하는 것이었다. 그랬더니 이런 생각이 들었….

"출산은 얼마나 힘들어요?" 내가 물었다. "그러니까, 끔찍한 이야기를 너무 많이 들었거든요."

"내가 대답해주긴 어려운 부분이구나. 아이를 낳은 적이 없어서 경험을 들려줄 수도 없고, 수녀회에 여자애들이 있었지만 그중 몇 명과 병실에서만 지냈거든. 그웬이 산파니까 더 잘 알겠지만, 들은 바로는 진통이 유쾌하진 않다고 하더구나. 그래도 두 번 다시 낳지 않을 정도로 끔찍하진 않아."

내 질문에 대한 정확한 대답은 아니었지만 그래도 이해가 되었다.

"출산하고 나서 아이를 안아봐야 할까요?"

대답까지 몇 초가 걸렸다. "그것도 대답하기 곤란하구나."

"고모라면 어떻게 할래요?"

"솔직히 모르겠다."

사과를 또 한 조각 집어 들고 오물거리며 생각에 잠겨 있는데 헤드라이트가 창문을 통과해 천장을 가로질러 비치는 바람에 멈췄다. **브라이스의 트럭이다,** 라는 생각이 들며 예상치 못한 긴장감이 폭발했다. 바보 같았다. 이미 반나절이나 그와 함께 보낸 터였다.

"브라이스가 저녁 먹고 저를 어디로 데려가려는지 아세요?"

"아까 네가 그 애 집에 가기 전에 들었지."

"그리고요?"

"재킷을 꼭 챙겨 가렴."

잠시 기다렸지만 다른 말은 없었다. "제가 브라이스와 데이트해서 화났어요?"

"아니."

"하지만 좋은 생각이 아니라고 생각하시잖아요."

"중요한 건 **네가** 좋은 생각이라고 생각하는가야."

"우리는 그냥 친구예요." 내가 대답했다.

고모는 아무 말도 하지 않았지만 말할 필요도 없었다. 나처럼 고모도 긴장했다는 걸 알아차렸으니까.

✦

고백하자면 이건 나의 첫 진짜 저녁 식사 데이트였다. 물론 한 남자애와 친구 여럿과 함께 피자 가게에서 어울리기도 했고 그 애가 나를 아이스크림 가게에 데려가기도 했지만, 그 외에 어떻게 행동하고 무슨 말을 해야 할지에 대해선 초짜나 다름없었다.

다행히 적어도 식당에 도착하기 전까지는 브라이스가 나보다 훨씬 초조해한 탓에 단 2초 만에 그도 저녁 데이트는 처음이라는 걸 알았다. 브라이스는 흙냄새가 나는 콜로뉴를 뿌리고 셔츠를 팔꿈치까지 걷었는데 내 의상 선택지가 제한적임을 알아서인지 나처럼 청바지 차림이었다. 차이라면 브라이스는 잡지 화보에서 걸어 나온 것 같은 모습인 반면 나는 내가 원하던 모습의 좀 더 통통한 버전 같았다.

하워즈 펍은 내가 예상한 모습과 매우 비슷했다. 나무 마루로 된 바닥에 우승기와 인가 번호판이 벽을 장식하고 있고 맞은편에는 손님이 바글거리는 왁자지껄한 바가 있었다. 테이블에서 메뉴판을 집어 든 지 1분도 안 돼 종업원이 와서 음료를 주문받았다. 우리 둘 다 아이스티를 주문했는데 우리가 식당 이름에 **'펍'**이 들어가서 이곳을 찾지 않은 유일한 두 사람인 것 같았다.

"엄마가 그러는데 여긴 크랩 케이크가 맛있대." 브라이스가 말했다.

"그걸 시킬 거야?"

"난 립을 시킬까 해." 그가 말했다. "항상 먹는 거거든."

"가족들끼리 여기에 자주 와?"

"1년에 한두 번. 부모님은 훨씬 자주 와. 우리한테서 한숨 돌리고 싶을 때면. 아마 우리가 좀 벅차다 싶을 때가 있을 거야."

내가 웃었다. "그 공동묘지에 대해 생각해봤는데 사진을 안 찍어서 다행이야."

"난 할아버지 때문에라도 절대 찍지 않아. **'베드퍼드셔'**호가 보호하려 했던 상선들 중 하나에 선원으로 일하셨거든."

"할아버지가 그 전쟁에 대해 말해주신 적 있어?"

"별로 없어. 인생에서 가장 무서운 순간이었다는 말씀 외에는. 잠수함도 그렇지만 북대서양의 태풍이기도 했어. 허리케인을 여러 번 겪으셨는데 북대서양의 파도는 공포 그 이상이었대. 물론 전쟁 전에는 본토에 발도 못 디뎌본 할아버지한테는 거의 모든 게 새로운 경험이었지."

그러한 삶을 상상하려고 해봤지만 헛수고였다. 침묵 속에서 태동이—소변의 압박도—느껴졌고 한 손이 절로 배를 향했다.

"아기가 움직여?" 브라이스가 물었다.

"갈수록 격해져." 내가 말했다.

브라이스가 메뉴판을 옆으로 치웠다. "내가 결정할 일도, 내가 상관할 일도 아니지만 아이를 낙태하지 않고 입양 보내기로 해서 다행이야."

"부모님이 허락하지 않았을 거야. 가족계획연맹 같은 데 혼자 갈 수도 있었겠지만 생각이 아예 안 났어. 가톨릭이 그래."

"내 말은, 만약 그랬으면 넌 오크라코크에 오지 않았을 테고 그러면 난 널 만나지 못했을 테니까."

"그렇다 해도 별로 아쉽지 않았을 거야."

"장담하는데 모든 게 아쉬웠을 거야."

갑자기 목 뒤쪽이 화끈거렸지만 다행히 종업원이 음료를 가지고 와서 나를 구해주었다. 우리는 크랩 케이크와 립을 주문한 뒤 음료를 홀짝이면서 좀 더 수월하고 낯이 덜 붉어지는 주제로 대화를 옮겨갔다. 브라이스는 자신이 살았던 미국과 유럽의 수많은 지역에 대해 이야기했고, 나는 모건과의 대화—대개 **그녀가** 받는 스트레스 위주로 돌아갔지만—를 들려주고, 매디슨과 조디에 대해, 그리고 사실상 파자마 파티와 이따금 벌어진 화장 대참사가 중심인 여자애들끼리의 모험담을 공유했다. 이상하게도 엄마와 해변을 걸으며 대화를 나눈 후로 매디슨과 조디를 떠올린 적이 없었다. 만약 이곳에 오기 전 누군가 하루나 이틀이라도 그들이 내 머릿속에서 지워질 거라고 말했다면 믿지 않았을 것이다. 내가 어떤 사람이 되어가고 있는 걸까, 의문스러울 뿐이었다.

샐러드에 이어 식사가 도착하는 동안 브라이스가 웨스트포인트에 입학하기까지의 진 빠지는 과정을 설명했다. 그가 노스캐롤라이나의 미 상원 두 사람에게서 추천서를 받았다고 말하는 부분에서는 입이 쩍 벌어졌다. 하지만 혹여 입학에 실패한다 해도 다른 대학에 들어갔다가 졸업한 뒤 장교로 복무할 생각이었다고 했다.

"그런 다음에 그린베레 같은 곳에 들어가는 거야?"

"아니면 좀 더 높은 델타 포스나. 자격이 된다면 말이지."

"죽는 게 두렵지 않아?" 내가 물었다.

"응."

"어떻게 안 두려울 수 있어?"

"죽음에 대해 생각하지 않으니까."

나라면 항상 생각했을 것이다. "군을 마친 다음엔 어떻게 할 거야? 그땐 뭘 하고 싶은지 생각해봤어? 아빠처럼 컨설턴트가 되고 싶어?"

"전혀. 가능하다면 엄마의 전철을 밟아서 여행 사진을 찍어보고 싶어. 외딴 지역에 가서 내 사진으로 이야기를 들려주면 멋질 것 같아."

"그걸로 일자리는 어떻게 얻어?"

"나도 몰라."

"개를 훈련하는 일은 언제든 할 수 있겠다. 데이지가 최근에 딴 길로 새는 일이 부쩍 줄었더라."

"개를 반복해서 보내기는 힘들 것 같아. 정을 너무 많이 주게 돼."

나 역시 슬프리라는 걸 알았다. "데이지를 집에 데려와서 다행이야. 그래야 보내기 전에 실컷 볼 수 있잖아."

브라이스가 찻잔을 돌렸다. "밤에 데이지를 데리러 집에 잠깐 들러도 될까?"

"왜? 깜짝쇼 때문에?"

"데이지도 좋아할 것 같아서."

"뭘 하는데? 최소한 힌트라도 주면 안 될까?"

브라이스는 내가 한 말을 생각했다. "디저트는 주문하지 마."

"그게 무슨 힌트야."

브라이스의 눈동자가 미세하게 반짝거렸다. "그렇지."

✦

저녁을 먹고 브라이스의 집으로 가니 그의 부모님과 쌍둥이 동생들이 맨해튼 프로젝트에 관한 다큐멘터리를 보고 있었는데 나로선 조금도 놀랍지 않았다. 우리는 신이 난 데이지를 짐칸에 싣고 다시 길을 떠났고 머지않아 나는 우리가 어디로 향하는지 알았다. 길은 오직 한 군데로 이어졌다.

"해변이야?"

브라이스가 고개를 끄덕이자 나는 그를 뚫어져라 쳐다봤다. "물에는 안 들어가는 거지? 영화 〈죠스〉의 첫 장면에서 여자가 수영하러 갔다가 상어한테 잡아먹히는 거 알지? 그게 네 계획이라면 지금 차를 돌리는 게 좋을 거야."

"물이 너무 차서 수영은 못 해."

브라이스는 주차장에서 멈추지 않고 모래언덕의 골짜기로 향하더니 모래 쪽으로 방향을 틀어 해변으로 달리기 시작했다.

"이거 합법이야?"

"당연하지." 브라이스가 말했다. "하지만 누군가를 치면 불법이지."

"고맙기도 해라." 내가 어이없는 표정을 지으며 말했다. "그런 놀라운 사실을 알려주다니."

브라이스의 웃음소리와 함께 차가 모래밭을 통과했고 나는 문 위의 손잡이를 꼭 붙잡았다. 바깥은 깜깜했다. 칠흑 같이 어두웠다. 달이 은색 점만 해서 차 유리를 통해서도 밤하늘에 펼쳐진 별들이 보였다.

브라이스가 입을 다물고 있는 동안 나는 앞쪽의 흐릿한 윤곽을 알아보려고 안간힘을 썼다. 헤드라이트를 비추는데도 그게 뭔지 분간이 안 갔고 브라이스는 가까이 다가가며 핸들을 꺾다가 끝내 트럭을 멈춰 세웠다.

"다 왔어." 그가 말했다. "하지만 눈을 감고 내가 됐다고 할 때까지 트럭에서 기다려줘. 훔쳐보지 말고, 알았지?"

나는 눈을 감았다. 안 될 이유가 있겠는가? 그리고 브라이스가 차에서 내려 문을 닫는 소리를 들었다. 그가 데이지에게 달아나지 말라고 이따금 주의를 주며 트럭과 어딘가 사이를 여러 번 오가는 소리도 희미하게 들렸다.

몇 분쯤 지났을까, 마침내 창문 너머로 브라이스의 목소리가 들렸다.

"눈 뜨지 마." 그가 차창 밖에서 외쳤다. "내가 문을 열고 네가 차에서 내려 목적지까지 갈 수 있게 도와줄 거야. 그런 다음 눈을 떠, 알았지?"

"넘어지지만 않게 해줘." 내가 주의를 줬다.

문이 열리는 소리가 들려서 손을 뻗자 브라이스의 손이 느껴졌다. 나는 조심스레 몸을 낮추고 발가락을 쭉 뻗어 드디어 땅을 디뎠다. 그다음엔 브라이스가 시원한 모래를 가로질러 나를 안내했기 때문에 쉬웠다. 세찬 바람이 내 머리칼을 이리저리 채찍질했다.

"네 앞에 아무것도 없어." 브라이스가 나를 안심시켰다. "그냥 걸어도 돼."

몇 걸음 지나자 열기가 느껴지며 빛이 내 눈꺼풀 속까지 밀려드는 것 같았다. 브라이스가 나를 부드럽게 멈춰 세웠다.

"이제 눈 떠도 돼."

내가 아까 봤던 흐릿한 윤곽은 60센티미터 정도 깊이의 평평한 구덩이를 둘러싼 반원형의 모래벽이었다. 바다와 가까운 쪽의 구덩이 속에는 이미 장작 피라미드 위로 불꽃이 춤을 추며 타오르고, 불을 마주 보게끔 놓인 작은 접이식 의자 두 개에는 각각 담요가 걸쳐져 있었다. 의자 사이에는 작은 냉장 박스가, 그 뒤에는 삼각대에 무언가 세워져 있었다. 로맨스 영화의 세계에서는 크게 중요한 장치로 여겨지지 않겠지만 내겐 흠잡을 데 없이 완벽했다.

"와우." 마침내 내가 작은 목소리로 내뱉었다. 너무 벅차서 달리 아무 말도 떠오르지 않았다.

"네가 좋아하니 나도 좋아."

"불은 어떻게 이렇게 빨리 피웠어?"

"숯 연탄과 라이터 기름으로."

"그럼 저건 뭐야?" 내가 삼각대를 가리키며 물었다.

"망원경이야." 브라이스가 말했다. "아빠한테 빌렸어. 아빠 물건이지만 온 가족이 사용해."

"그러면 핼리 혜성 같은 걸 보게 되는 거야?"

"아니." 그가 말했다. "그 혜성은 1986년에 왔어. 다음엔 2061년에 나타날 거야."

"그런데 우연찮게 그 사실을 알고 있었다?"

"망원경이 있는 사람은 누구나 알걸."

물론 넌 그렇게 생각하겠지. "그럼 우린 뭘 보는 거야?"

"금성과 화성. 천랑성이라고도 불리는 시리우스. 토끼자리. 카시오페이아자리. 오리온자리. 그 밖의 별자리 몇 개. 그리고 달과 목성이 아주 근접해 있어."

"그러면 냉장 박스는?"

"스모어(크래커, 초콜릿, 마시멜로로 만드는 간식—옮긴이)를 만들려고." 브라이스가 말했다. "모닥불로 구워 먹으면 재밌거든."

브라이스가 의자들을 향해 한 팔을 펼쳤고 나는 느긋하게 걸어가 먼 쪽 의자를 골랐다. 앞으로 숙여 담요를 걷은 뒤 무릎 위에 펼치는데 구덩이와 내 뒤쪽의 모래벽 때문에 사실상 바람이 없다는 것을 깨달았다. 데이지는 돌아다니다 브라이스 옆에 누웠다.

모닥불 덕분에 기분 좋게 따뜻했다.

"이걸 언제 다 한 거야?"

"너를 집에 내려주고 나서 구덩이를 파고 장작과 숯을 쌓았어."

내가 낮잠 자는 동안. 이게 브라이스와 나의 차이를 설명했다. 내가 자는 동안 준비한 것이다. "정말… 대단하다. 이걸 다 준비하다니 고마워."

"그리고 밸런타인데이 선물도 준비했어."

"벌써 꽃다발을 줬잖아."

"네게 오크라코크를 떠올리게 할 만한 것을 주고 싶었어."

벌써 이 장소와 이 밤을 영원히 기억할 것 같다는 느낌이 들었다. 나는 브라이스가 재킷 주머니에 손을 넣어 빨간색과 초록색 종이로 포장된 작은 상자를 꺼내더니 내게 건네는 모습을 무언가에 홀린 듯 쳐다보았다. 상자는 아주 가벼웠다.

"미안해. 집에 크리스마스용 포장지밖에 없었어."

"괜찮아." 내가 말했다. "지금 열어봐야 해?"

"열어봐."

"난 아무것도 준비 못 했는데."

"저녁 식사에 응해줬잖아. 그것만으로도 충분해."

브라이스의 말에 다시 심장이 이상하게 뛰었다. 최근 들어 이런 일이 너무 자주 벌어졌다. 나는 시선을 낮추고 선물을 만지작거리다 이윽고 포장을 완전히 벗겨냈다. 안에는 스테이플러 철심 제거기 상자가 들어 있었다.

"선물 상자도 없었어." 브라이스가 사과했다.

상자를 열어서 기울이자 얇은 금목걸이가 내 손바닥 위로 떨어졌다. 나는 목걸이를 조심스레 흔들어 가리비 모양의 작은 금색 펜던트를 풀었다. 목걸이를 들어 깜빡이는 모닥불 불빛에 비추는데 너무 감동적이라 아무 말도 나오지 않았다. 남자애에게 보석을 선물받은 건 처음이었다.

"뒤를 읽어봐." 브라이스가 말했다.

펜던트를 뒤집어서 불빛 가까이로 몸을 기울였다. 읽기 어려웠지만 불가능하진 않았다.

오크라코크에서의 추억

나는 시선을 떼지 못하고 펜던트를 계속 바라보았다. "아름다워." 내가 목메임을 삼키고 속삭였다.

"네가 목걸이 하는 걸 못 봐서 좋아할지 확신이 안 섰어."

"너무 마음에 들어." 내가 마침내 브라이스에게로 몸을 돌리며 말했다. "난 너한테 아무것도 못 줘서 마음이 그래."

"아니야, 줬어." 브라이스의 검은 눈동자 속에서 불빛이 깜빡거렸다. "내게 추억을 줬잖아."

지구상에 우리 둘만 있다고 해도 믿을 것 같았다. 브라이스가 내게 얼마나 의미 있는 사람인지 너무 말하고 싶었다. 적절한 단어를 찾았지만 떠오르지 않았다. 결국 나는 시선을 슬쩍 돌렸다.

모닥불 불빛 너머로 파도를 볼 수는 없었지만 탁탁거리는 불꽃 소리를 덮으며 파도가 해안으로 밀려드는 소리는 들을 수 있었다. 나는 연기와 바다의 짠내를 맡으면서 머리 위로 훨씬 많은 별이 떠 있음을 알아차렸다. 데이지는 내 발밑에서 몸을 공처럼 말고 있었다. 브라이스의 시선이 내게 향해 있음을 느낀 나는 불현듯 그가 나를 사랑한다는 것을 깨달았다. 내가 다른 사람의 아이를 가지고 있다는 것도, 곧 떠난다는 것도 브라이스는 개의치 않았다. 나는 브라이스만큼 똑똑하거나 재주가 뛰어나지도 않고, 최고로 괜찮을 때조차 그와 같은 남자애를 사귈 만한 미모가 결코 안 됐지만 그에겐 상관없었다.

"목에 걸어줄래?" 끝내 겨우 입을 여는데 내 목소리가 낯설게 들렸다.

"물론." 브라이스가 속삭였다.

내가 몸을 돌려 머리카락을 들자 브라이스의 손가락이 내 목뒤를 스치는 게 느껴졌다. 브라이스가 목걸이를 잠그자 나는 펜던트를 만지며 내 예상만큼 따뜻하다고 생각하다가 스웨터 안으로 집어넣었다.

나는 다시 의자에 등을 기댔다. 브라이스가 나를 사랑한다는 자각에 정신이 아찔해져 언제, 어떻게 이렇게 된 건지 생각했다. 나는 기억의 도서관을 빠르게 훑었다. 연락선에서의 첫 만남, 그가 현관에 나타났던 그 아침, 임신 사실을 털어놓았을 때 그가 보인 담백한 반응. 나는 크리스마스 플로틸라에서 브라이스의 옆에서 있던 순간을, 그가 밴스보로의 농장에서 장식물 사이를 성큼성큼 걷던 모습을 생각했다. 내가 비스킷 레시피를 선물했을 때 그가 짓던 표정을, 내게 처음 카메라를 건넸을 때 그의 두 눈에 깃들어 있던 기대감을 떠올렸다. 마지막으로 브라이스가 창문에 판자를 덧대기 위해 사다리 위에 서 있던 모습을, 내가 평생 간직할 그 이미지를 그려보았다.

브라이스가 망원경을 보고 싶으냐고 물어서 나는 몽롱한 상태로 의자에서 일어나 접안렌즈에 눈을 갖다 대고 브라이스가 내가 보는 별들에 대해 설명하는 소리를 들었다. 브라이스는 렌즈를 여러 번 돌리고 조정하더니 행성과 별자리, 멀리 있는 별들을 소개하기 시작했다. 별자리와 관련된 전설과 신화도 설명해줬지만 브라이스가 너무 가까이 있는 데다 새로운 깨달음 때문에 정신이 산만해서 그가 하는 말이 하나도 귀에 들어오지 않았다.

브라이스가 스모어 만드는 법을 보여줄 때까지도 아직 마법이 풀리지 않았다. 그가 나무 꼬치에 마시멜로를 끼우고 불꽃에서 얼마나 높이 들고 있어야 불이 붙지 않는지 보여주었다. 우리는 각자 그레이엄 크래커와 허쉬 초콜릿을 합쳐서 스모어를 만든 뒤 달콤하고도 끈적거리는 기쁨을 음미했다. 나는 브라이스가 마시멜로를 한입 물자 입술에서 길게 늘어져 몸을 숙이고 스모어를 만지작거리는 모습을 지켜보았다. 브라이스는 재빨리 몸을 일으켜 앉더니 끈적끈적한 마시멜로 가닥을 이리저리 움직거리다가 겨우 입에 집어넣었다. 그가 웃음을 터트렸다. 그 모습을 보자 브라이스가 사실 뭐든 잘하면서도 진지한 티를 내지 않는 사람이라는 사실이 떠올랐다.

몇 분 후 브라이스가 의자에서 일어나 트럭으로 걸어갔다. 데이지가 느릿느릿 그를 뒤따라가는데 브라이스가 짐칸에서 부피가 큰 물체를 꺼냈다. 뭔지 알 수 없었다. 브라이스는 그것을 든 채 우리 자리를 지나 이윽고 물가에 단단히 다져놓은 모래밭에 멈춰 섰다. 브라이스가 연을 날린 후에야 그게 뭔지 알아차렸다. 연은 높이 날아가다 어둠 속으로 사라졌다.

브라이스가 아이처럼 신이 나서 내게 손을 흔들었고, 나는 자리에서 일어나 그에게 갔다.

"연이야?"

"로버트와 아빠가 만드는 걸 도와줬어." 브라이스가 설명했다.

"하지만 안 보여."

"잠시만 들고 있을래?"

어린 시절 이후로 연을 날려본 적이 없었음에도 이 연은 하늘에 딱 달라붙은 것 같았다. 브라이스가 가방 주머니에서 텔레비전 리모컨처럼 생긴 것을 꺼냈다. 그가 버튼을 누르자 빨간 크리스마스 조명 불빛 같은 것이 켜지면서 연이 깜깜한 하늘에서 갑자기 모습을 드러냈다. 댓살을 따라 불빛이 하늘에 커다란 삼각형과 일련의 상자들을 수놓았다.

"깜짝 선물이야." 브라이스가 말했다.

나는 신이 난 그의 얼굴을 쳐다보다가 다시 연으로 고개를 돌렸다. 연이 까딱까딱 움직이자 팔을 움직여서 반응을 살폈다. 그리고 줄을 풀면서 연이 좀 더 높이 솟아오르는 모습을 넋을 놓고 지켜보았다. 브라이스 역시 그 광경을 올려다보고 있었다.

"크리스마스 조명이야?" 내가 궁금해서 물었다.

"응. 배터리와 수신기도 달았어. 원하면 불빛이 깜빡거리게 만들 수도 있어."

"저대로 놔두자." 내가 말했다.

바람이 부는데도 브라이스의 온기를 느낄 수 있을 만큼 우리는 가까이 서 있었다. 정신을 집중하자 조개 모양 펜던트가 내 피부에 닿는 게 느껴졌다. 나는 저녁 식사와 모닥불, 스모어와 망원경을 생각했다. 연을 올려다보며 오크라코크에 처음 도착했을 때 내가 어땠는지를 떠올리고선 나의 변화한 모습에 감탄을 금치 못했다.

브라이스가 내 쪽으로 몸을 돌리는 것을 감지하고 나도 똑같이 몸을 돌렸다. 그가 망설이듯 한 걸음 다가왔다. 브라이스가 한 손을 뻗어 내 허리 위에 올리는 순간, 어떤 일이 일어날지 직감했다. 그가 나를 살짝 잡아당기며 고개를 기울이기 시작했다. 브라이스의 몸이 내 쪽으로 기울어지며 입술이 점점 가까이 다가왔고 마침내 내 입술에 닿았다.

상냥하고 부드럽고 달콤한 키스였지만 마음 한편으론 브라이스를 멈추고 싶었다. 나는 임신한 몸이고 곧 떠날 방문객이라고 그에게 일깨워주고 싶었다. 우리에겐 연인으로서의 미래가 없다고 말해줘야 했다.

하지만 나는 아무 말도 하지 않았다. 그 대신 브라이스가 두 팔로 나를 안아 서로의 몸이 밀착되자 문득 내가 이것을 원했다는 걸 깨달았다. 브라이스의 입이 천천히 열렸고 우리의 혀가 맞닿는 순간, 나는 오직 그와 함께하는 시간만 존재하는 세상에 온 정신을 빼앗겼다. 그를 끌어안고 입을 맞추는 것이 내가 원한 전부인 세상에.

첫 키스도, 심지어 첫 프렌치 키스도 아니었지만, 그것은 모든 면에서 완벽하고 더할 나위 없는 첫 키스였다. 이윽고 서로에게서 떨어지자 브라이스의 한숨 소리가 들렸다.

"내가 이 순간을 얼마나 원했는지 모를 거야." 브라이스가 속삭였다. "사랑해, 매기."

대답 대신 나는 그의 품에 다시 기대어 안긴 채 브라이스가 손끝으로 내 등을 부드럽게 쓰다듬는 것을 느꼈다. 브라이스의 호흡이 나보다 더 안정적이었음에도 그의 심장이 나와 같은 박자로 뛰는 것을 상상했다.

몸이 떨렸지만 이보다 편안하고 완벽한 기분은 느껴본 적이 없었다.

"오, 브라이스." 내가 속삭였다. 자연스레 말이 흘러나왔다. "나도 사랑해."

명절 기분과 크리스마스이브

맨해튼

2019년 12월

갤러리의 크리스마스트리 조명 불빛 아래서 그 키스의 기억이 매기의 마음속에 생생히 살아났다. 매기는 목이 건조해 자신이 얼마나 오래 떠든 건지 궁금했다. 매기가 그 시절의 일들을 이야기하는 동안 마크는 평소처럼 침묵을 지켰다. 마크는 팔뚝을 허벅지에 기대고 양손을 움켜쥔 채 몸을 앞으로 숙였다.

"와우." 마침내 마크가 말했다. "완벽한 키스요?"

"응." 매기가 시인했다. "어떻게 들리는지 알아. 하지만… 정말 그랬어. 지금까지 경험한 그 어떤 것과도 비교가 안 되는 키스였어."

마크가 웃었다. "그런 경험을 하다니 멋지네요. 그런데 솔직히 살짝 겁나는데요."

"왜?"

"애비게일이 그 얘기를 듣고 혹시 자신이 그런 기회를 놓친 건 아닐지 자문할까 봐서요. 완벽한 키스를 찾아 떠나면 어떡해요."

매기는 웃으면서 친구와 몇 시간 동안 앉아 그저… **얘기**를 나눈 게 얼마 만인지 떠올리려고 노력했다. 남을 의식하지 않고 격정도 내려놓은 채 진짜 자기 자신이 된 것 같은 기분을 느껴본 게 얼마 만인가? 너무 오래전이었다….

"애비게일은 분명 너와 키스할 때마다 녹아내릴 거야." 매기가 놀렸다.

마크의 얼굴이 이마 끝까지 붉어졌다. 그러다 갑자기 그가 심각하게 말했다. "진심이셨죠? 브라이스를 사랑한다고 말했던 거요."

"한순간도 브라이스를 사랑하지 않은 적이 없어."

"그러고 나서요?"

"나머지는 다음에 들려줄게. 오늘 밤에 이어서 말하기엔 에너지가 부족해."

"좋아요." 마크가 말했다. "기다릴게요. 하지만 너무 오래 기다리게 하지는 마세요."

매기는 트리를 쳐다보며 나무의 형상과 근사하게 드리워진 반짝이는 리본들을 세심하게 살폈다. "이게 내 마지막 크리스마스라는 게 믿기지 않아." 매기가 혼잣말을 했다. "아주 특별한 크리스마스를 보내게 도와줘서 고마워."

"고마워하실 필요 없어요. 동참할 수 있게 저를 선택해줘서 영광이에요."

"내가 한 번도 안 해본 게 뭔지 알아? 이 오랜 세월 뉴욕에 살면서?"

"〈호두까기 인형〉을 안 본 거요?"

매기가 고개를 저었다. "록펠러 센터의 거대한 트리 아래 빙판에서 스케이트 타는 거. 사실 이곳에 처음 이사 오고 몇 년 이후로 그 트리를 실제로 본 적도 없어."

"그러면 같이 가요! 내일 갤러리도 안 여는데 어때요?"

"스케이트를 탈 줄 몰라." 매기가 아쉬운 표정을 지으며 말했다. **그리고 탈 줄 안대도 그럴 만한 에너지가 있는지 모르겠어.**

"제가 탈 줄 알아요." 마크가 말했다. "제가 하키 한 거 기억하시죠? 제가 도와드릴게요."

매기가 알 수 없다는 표정으로 그를 보았다. "휴일인데 그보다 재밌는 일거리는 없어? 상사의 말도 안 되는 변덕을 맞춰야 한다는 의무감은 갖지 마."

"진짜예요. 제가 보통 일요일에 하는 일들보다 훨씬 재밌어 보여서 그래요."

"정확히 뭘 하는데?"

"빨래. 식료품 쇼핑. 비디오게임 조금이요. 그럼 가는 거죠?"

"난 늦잠을 자야 해. 정오까지 준비하긴 힘들 거야."

"갤러리에서 2시쯤 만나는 거 어때요? 시내까지 같이 우버를 타요."

염려가 됐음에도 매기는 동의했다. "좋아."

"그런 다음에 몸 상태를 봐서 브라이스와 어떻게 됐는지 이어서 말해주세요."

"어쩌면." 매기가 말했다. "내 상태가 어떨지 보자고."

아파트로 돌아온 매기는 깊은 피로감이 엄습하며 바다 밑의 강한 역류처럼 자신을 집어삼키는 것을 느꼈다. 매기는 재킷을 벗고 파자마로 갈아입기 전 1분만 눈을 감을 요량으로 침대에 누웠다.

매기는 전날 입었던 옷을 그대로 걸친 채 다음 날 오후 12시 반에 눈을 떴다.

12월 22일 일요일, 크리스마스 3일 전이었다.

설령 마크를 믿는다 해도 매기는 빙판에 넘어질까 봐 긴장됐다. 간밤에 돌아누운 적도 없을 정도로 숙면을 취했지만 평소에 비해서도 더 쇠약해진 느낌이었다. 통증도 끓는점 직전까지 다시 심해져 음식을 먹는다는 건 생각조차 할 수 없었다.

매기의 엄마가 그날 오전에 전화해서 짧은 음성 메시지를 남겼다. 그저 매기가 평소처럼 잘 지냈으면 하는 확인 전화였지만 매기는 걱정스러운 어조를 포착했다. 매기가 오래전 판단한 바에 따르면 걱정은 그녀의 엄마가 매기를 얼마나 사랑하는지 그녀에게 보여주는 방법이었다.

하지만 또한 매기를 지치게도 했다. 걱정은 결국 못마땅함에 뿌리를 두고 있었고―그간 엄마의 말을 잘 들었으면 매기의 인생이 더 잘 풀렸을 거라는 듯―시간이 지날수록 그것은 엄마의 기본적인 태도가 되었다.

크리스마스까지 기다리고 싶었지만 전화를 걸어야 했다. 그러지 않으면 다시 전화가 올 것이고 훨씬 더 걱정스러운 메시지를 받을 확률이 높았다. 매기는 침대 가장자리에 앉아서 시계를 흘깃 봤다. 부모님이 교회에 가 있어서 일이 순조롭게 해결될 수도 있을 것 같았다. 메시지를 남기면서 바빴다고 미리 말하면 불필요한 스트레스를 받을 가능성을 피할 수 있었다. 하지만 그런 운은 없었다. 벨 소리가 두 번 울리자 엄마가 전화를 받았다.

그들은 20분 동안 통화를 했다. 매기가 아빠와 모건, 조카들에 대해 묻자 엄마가 충실하고 자세하게 대답했다. 엄마는 매기에게 몸이 괜찮냐고 물었고, 매기는 여느 때처럼 잘 지낸다고 답했다. 다행히 질문은 거기서 멈췄고 매기는 크리스마스까지는 진실을 숨길 수 있다는 사실에 안도의 한숨을 내쉬었다. 대화가 끝날 무렵 매기의 아빠가 전화기를 건네받았는데 평소처럼 말수가 적었다. 시애틀과 뉴욕의 날씨 이야기를 주고받은 뒤 아빠는 시애틀 시호크스―그는 미식축구를 좋아했다―의 최근 시즌 성적을 알려주고 크리스마스 선물로 쌍안경을 샀다고 말했다. 매기가 이유를 묻자 매기의 엄마가 새 관찰 동호회에 가입했다는 답이 돌아왔다. 매기는 그 관심이 얼마나 오래갈까 의심하며 몇 년 동안 엄마가 가입했던 다른 동호회와 비슷하게 흘러갈 거라 짐작했다. 처음에는 굉장한 열의를 보이면서 매기에게 동호회 회원들이 얼마나 멋진지 열변을 토할 터였다. 그러다 몇 달이 지나면 어울리기 힘든 회원이 몇 사람 있음을 알게 될 것이고, 이후 대부분의 회원이 너무 별로여서 그만뒀다고 선언할 게 틀림없었다. 엄마의 세계에선 언제나 타인이 문제였다.

아빠는 다른 말은 하지 않았다. 전화를 끊은 매기는 부모님과, 특히 엄마와의 관계가 지금과 달랐으면 얼마나 좋았을까 다시 한 번 생각했다. 한숨보다는 웃음이 더 잦은 관계 말이다. 친구들 대부분이 엄마와 좋은 관계를 맺고 있었다. 트리니티조차 엄마와 잘 지냈다. 그리고 트리니티는 다른 예술가들과 비교하면 성격이 괴팍했다. 매기에겐 그게 왜 그토록 힘들었을까?

매기의 엄마가 관계를 힘들게 만든 탓이라고 매기는 조용히 판단했다. 매기가 기억하는 한은 그랬다. 엄마에게 매기는 진짜 인간이라기보다는 그림자 즉, 도무지 이해할 수 없는 꿈과 희망을 품고 사는 사람에 가까웠다. 서로 특정 주제에 대해 의견이 일치한다 해도 매기의 엄마는 그런 것에서 위안을 찾지 않았다. 그보다는 걱정과 못마땅함을 주된 무기로 삼아 일치하지 않는 부분에 초점을 맞췄다.

매기는 엄마도 어쩔 수 없다는 걸 알았다. 엄마의 방식은 대체로 아이와 비슷했다. 생각해보니 어떤 면에선 딱 어린아이였다. **내가 하라는 대로 해, 안 그랬다간 봐.** 엄마의 경우, 떼를 쓰는 것이 보다 교활한 또 다른 통제 수단으로 승화되었다.

오크라코크에서 돌아오고 뉴욕으로 이사하기 전까지의 몇 년은 특히 괴로웠다. 매기의 엄마는 사진을 업으로 삼는 것은 어리석고 위험한 일이라고, 매기가 모건을 따라 곤자가 대학에 가야 한다고, 제대로 된 남자를 만나 정착하도록 노력해야 한다고 믿었다. 마침내 집을 떠나고 나서 매기는 엄마에게 연락하는 것조차 두려워했다.

슬픈 사실은 매기의 엄마는 끔찍한 인간이 아니라는 것이었다. 딱히 나쁜 엄마도 아니었다. 돌이켜 보면 엄마가 매기를 오크라코크로 보낸 것은 올바른 결정이었으며, 그녀가 자식의 성적에 신경을 쓰거나, 딸이 질 나쁜 남자를 만나는 걸 걱정하거나, 결혼하고 아이를 갖는 것이 일보다 중요하다고 믿는 유일한 부모도 아니었다. 그리고 당연히 엄마의 일부 가치관은 매기에게 **깊이 박혔다.** 부모님과 마찬가지로 매기는 술을 잘 마시지 않았고, 기분 전환용 약물을 기피했고, 공과금을 납부했고, 정직을 중시했고, 법을 준수했다. 하지만 교회는 더 이상 나가지 않았다. 20대 초반에 믿음의 위기를 맞으며 그만두었다. 뭐, 사실상 거의 모든 면에서 위기였던 탓에 자연스레 뉴욕으로 이사를 갔고 그것도 관계라고 부를 수 있다면 일련의 끔찍한 관계를 맺기도 했다.

매기의 아빠로 말하자면….

매기는 때로 자신이 아빠를 제대로 이해한 적이 단 한 번이라도 있는지 궁금했다. 군이 말하면 매기는 아빠가 다른 시대 즉, 남자는 일을 하고 가족을 부양하고 교회에 가고 불평해도 해결되는 건 없다고 생각하던 시대의 결과물이라고 할 터였다. 하지만 아빠의 전반적인 조용함은 은퇴한 이후 다른 무언가에 자리를 내주었다. 바로 아예 입을 다물어버리는 것이었다. 아빠는 매기가 찾아왔을 때조차 차고에서 홀로 시간을 보냈고, 저녁 식사 동안 아내가 혼자 떠드는 것에 만족했다.

그런데 통화 임무를 완수하고 나자—적어도 크리스마스까지는—매기는 자신이 다음 통화를 굉장히 두려워하고 있다는 사실을 깨달았다. 틀림없이 엄마는 매기에게 시애틀로 돌아오라고 요구하며 목표를 이루기 위해 죄책감에 기반한 모든 무기를 마음껏 휘두를 터였다. 모양새가 좋지 않을 게 뻔했다.

그런 생각을 밀어내며 매기는 현재에 집중하려고 노력했다. 통증이 심해지는 느낌이 들자 마크에게 취소 문자를 보내야 할지 고민됐다. 매기는 인상을 찌푸린 채 화장실에서 진통제 병을 가지고 나오며 브로디건 박사가 과용하면 중독될 수 있다고 했던 말을 떠올렸다. 얼마나 바보 같은 말인가. 이 시점에 중독된다 한들 뭐가 문제겠는가. 게다가 어느 정도가 과용이란 말인가. 속이 온통 바늘에 찔린 것 같아서 손등만 건드려도 눈가에 하얀 섬광이 비쳤다.

매기는 진통제 두 알을 삼키고 곰곰이 생각하다 만약을 대비해 세 번째 알약을 삼켰다. 30분 후에 몸 상태를 봐서 오늘 일정을 최종 결정하기로 마음먹고 효과가 나타나는 동안 소파에 가서 앉았다. 진통제가 평소처럼 효과가 있을까 의문스러웠지만 마법처럼 통증이 사라지기 시작했다. 마침내 나가야 할 시간이 되자 매기는 행복과 낙관의 물결 위를 떠다녔다. 마크가 스케이트 타는 모습을 지켜만 봐도 되었고, 신선한 공기를 쐬는 것도 좋은 생각 같았다.

택시를 잡아타고 갤러리로 향한 매기는 마크가 문 앞에 서 있는 것을 발견했다. 그의 손에는 일회용 컵이 들려 있었는데 매기가 가장 좋아하는 스무디가 분명했다. 마크가 그녀를 보자 함박웃음을 지으며 반갑게 맞이했다. 매기는 몸 상태가 좋지 않았음에도 자신이 올바른 결정을 내렸다고 확신했다.

♠

"스케이트를 탈 수 있을까?" 록펠러 센터에 도착한 뒤 링크에 흘러넘치는 군중을 보며 매기가 물었다. "예약을 해야 할 거라곤 생각도 못 했어."

"오늘 아침에 예약했어요." 마크가 매기를 안심시켰다. "전부 준비해놨어요."

마크가 매기에게 앉을 곳을 찾아준 후 줄을 서러 간 사이 매기는 스무디를 홀짝이며 세 번째 알약이 효험이 있다고 생각했다.

아까처럼 패기가 넘치기보다는 머리가 약간 멍한 느낌이었다. 어쨌든 통증이 거의 통제 가능한 수준으로 줄어들었다. 게다가 아주 오래간만에 실제로 온기가 느껴졌다. 입김이 보였음에도 여느 때와 달리 몸도 떨리지 않고 손가락도 아프지 않았다.

스무디 역시 쉽게 넘어가서 안심이 되었다. 매기에겐 조금의 칼로리도 아쉬웠다. 아이러니하지 않은가? 평생 동안 몸무게가 1파운드(약 500그램—옮긴이)씩 늘어날 때마다 자신이 먹은 음식을 보면서 신음했는데, 이제는 정말 칼로리가 필요한데도 소화가 거의 불가능했다. 최근에는 몸무게가 얼마나 줄었을지 확인하는 게 두려워 체중계 위에 올라가기가 무서웠다. 옷 아래에서 매기의 몸은 해골로 변해가고 있었다.

하지만 비운과 우울은 이걸로 충분했다. 얼음을 지치는 수많은 육체에 완전히 넋을 놓고 있는데 핸드폰이 울리는 소리가 작게 들렸다. 주머니에서 핸드폰을 꺼내자 마크가 보낸 문자가 보였다. 매기를 링크까지 에스코트하고 스케이트를 신도록 도와주기 위해 돌아오는 중이라는 내용이었다.

옛날 같았으면 도와주겠다는 마크의 제안에 자존심이 상했으리라. 그렇지만 그의 도움 없이 혼자서 스케이트를 신을 수 있을지 확신이 서지 않는 게 사실이었다. 마크가 매기 곁에 다가와 한 팔을 내주었고 두 사람은 천천히 계단을 내려가 탈화실로 향했다.

마크가 부축해주고 있는데도 매기는 바람에 쓰러질 것 같은 기분이 들었다.

"제가 계속 붙잡고 있을까요?" 마크가 물었다. "아니면 감을 좀 잡았어요?"

"놓을 생각은 꿈에도 하지 마." 매기가 이를 악물고 말했다.

두려움으로 아드레날린이 솟구쳐 정신이 맑아지자 매기는 아이스스케이팅이 실제로 하는 것보다 머리로만 그리는 게 훨씬 낫다고 판단했다. 매기의 몸 상태로 미끄러운 빙판에서 두 개의 날에 의존해 똑바로 서 있으려 애쓰는 건 그다지 좋은 생각이 아니었다. 실은 어처구니없는 생각에 가까웠다.

하지만….

마크가 최대한 쉽고 안전하게 타게끔 도와주었다. 마크는 매기의 옆구리를 단단히 잡은 채 그녀를 마주 보고 거꾸로 스케이트를 탔다. 그들은 링크 가장자리 근처에서 천천히 이동했다. 안쪽에선 몸집이 작은 노부인부터 걸음마를 배우는 아이들까지 대부분의 사람들이 태평하고 즐거운 표정으로 쌩하니 지나갔다. 매기도 마크가 도와준 덕분에 최소한 미끄러지듯 나아갔다. 매기처럼 스케이트를 난생 처음 타는 게 분명해 보이는 사람들도 있었는데, 그들은 외벽을 붙잡고 느릿느릿 한 발씩 내딛다가 이따금 난데없는 방향으로 불쑥 다리를 내밀었다.

매기는 바로 앞에서 그런 일이 벌어지는 것을 목격했다.

"난 정말이지 넘어지고 싶지 않아."

"안 넘어져요." 마크가 매기의 스케이트에 시선을 고정한 채 말했다. "제가 잡고 있어요."

"넌 앞을 못 보잖아." 매기가 반박했다.

"시선 바깥쪽을 주시하고 있어요." 마크가 설명했다. "우리 바로 앞에서 누가 넘어졌을 때 알려주기만 하면 돼요."

"얼마나 남았어?"

"30분이요." 마크가 말했다.

"그렇게 오래 탈 수 있을지 모르겠어."

"원하시면 언제든 그만둘게요."

"너한테 신용카드 주는 걸 깜빡했다. 네 돈으로 냈어?"

"제가 쏘는 거예요. 이제 말은 그만하고 즐기세요."

"매 순간 넘어질락 말락 하는데 어떻게 즐기니."

"안 넘어져요." 마크가 또다시 말했다. "제가 잡고 있어요."

🌲

"재밌다!" 매기가 소리쳤다. 마크는 탈화실에서 매기가 스케이트를 벗도록 도와주었다. 매기가 부탁하지도 않았는데 신발을 도로 신는 것도 도와주었다. 모두 합쳐 링크를 네 번 돌았고, 13분이 걸렸다.

"재밌었다니 다행이에요."

"이제 뉴욕의 필수 관광 코스는 정말로 다 찍었어."

332

"네, 맞아요."

"트리는 봤어? 혹시 내 목이 안 부러지게 사수하느라 너무 바빠서 못 본 거 아냐?"

"봤어요." 마크가 말했다. "하지만 아주 잠깐이요."

"넌 가서 좀 더 타. 아직 몇 분 남았어."

놀랍게도 그가 정말 타러 갈까 고민하는 눈치였다. "그래도 될까요?"

"괜찮고말고."

마크가 매기를 일으켜 세우고 자기 팔에 기대게 한 뒤 링크 가장자리로 데려갔다. 그리고 손을 놓기 전에 매기가 혼자 몸을 지탱할 수 있는지 확인했다. "괜찮아요?"

"가봐. 늙고 병든 아줌마가 방해하지 않으면 얼마나 잘 타는지 보자."

"안 늙었어요." 마크가 눈을 찡긋하고 빙판 저편으로 오리처럼 걸어가더니 빠르게 서너 걸음을 내딛고는 코너를 질주했다. 마크는 점프해서 공중을 돌고 스케이트를 거꾸로 타기 시작하며 속도를 높였다. 그러고는 링크 저편의 트리 아래를 날아가듯 달렸다. 마크가 또다시 회전하더니 한 손으로 빙판을 짚다시피 하고 다음 코너를 향해 질주하며 매기를 빠르게 지나쳤다. 매기는 거의 자동으로 주머니에서 아이폰을 꺼냈다. 그리고 마크가 트리 아래에 오기를 기다렸다가 사진을 두 장 찰칵 찍고 다음 바퀴에선 동영상을 촬영했다.

몇 분 뒤 예약한 시간이 끝나고 마크가 신발을 갈아 신는 동안 매기는 사진들을 몰래 엿보면서 자신이 찍었던, 브라이스가 사다리 위에 서 있는 사진을 생각했다. 그때도 그랬던 것처럼 이 청년의 본질을 포착해낸 것 같았다. 브라이스처럼 마크 또한 짧은 시간에 이상하게도 매기에게 중요한 존재가 되었다. 하지만 브라이스와도 그래야 했듯이 결국 마크와도 작별을 고해야 했다. 그 사실에 느닷없이 마음이 저려와 뼛속에 도사리고 있던 육체적 고통마저 가려졌다.

♣

단단한 바닥으로 돌아오자마자 매기는 마크에게 사진과 동영상을 문자로 보냈다. 그리고 행인에게 트리를 배경으로 둘이 함께 사진을 찍어달라고 부탁했다. 마크는 곧장 핸드폰을 만지작거리기 시작했다. 이미지를 전송하는 게 분명했다.

"애비게일한테 보내?" 매기가 물었다.

"부모님한테도요."

"이번 크리스마스에는 네가 무척 보고 싶으시겠다."

"당신들의 시간을 즐기고 계실 거예요."

매기가 링크에 인접한 레스토랑을 가리켰다. "씨그릴에 잠깐 들러도 괜찮을까? 바에서 따뜻한 차를 한잔하고 싶은데."

"원하시는 대로요."

매기는 마크의 팔에 팔짱을 끼고선 유리로 에워싸인 레스토랑으로 천천히 걸어갔다. 매기가 바텐더에게 원하는 음료를 말했고 마크가 같은 것을 주문했다. 찻주전자가 매기 앞에 놓이자 그녀가 컵에 차를 조금 따랐다.

"훌륭한 스케이트 선수던데."

"고마워요. 애비게일과 가끔 타러 가요."

"네가 보낸 사진은 마음에 든대?"

"하트 이모티콘 세 개를 보내왔어요. 마음에 든다는 거죠. 그런데 궁금한 게 있어요…."

마크가 잠시 멈추자 매기가 대신 문장을 완성했다. "그 이야기에 대해서?"

"브라이스한테 받은 그 목걸이를 아직도 갖고 있어요?"

매기가 대답 대신 목뒤로 손을 가져가 걸쇠를 풀자 목걸이가 스르륵 미끄러져 내렸다. 매기는 목걸이를 건네며 마크가 조심스레 받는 모습을 지켜보았다. 마크가 앞면을 찬찬히 보다가 뒤집어서 뒷면에 새겨진 글자를 살폈다.

"아주 섬세하네요."

"단 하루도 안 한 날이 없어."

"줄이 끊어진 적도 없어요?"

"아주 조심히 다루거든. 목걸이를 한 채로 잠을 자지도, 샤워를 하지도 않아. 그때 외에는 언제나 내 착장의 일부분이지."

"목걸이를 할 때마다 그날 밤을 떠올려요?"

"그날 밤은 항상 떠올려. 브라이스는 단지 내 첫사랑만이 아니야. 그는 내가 이제껏 사랑한 유일한 남자야."

"그 연은 정말 멋있던데요." 마크가 인정했다. "저도 애비게일과 모닥불을 피우고 스모어를 먹은 적이 있어요. 바다가 아닌 호숫가에서요. 하지만 크리스마스 조명이 달린 연은 처음 들어봐요. 저도 만들어보고 싶네요."

"요즘엔 구글에서 검색하거나 주문할 수 있을지도 몰라."

마크는 자신의 찻잔을 응시하며 사색에 잠긴 듯했다. "브라이스와 그런 밤을 보내서 다행이에요." 마크가 말했다. "누구나 적어도 한 번은 완벽한 밤을 보낼 자격이 있다고 생각해요."

"나도 그렇게 생각해."

"그런데 작가님이 내내 브라이스에게 빠져 있었다는 건 아시죠? 태풍이 왔을 때부터가 아니라 연락선에서 처음 올리브그린색 재킷 차림의 브라이스를 봤을 때부터 말이에요."

"왜 그렇게 생각해?"

"자리를 뜰 수도 있었는데 안 떴잖아요. 그리고 고모가 브라이스에게 과외를 맡겨도 되겠냐고 물었을 때 아주 빠르게 동의했고요."

"공부를 도와줄 사람이 필요했어!"

"그렇다고 해두죠." 마크가 활짝 웃으며 말했다.

"이제 네 차례야." 매기가 주제를 바꾸었다. "네가 나를 스케이트장에 데려가줬잖아. 시내까지 왔는데 네가 정말로 하고 싶은 건 없어?"

마크가 컵 속의 차를 둥글게 흔들었다. "바보 같다고 생각할 거 예요. 제 말은, 여기 아주 오래 산 사람이 보기에요."

"뭔데?"

"5번가에서 백화점 쇼윈도를 구경하고 싶어요. 크리스마스 분위기로 장식해놓은 가게들이요. 애비게일이 그러는데 그건 꼭 봐야 한대요. 게다가 한 시간 반 후면 세인트 패트릭 대성당 앞에서 성가대 공연이 열릴 거예요."

성가대는 이해하지만 쇼윈도 구경이라니? 게다가 그런 걸 보고 싶어 하는 게 그와 은근히 어울리는 건 왜일까?

"그러자." 매기가 뜨악한 표정을 애써 자제하며 말했다. "그런데 내가 얼마나 걸을 수 있을지 모르겠어. 몸이 약간 불안정한 느낌이야."

"좋아요." 마크가 활짝 웃으며 말했다. "필요하면 언제든 택시나 우버를 타요, 알겠죠?"

"하나만 묻자." 매기가 말했다. "오늘 성가대 공연이 있는 건 어떻게 알았어?"

"오늘 아침에 조사를 좀 했어요."

"왜 내가 특별한 크리스마스를 보내도록 네가 힘쓰고 있다는 기분이 들지?"

마크의 눈이 슬픔으로 깜빡였을 때 매기는 설명이 필요 없다는 것을 알았다.

차를 다 마시고 차가운 실외로 나온 매기는 가슴 깊숙이 날카로운 통증을 느꼈다. 심장이 뛸 때마다 통증이 계속 너울거렸다. 바늘이 아니라 칼로 찌르는 듯한, 눈앞이 하얘지는 최악의 통증이었다. 매기는 눈을 감고 주먹으로 가슴 바로 아래를 꽉 누르며 그대로 얼어붙었다. 남은 손으로 마크의 팔을 잡자 그의 눈이 휘둥그레졌다.

"괜찮으세요?"

침착하게 숨을 쉬려고 애썼지만 통증이 계속 깜빡이며 타올랐다. 마크의 팔이 자신을 두르는 게 느껴졌다. "아파." 매기가 거친 소리를 내뱉었다.

"안으로 들어가서 앉을까요? 아니면 집에 데려다드릴까요?"

매기가 이를 악물면서 고개를 저었다. 움직이는 것 자체가 불가능해 매기는 호흡에 집중했다. 효과가 있을지 알 수 없었지만 그게 산통을 겪을 때 그웬이 매기에게 권한 방법이었다. 살면서 가장 긴 몇 분이 지난 뒤 마침내 통증이 사라졌고 화염도 서서히 소멸되며 잠잠해졌다.

"괜찮아." 눈앞이 빙빙 도는 것 같았지만 매기는 끝내 쉰 목소리로 말했다.

"괜찮은 것 같지 않아요." 마크가 반박했다. "떨고 있잖아요."

"팩맨이네." 매기가 중얼거렸다. 매기는 몇 번 더 숨을 내쉰 후 이윽고 손을 내렸다. 그리고 천천히 움직이면서 가방을 열어 약을 꺼내고 진통제 한 알을 물 없이 삼켰다. 매기는 통증이 참을 수 있는 수준으로 후퇴해 다시 정상적으로 숨을 쉴 수 있을 때까지 눈을 꼭 감았다.

"이런 일이 자주 일어나요?"

"전보다 자주. 점점 잦아지고 있어."

"기절하시는 줄 알았어요."

"그럴 리가." 매기가 말했다. "그건 너무 쉽잖아. 그러면 통증을 못 느낄 텐데."

"농담하지 마세요." 마크가 나무랐다. "구급차를 부르려던 참이었어요."

마크의 말투에 매기는 억지 미소를 지었다. "진짜야. 이젠 괜찮아."

거짓말이야, 매기는 생각했다. **하지만 무슨 상관이겠어?**

"집으로 모실게요."

"쇼윈도도 보고 싶고 캐럴도 듣고 싶어."

바보 같다 하겠지만 이상하게도 진심이었다. 지금 가지 않으면 다신 기회가 없다는 것을 알았다. 마크가 매기의 속마음을 읽으려 노력하는 것 같았다.

"좋아요." 결국 그가 말했다. "하지만 또 그러면 집으로 데려갈 거예요."

그래야 할지도 모른다고 생각하면서 매기는 고개를 끄덕였다.

그들은 먼저 블루밍데일스로 갔다가 바니스로, 이어서 5번가로 향했다. 모든 가게가 쇼윈도 장식으로 옆집을 능가하려고 애를 쓰는 것 같았다. 산타와 그의 요정들, 북극곰과 크리스마스 테마 목걸이를 걸친 펭귄들, 무지개색의 인공 눈, 굉장히 고가로 보이는 고급 의류 및 상품을 강조하는 정교한 설치물들이 보였다.

5번가에 다다르자 매기의 상태가 좋아지기 시작하더니 심지어 약간 개운해지기까지 했다. 사람들이 진통제에 중독되는 게 이상한 일이 아니었다. 실제로 **효과가** 있지 않은가. 행인들이 지구상에 존재하는 온갖 브랜드 상표가 붙은 가방을 들고서 양방향으로 무리 지어 그들을 지나치는 동안 매기는 마크의 팔에 매달렸다. 수많은 가게 앞에 입장을 기다리는 줄이 길게 늘어서 있었는데, 완벽한 선물을 구입하려는 막바지 쇼핑객 중 추위 속에 서 있는 걸 즐기는 사람은 없어 보였다.

관광객들이란, 매기는 고개를 저으며 생각했다. 마치 훈장이나 용기 있는 행동이라도 되는 양 집에 가서 **'얼마나 붐볐는지 못 믿을걸'** 또는 **'가게 안에 들어가려고 줄 서는 데만 한 시간이 걸렸어'**와 같은 무용담을 늘어놓고 싶어 하는 사람들이었다. 그들이 앞으로 수년 동안 똑같은 이야기를 되풀이하리라는 건 의심의 여지가 없었다.

그럼에도 매기는 길을 거니는 게 이상하게도 즐거웠다. 몸이 개운한 덕분일 수도 있지만 마크가 너무 놀라 정신을 못 차리는 게 주된 이유였다. 마크는 매기의 손을 꽉 잡고 있으면서도 군중들의 어깨 너머를 보려고 쉼 없이 안간힘을 썼다. 피아제 시계를 공들여 만들고 있는 산타를 보고 눈이 동그래지기도 하고, 샤넬 목줄에 돌체앤가바나 선글라스를 쓴 거대한 순록을 보고 즐겁게 미소 짓기도 했다. 매기는 크리스마스가 무신경하게 상업화되는 것에 얼굴을 찌푸리는 데 익숙했지만, 마크가 경이로워하는 모습을 보니 가게들의 창의성이 새로운 시각으로 다가왔다.

그들은 마침내 세인트 패트릭 성당에 다다랐다. 같은 이유로 찾아온 인근 사람들 대부분이 함께 몰려들었다. 인파가 너무 많아 그들은 반 블록 아래서 옴짝달싹 못 했다. 성가대를 볼 수는 없었지만 매기는 미리 설치해놓은 거대한 스피커 덕분에 노랫소리를 들을 수 있었다. 하지만 마크의 실망하는 모습을 보고 이런 일이 벌어질 거라고 경고해줬어야 하는데 싶었다. 뉴욕으로 이사 오자마자 이곳에서 행사에 **참석하는** 것과 실제로 **보는** 것은 완전히 다를 수 있음을 알게 됐다. 매기는 첫해에 위험을 무릅쓰고 메이시스의 추수감사절 퍼레이드를 보러 나갔었다. 수백 명의 인파에 둘러싸여 건물 벽에 낀 채 몇 시간 동안 꼼짝도 못 하고 사람들의 뒤통수만 보았다. 그 유명한 풍선을 보기 위해 목을 어찌나 길게 빼고 있었던지 다음 날 아침 일어나니 목이 아파 지압 치료를 받으러 가야 했다.

아, 이게 도시 생활의 기쁨 아니겠는가?

보이진 않았지만 매기의 귀에 성가대의 황홀한 노랫소리가 들렸다. 매기는 노래를 들으며 지난 며칠을 은근한 놀라움으로 되돌아보았다. 〈호두까기 인형〉을 보고, 트리를 장식하고, 가족에게 선물을 보내고, 록펠러 센터에서 스케이트를 타고, 5번가에서 쇼윈도를 구경하고, 이젠 이곳에 있었다. 매기는 자신이 마음을 쓰게 된 누군가와 일생에 한 번뿐인 경험을 하나씩 해나갔고 옛이야기를 들려주면서 기운을 되찾았다.

하지만 곧 들뜬 기분이 사라지며 피로가 찾아왔다. 이제 갈 시간이었다. 매기는 마크의 팔을 꼭 쥐면서 갈 준비가 됐다는 신호를 보냈다. 그때까지 캐럴 네 곡을 들은 터였다. 마크가 몸을 돌려 뒤에 운집해 있는 군중을 비집고 매기를 데리고 나가기 시작했다. 이윽고 숨 쉴 공간이 생기자 마크가 걸음을 멈추었다.

"저녁 식사 하실래요?" 그가 물었다. "나머지가 듣고 싶어요."

"난 잠시 누워야 할 것 같아."

마크도 매기의 말에 반박하지 않을 정도의 눈치는 있었다. "집까지 같이 타고 갈게요."

"괜찮아." 매기가 말했다.

"내일 갤러리에 오실 거예요?"

"아마 집에 있을 거야. 만약을 대비해서."

"크리스마스이브에는 볼 수 있을까요? 작가님께 선물을 드리고 싶어요."

"아무것도 줄 필요 없어."

"당연히 드려야죠. 크리스마슨데."

매기는 생각하다 결국 **안 될 게 있겠냐고** 결론을 내렸다. "알았어." 그녀가 말했다.

"갤러리에서 만날까요, 아니면 저녁 식사를 할까요? 뭐든 편하신 걸로 해요."

"이건 어때? 내가 갤러리로 저녁 식사를 배달시키는 거야. 트리 아래서 같이 먹는 거지."

"나머지 이야기도 해주실 거예요?"

"네가 듣고 싶어 할지 모르겠어. 크리스마스에 어울리는 이야기가 아니라서. 굉장히 슬퍼지거든."

마크가 몸을 돌리더니 다가오는 택시를 잡으려 손을 들었다. 택시가 멈추자 마크가 무심한 표정으로 매기를 흘긋 보았다. 그러고는 간단히 답했다. "알아요."

🌲

매기는 입던 옷을 걸친 채 이틀 밤을 내리 잤다.

마지막으로 시계를 봤을 때가 6시 몇 분 전이었다. 대부분의 미국에서는 저녁 식사 시간인 반면 대부분의 뉴욕에서는 여전히 근무 시간이었다. 열여덟 시간이 지나 눈을 뜨니 힘이 없고 탈수 증세가 나타났지만 다행히 통증은 없었다.

통증이 재발하는 위험을 감수하기 싫어서 매기는 진통제 한 알을 삼킨 뒤 휘청거리며 부엌으로 가 토스트 한 조각과 바나나를 먹었다. 그 덕에 기운이 약간 살아났다.

목욕을 하고 거울 앞에 섰는데 자신의 모습을 알아보기 힘들었다. 팔은 꼬챙이처럼 야위었고, 쇄골은 텐트 지지대처럼 피부 밑에 불룩 튀어나와 있었으며, 몸에는 군데군데 멍 자국이 보였다. 일부는 짙은 보라색이었다. 피골이 상접한 얼굴에 박힌 두 눈은 외계인처럼 빛나고 당혹감이 서려 있었다.

매기가 읽은 흑색종 관련 자료에 따르면―마치 이 주제에 대한 모든 자료를 읽은 것 같았다―마지막 몇 달의 증세는 예측하기 어려웠다. 어떤 사람은 통증이 심각해 링거로 모르핀을 맞아야 했고, 또 어떤 사람은 기력이 그대로였다. 어떤 환자는 신경학적 증상이 악화된 반면 어떤 이들은 마지막까지 정신이 맑았다. 통증 부위도 환자마다 달랐는데 매기 생각에 일리가 있었다. 일단 암이 전이되면 신체 어디로든 퍼질 수 있으니까. 하지만 매기는 좀 더 유쾌한 죽음을 기대했다. 식욕부진이나 과도한 수면은 견딜 수 있었지만 극심한 고통은 생각만 해도 두려웠다. 링거로 모르핀을 맞기 시작하면 다시는 침대에서 나오지 못할 터였다.

하지만 실질적인 죽음에 대한 부분은 두렵지 않았다. 지금 당장은 죽음에 관해 아는 것이 가설뿐이어서 아쉬울 따름이었다. 그리고 죽음이 실제로 어떤지 누가 알겠는가? 터널 끝에서 환한 빛을 보게 될지, 아니면 천국의 문에 들어갈 때 하프 소리가 들려올지, 아니면 그냥 사라지게 될지. 매기는 죽음이 꿈을 꾸지 않고 잠에 드는 것과 비슷하다고 생각했다. 다시 깨어나지 않는다는 점만 제외하면. 당연히 못 깨어나는 건 신경 쓰이지 않았다…. 글쎄, 죽으면 신경 쓰는 것도, 신경 쓰지 않는 것도 불가능할 테니.

그런데 어젯밤 최후의 크리스마스 기념행사는 매기가 중병에 걸린 환자임을 정확히 인식하게 했다. 매기는 더 이상의 통증도, 하루에 열여덟 시간씩 자는 것도 원치 않았다. 그러기엔 시간이 부족했다. 무엇보다도 마지막 순간까지 평범하게 살고 싶었지만 그게 불가능할 거라는 의심만 커져갔다.

욕실에서 매기는 다시 목걸이를 했다. 그리고 보온 내의 위에 스웨터를 걸치고 청바지를 입으려다가 굳이 그럴 필요가 있을까 생각했다. 잠옷 바지가 훨씬 편안했고 그래서 갈아입지 않기로 했다. 마지막으로 따뜻한 털 슬리퍼와 니트 모자를 착용했다. 온도 조절 장치가 70 중반으로 설정돼 있는데도 여전히 살짝 한기가 느껴져 실내 난방기를 켰다. 전기 요금에 신경 쓸 이유가 없었다. 노후를 위해 저축해야 하는 것도 아니니.

매기는 전자레인지로 물 한 컵을 데운 뒤 거실로 걸어갔다. 물을 마시며 마크에게 어디까지 이야기를 들려줬는지 생각했다. 그러고는 핸드폰을 들고 마크에게 문자를 보냈다. 마크는 이미 갤러리에 와 있을 터였다.

6시에 갤러리에서 만나자. 어때? 나머지 이야기를 들려줄게. 그러고 나서 저녁을 먹자.

곧바로 마크가 문자에 답을 쓰고 있음을 알리는 점들이 보였다. 그의 답 문자가 거품 모양으로 불쑥 나타났다.

너무 궁금해요! 몸조심하시고요. 기대하고 있을게요. 갤러리는 잘 돌아가요. 오늘은 바쁘네요.

혹시 마크가 다른 말을 덧붙일까 봐 기다렸지만 다른 말은 없었다. 따뜻한 물을 마신 매기는 자신의 몸이 그녀에게 어떻게 저항하고 있는지 되돌아보았다. 때론 흑색종이 귀신처럼 으스스한 목소리로 자신에게 이렇게 말하는 것이 저절로 상상됐다. **'내가 널 죽음으로 몰아갈 거야. 그런데 시작이 뭔지 알아? 네 속을 다 태워서 앙상하게 만드는 거야. 네 아름다움을 없애고, 머리카락을 훔치고, 의식이 붙어 있는 시간을 빼앗는 거지. 해골 같은 껍데기 외엔 아무것도 남지 않을 때까지⋯.'**

매기는 그 상상의 목소리를 생각하다가 음산한 웃음을 지었다. 그래, 목소리는 금방 찾아들 것이다. 그런데 그 바람에 의문이 들었다⋯. 장례식은 어떻게 할 것인가?

브로디건 박사와 마지막으로 만난 후로 이따금 장례식에 대해 생각했다. 자주는 아니지만 가끔 예상치 못한 순간에 그 생각이 느닷없이 표면으로 떠올랐다. 지금 이 순간처럼. 무시하려고 노력했지만—게다가 죽음은 여전히 관념에 가까웠다—어제의 통증 때문에 불가능했다.

어떻게 **처리할** 것인가? 사실 매기는 아무것도 할 필요가 없었다. 당연히 그녀의 부모님이나 모건이 처리할 터였다. 하지만 매기는 그들이 그 짐을 떠맡는 게 싫었다. 그리고 자신의 장례식이니 매기에게도 분명히 간섭할 권리가 있었다. 그런데 매기가 원하는 건 뭘까?

전형적인 장례식이 아니라는 것 정도는 알았다. 관 뚜껑을 열어놓거나 「내 날개 밑에서 부는 바람아Wind Beneath My Wings」 같은 신파조의 노래를 트는 것도 싫었다. 매기가 누군지 알지도 못하는 목사의 장황한 추도사도 당연히 별로였다. 그건 매기의 스타일이 아니었다. 설령 그렇게 한다 해도 어디서 장례식을 치른단 말인가? 부모님은 뉴욕이 아닌 시애틀에 매기를 묻고 싶어 할 테지만 이젠 뉴욕이 그녀의 집이었다. 매기의 엄마 아빠가 어쩔 수 없이 동네 장례식장과 공동묘지를 찾거나 낯선 도시에서 가톨릭 예배를 준비해야 하는 상황을 상상하기 힘들었다. 부모님은 그런 것들을 처리할 수도 없거니와 모건은 할 수 있다 해도 이미 어린애들을 돌보느라 그럴 여력이 없었다. 그러니 남은 선택지는 하나였다.

매기가 미리 모든 것을 준비해야 했다.

소파에서 일어선 매기는 부엌 서랍에서 종이 한 묶음을 찾았다. 그리고 자신이 원하는 장례식에 대해 적었다. 매기가 상상했던 것만큼 우울하진 않았다. 아마 매기가 우울한 것들은 깡그리 거부했기 때문이리라. 매기는 자신이 쓴 메모를 점검했다. 부모님이 보기엔 얼토당토않겠지만 죽기 전에 유언을 남길 생각을 했다는 것이 기뻤다. 그리고 유언을 마무리할 수 있도록 새해가 밝으면 변호사에게 연락하리라 다짐했다.

이제 처리할 일은 오직 하나뿐이었다.

🌲

매기는 마크에게 크리스마스 선물을 주고 싶었다.

루앤에게 준 것처럼 12월 초에 보너스를 주긴 했지만 특히 지난 며칠을 보내면서 뭔가 더 주는 게 맞다는 느낌이 들었다. 그런데 무엇을 줘야 할까? 대부분의 청년들, 특히 대학원 진학을 앞둔 이들처럼 무엇보다도 현금을 선호할지도 몰랐다. 그게 매기가 20대일 때 단연코 원했을 만한 선물이었다. 게다가 수표만 쓰면 되니 그 편이 쉽기도 했다. 하지만 좀 찜찜했다. 마크가 준비한 선물이 사적인 뭔가일 것 같아서 매기 역시 비슷한 느낌으로 보답해야겠다고 생각했다.

매기는 마크가 무엇을 좋아하는지 자문했지만 별로 답이 떠오르지 않았다. 마크는 애비게일과 부모님을 사랑하고, 종교적 삶을 영위하고자 하며, 현대미술에 관심이 있고, 인디애나에서 자라면서 하키를 했다. 그 밖에 그에 대해 아는 게 뭐가 있더라?

매기는 마크와 처음 면접했을 때를 회상하며 그가 얼마나 완벽하게 준비된 지원자였는지를 떠올렸다. 그러자 마침내 답이 나왔다. 마크는 매기가 찍은 사진에 감탄하는 것을 넘어 그것들이 매기의 유산이라고 여겼다. 그러니 마크에게 매기의 열정이 담긴 선물을 주는 건 어떨까?

책상 서랍에서 매기는 여러 개의 USB 드라이브를 찾았다. 언제나 다량이 구비돼 있었다. 뒤이어 몇 시간 동안 매기는 자신이 가장 좋아하는 사진들을 골라서 드라이브에 옮겨 담기 시작했다. 일부는 갤러리 벽에 걸려 있는 것들이었는데, 한정 판매가 아니라 금전적 가치는 없었지만 마크가 개의치 않을 것을 알았다. 그러면 경제적인 이유로 사진을 원하지 않을 테니까. 마크가 사진을 원한다면 그것은 매기가 찍었기 때문에, 그것들이 매기에게 어떠한 의미를 지녔기 때문일 터였다.

♣

옮겨 담기를 마친 매기는 의무적으로 음식을 삼켰다. 짭짤한 마분지 맛이 나서 그 어느 때보다 역겨웠다. 큰맘 먹고 와인도 한 잔 따랐다. 매기는 라디오를 틀어 크리스마스음악이 흘러나오는 곳에 주파수를 맞추고 나른해질 때까지 와인을 홀짝였다. 그러고는 스웨터를 운동복으로 갈아입고 슬리퍼 대신 양말을 신은 뒤 침대로 기어들어갔다.

눈을 뜨니 크리스마스이브 정오였다. 기운이 회복된 것 같은 느낌인 데다 기적처럼 통증이 완전히 사라졌다.

하지만 만약을 대비해 진통제를 꺼내 차 반 잔과 함께 삼켰다.

♠

늦은 밤이 될 걸 알고 매기는 낮 동안 느긋하게 휴식을 취했다. 최근까지 단골이었던 가장 좋아하는 근처 이탈리아 레스토랑에 전화를 걸었는데, 그날 저녁에 손님이 붐비리라 예상했음에도 2인 분을 배달시킬 수 있었다. 평소 잘 알던 매니저가 매기의 외모로 병세를 알아차렸는지 특히 세심하게 배려해주었다. 그는 자주 주문했던 음식을 기억하고서 몇 가지 특별 메뉴와 자신들의 유명 티라미수를 제안하며 매기가 좋아할 만한 음식을 어림짐작했다. 매기는 신용카드 번호를 불러주고 8시에 배달을 예약한 후 그에게 다정한 감사 인사를 건넸다. 그리고 전화를 끊으면서 **'누가 뉴요커들이 차갑다고 한 거야?'** 하고 웃으며 생각했다.

매기는 스무디를 주문해 목욕하는 동안 마시고 마크를 위해 만든 USB 드라이브를 검토했다. 언제나 그렇듯 예전 작품을 다시 마주할 때면 모든 장면의 세세한 추억들이 되살아났다.

수없이 많았던 신나는 여행과 경험에 대한 기억에 푹 빠져 있는 사이 시간이 훌쩍 지나갔다. 몸 상태가 여전히 좋았음에도 매기는 4시에 낮잠을 잤다. 그리고 일어나 천천히 준비했다. 아주 오래전 오크라코크에서처럼 여러 겹을 껴입고도 맨 위에는 빨간색 스웨터를 선택했다. 타이츠 위에 검은색 울 슬랙스를 입고 검은색 베레모도 썼다. 목걸이 외에 장신구는 걸치지 않았지만 택시 기사가 놀라지 않도록 화장은 충분히 했다. 가늘고 긴 목을 가리기 위해 캐시미어 스카프를 두른 뒤 비상사태를 대비해 가방에 진통제를 넣었다. 마크의 선물을 포장할 시간이 없어서 알토이즈(민트 캔디—옮긴이) 통을 비워 드라이브 보관함으로 사용했다. 리본이 있었으면 했지만 마크라면 개의치 않을 것 같았다. 마지막으로 매기는 보석 상자에 간직해둔, 린다 고모가 보낸 편지 한 통을 두려운 마음으로 꺼냈다.

바깥 날씨가 습하고 뼛속까지 시린 것이 하늘을 보니 눈이 올 것 같았다. 갤러리까지 택시를 타고 가는 짧은 길에 매기는 구세군에 기부를 독려하며 종을 울리는 산타클로스를 지나쳤다. 한 아파트 창문으로는 메노라가 보였다. 택시 기사가 틀어놓은 라디오에서는 인도어나 파키스탄어로 짐작되는 음악이 흘러나왔다. 맨해튼의 크리스마스였다.

갤러리 문이 잠겨 있어서 매기는 안으로 들어간 뒤 다시 문을 잠갔다. 마크는 어디에도 보이지 않았지만 트리가 반짝이고 있었다. 마크가 트리 앞에 접이식 의자 두 개와 작은 접이식 식탁을 갖다놓고 빨간 종이 식탁보로 덮어놓은 것을 보고 매기는 미소를 지었다. 식탁 위에는 포장된 선물 상자와 빨간 카네이션이 꽂힌 꽃병, 그리고 에그노그 두 잔이 있었다.

식탁을 보고 감탄하고 있을 때 마크가 뒤쪽에서 나타난 것으로 보아 매기가 들어오는 소리를 들은 모양이었다. 매기는 몸을 돌리고선 마크 역시 빨간 스웨터에 검은색 슬랙스를 입고 있다는 것을 알아차렸다.

"패션이 무척 훌륭하다고 말하고 싶지만 그러면 자화자찬 같겠는데." 매기가 재킷을 벗으면서 말했다.

"자칫 잘못하면 작가님이 일찍 들러서 제 옷차림을 확인하고 갔다고 생각했을 거예요." 마크가 답했다.

매기가 식탁을 향해 손짓했다. "바빴겠다."

"식사할 자리가 필요할 것 같았어요."

"에그노그만 있으면 내가 밥이 필요 없다는 걸 아는구나."

"그러면 그건 그냥 장식이라고 생각하세요. 재킷 받아드릴까요?"

매기가 재킷을 건네자 마크가 다시 뒤편으로 사라졌다. 그동안 매기는 계속 테이블을 살폈다. 오크라코크에서 보냈던 크리스마스를 적잖이 떠올리게 했다. 마크가 의도한 것이 틀림없었다.

마크가 커피 잔을 손에 들고 뒤편에서 나타나자 매기는 만족스러운 기분으로 식탁에 자리를 잡았다. 그가 매기 앞에 잔을 놓았다.

"그냥 따뜻한 물이에요." 마크가 말했다. "혹시 맛이 좀 나는 걸 좋아하실까 봐 티백도 가져왔어요."

"고마워." 차도 좋거니와 카페인은 훨씬 좋았다. 매기는 티백을 컵에 담그고 차가 우러나오도록 내버려두었다. "이건 다 어디서 난 거야?" 매기가 식탁 위를 팔로 훑었다.

"의자와 식탁은 집에서 가져왔어요. 사실 제 임시 식탁과 의자예요. 싸구려 식탁보는 드웨인 리드에서 샀고요. 그보다도 몸은 좀 어떠세요? 지난번에 만난 이후로 걱정했어요."

"잠을 실컷 잤어. 많이 좋아졌어."

"좋아 보이세요."

"난 걸어 다니는 시체인걸. 어쨌거나 고마워."

"뭐 하나 물어봐도 돼요?"

"우리 그 단계는 벌써 지나지 않았니? 허락받고 질문하는 단계 말이야."

마크는 자신의 에그노그 잔을 뚫어지게 바라보았다. 마크가 얼굴을 살짝 찌푸리자 이마에 주름이 졌다. "스케이트를 타고 나서요, 있잖아요… 몸 상태가 안 좋아졌을 때요. 팩맨… 비슷한 말을 하셨죠? 팩민인가? 아니면…."

"팩맨이야." 매기가 말했다.

"그게 무슨 말이에요?"

"〈팩맨〉이라고 들어본 적 없어? 비디오게임?"

"없어요."

세상에, 정말 어리구나. 아님 내가 늙었거나. 매기는 핸드폰을 꺼내 유튜브에서 짧은 영상을 골라 마크에게 건넸다. 마크가 영상을 틀어 시청하기 시작했다.

"그러니까 팩맨이 미로를 다니면서 점들을 먹어치우는 거네요?"

"맞아."

"이게 작가님의 기분과 무슨 관계가 있었던 거예요?"

"간혹 암이 그렇다고 생각하거든. 팩맨과 비슷하다고. 내 몸속

미로를 이리저리 다니면서 건강한 세포들을 전부 먹어치우니까."

매기가 대답하자 마크의 눈이 커졌다. "아… 와우. 괜히 그 얘기 꺼내서 정말 죄송해요. 묻지 말았어야 했는데…."

매기가 손사래를 쳤다. "별거 아니야. 그 얘긴 그만 잊자, 알겠지? 배고프니? 내가 제일 좋아하는 이탈리아 레스토랑에서 미리 주문했어. 네가 좋아했으면 좋겠다. 음식은 8시에 도착할 거야." 몇 입밖에 먹지 못한다 해도 매기는 냄새라도 즐기고 싶었다.

"너무 좋아요. 감사해요. 까먹을까 봐 말하자면, 애비게일이 크리스마스 잘 보내시라고 전해달래요. 자기도 우리와 함께 여기 있으면 좋겠다고, 며칠 뒤 뉴욕에 오면 작가님을 꼭 만나고 싶다고 했어요."

"나도 마찬가지야." 매기가 말했다. 그녀가 선물을 향해 손짓했다. "음식이 한참 후에 오니까 지금 열어볼까?"

"저녁 식사가 끝날 때까지 기다리면 안 돼요?"

"그러면 그때까지, 그러니까… 나머지 이야기가 듣고 싶은 거구나."

"얘기가 중단된 뒤로 줄곧 그 생각을 했어요."

"완벽한 키스에서 끝내면 훨씬 좋을 텐데."

"전부 듣고 싶어요, 괜찮으시면요."

매기는 세월이 다시 되돌아오는 동안 차를 한 모금 삼켜 목 안쪽을 따뜻하게 만들었다. 잊을 수 있을까 싶어 눈을 감았지만 절대 그럴 수 없으리라는 것을 알았다.

"그날 밤늦게 브라이스가 나를 집에 데려다주고 나서, 난 잠을 이룰 수 없었어…."

임신 말기

오크라코크

1996년

내가 잠을 못 이룬 건 일부분 고모와도 관련이 있었다. 집에 오니 고모가 같은 책을 무릎 위에 펼쳐놓은 채 아직 소파에 앉아 있었다. 하지만 고모가 내 쪽으로 고개를 들었을 때 그 한 번의 시선이면 충분했다. 고모의 눈썹에 살짝 경련이 인 것으로 보아 내게서 달빛이 뿜어져 나오고 있던 게 분명했다. 이윽고 고모의 한숨 소리가 들렸다. 알지 모르겠지만 **'이런 일이 벌어질 줄 알았다'**는 의미를 내포한 한숨이었다.

"어땠니?" 고모가 뻔한 사실을 모른 척 물었다. 다시 한번, 수십 년 동안 수도원에서 숨어 지낸 사람이 어떻게 이토록 세상을 훤히 아는지 신기했다.

"재밌었어요." 그래봤자 아무 소용없다는 걸 둘 다 알았지만 나는 침착하게 대처하려고 어깨를 으쓱거렸다. "저녁을 먹고 해변에 갔어요. 그 애가 크리스마스 조명이 달린 연을 만들었는데, 그건 이미 고모도 알 거예요. 가도록 허락해줘서 고마워요."

"내가 못 가게 막을 방법이 있었는지 모르겠구나."

"가지 말라고 했으면 됐잖아요."

"흠." 그게 다였다. 문득 브라이스와 내가 줄곧 필연이었다는 것을 깨달았다. 고모 앞에 서 있는데 느닷없이 내가 다시 그 해변에서 브라이스를 안고 있는 것만 같았다. 목에 열기가 올라와 나는 고모가 눈치채지 않기를 기도하며 재킷을 벗었다.

"아침에 교회 가는 거 잊지 마라."

"기억하고 있어요." 내가 확인했다. 고모를 지나쳐 침실로 가며 훔쳐보니 그녀의 시선이 책으로 되돌아가 있었다.

"잘 자요, 고모."

"잘 자라, 매기."

✦

매기 베어를 안고 침대에 누워 있는데 너무 흥분돼서 잠이 오지 않았다. 나는 저녁에 있었던 일을 계속 재생하며 브라이스가 저녁 식사 자리에서 나를 바라보던 눈빛을, 그의 검은 눈동자에 아른거리던 모닥불 불빛의 모양을 생각했다. 주로 그의 입술이 어떤 맛이었는지를 생각했는데, 정신을 차려보면 미친 사람처럼 어둠 속에서 웃고 있었다. 하지만 시간이 째깍째깍 흘러가면서 나의 들뜬 마음은 나를 깨어 있게 만든 또 다른 이유에 점차 자리를 내주었다. 바로 혼란스러움이었다. 브라이스가 나를 사랑한다는 걸 마음 깊이 알았지만 그럼에도 말이 안 됐다. 그는 자신이 얼마나 특별한지 모르는 걸까? 내가 임신한 사실을 잊었을까? 원한다면 브라이스는 어떤 여자애도 사귈 수 있었지만, 나는 모든 면에서 평범하기 짝이 없는 데다 가장 큰 부분에서 완전히 실패작이었다. 나를 향한 브라이스의 감정이 나만의 고유하고 멋진 매력이 아니라 단순히 가까이 있다는 것 때문은 아닐지 의심스러웠다. 내가 똑똑하지도 예쁘지도 않다는 사실에 초조했고, 잠깐이지만 스스로 그 모든 일을 지어낸 건 아닐까 의문이 들었다. 그리고 잠 못이루고 뒤척이는 동안 모든 감정 중에 사랑이 가장 강력하다는데까지 생각이 미쳤다. 진짜 중요한 것을 전부 잃을 수 있다는 가능성 때문에 사람을 연약하게 만드니까.

감정적인 채찍질에도 불구하고, 아니면 그 바람에 이윽고 나는 기진맥진한 상태가 되었다. 아침에 눈을 뜨니 거울 속에 웬 낯선 사람이 서 있었다. 눈 밑 살은 축 처진 데다 얼굴 피부는 늘어지고 머리카락은 평소보다 지저분해 보였다. 샤워 후 화장을 하고 나서야 조금은 볼만해져서 방에서 나갔다. 나보다 나를 더 잘 알아서인지 고모가 아침 식사로 팬케이크를 만들어주면서 애매모호한 말은 피했다. 그 대신 대화의 초점을 가볍게 데이트 자체에 맞췄고 나는 가장 중요한 부분만 빼놓은 채 대부분을 순서대로 털어놓았다. 내 황홀한 표정 탓에 나머지 부분은 말할 필요도 없었겠지만.

하지만 편안한 대화야말로 내 기분이 좋아지는 데 꼭 필요한 것이었다. 그 덕에 밤새 겪은 앞일에 대한 두려움이 따스한 만족감으로 바뀌었다. 연락선에서 그웬과 셋이 2층 테이블에 앉아 있는 동안 나는 창밖으로 바닷물을 바라보며 또다시 전날 밤의 기억에 넋을 놓았다. 교회에 있을 때도, 비축품을 살 때도 역시나 브라이스를 생각했다. 창고 세일에서 연을 발견했을 땐 혹시 크리스마스 조명을 붙여도 하늘을 날까 궁금증이 일었다. 브라이스를 생각하지 않은 유일한 순간은 좀 더 큰 브래지어를 살 때였다. 특히 근엄한 표정에 반짝이는 검은 눈동자를 가진, 흑갈색 머리의 백인 여주인이 피팅 룸으로 나를 데려가면서 내 몸을 대강 훑어보다가 배에서 시선을 멈췄을 때, 그게 내가 부끄러움을 감추기 위해 할 수 있는 전부였다.

마침내 집에 돌아온 나는 수면 부족에 사로잡혔다. 이미 어둑어둑했지만 잠깐 토막 잠을 잔 뒤 저녁 식사 무렵 눈을 떴다. 나는 식사를 마치고 부엌을 치운 다음 여전히 좀비 같은 기분으로 침대에 누웠다. 눈을 감고 브라이스는 하루를 어떻게 보냈을지, 사랑이란 감정이 우리 사이를 바꿔놓을지 생각했다. 하지만 거의 대부분은 브라이스와 다시 입 맞추는 상상이었다. 그리고 결국 까무룩 잠들기 직전, 그 순간이 빨리 오지 않으리라는 깨달음이 들었다.

그런 몽롱한 기분은 잠에서 깼을 때도 계속됐다. 실은 이후 열흘 동안 깨어 있는 모든 순간에 스며들었다. 심지어 내 임신에 대해 염려하는 그웬과 나란히 앉아 있을 때도. 브라이스는 나를 사랑했고 나도 브라이스를 사랑했다. 우리 둘이 무엇을 하든지 간에 내 세상은 그 짜릿한 생각을 중심으로 돌아갔다.

그렇다고 우리의 하루 일과가 크게 달라진 건 아니었다. 브라이스는 누구보다 책임감이 투철했다. 그는 여전히 데이지를 데리고 과외를 하러 왔으며, 내가 이따금 그의 무릎을 꼬집고 당황한 표정에 낄낄대는 순간조차 나를 집중시키려고 최선을 다했다. 과외 시간에 그토록 자주 장난을 쳤음에도 나는 착실히 진도를 앞질렀다. 브라이스는 변함없이 자신의 과외 실력에 실망했지만 시험에서 나는 꽤 좋은 성적을 이어갔다. 사진 수업도 그렇게 많이 달라지지 않았다. 브라이스가 플래시와 기타 조명을 이용해 실내에서 촬영하는 법과 가끔씩 야간 촬영 기술을 가르쳐주기 시작했다는 것만 빼면. 장비가 브라이스의 집에 있어서 수업은 주로 그곳에서 이루어졌다. 별이 가득한 밤하늘을 촬영하려면 카메라를 완전히 고정해야 했기 때문에 삼각대와 리모컨을 사용했다. 그러한 야간 촬영에서는 셔터속도를 굉장히 느리게—때로 30초에 달할 정도로—설정해야 했는데, 특히 하늘에 달이 없는 캄캄한 밤이면 은하수도 일부 보였다. 그 광경이 꼭 어두운 밤하늘에서 반

덧붙이가 빛을 발해 구름이 반짝거리는 것만 같았다.

우리는 또한 일주일에 서너 번 저녁 식사도 계속 같이 했다. 절반은 고모와 함께, 절반은 브라이스의 가족과 함께였는데 가끔 그의 조부모님도 참석했다. 브라이스의 아빠는 두 달간의 컨설팅 일정 때문에 우리가 데이트한 그다음 월요일에 마을을 떠난 터였다. 브라이스는 국방부 일이라는 것 말고는 그가 정확히 어디로 갔는지, 무엇을 하는지 알지 못했지만 딱히 관심을 보이는 것 같지 않았다. 단지 아빠가 곁에 없어서 그리워할 뿐이었다.

사실 브라이스와 나 사이에 달라진 것은 과외를 하다가 휴식을 취할 때, 또는 카메라를 한쪽으로 치워둘 때뿐이었다. 그럴 때마다 우리는 가족, 친구, 심지어 뉴스에 나온 최근 사건들에 대해 보다 깊은 대화를 나눴다. 후자의 경우엔 브라이스가 주도권을 쥐어야 했지만. 텔레비전도 신문도 없었기 때문에 나는 세계가, 또는 미국, 시애틀, 하물며 노스캐롤라이나가 어떻게 돌아가는지 알 수 없었을뿐더러 솔직히 별로 관심도 없었다. 하지만 브라이스가 말하는 걸 듣는 게 좋았다. 그는 때로 심각한 문제를 놓고 진지한 질문을 던졌는데 나는 생각하는 척하다가 "대답하기 어려운 질문이네. 넌 어떻게 생각해?" 하고 반문하곤 했다. 그러면 브라이스가 그 문제에 대한 자신의 생각을 말했다. 거기서 뭔가를 배웠을 수도 있겠지만 그를 향한 감정에 사로잡혀 별로 기억나지 않았다. 이따금 브라이스가 내게서 어떤 매력을 봤을까 하는 의문이 들어 갑작스레 불안해질 때에는 그가 내 마음을 읽은 듯 손을 잡아주었고, 그러면 고통이 사라졌다.

키스도 많이 했다. 고모나 브라이스의 가족이 볼 수 있을 땐 절대 하지 않았지만 그 외 가능한 모든 순간에 수시로 시도했다. 에세이를 쓰다가 잠시 생각을 가다듬는데 나를 보는 브라이스의 눈길이 느껴지면 앞으로 몸을 기울여 그에게 입을 맞췄다. 아니면 브라이스가 파일 상자에서 사진을 살펴보다가 몸을 기울여 내게 입을 맞췄다. 저녁이 끝날 무렵 테라스에서, 또는 브라이스가 과외를 하러 고모네 집에 발을 들이자마자 입을 맞추기도 했다. 우리는 해변에서, 마을에서, 그의 집 근처에서, 고모네 집 밖에서 키스를 했다. 그 말인즉, 모래언덕 뒤나 모퉁이에 숨기도 했다는 뜻이다. 어떨 땐 브라이스가 손가락으로 내 머리칼을 감았고, 또 어떨 땐 그냥 나를 안았다. 하지만 언제나 나를 사랑한다고 말했는데, 그럴 때마다 심장이 제멋대로 쿵쾅댔고 내 인생이 더할 나위 없이 완벽한 것처럼 느껴졌다.

✦

3월 초, 다시 '대왕손' 선생님을 만났다. 그웬이 남은 기간 동안 나를 책임지고 계속 돌볼 터라 출산 전 그와의 마지막 만남이었다. 그즈음 가진통이 산발적으로 시작돼 기분이 별로라고 의사 선생님께 말했더니 그게 내 몸이 출산을 준비하는 방식이라고 알려주었다. 초음파를 하면서 모니터에 조금의 시선도 주지 않았지만, 담당자가 아기(소피아? 클로이?)가 잘 지낸다고 말하자 절로 안도의 한숨이 나왔다. 아기를 내게 속한 사람으로 생각하지 않으려고 노력했음에도 괜찮을지 알고 싶었다. 담당자가 **엄마**, 그러니까 **나**도 잘하고 있다고 덧붙였지만 그런 호칭을 듣는 건 변함없이 어색했다. 그리고 마침내 선생님과 마주 앉으니 그가 임신 막바지에 겪을 수 있는 일에 대한 이야기를 한 보따리 들려주었다. 선생님이 **치질**이라는 단어를 내뱉는 순간 나는 듣기를 거의 멈췄고—포틀랜드 YMCA에서 10대 임산부 모임에 참석했을 때도 들었지만 깡그리 잊고 있었다—그의 말이 끝날 때쯤에 완전히 우울해졌다. 선생님이 내게 질문하고 있다는 것을 알아차리기까지 몇 초가 걸렸다.

"매기? 내 말 듣고 있니?"

"죄송해요. 아직 치질에 대해 생각하는 중이었어요." 내가 말했다.

"운동은 하고 있냐고 물었다." 그가 말했다.

"사진 찍을 때 걸어요."

"잘하고 있구나." 그가 말했다. "너와 아기 모두에게 운동이 좋다는 걸 기억해라. 그러면 출산 후에 몸이 회복되는 기간이 짧아질 거야. 하지만 너무 격렬하게는 말고. 가벼운 요가, 걷기, 이런 것들이 좋아."

"자전거 타기는 어때요?"

선생님이 거대한 손가락을 턱에 갖다 댔다. "앉을 때 편안하고 다치지만 않는다면 앞으로 몇 주 동안은 괜찮을 거야. 그 후에는 몸의 무게중심이 달라질 테니 균형 잡기가 더 어려워질 게다. 넘어지면 너나 아기한테 좋지 않아."

즉, 살이 훨씬 불어날 거라는 소리였다. 그렇게 될 줄은 알았지만 치질만큼이나 우울한 이야기였다. 하지만 내 몸이 이전으로 더 빨리 돌아갈 수도 있다는 말이 마음에 들어 다음번 브라이스를 만날 때 아침 달리기 시간에 함께 자전거를 타도 되겠냐고 물었다.

"당연하지." 브라이스가 답했다. "친구가 있으면 좋지."

다음 날 아침, 나는 새벽같이 일어나 재킷을 걸치고 브라이스네 집으로 자전거를 타고 갔다. 브라이스가 집 앞에서 스트레칭을 하다가 나를 향해 뛰어왔다. 데이지도 함께였다. 그가 몸을 숙여 내게 입을 맞추는데 불현듯 이를 닦지 않았다는 걸 깨달았다. 그렇지만 어쨌거나 그와 입을 맞추었고 그도 개의치 않는 것 같았다.

"준비됐어?"

브라이스는 달리고 나는 자전거를 타기 때문에 쉬울 거라 생각했지만 그건 오산이었다. 처음 몇 킬로미터는 괜찮다가 얼마 후 허벅지가 불에 타듯 아프기 시작했다. 설상가상으로 브라이스가 계속 대화를 시도했는데 지쳐서 헉헉대는 내겐 쉬운 일이 아니었다. 더 이상 못 가겠다 싶을 때 브라이스가 운하로 이어지는 자갈길 근처에 멈춰 서더니 단거리달리기를 해야 한다고 했다.

나는 자전거 안장에서 한 발로 땅을 디딘 채 쉬면서 브라이스가 내 반대쪽으로 전력 질주하는 모습을 지켜보았다. 데이지조차 그를 따라잡기 힘들어했고, 그의 모습은 저 멀리로 점점 작아졌다. 브라이스가 걸음을 멈추고 잠깐 쉬더니 다시 나를 향해 전력 질주했다. 그렇게 다섯 번을 왔다 갔다 한 그는 조금 전의 나보다 훨씬 힘겹게 헉헉대는 것은 물론이고 데이지가 거의 다리까지 혀를 늘어트렸음에도 불구하고 단거리를 마치자마자 다시 조깅을 시작했다. 이번에는 그의 집 방향이었다. 이제는 끝났겠다 싶었으나 역시 내 착각이었다. 셔츠 아래로 근육이 불끈 솟은 채 브라이스는 푸시업, 윗몸일으키기, 마당에 있는 야외 탁자에서 뛰어 오르내리기를 반복하고 마지막으로 지붕 아래에 걸린 파이프를 이용해 수차례 턱걸이를 했다. 그동안 데이지는 제자리에 엎드려 숨을 헐떡였다. 턱걸이가 끝난 뒤 시계를 확인하니 거의 90분 동안 쉬지 않고 운동한 셈이었다. 아침 공기가 차가웠지만 브라이스의 얼굴은 땀에 젖어 반짝거렸고 그가 다가오는데 티셔츠가 군데군데 젖어 있었다.

"아침마다 이렇게 해?"

"일주일에 6일 동안." 브라이스가 말했다. "하지만 그때마다 달라. 어떨 땐 장거리는 짧게 하는 대신 단거리 같은 걸 더 많이 해. 웨스트포인트에 대비하고 싶어서."

"그러니까 이걸 다 끝내고 과외 하러 오는 거라고?"

"그런 셈이지."

"대단하다." 단지 브라이스의 근육을 보는 게 즐거워서만은 아니었다. **정말** 대단했다. 그런 그를 보니 그와 닮고 싶다는 마음이 들었다.

아침에 규칙적인 운동을 추가로 했음에도 몸무게는 늘어났고 배도 계속 불러왔다. 그웬은 그게 정상이라고 계속 일러주었다. 그녀가 정기적으로 집에 들러 혈압을 재고 청진기로 아기 상태를 확인하기 시작한 터였다. 하지만 그럼에도 기분이 나아지지 않았다. 3월 중순쯤 되자 10킬로그램이 불어 있었다. 그달 말에는 11킬로그램이 늘어서 아무리 헐렁한 운동복을 입어도 볼록한 배를 숨기는 게 불가능했다. 나는 닥터 수스의 책에 등장하는 머리도 작고 다리도 가는데 몸통만 불룩한, 하지만 신디 루 후와 같은 귀여움은 없는 캐릭터를 닮아갔다.

브라이스는 개의치 않는 것 같았다. 우리는 여전히 입을 맞췄고 그는 한결같이 내 손을 잡았으며 내게 늘 예쁘다고 말해주었다. 그러나 월말이 가까워지자 내가 임산부라는 자각이 늘 따라다녔다. 의자에 풀썩 주저앉지 않기 위해 균형을 똑바로 잡아야 했고, 소파에서 일어날 땐 찰나의 계획과 집중이 필요했다. 그때까지도 한 시간 간격으로 화장실을 갔는데, 한번은 연락선에서 재채기를 하다 소변을 **찔끔**하는 바람에 창피한 것은 물론이고 오크라코크로 돌아올 때까지 축축하고 불쾌했다. 태동도 훨씬 잦아졌는데 특히 누워 있을 때 심했다. 배가 움직이는 것도 **보여서** 너무 비현실적이었다. 게다가 똑바로 누워서 자야 하는 게 여간 불편한 일이 아니었다. 가진통이 점점 빈번해졌지만 대왕손 선생님과 마찬가지로 그웬도 좋은 현상이라고 했다. 한편 나로선 복부 전체가 너무 조이고 경련이 일어 나쁜 일 같았지만 그웬은 내 불평을 무시했다. 유일하게 내가 겪지 않은 끔찍한 일이 치질과 얼굴에 갑자기 생기는 여드름이었다. 이따금 뽀루지가 한두 개 나기도 했지만 화장으로 눈에 안 띄게 가릴 수 있었고 브라이스도 그에 대해 아무 말이 없었다.

또 중간고사에서도 꽤 좋은 성적을 거뒀다. 부모님 중 누구도 그다지 감동한 것 같지 않았지만. 반면에 고모는 기뻐했다. 그때쯤 나는 고모가 나와 브라이스의 관계에 대한 조언을 아낀다는 사실을 눈치챘다. 아침마다 운동을 시작하겠다고 했을 때도 "부디 조심하렴"이라는 말이 전부였다. 브라이스가 식사를 하고 가는 저녁에는 두 사람이 언제나처럼 다정하게 수다를 떨었다. 내가 토요일에 사진을 찍을 거라고 하면 고모는 몇 시에 저녁 식사를 차릴지 알 수 있게 귀가 시간만 묻곤 했다. 밤에 린다 고모와 나만 있을 때, 고모는 소설책을 집어 들고 나는 사진 책을 정독하기 전에 우리는 내 부모님이나 그웬에 대해, 아니면 내 공부나 고모 가게가 어떻게 돼가는지에 대해 이야기를 나누었다. 하지만 우리 사이에 무언가, 어떤 **거리감** 같은 게 생겨났다는 기분을 떨칠 수 없었다.

처음엔 크게 신경 쓰지 않았다. 고모와 내가 브라이스에 관해 거의 얘기하지 않는다는 사실 때문에 우리의 관계가 살짝 비밀스럽고 어딘가 부정하고 그래서 더욱 짜릿하게 느껴졌다. 그리고 고모는 격려하지는 않아도 조카가 자신의 기준에 맞는 청년과 사랑에 빠졌다는 것을 적어도 받아들인 것처럼 보였다. 밤에 내가 브라이스를 현관까지 배웅할 시간이 되면 대개 고모가 소파에서 일어나 부엌으로 향하며 우리에게 짧은 작별 키스를 나눌 정도의 사생활을 제공했다. 브라이스와 내가 선을 넘지 않으리라는 걸 직관적으로 알았던 것 같다. 우리는 심지어 공식적인 두 번째 데이트도 하지 않았다. 사실 매일, 하루 종일 봤기 때문에 그럴 이유도 없었지만. 고모에게 먼저 말하지 않고 밤에 서로를 보기 위해 집 밖에 몰래 빠져나가거나 어딘가로 갈 생각은 해본 적도 없었다. 내 몸의 형태가 변하기 시작하면서 섹스는 아예 생각도 나지 않았다.

하지만 얼마 후 그 거리감이 불편해지기 시작했다. 린다 고모는 완벽히 내 편이 되어준, 내가 아는 첫 번째 사람이었다. 고모는 나의 결점까지 포함해 나를 있는 그대로 받아들였고 그녀에겐 뭐든지 털어놓을 수 있다고 생각하고 싶었다. 3월 말 즈음 거실에 함께 앉아 있을 때 문제가 한계에 다다랐다. 브라이스가 우리 집에서 저녁 식사를 하고 돌아간 뒤 고모가 잠자리에 드는 시간이었다. 내가 어색하게 헛기침을 하자 고모가 책에서 흘깃 시선을 들었다.

"여기 살게 해줘서 고마워요." 내가 말했다. "고모에게 감사한 마음을 제가 충분히 표현했는지 모르겠어요."

고모가 얼굴을 찌푸렸다. "갑자기 무슨 소리니?"

"모르겠어요. 최근에 너무 바빠서 고모와 단둘이 있을 기회가 없었잖아요. 그래서 고모가 해준 모든 것에 감사하다는 말을 못 했어요."

고모가 표정을 누그러트리며 책을 옆으로 치웠다. "천만에. 넌 내 가족이잖니. 그래서 처음에 돕겠다고 나선 거야. 하지만 네가 이곳에 오고 나서 너와 함께 있는 게 얼마나 즐거운지 깨달았어. 자식이 없는 나로선 어떤 면에선 한 번도 가져보지 못한 딸이 생긴 기분이야. 이런 말을 할 위치는 아니지만, 내 나이에는 가끔 그런 척해도 괜찮다는 걸 배웠단다."

나는 나 때문에 고모가 겪은 모든 일을 생각하며 불룩 튀어나온 배를 한 손으로 쓰다듬었다. "처음엔 제가 형편없는 손님이었죠."

"나쁘지 않았어."

"침울하고 성가시고 함께 지내기 즐거운 사람도 아니었어요."

"겁이 나서 그런 거지." 고모가 말했다. "나도 알아. 솔직히 나도 겁이 났으니까."

그 말은 예상하지 못했다. "왜요?"

"네게 필요한 사람이 못 될까 봐. 혹시 그 바람에 네가 시애틀로 돌아가야 할까 걱정됐어. 네 부모님과 마찬가지로 나도 네게 가장 좋은 걸 해주고 싶었거든."

나는 머리카락을 만지작거렸다. "아직도 집에 돌아가면 친구들에게 뭐라고 해야 할지 모르겠어요. 이미 몇몇은 진실을 의심하면서 저에 대해 수군거리거나 제가 재활 시설에 들어갔다는 둥 소문을 퍼트리고 있을 거예요."

고모의 표정은 변함없이 차분했다. "내가 수녀원에서 돌보던 수많은 여자애들도 비슷한 걱정을 했어. 실제로 그런 일들이 벌어질 수도 있고, 그렇게 되면 끔찍할 거야. 하지만 아마 놀랄 거다. 사람들은 자기 인생만 신경 쓰지, 타인한테는 관심이 없어. 집에 돌아가 친구들과 평범한 생활을 하자마자 다들 네가 한동안 떠나 있었다는 사실을 잊어버릴 거야."

"그렇게 생각해요?"

"해마다 학기가 끝나고 여름방학이 시작되면 아이들이 온갖 지역으로 뿔뿔이 흩어지지. 그래서 일부 친구들은 얼굴을 볼 수 없어. 하지만 다들 학교로 돌아오자마자 한 번도 떨어진 적 없었던 것처럼 다시 어울리잖니."

그게 사실이긴 했지만 달콤한 가십거리를 그 무엇보다 좋아하는 사람들, 타인을 깔아뭉개면서 즐거움을 느끼는 사람들도 존재했다. 창문으로 고개를 돌리니 유리창 너머로 어둠이 깔려 있었다. 고모가 왜 브라이스에 대한 내 감정과 그로 인한 결과에 대해 얘기하고 싶어 하지 않는지 다시 궁금해졌다. 결국 내가 이야기를 꺼냈다.

"브라이스를 사랑해요." 내가 기어들어가는 목소리로 말했다.

"알아. 그 애를 바라보는 표정에서 알 수 있어."

"그 애도 저를 사랑해요."

"알아. 그 애가 너를 보는 표정에서 다 보여."

"제가 사랑에 빠지기에 너무 어리다고 생각하세요?"

"그건 내가 답할 말이 아니구나. 넌 네가 너무 어리다고 생각하니?"

고모가 반문하리라 예상했어야 했다. "마음 한편에선 브라이스를 사랑한다는 걸 알아요. 하지만 제 안의 또 다른 목소리가 사랑에 빠진 적이 없으니 알 리 없다고 속삭여요."

"첫사랑은 저마다 달라. 그렇지만 누구나 그런 느낌이 오면 알게 돼."

"고모는 사랑에 빠져본 적 있어요?" 고모가 고개를 끄덕이자 그웬을 가리키는 거라는 확신이 들었다. 하지만 부연 설명이 없어서 내가 말을 이었다. "그게 사랑인지 어떻게 확신해요?"

처음으로 고모가 웃었다. 비웃음이 아닌 너털웃음이었다. "아담과 이브 이후로 시인과 음악가, 작가, 심지어 과학자들조차 그 질문에 답하려고 애써왔단다. 그리고 내가 오랫동안 수녀였다는 사실을 잊지 마렴. 그래도 내 의견을 묻는 거라면, 또 낭만보다 현실을 좀 더 따지자면, 난 사랑이 과거, 현재, 미래로 설명된다고 생각해."

"무슨 말인지 모르겠어요." 내가 고개를 갸웃거리며 말했다.

"과거에 네가 상대방에게 끌렸던 이유가 뭔가, 그 사람이 너를 어떻게 대했는가, 둘이 얼마나 잘 맞았는가. 현재에도 질문은 같아. 상대방에 대한 육체적 욕망이 더해진다는 것만 빼면. 만지고 싶고, 안고 싶고, 입 맞추고 싶은 욕망 말이야. 이 모든 질문에 대답하면서 오직 그 사람하고만 함께 하고픈 마음이 든다면, 그게 아마 사랑이겠지."

"부모님이 알면 노발대발할 거예요."

"부모님한테 말하려고?"

본능적으로 대답할 뻔했으나 고모가 눈썹을 치켜올리는 걸 보고 말이 목구멍에 걸렸다. 나는 정말 부모님에게 말하려고 했을까? 그 순간까지 그럴 거라고 생각했지만 말한다 한들 브라이스와 내게 무슨 의미가 있을까? 현실적으로 우리가 서로 만날 수나 있을까? 그런 생각들이 어지러이 떠돌다가 고모의 말이 떠올랐다. 사랑은 결국 과거, 현재… 그리고 미래로 요약된다고.

"미래는 사랑과 무슨 관계가 있는 거예요?" 내가 물었다.

묻자마자 내가 이미 답을 안다는 것을 알아차렸다. 하지만 고모는 목소리 톤을 밝게 유지했다.

"지금 그를 사랑하는 이유만 가지고 앞으로 닥칠 모든 불가피한 고난을 헤치고서 그 사람과 미래를 함께할 수 있을까?"

"아." 그게 내가 내뱉을 수 있는 전부였다.

린다 고모가 무심코 자신의 귀를 잡아당겼다. "리지외의 테레사 수녀에 대해 들어본 적 있어?"

"처음 들어봐요."

"19세기의 프랑스 수녀야. 아주 고결한 분으로, 내가 아주 존경하는 사람이지. 그분이라면 사랑은 결국 미래로 설명된다는 내 말에 수긍하지 않을 거야. 이렇게 말하셨거든. '사랑은 계산하는 게 아니다.' 내가 상상도 못 할 정도로 현명한 분이었어."

린다 고모는 정말 최고였다. 그러나 그날 밤 고모가 해준 위로의 말에도 불구하고 나는 걱정스러운 마음에 매기 베어를 꼭 붙들었다. 그리고 시간이 한참 흐른 뒤에야 잠에 들었다.

✦

미루기 기술에 탁월한 사람으로서—학교에서 지루하기 짝이 없는 과제를 받으면서 배운 기술이었다—나는 고모와의 대화를 당장은 생각하지 않기로 했다. 그 대신 오크라코크와 브라이스를 떠난다는 생각이 떠오를 때면 **'사랑은 계산하는 게 아니야'**란 말을 되새기려 노력했고 대개는 효과가 있었다. 엄밀히 말해 그 주제에 대한 생각을 피할 수 있었던 건 브라이스가 참을 수 없을 정도로 잘생겨서 순간적으로 넋을 놓기 매우 쉬워서일지도 몰랐다.

브라이스와 함께 있을 때마다 내 뇌는 계속 열광 모드를 유지했다. 아마 틈만 나면 그와 몰래 입을 맞췄기 때문이었으리라. 하지만 저녁에 내 방에 혼자 있을 때, 특히 태동이 느껴질 때면, 시계가 내가 떠날 시간을 향해 째깍째깍 흘러가는 소리가 선명하게 들렸다. 내가 원하든 원하지 않든 종지부를 찍을 날이 분명히 다가오고 있었다.

4월 초에 우리는 등대를 찍으러 갔다. 나는 브라이스가 무지개가 뜬 하늘 아래서 카메라 렌즈를 갈아 끼우는 모습을 지켜보았다. 데이지는 땅바닥을 쿵쿵거리다 이따금 브라이스에게 다가가 이상이 없는지 살피면서 여기저기 바쁘게 돌아다녔다. 날씨가 풀려서 브라이스는 티셔츠 차림이었다. 나는 무슨 최면술사의 추라도 되는 양 브라이스의 도드라진 팔근육을 바라보았다. 거의 임신 35주 차에 들어선 터라, 아침에 브라이스와 자전거를 타던 일과에는 비유적으로 표현해 브레이크를 걸어야 했다. 또 공공장소에서의 노출을 좀 더 의식하게 되었다. 이곳 사람들이 브라이스가 나를 임신시켰다고 추측하는 건 원하지 않았다. 어쨌거나 오크라코크는 그의 집이었다.

"저기, 브라이스?" 내가 마침내 물었다.

"응?"

"내가 시애틀로 돌아가야 한다는 거 알지? 아기를 낳은 뒤에 말이야."

브라이스가 카메라에서 눈을 떼더니 내가 머리에 스노우 콘이라도 쓰고 있는 것처럼 나를 멍하니 쳐다보았다. "정말? 네가 임신을 했고 떠난다고?"

"농담하는 거 아니야." 내가 말했다.

브라이스가 카메라를 내려놓았다. "응." 그가 말했다. "알지."

"그게 우리에게 무슨 의미일지 생각해봤어?"

"생각해봤어. 그런데 뭐 하나 물어봐도 될까?" 내가 좋다고 하자 브라이스가 말을 이었다. "날 사랑해?"

"당연히 사랑하지." 내가 말했다.

"그러면 해결 방법을 찾을 수 있을 거야."

"난 4,800킬로미터 떨어진 곳에 있을 거야. 널 못 볼 거라고."

"전화로 연락하면 되잖아…."

"장거리 전화는 비싸. 게다가 전화비를 마련한다 해도 부모님이 통화를 얼마나 자주 허락해줄지도 의문이야. 게다가 넌 바빠질 테고."

"그러면 서로에게 편지를 쓰자, 어때?" 브라이스의 목소리에 처음으로 불안감이 엄습했다. "우리가 장거리 연애를 해결해야 하는 역사상 첫 커플도 아니잖아. 우리 아빠는 한 번에 몇 달씩 해외 파견을 나갔어. 그리고 지금도 늘 출장을 다녀."

하지만 두 분은 부부고 자식도 있었잖아. "나는 고등학교가 2년이나 남았지만 넌 대학에 진학한다고."

"그래서?"

네가 더 나은 여자를 만날지도 모르지. 더 똑똑하고 더 예쁘고, 나보다 더 공통점이 많은 여자를. 머릿속에서 이런 목소리가 들렸지만 아무 말도 하지 않았다. 브라이스가 다가왔다. 그가 내 뺨을 만지며 부드럽게 쓰다듬더니 몸을 숙여 키스했다. 그 느낌이 공기처럼 가벼웠다. 브라이스가 나를 안았고, 침묵 속에서 마침내 그의 한숨 소리가 들렸다.

"널 잃지 않을 거야." 브라이스가 속삭였고 나는 눈을 감았다. 그의 말을 믿고 싶었지만 그게 어떻게 가능할지 확신이 들지 않았다.

✦

뒤이은 며칠 동안 우린 둘 다 그런 대화가 없었던 척하려고 애를 썼다. 그리고 처음으로 함께 있는 동안 어색한 순간들이 생겨났다. 브라이스가 먼 곳을 바라보는 걸 발견하고 내가 무슨 생각 중이냐고 물으면 그가 고개를 저으며 설핏 억지웃음을 짓거나, 아니면 내가 팔짱을 끼고 갑자기 한숨을 쉬다가 그에게 내 생각을 들킨 걸 깨닫는 식이었다.

서로 말은 안 했지만 스킨십 욕구는 훨씬 강해졌다. 브라이스는 전보다 자주 내 손을 잡았고 나는 미래에 대한 두려움이 침범할 때마다 그에게 다가가 포옹했다. 입을 맞출 때는 불가능한 희망에 매달리기라도 하는 것처럼 브라이스의 두 팔이 으스러질 듯 나를 껴안았다.

임신 말기에 접어든 탓에 우리는 집 안에서 더 많은 시간을 보냈다. 자전거도 타지 않았고, 사진을 찍으러 나가는 대신 파일 상자에 있던 사진들을 공부했다. 안전하다는 얘기를 들었음에도 암실은 드나들지 않았다.

3월 내내 그랬던 것처럼 나는 읽기 자료와 과제에 더 열심히 매진했다. 주로 불가피한 운명에서 주의를 딴 데로 돌리기 위해서였다. 《로미오와 줄리엣》을 분석하는 에세이도 썼다. 내 모든 수업을 통틀어 그해 가장 중요한 에세이였는데, 브라이스가 없었으면 불가능했을 것이다. 책을 읽을 때 내가 영어를 읽고 있는 건지 헷갈릴 정도로 어려운 부분이 많아서 사실상 브라이스가 모든 문단을 번역해줘야 했다. 하지만 그에 반해 포토샵을 할 땐 내 직감을 믿었고 브라이스와 그의 엄마를 계속 놀라게 했다.

그럼에도 데이지는 브라이스와 나 사이에 드리운 먹구름을 감지한 것 같았다. 브라이스가 내 손을 잡고 있을 때면 데이지는 내 반대편 손에 자주 코를 비볐다. 어느 목요일, 저녁 식사를 마친 뒤 브라이스를 현관으로 배웅하려는데 고모가 때마침 부엌에 확인할 게 있다며 자리를 비켜주었다. 데이지가 따라 나와서 내 옆에 앉더니 브라이스가 내게 키스하는 모습을 올려다보았다. 그의 혀가 내 혀와 만났고, 잠시 후 서로를 껴안고 있는 와중에 브라이스가 자신의 이마를 내 이마에 부드럽게 갖다 댔다.

"토요일에 뭐 할 거야?" 그가 물었다.

브라이스가 또 데이트 신청을 하려는 거라 짐작했다. "토요일 밤 말이야?"

"아니." 그가 고개를 저으며 말했다. "낮에. 데이지를 골즈버러에 데려다줘야 해. 네가 사람들 눈에 띄기 싫어한다는 건 알지만 함께 갔으면 좋겠어. 돌아오는 길에 혼자이고 싶지 않은데 엄마는 동생들을 돌봐야 해. 안 그러면 녀석들이 사고로 집을 날려버릴지도 몰라."

그날이 올 거라는 건 알았지만 데이지가 떠난다고 생각하니 목이 메었다. 나는 무의식적으로 데이지를 향해 손을 뻗었고 손가락으로 데이지의 귀를 더듬었다.

"그래… 알았어."

"고모한테 물어봐야 해? 부활절 전날이니까?"

"분명 허락해주실 거야. 나중에 물어보고 혹시 상황이 바뀌면 알려줄게."

브라이스가 고개를 끄덕이며 입술을 꽉 다물었다. 데이지를 내려다보는 내 두 눈에 눈물이 고였다.

"보고 싶을 거야."

데이지가 내 목소리를 듣고 낑낑거렸다. 브라이스의 눈에도 눈물이 반짝이고 있었다.

✦

토요일에 우리는 오크라코크에서 아침 일찍 연락선을 탄 뒤 해안에서 골즈버러까지 장시간 운전을 했다. 뉴번에서는 한 시간이 걸렸다. 우리는 트럭 앞 좌석 사이에 데이지를 앉히고 손가락으로 데이지의 털을 쓰다듬었다. 데이지는 애정을 듬뿍 받는 게 만족스러워 미동도 하지 않았다.

마침내 월마트 주차장에 도착했고, 브라이스가 만나기로 한 사람들을 알아보았다. 그들은 화물칸에 플라스틱 이동 장이 실려 있는 픽업트럭 근처에 서 있었다. 브라이스가 트럭을 그들 방향으로 돌리며 속도를 조금씩 늦추었다. 데이지가 무슨 일인지 보려고 일어나 앉더니 전면 유리 너머를 응시했다. 새로운 모험에 신이 난 표정이었지만 실제로 어떤 일이 벌어지고 있는지는 알 리가 없었다.

주차장이 토요일 쇼핑객으로 붐비는 탓에 브라이스가 데이지의 목걸이에 목줄을 연결하고 차 문을 열었다. 브라이스가 먼저 내리고 데이지가 이어서 뛰어내렸다. 데이지는 낯선 환경의 냄새를 맡으려 땅바닥에 코를 갖다 댔다. 그동안 나는 전과 달리 아주 힘겹게 내 쪽으로 기어 내리고는 브라이스에게 합류했다. 브라이스가 내게 목줄을 주었다.

"잠깐만 잡고 있을래? 트럭에서 서류를 가져와야 해."

"알았어."

나는 몸을 숙여 다시 데이지를 쓰다듬었다. 그때쯤 방문객들이 우리 쪽으로 향하기 시작했는데 둘 다 나보다 훨씬 느긋해 보였다. 한 명은 40대 여자로 긴 빨간색 머리를 뒤로 묶었고, 또 한 명은 그보다 열 살쯤 많아 보이는 남자로 폴로셔츠와 치노 바지 차림이었다. 스스럼없는 몸가짐을 봐선 둘 다 브라이스를 잘 아는 게 분명했다.

브라이스가 그 둘과 악수를 나눈 뒤 폴더를 건넸다. 그들이 내게 제스와 토비라고 자신들을 소개하자 나도 인사했다. 순간 그들이 내 배를 흘끔 쳐다보는 것을 느끼고 나는 평소보다 더 시선을 의식하며 팔짱을 꼈다. 그래도 둘 다 뚫어지게 보지 않을 정도의 배려심은 있었다. 잠시 그들과 오는 길은 어땠는지, 최근 어떻게 지냈는지 한담을 나눈 후 브라이스가 데이지의 훈련 관련 서식을 채우기 시작했다. 그렇지만 나는 그들이 브라이스가 아기 아빠인지 알고 싶어 한다는 걸 눈치챘고 그래서 다시 데이지에게 집중했다. 그들의 대화에는 신경을 껐다. 데이지가 내 손가락을 핥자 다시는 데이지를 볼 수 없다는 생각에 눈물이 차올랐다.

제스와 토비는 절차는 물론이고 작별이 길어지면 브라이스에게 힘들 뿐이라는 걸 잘 알고 있었다. 대화가 끝나자 브라이스가 쪼그리고 앉았다. 그가 데이지의 얼굴을 양손으로 붙들었고 둘은 서로를 빤히 바라보았다.

"넌 내 생애 최고의 강아지였어." 브라이스가 살짝 목이 멘 듯한 목소리로 말했다. "네가 잘 해내리라고 믿어. 네 새 주인도 나만큼 널 사랑해줄 거야."

데이지가 단어 하나하나를 흡수하는 것만 같았다. 브라이스가 이마에 입을 맞추자 데이지가 눈을 감았다. 브라이스는 토비에게 목줄을 건네고 침울한 표정으로 뒤돌아서 말없이 트럭으로 걸어 갔다. 나 역시 데이지에게 마지막으로 입을 맞추고 그의 뒤를 따랐다. 어깨 너머로 훔쳐보니 데이지가 브라이스를 쳐다보며 얌전히 앉아 있었다. 그가 어디로 가는지 궁금한 듯 데이지의 고개가 한쪽으로 기울어져 있는 모습을 보니 가슴이 찢어졌다. 브라이스는 입을 다문 채 내 쪽 차 문을 열어주고 내가 트럭에 올라가도록 도와주었다.

브라이스가 내 옆에 올라탔다. 사이드미러로 다시 데이지가 보였다. 브라이스가 시동을 켜는 동안 데이지가 우리를 계속 지켜보았다. 트럭이 주차된 차들을 하나둘 지나치며 천천히 앞으로 나아갔다. 브라이스는 앞만 바라보았고 우리는 주차장을 통과해 출구로 향했다.

정지신호가 있었지만 막히지는 않았다. 브라이스가 진입로로 방향을 꺾었고 오크라코크로 돌아가는 여정은 이미 시작되었다.

나는 마지막으로 어깨 너머를 훔쳐보았다. 데이지는 여전히 고개를 기울인 채 그 자리에 앉아 있었다. 트럭이 저 멀리로 작아지는 광경을 지켜보고 있는 게 분명했다. 데이지가 어리둥절한 건지, 두려운 건지, 슬픈 건지 궁금했지만 너무 멀리 있어서 분간할 수 없었다. 토비가 마침내 목줄을 잡아당기자 데이지가 그의 트럭 뒤편으로 천천히 따라갔다. 그가 트럭 뒷문을 내리자 데이지가 폴짝 뛰어올랐다. 그때 차가 또 다른 건물을 지나쳤고 그들을 시야에서 완전히 가려버렸다. 그렇게 데이지가 갑자기 사라졌다. 영원히.

브라이스는 침묵을 유지했다. 그의 마음이 아프다는 것을, 그가 새끼 때부터 키운 그 강아지를 무척 그리워하리라는 것을 알았다. 나는 무슨 말을 해야 할지 몰라 눈물만 닦았다. 갓 상처를 입고 힘들어하는 사람에게는 뻔한 위로의 말 같은 건 아무 의미도 없었다.

고속도로 진입로를 앞에 두고 브라이스가 트럭의 속도를 점점 늦추었다. 잠깐이지만 그가 주차장으로 차를 돌려 데이지에게 제대로 작별 인사를 하려는 건 줄 알았다. 하지만 그런 일은 없었다. 브라이스가 주유소로 방향을 돌리더니 부지 가장자리에 차를 멈추고 시동을 껐다.

브라이스는 침을 삼키더니 두 손에 얼굴을 파묻었다. 그의 어깨가 흔들리기 시작했다. 울음소리가 들리자 나도 눈물을 참기 힘들었다. 나도 흐느꼈고, 그도 흐느꼈다. 우리는 함께였음에도 슬픔 속에서는 혼자였다. 그리고 사랑하는 데이지를 벌써 그리워했다.

✦

오크라코크에 도착하자 브라이스가 나를 고모 집에 내려주었다. 그가 혼자 있고 싶어 하는 눈치인 데다 나도 녹초가 돼서 낮잠이 필요했다. 잠에서 깨자 린다 고모가 치즈 샌드위치와 토마토 수프를 만들어주었다. 나는 식탁에 앉아 있는 동안 무의식적으로 데이지를 만지려고 아래로 손을 뻗었다.

"내일 교회에 갈 거니?" 고모가 물었다. "부활절이지만 그냥 집에 있고 싶다면 알겠다."

"괜찮을 거예요."

"괜찮을 거라는 건 알아. 내가 물어본 건 다른 이유 때문이야."

누가 봐도 임신한 것처럼 보이니까, 라는 뜻이었다.

"내일은 가고 싶어요. 하지만 다음부터는 그만 갈래요."

"그래." 고모가 말했다. "다음 주 일요일부터 네가 필요로 하면 그웬이 옆에 있을 거야."

"그웬도 교회에 안 가요?"

"좋은 생각이 아닌 것 같아서. 만약의 경우를 대비해 여기 있어야지."

혹시 아기가 나올 경우를 대비해, 라는 소리였다. 샌드위치를 집는데 이곳에서의 시간이 나의 바람보다 훨씬 빨리 끝나가고 있음을 알려주는 많은 변화가 불현듯 떠올랐다.

이틀이 지난 월요일, 눈을 뜨자마자 앞으로 한 달가량밖에 남지 않았다는 생각이 맨 먼저 들었다. 데이지를 떠나보낸 사건으로 인해 작별의 현실이 나뿐만 아니라 브라이스에게도 훨씬 구체적으로 다가왔다. 브라이스는 과외 시간 동안 기운이 없더니 이후 사진 대신 운전 연습을 시작하자고 제안했다. 고모와 그의 엄마에겐 미리 허락을 맡은 터였다.

촬영하는 동안 데이지를 곁에 두는 데 익숙해진 터라 주의를 돌릴 수 있는 일을 원했던 것이다. 내가 동의하자 브라이스가 섬의 반대편으로 이어지는 도로로 차를 몰았고 우리는 자리를 바꿨다. 운전대를 잡고서야 나는 트럭의 변속기가 자동이 아닌 수동이라는 것을 깨달았다. 왜 전에는 눈치채지 못했는지 나도 모른다. 아마도 브라이스가 운전을 너무 능숙하게 했기 때문이리라.

"이건 못 할 것 같아."

"수동으로 배우는 게 좋아. 만약의 경우를 대비해야지."

"그런 일은 절대 없을 거야."

"그걸 어떻게 알아?"

"대부분의 사람들은 똑똑해서 자동으로 변속되는 차를 살 테니까."

"불평 다 끝났으면 이제 시작해도 될까?"

그날 처음으로 브라이스가 예전 모습으로 돌아온 것 같아 어깨의 긴장이 스르르 풀렸다. 그제야 어깨에 힘이 얼마나 들어갔었는지 알았다. 브라이스가 클러치 작동법을 설명했고 나는 그의 말을 경청했다.

쉬울 줄 알았지만 그렇지 않았다. 클러치를 풀면서 동시에 액셀을 밟는 게 브라이스가 시범을 보인 것보다 훨씬 어려웠다. 내 운전 수업의 처음 한 시간은 트럭 차체가 순간 휘청거리다가 시동이 꺼지는 과정의 지난한 반복이었다. 내가 처음 몇 번 시도하고 났더니 브라이스도 안 되겠는지 안전벨트를 맸다.

고생 끝에 트럭을 움직일 수 있게 되자 브라이스가 기어를 2단, 3단으로 바꾸며 속도를 올리게 했고, 그 과정을 처음부터 반복시켰다.

그 주 중반쯤 되니 더 이상 시동이 꺼지지 않았다. 목요일에는 마을 도로에서 시험 운전을 할 정도로 실력이 늘었다. 게다가 차량이 거의 없어 보기보다 훨씬 안전했다. 내가 운전대를 꺾을 때 과하게 많이 꺾거나 적게 꺾어서 그날은 방향 조종을 집중적으로 연습했다. 다행히 금요일에는 코너를 돌 때 조심하기만 하면 운전대 앞에서 당황할 일은 없었다. 수업이 끝날 무렵 브라이스가 두 팔로 나를 감싸며 다시 사랑한다고 말했다.

브라이스가 나를 껴안는데 출산일까지 27일밖에 남지 않았다는 사실이 뇌리를 스쳤다.

✦

그 주 토요일에는 브라이스를 보지 못했다. 그가 전날 운전 수업을 마친 뒤 그의 아빠가 아직 외지에 있어 주말에는 할아버지와 고기를 잡을 거라고 알려주었다. 나는 대신 가게에 가서 책을 알파벳순으로 꽂고 비디오테이프를 목록별로 정리하며 얼마간의 시간을 보냈다. 그런 뒤 그웬과 함께 가진통에 대해 다시 상의했다. 한동안 비교적 잠잠하더니 최근 들어 다시 시작된 탓이었다. 그웬이 내게 평범한 현상이라고 상기시키며 출산이 시작되면 일어날 일들을 자세히 설명해주었다.

그날 밤, 나는 고모와 그웬과 함께 진 러미를 했다. 나도 제법 한다고 생각했지만 알고 보니 이 두 전직 수녀들은 거의 타짜 수준이었다. 이윽고 카드를 제자리로 돌려놓은 뒤 나는 소등 후 수녀원에서 무슨 일이 벌어졌을지 상상했다. 수녀들이 카지노 같은 공간에서 금색 팔찌와 선글라스를 착용한 채 펠트가 덧대어진 탁자에 앉아 있는 모습이 떠올랐다.

하지만 일요일은 달랐다. 그웬이 혈압계와 청진기를 가지고 와서 보통 대왕손 선생님이 하던 질문을 했는데 그녀가 떠나자마자 기분이 안 좋아졌다. 교회에도 가지 않았고, 시험공부를 제외하면 그 학기 과제도 모두 끝낸 터라 할 게 없었다. 브라이스가 카메라를 놓고 가지 않아 사진도 찍을 수 없었다. 워크맨 배터리까지 나가서—고모가 나중에 사 오겠다고 했다—할 일이 아무것도 없었다. 산책을 가면 되겠다 생각했지만 집 밖으로 나가기 싫었다. 날이 훤해서 사람들이 돌아다니는 데다 임신한 티가 너무 나서 밖에 나간다는 건 두 개의 거대한 형광색 화살표로 내 배를 가리키며 내가 애당초 왜 오크라코크에 왔는지 모두에게 알리는 것과 마찬가지였다.

결국 나는 부모님에게 전화를 했다. 시차 때문에 아침나절까지 기다려야 했는데, 내가 무슨 말을 기대했는지는 모르겠지만 엄마 아빠 덕분에 기분이 크게 나아지진 않았다. 브라이스나 사진에 대해서는 아무 질문도 없었다. 내가 진도를 얼마나 앞섰는지 말을 꺼내자마자 엄마는 숨 돌릴 틈도 없이 모건이 또 장학금을 탔다고, 이번에는 우애 공제회에서 받았다고 말했다. 부모님이 언니를 바꿔주었는데 언니는 피곤했는지 평소보다 말수가 적었다. 아주 오랜만에 대화를 정말로 주거니 받거니 하게 된 것 같아 나는 흥을 주체하지 못하고 언니에게 브라이스와 카메라라는 새로운 취미를 살짝 털어놓았다. 모건이 처음 듣는 듯한 뉘앙스를 풍기더니 집에 언제 오냐고 물어 나를 당황하게 만들었다. 어떻게 브라이스도, 내가 사진을 찍는다는 것도, 예정일이 5월 9일이라는 것도 모를 수 있을까? 나는 전화를 끊으면서 부모님과 모건이 나에 관한 대화를 하기는 할까 의심했다.

달리 할 일이 없어 집 안 청소도 했다. 부엌과 내 방을 치우고 내 옷을 빠는 데 그치지 않고 할 수 있는 건 다 했다. 욕실을 반짝반짝 광내고, 청소기를 돌린 뒤 먼지를 털고, 심지어 오븐의 때까지 벗겨냈다. 그런데 그 바람에 허리 통증이 생긴 걸 보면 일을 굉장히 잘한 건 아니었던 모양이다. 그럼에도 집이 작아서 고모가 퇴근하기까지 몇 시간이 남았고 결국 나는 테라스에 나가 앉았다.

봄이 온 걸 느낄 수 있는 화창한 날씨였다. 하늘에는 구름 한 점 없었고 물은 푸른색 다이아몬드가 펼쳐진 접시처럼 반짝거렸다. 하지만 별 관심이 가지 않았다. 오로지 내 머릿속엔 하루를 낭비한 것 같다는 생각, 또다시 시간을 낭비할 만큼 오크라코크에서의 남은 날이 얼마 없다는 생각뿐이었다.

✦

브라이스와의 과외는 이제 단순히 다음 주의 시험 즉, 기말 전의 마지막 큰 시험을 준비하는 게 골자가 되었다. 공부를 오래 하기 힘들다 보니 과외 시간은 점점 짧아졌다. 파일 상자에 있는 사진은 거의 전부 살펴본 터라 우리는 사진 책을 하나씩 읽어나갔다. 시간이 지나면서 나는 누구나 열심히 연습하면 사진의 틀과 구도를 잡을 수 있지만 최고의 경지에 올라야 사진이 진정 예술이 된다는 것을 깨달았다. 뛰어난 사진가는 어떻게든 작품에 자신의 **영혼을** 집어넣고 사진을 통해 독특한 감성과 개인적인 시각을 전달했다. 두 명의 사진가가 동시에 같은 피사체를 찍는다 해도 확연히 다른 이미지가 나올 수 있었다. 나는 훌륭한 사진을 찍는 첫걸음이 자신을 아는 단순한 행위라는 사실을 이해하기 시작했다.

주말의 고기잡이에도 불구하고, 아니 어쩌면 그것 때문에 우리가 함께하는 시간이 전과 다르게 느껴졌다. 물론 서로에게 입을 맞췄고, 브라이스가 내게 사랑한다고 말했고, 그가 여전히 소파에 앉아 내 손을 잡았지만 과거만큼… **진솔하지** 않았다. 앞뒤가 맞는 말인지는 모르겠지만. 때때로 브라이스가 다른 무언가를 생각하고 있다는, 무언가를 공유하기 싫어한다는 느낌을 받았다. 심지어 내가 그곳에 있다는 사실을 잊은 것처럼 보일 때도 있었다. 자주는 아니었지만 갑자기 말이 뚝 끊길 때마다 딴생각을 해서 미안하다 사과했고, 그럼에도 무슨 생각에 빠져 있었는지 절대 설명하지 않았다. 하지만 저녁 식사 후 테라스에서 작별 인사를 할 때는 헤어지기 싫다는 듯 내게 집착하는 태도를 보였다.

평소에는 집 밖으로 나가는 걸 싫어했지만 우리는 금요일 오후 해변으로 산책을 나갔다. 주변에 우리뿐이라 함께 손을 잡고 물가를 거닐었다. 파도가 느긋하게 해안으로 밀려왔고, 펠리컨이 거품이 이는 흰 파도를 스치듯 지나갔다. 카메라를 가져왔지만 사진은 찍지 않았다. 문득 둘이 함께 찍은 사진이 하나도 없어서 한 장 찍고 싶다는 생각이 들었다. 하지만 근처에 찍어줄 사람이 없어 말을 꺼내지 않았고 결국 우리는 트럭으로 걸음을 돌렸다.

"이번 주말에 뭐 하고 싶어?" 내가 물었다.

브라이스가 몇 걸음 걷다가 대답했다.

"여기 없을 거야. 또 할아버지와 고기를 잡으러 가야 해."

어깨가 축 늘어지는 기분이었다. 작별의 시간이 닥쳤을 때 헤어지기 쉽도록 벌써 나를 멀리하는 걸까? 하지만 그렇다면 왜 내게 계속 사랑한다고 말했을까? 왜 그의 포옹이 그토록 길어졌을까? 나는 혼란에 빠져 겨우 한마디만 내뱉었다.

"아."

실망의 탄식을 듣고 브라이스가 다정하게 나를 달랬다. "미안해. 꼭 해야 하는 일이야."

나는 그를 빤히 바라봤다. "나한테 숨기는 거 있어?"

"아니." 그가 말했다. "전혀 없어."

우리가 함께하고 처음으로 브라이스의 말을 믿을 수 없었다.

토요일에 다시 무료함을 느낀 나는 좀 더 열심히 하면 혹시 기말을 망쳐도 방어가 될까 싶어서 시험공부를 하려고 노력했다. 하지만 모든 읽기 자료와 과제를 해치운 데다 이미 한 주 내내 공부를 한 터라 과해 보였다. 아무 문제도 없을 걸 알고 결국 나는 테라스로 이동했다.

모든 공부를 끝냈다니 기분이 이상했지만 또한 브라이스가 학업적으로 나보다 훨씬 앞선 이유도 알 수 있었다. 단지 브라이스가 똑똑해서만이 아니었다. 홈스쿨링은 모든 비학문적인 활동을 배제하는 것을 의미했다. 우리 학교에는 수업과 수업 사이의 쉬는 시간, 수업이 시작할 때마다 학생들이 착석하는 몇 분의 시간, 공지 사항 알림 시간, 동아리 활동, 소방 훈련, 그리고 사교 시간과 흡사한 꽤 긴 점심 휴식이 있었다. 수업 시간에 선생님들이 나보다 훨씬 뒤처지는 학생들을 위해 진도를 늦추어야 할 때도 있었다. 이런 모든 것들이 더해지면 낭비되는 시간이 많았다.

그럼에도 나는 여전히 학교에 가는 게 좋았다. 친구들을 만나는 것도 좋았고, 솔직히 매일같이 엄마와 시간을 보낸다고 생각하니 소름이 끼쳤다. 게다가 사회성을 키우는 것도 중요했다. 브라이스야 완벽히 정상 같았지만 나 같은 일부 학생들은 타인과 어울리는 게 이로웠다. 내가 그렇게 믿고 싶었던 건지도 모르지만.

나는 테라스에 앉아 고모가 가게에서 돌아오길 기다리면서 이러한 생각들에 잠겼다. 생각이 브라이스에게로 흘러갔고 나는 그가 배 위에서 무슨 일을 하고 있을지 상상했다. 그물을 끌어당기는 걸 도울까? 아니면 그런 일을 하는 기계가 있을까? 그물이 아예 없는 건 아닐까? 브라이스가 직접 생선 내장을 제거할까, 부두에서 대신 해줄까, 그도 아니면 다른 사람의 몫일까? 고기잡이를 가본 적도, 고기잡이배를 타본 적도, 그들이 무엇을 잡는지도 몰랐기 때문에 상상하기 힘들었다.

그 무렵 진입로의 자갈이 밟히는 소리가 들렸다. 고모가 집에 오기엔 너무 이른 시간이어서 누구일지 감이 안 왔다. 놀랍게도 트리켓 부부의 밴이 보이더니 디딤대가 내려가는 소리가 들렸다. 난간을 잡고 계단을 천천히 내려가 바닥에 도달하니 브라이스의 엄마가 내게 다가오는 게 보였다.

"트리켓 부인?" 내가 물었다.

"안녕, 매기. 내가 타이밍을 잘못 맞췄니?"

"아니에요." 내가 말했다. "브라이스는 할아버지와 고기 잡으러 갔어요."

"알고 있어."

"브라이스한테 별문제 없는 거죠? 배에서 떨어졌다거나 그런 거예요?" 불안감이 엄습해 내가 인상을 찌푸렸다.

"그럴 리가 있을라고." 그녀가 나를 안심시켰다. "녀석은 5시쯤 돌아올 거야."

"제가 무슨 사고를 쳤나요?"

"바보 같은 소리." 브라이스의 엄마가 계단 입구에 멈추면서 말했다. "좀 전에 고모네 가게에 들렀는데 집에 가봐도 괜찮다고 하시더라. 너와 얘기를 하고 싶었거든."

그녀를 내려다보는 게 어색해 나는 계단에 앉았다. 가까이서 보니 그녀의 두 눈이 햇빛에 에메랄드 프리즘처럼 빛나서 그 어느 때보다 예뻤다.

"제가 도와드릴 일이 있나요?"

"그게… 먼저, 네 사진에 정말 감동받았다고 얘기하고 싶었어. 넌 뛰어난 직관을 가졌어. 그토록 짧은 시간에 그렇게 발전한 건 대단한 거야. 난 네 수준에 다다르는 데 몇 년이 걸렸단다."

"고맙습니다. 좋은 선생님들을 둔 덕분이죠." 브라이스의 엄마가 두 손을 무릎 위로 옮기는 것을 보고 불안을 감지했다. 내게 사진 이야기를 하려고 여기까지 차를 몰고 왔을 리 없었다. 나는 헛기침을 한 뒤 말을 이었다. "아저씨는 언제 오세요?"

"곧 올 거야. 정확한 날짜는 알 수 없지만 남편이 오면 기쁠 거야. 혼자서 사내아이 셋을 키우는 게 만만한 일이 아니거든."

"그럴 것 같아요. 그리고 셋 다 워낙 비범하잖아요. 대단하세요."

브라이스의 엄마가 시선을 획 돌리더니 목을 가다듬었다. "내가 사고를 당한 뒤에 브라이스가 어땠는지 말해준 적 있니?"

"아니요."

"당연히 매우 힘든 시간이었지만 다행히 군에서 남편에게 처음 6주 동안 재택근무를 허락했지. 그래서 집을 휠체어 친화적으로 수리하는 동안 그이가 나와 아이들을 돌봐줄 수 있었어. 하지만 결국 직장으로 돌아가야 했지. 난 여전히 엄청난 통증에 시달렸고 지금처럼 잘 움직이지도 못했어. 리처드와 로버트는 당시 네살이라 손이 정말 많이 갔어. 에너지는 넘치지, 입맛은 까다롭지, 어질러대지. 아빠가 직장에 가 있는 동안 브라이스가 집안의 가장 역할을 해야 했어. 겨우 아홉 살인 애가 말이야. 동생들을 돌보는 건 물론이고 나까지 신경 써야 했지. 애들에게 책을 읽어주고, 놀아주고, 먹여주고, 목욕시키고, 재우고, 그 모든 걸 다 했어. 하지만 나 때문에 어린애가 절대 해서는 안 되는 것들까지 해야 했지. 욕실에서 나를 도와주거나 옷을 입혀주는 일 같은 것들을. 녀석은 불평하지 않았지만 아직도 그 일 때문에 마음이 아파. 또래 아이들보다 훨씬 빨리 철이 들어야 했거든." 한숨을 쉬자 그녀의 얼굴이 후회로 주름졌다. "그 후로 어린애의 모습은 찾아볼 수 없었어. 그게 좋은 건지, 나쁜 건지 나도 모르겠구나."

나는 적절한 대꾸를 하려 했으나 실패했다. 마침내 이렇게 말했다. "브라이스는 제가 만난 사람 중에 가장 특별해요."

그녀가 호수 쪽으로 고개를 돌렸지만 진짜로 보고 있는 것 같진 않았다.

"브라이스는 언제나 동생들이… 자기보다 뛰어나다고 생각해. 그 애들이 뛰어난 건 맞지만 걔들은 브라이스가 아니야. 너도 만나봤잖니. 똑똑하긴 하지만 아직 애들이야. 브라이스는 그 나이였을 때 이미 어른이었어. 여섯 살에 웨스트포인트에 입학하겠다고 선언하던 애야. 우리가 군인 집안이고 그곳이 남편의 모교이긴 하지만 우리는 그 결정에 전혀 관여한 바가 없단다. 우리에게 결정권이 있었으면 하버드에 보냈을 거야. 하버드에서도 입학 허가를 받았거든. 브라이스가 말해줬니?"

그녀가 브라이스에 관해 말한 내용을 여태 소화하려 애쓰며 내가 고개를 저었다.

"우리가 한 푼도 내지 않았으면 좋겠다고 하더구나. 우리의 도움을 받지 않고 대학에 갈 수 있다는 게 그 애에겐 자부심이었어."

"브라이스답네요." 내가 동의했다.

"하나만 물어보자." 드디어 브라이스의 엄마가 내 쪽으로 다시 고개를 돌렸다. "브라이스가 최근 2주 동안 주말마다 할아버지와 고기를 잡으러 가는 이유가 뭔지 아니?"

"할아버지를 도와드려야 해서인 것 같아요. 아빠가 집에 안 계셔서요."

트리켓 부인의 입가에 슬픈 미소가 어렸다. "우리 아버지는 브라이스의 도움을 필요로 하지 **않아**. 보통은 남편의 도움도 필요없어. 남편이 주로 장비와 엔진 수리를 돕지만 물 위에선 수십 년 동안 함께 일했던 선원 말고는 아무도 필요치 않아. 우리 아버진 60년 넘게 어부셨어. 남편이 아버지와 함께 고기잡이를 나가는 건 그이가 바쁜 걸 좋아하고 야외에 나가는 걸 즐기는 데다 아버지와 죽이 잘 맞기 때문이지. 요점은 브라이스가 왜 아버지와 함께 나가는지 모르겠다는 거야. 그런데 아버지 말로는 브라이스가 염려스러운 이야기를 몇 가지 꺼냈다더구나."

"어떤 이야기요?"

그녀의 두 눈이 내 눈에 계속 머물렀다. "무엇보다 그 애가 웨스트포인트에 가겠다는 결정을 재고한다는 거야."

그녀의 말에 내가 눈을 깜빡였다. "하지만… 그건… 말이 안 돼요." 나는 결국 말을 더듬었다.

"우리 아버지도 말이 안 된다고 생각한 거지. 나도 그렇고. 남편한테는 아무 말 안 했는데 그이라고 알지 모르겠다."

"당연히 브라이스는 웨스트포인트에 갈 거예요." 내가 정신없이 중얼거렸다. "함께 수도 없이 그 얘기를 했어요. 입학에 대비하려고 운동은 또 얼마나 열심히 하는데요."

"그것도 문제야." 그녀가 말했다. "브라이스가 운동을 그만뒀어."

그것 역시 예상치 못한 소리였다. "하버드 때문에요? 대신 하버드에 가려고요?"

"모르겠다. 만약 그렇다면 당장이라도 서류를 제출해야 할 거야. 내가 알기로는 마감일이 지났을 수도 있어." 그녀가 시선을 하늘로 들었다가 다시 내게로 향했다. "그런데 어업, 선박 구입비, 수리비 같은 것에 대해서도 수시로 묻는다고 하더구나. 아버지한테 자세한 사항을 알려달라고 끈질기게 조르고 있어."

내가 할 수 있는 건 고개를 젓는 게 전부였다. "별일 아닐 거예요. 저한텐 아무 말도 없었어요. 브라이스가 매사에 얼마나 호기심이 많은지 아시잖아요."

"최근엔 어땠니? 어떻게 행동했어?"

"데이지를 보낸 후로 약간 다르긴 했어요. 데이지가 그리워서 그러나 보다 생각했죠." 브라이스가 집착하는 듯 보였던 순간들은 너무 사적인 것 같아 언급하지 않았다.

그녀가 다시 호수를 유심히 바라봤다. 오늘따라 눈이 상할 정도로 물빛이 파랬다. "데이지 문제가 아닌 것 같아." 그녀가 결론 내렸다. 그 말을 곰곰이 생각할 새도 없이 그녀가 휠체어 바퀴에 두 손을 올리며 떠날 채비를 했다. "혹시 녀석이 너한테 무슨 언질이라도 하지 않았을까 확인하러 온 거야. 얘기해줘서 고마워. 난 집에 가야겠다. 리처드와 로버트가 과학 실험 비슷한 걸 하고 있었는데 어떤 일이 벌어질지 누가 알겠어."

"그러세요." 내가 말했다.

그녀가 휠체어를 돌리다가 멈추고 다시 나를 쳐다보았다. "예정일이 언제야?"

"5월 9일이요."

"작별 인사하러 집에 들를 거지?"

"아마도요. 사람들 눈에 안 띄려고 노력하는 중이에요. 하지만
부인 가족들에게는 인사드리고 싶어요. 따뜻하고 친절하게 맞아
줘서 고맙다고요."

그녀가 대답을 예상했다는 듯 고개를 끄덕였지만 표정에는 걱
정이 가시지 않았다.

"제가 브라이스와 말해볼까요?" 그녀가 휠체어를 밀면서 밴으
로 향하자 내가 소리쳤다.

그녀는 손만 흔들면서 어깨 너머로 답했다. "녀석이 너한테 얘
기할 것 같구나."

✦

한 시간 후 린다 고모가 가게에서 돌아올 때까지 나는 계단에
앉아 있었다. 나는 고모가 차를 세운 뒤 나를 살피고선 마침내 차
에서 내리는 모습을 지켜봤다.

"괜찮니?" 그녀가 내 앞에서 걸음을 멈추며 물었다.

내가 고개를 젓자 고모가 나를 일으켰다. 그러고는 안으로 들
어가 나를 식탁으로 이끌더니 맞은편에 앉았다. 이윽고 그녀가 내
손을 잡았다.

"무슨 일이 있었는지 말하고 싶어?"

나는 심호흡을 하고 모든 사실을 털어놓았다. 이야기가 끝났을 때 고모의 표정은 온화했다.

"낮에도 브라이스를 걱정하는 게 눈에 보였어."

"그 애한테 뭐라고 말해야 할까요? 말하는 게 맞을까요? 웨스트포인트에 가야 한다고 해야 할까요? 아니면 최소한 무슨 생각인지 부모님한테는 말해야 한다고 할까요?"

"네가 알고 있는 건 없니?"

나는 고개를 저었다. "무슨 일인지 저도 모르겠어요."

"너는 알 것 같은데."

너는 안다는 뜻이었다. "하지만 제가 떠나는 걸 그 애도 알아요." 내가 반박했다. "내내 알고 있었어요. 그 사실에 대해 수도 없이 얘기했다고요."

고모는 어떻게 대꾸할지 고민하는 것 같았다. "어쩌면." 고모가 부드러운 목소리로 말했다. "네가 했던 말이 녀석의 마음에 안 들었나 보지."

그날 밤 나는 쉬이 잠들지 못했다. 일요일이 되자 이 어지러운 생각들에서 벗어날 수 있도록 열두 시간 마라톤 예배 같은 거라도 참여했으면 싶었다. 그웬이 몸 상태를 확인하러 왔을 때도 집중하기 어려웠고 그녀가 떠난 뒤에는 더 심해졌다. 집 안 어디를 가도 걱정이 따라다니며 질문이 꼬리에 꼬리를 물었다. 경련에 익숙해져서 이따금 찾아온 가진통조차 내 정신을 오랫동안 흐트러트리지 못했다. 나는 걱정으로 녹초가 됐다.

4월 21일이었다. 예정일이 18일 뒤였다.

✦

월요일 아침에 집에 온 브라이스는 주말에 관해서는 말을 아꼈다. 대화를 하는 척 물어보니 원래 계획보다 훨씬 먼 연안으로 나가야 했지만, 황다랑어 철이 한창이라 양일 모두 꽤 많은 수확을 거뒀다고 말했다. 그전 두 번의 주말 동안 사라졌던 이유나 대학 계획에 대해서는 일언반구도 없었다. 말을 계속 이어나가야 할지 확신이 없었던 나는 주제가 바뀌도록 내버려두었다.

오히려 아무 문제도 없다는 듯 평소와 다름없는 하루였다. 공부도 더 많이 했고, 사진 공부는 훨씬 많이 했다. 그 무렵 나는 카메라를 손바닥 들여다보듯 훤히 꿰뚫어 눈을 감고도 조정할 수 있었다. 파일 상자에 있던 모든 사진의 기술적 요소들을 기억했으며 사진을 찍을 때 내가 어떤 실수를 저질렀는지도 파악했다. 고모가 집에 돌아와 브라이스에게 가게의 책 코너에 선반을 몇 개 더 설치할 건데 도와줄 시간이 있냐고 물었다. 브라이스는 기꺼이 동의했지만 나는 집에 남았다.

"어떻게 됐어요?" 고모가 혼자 돌아왔을 때 내가 물었다.

"자기 아버지와 판박이더구나. 못하는 게 없어." 고모가 혀를 내둘렀다.

"브라이스는 어땠어요?"

"이상한 질문이나 말은 없었어. 그걸 묻는 거라면 말이야."

"오늘 저하고도 괜찮아 보였어요."

"좋은 거겠지?"

"그렇겠죠."

"아까 말하려다 깜빡했는데, 오늘 학교 문제로 교장 선생님과 네 부모님과 통화했다."

"왜요?"

고모가 이유를 설명했다. 그 말에 수긍했지만 그녀가 내 표정에서 무언가를 본 게 틀림없었다. "잘 되고 있지?"

"모르겠어요." 나는 속마음을 털어놓았다. 브라이스도 모든 게 정상인 것처럼 행동하고 있었지만 역시나 확신을 못 하고 있는 게 아닌가 싶었다.

✦

그 주 나머지 날들도 거의 비슷했다. 다른 점이라면 브라이스가 화요일과 수요일에 고모와 나와 함께 저녁을 먹었다는 것이다. 목요일에 내가 시험 세 개를 치르고 고모가 가게로 돌아간 뒤, 브라이스가 이튿날 저녁에 두 번째 데이트, 그러니까 제대로 된 저녁 식사를 하자고 청했다. 하지만 내가 재빨리 거절했다.

"공공장소에서 사람들이 나를 빤히 바라보는 건 정말 원치 않아." 내가 말했다.

"그러면 내가 여기서 저녁을 해줄게. 그런 다음 영화를 보는 거야."

"우리 집엔 TV가 없어."

"내 TV와 비디오 플레이어를 가지고 올게. 〈더티 댄싱〉 같은 걸 보자."

"〈더티 댄싱〉?"

"엄마가 좋아하셔. 난 안 봤지만."

"어떻게 〈더티 댄싱〉을 안 봤을 수가 있어?"

"네가 눈치를 못 챘나 본데 오크라코크엔 극장이 없어."

"내가 꼬맹이일 때 나온 영화야."

"내가 그동안 바빴거든."

나는 웃음을 터트렸다. "고모한테 허락을 받아야 해."

"알아."

브라이스가 대답하자마자 느닷없이 지난 주말에 그의 엄마가 방문했던 일이 머릿속을 스쳐 지나갔다. "이른 저녁에 보는 거겠네? 토요일에 또 고기잡이를 간다면?"

"이번 주말엔 안 갈 거야. 너한테 보여주고 싶은 게 있어."

"또 공동묘지야?"

"아니. 하지만 마음에 들 거야."

토요일 아침에 만족스러운 결과로 시험을 마무리한 뒤, 린다 고모가 두 번째 데이트를 허락한 것으로도 모자라 그날 저녁에 기꺼이 그웬네 집에 가겠다고 말을 덧붙였다. "내가 껴 있으면 데 이트가 아니잖니. 몇 시에 나가면 될까?"

"5시 괜찮으세요?" 브라이스가 물었다. "제가 저녁 식사를 준비할 수 있게요."

"좋아." 고모가 말했다. "하지만 9시에 집에 올 거야."

고모가 가게로 돌아가자 브라이스가 다음 주에 그의 아빠가 집에 돌아올 거라고 말했다. "정확히 언제인지는 모르지만 엄마가 아주 좋아하셔."

"넌 아니고?"

"당연히 좋지." 브라이스가 힘주어 말했다. "아빠가 있으면 집안일이 수월해져. 쌍둥이도 그렇게 날뛰지 않고."

"엄마가 제어를 잘하시는 것 같아."

"맞아. 하지만 항상 악역인 게 불만이셔."

"네 엄마가 악역이라니 상상이 안 된다."

"엄마한테 속지 마." 브라이스가 말했다. "필요할 땐 정말 가차없어."

브라이스는 오후 중반에 몇 가지 자질구레한 일을 처리하려고 집으로 돌아갔다. 오후 늦게 낮잠을 자고 일어난 나는 거울을 쳐다보았다. 큰 쫄쫄이 바지도 꽉 끼었고 엄마가 크리스마스에 사준 큰 상의는 불룩한 배 부분이 늘어나 있었다.

의상으로 미모를 뽐낼 가능성이 제로가 되자 나는 할리우드 수준의 아이라이너 기술을 위주로 평소보다 좀 더 과감한 화장을 시도했다. 포토샵을 제외하면 아이라인 그리는 기술이 내가 타고난 유일한 장기였다. 내가 화장실 밖으로 나가자 린다 고모조차 깜짝 놀라며 내 얼굴을 재차 확인했다.

"너무 과해요?" 내가 물었다.

"난 그런 걸 판단할 적임자가 아니야." 고모가 말했다. "난 화장을 안 하지만 굉장히 눈에 띄는 것 같구나."

"임신이 신물 나요." 내가 징징댔다.

"38주 차에는 모두가 임신에 지쳐." 그녀가 말했다. "내가 돌봤던 몇몇 여자애는 출산을 당기려고 골반 경사 운동도 하곤 했어."

"효과가 있었어요?"

"딱히. 한 가여운 여자애는 예정일이 2주나 지나자 실의에 빠져 울면서 몇 시간 동안 그 운동을 했지. 정말 딱했어."

"왜 유도 분만을 안 했어요?"

"당시 함께 일하던 의사들이 아주 보수적이었어. 출산 과정이 자연스럽게 이루어지는 걸 좋아했지. 물론 임산부의 생명이 위태롭지 않다면 말이야."

"위태로워요?"

"당연하지." 고모가 말했다. "임신중독 같은 것에 걸리면 매우 위험해. 혈압이 치솟으니까. 그 밖에도 많아."

엄마가 쥐어준 책의 모든 무시무시한 장을 건너뛰면서 그런 것들에 대해 생각하지 않으려 피해온 터였다. "저 괜찮겠죠?"

"당연히 괜찮지." 고모가 내 어깨를 꽉 쥐며 말했다. "넌 젊고 건강하잖니. 게다가 그웬이 널 면밀히 지켜보고 있잖아. 그웬 말로는 잘 하고 있다고 하더구나."

고개를 끄덕였지만 고모가 말한 그 여자애들도 젊고 건강했다는 사실이 마음에 걸렸다.

✦

브라이스가 식료품 가방을 들고 제시간에 도착했다. 그는 고모와 잠깐 잡담을 나누다 그녀가 떠나자 트럭으로 돌아가 TV와 비디오 플레이어를 가져왔다. 잠시 거실에서 장비를 설치하고 시스템이 작동하는지 확인한 뒤 부엌에서 진지하게 임무에 돌입했다.

발도 아프고 다시 가진통이 시작돼 몸이 불편했던 나는 부엌 식탁에 자리를 잡았다. 진통이 지나가고 다시 정상적으로 숨을 쉴 수 있게 되자 내가 물었다. "도와줄 일 없어?"

나는 내 제안에 영혼이 없다는 걸 굳이 숨기지 않았고 브라이스도 그것을 알아챘다.

"밖에 나가서 장작 좀 패 와."

"하, 하."

"걱정 마. 혼자서 할 수 있어. 별로 안 어려워."

"뭘 만드는 거야?"

"소고기 스트로가노프와 샐러드. 네가 가장 좋아하는 음식이라고 해서 린다 고모한테 레시피를 얻었어."

집을 워낙 많이 들락거린 덕분에 브라이스가 칼이며 도마를 찾도록 도와줄 필요가 없었다. 나는 브라이스가 샐러드에 넣을 양상추, 오이, 토마토에 이어 메인 요리에 사용할 양파, 버섯, 스테이크를 써는 모습을 지켜보았다. 브라이스는 레인지에 냄비를 올리고 물을 끓여 에그 누들을 삶고, 스테이크에 밀가루와 향신료를 뿌린 뒤 버터와 올리브유에 노릇하게 구웠다. 스테이크를 구웠던 팬에 양파와 버섯을 재빨리 볶고 나서 소고기 수프, 버섯 수프 크림과 함께 스테이크를 다시 집어넣었다. 사워크림이 마지막에 추가될 터였다. 린다 고모가 만드는 모습을 여러 번 본 적이 있었다.

브라이스가 요리하는 동안 우리는 나의 임신과 근래의 기분에 대한 이야기를 나눴다. 내가 고기잡이에 대해 다시 물었지만 브라이스는 그의 엄마가 걱정하는 부분에 대해선 아무 말도 하지 않았다. 그 대신 경외심이 묻어나는 목소리로 새벽 출항에 관해 설명했다.

"할아버지는 고기가 어디 있을지 그냥 알아." 브라이스가 말했다. "다른 네 척과 함께 부두를 떠나서 각자 다른 방향으로 향했거든. 매번 우리가 제일 많이 건졌어."

"경험이 많으신가 봐."

"다른 사람들도 많아." 그가 말했다. "일부는 거의 할아버지만 큼 오랫동안 고기를 잡았어."

"흥미로운 분인 것 같아." 내가 말했다. "그분이 하는 말은 여전히 하나도 못 알아듣겠지만."

"리처드와 로버트가 그 사투리를 배우고 있다고 말했었나? 책이 없어서 배우기 어려운데 말이지. 엄마한테 사투리를 녹음해달라고 해서 외우고 있어."

"넌 안 배워?"

"시애틀에서 온 여자애를 가르치느라 너무 바빠서 말이야. 시간이 많이 들어가네."

"그 멋지고 예쁜 여자애 말이지?"

"어떻게 알았어?" 브라이스가 활짝 웃으며 답했다.

저녁이 준비되자 나는 에너지를 끌어모아 상을 차렸다. 샐러드는 그릇에 담아 옆에 두었다. 브라이스가 레모네이드 파우더도 가져와서 식탁에 앉기 전 내가 피처에 섞었다.

저녁이 맛있었던 나는 떠나기 전에 레시피를 얻어야겠다고 생각했다. 식사 시간 내내 우리는 서로의 어린 시절 추억담을 나누며 각자의 기억을 주거니 받거니 끄집어냈다. 배가 남산만 한데도 불구하고, 어쩌면 남산만 해서 나는 많이 먹지 못했지만 브라이스는 두 그릇을 먹었고 우리는 6시 반이 되어서야 거실에 자리를 잡았다.

함께 영화를 보는 동안 나는 브라이스에게 기댔고 그는 내 어깨에 팔을 둘렀다. 브라이스가 영화를 즐기는 듯 보였고 나 역시 대여섯 번이나 봤음에도 재미있었다. 〈귀여운 여인〉과 함께 내가 가장 좋아하는 영화 중 하나였다. 영화가 절정에 달하자―베이비의 부모님을 앞에 두고 조니가 댄스 플로어에서 그녀를 들어 올리는 장면―언제나처럼 눈물이 고였다. 자막이 올라가는데 브라이스가 나를 보고 놀랐다.

"진짜야? 우는 거야?"

"임신 중이라 호르몬이 널뛴다고. 당연히 우는 거지."

"하지만 춤을 끝내주게 췄잖아. 둘 중 하나가 다치거나 여자 주인공이 잘못된 것도 아니고."

브라이스가 나를 놀렸고 나는 휴지 상자를 가져오려고 소파에서 일어났다. 매력적으로 보이려는 시도는 그쯤 접어두고 코를 풀었다. 어차피 남산만 한 배 때문에 매력은 딴 세상 이야기였다. 그동안 브라이스는 지나치게 기분이 좋아 보였고 내가 소파로 돌아가자 내 어깨에 다시 팔을 둘렀다.

"학교로 돌아가기 힘들 것 같아." 내가 말했다.

"영원히?"

내가 눈을 회번덕거렸다. "집에 돌아갔을 때 말이야. 고모가 부모님과 교장 선생님과 얘기했는데 기말고사를 집에서 봐야 한대. 학교는 가을 학기부터 다시 다니게 될 거야."

"너도 그렇게 하길 원해?"

"여름방학 직전에 나타나면 이상해 보일 테니까."

"부모님과는 어때? 여전히 일주일에 한 번씩 통화해?"

"응." 내가 말했다. "보통 길게 안 해."

"네가 보고 싶다고는 하셔?"

"가끔. 항상은 아니고." 나는 자세를 살짝 바꾸며 브라이스의 따뜻한 품에 기댔다. "감정 표현을 잘하는 분들이 아니야."

"모건에게는 하시잖아."

"그렇지도 않아. 모건을 자랑스러워하고 모건에 대해 자랑하긴 하지만 그건 다른 거야. 그리고 속으로는 부모님이 우리 둘 다 사랑한다는 걸 알아. 우리 부모님한테는 나를 이리로 보내는 게 사랑한다는 표현이야."

"네가 힘들어하는데도?"

"그건 부모님도 마찬가지야. 나 같은 상황이면 대부분의 부모가 힘들어할 거야."

"네 친구들은 어때? 무슨 소식 들었어?"

"모건 말로는 졸업 파티에서 조디를 봤대. 3학년이 데려간 것 같은데 누군지는 모르겠어."

"졸업 파티를 열기에는 좀 이르지 않아?"

"우리 학교는 4월에 열어. 이유는 나도 몰라. 생각해본 적 없어."

"넌 졸업 파티에 가보고 싶었던 적 없어?"

"그 생각도 해본 적 없어." 내가 말했다. "누군가 청하면 가겠지만 그게 누구냐 등등에 따라 달라지겠지. 하지만 같이 갈 사람이 생겨도 부모님이 허락해줄까?"

"돌아가서 부모님이 어떻게 대할까 불안해?"

"조금." 내가 인정했다. "아마 열여덟 전까진 외출을 허락하지 않을 거야."

"그러면 대학은? 대학에 대한 생각은 바뀌었어? 대학에 가면 잘할 것 같은데."

"전담 개인 교사가 있으면 바뀔지도?"

"그러면… 정리해보자. 열여덟이 될 때까지 집에서 꼼짝 못 할 수도 있고, 친구들은 너를 잊었을지도 모르고, 부모님은 최근 네게 보고 싶다는 말을 해준 적이 없다는 거네. 내가 제대로 이해한 거 맞아?" 내 상황이 거의 신파에 가깝다는 걸 알고 나는 웃었다. 사실에 가깝긴 했지만. "분위기를 우울하게 만들어서 미안해."

"무슨 소리야." 브라이스가 말했다.

나는 고개를 들었다. 브라이스와 키스를 하는데 그의 두 손이 내 머리칼에 닿는 게 느껴졌다. 그가 보고 싶을 거라고 말하고 싶었지만 그렇게 말하면 또 눈물이 날 것 같았다.

"완벽한 밤이었어." 대신 나는 이렇게 속삭였다.

브라이스가 다시 입을 맞추더니 내 눈을 그윽하게 바라보았다. "너와 함께하는 모든 밤이 완벽해."

✦

브라이스는 다음 날—4월의 마지막 토요일이었다—다시 예전의 모습으로 찾아왔다. 브라이스의 엄마가 롤리의 한 가게에서 새 사진 책을 주문해준 덕분에 우리는 책을 훑어보며 몇 시간을 보냈다. 점심으로 남은 음식을 먹은 뒤 우리는 또 해변으로 산책을 갔다. 모래밭을 거닐면서 이곳이 브라이스가 목요일에 나를 데려가고 싶다고 했던 그곳인가 생각했다. 하지만 그가 아무 말이 없자 그냥 잠시 내게 바람을 쐬게 해주려던 거라고 받아들였다. 브라이스의 엄마가 나를 찾아온 게 겨우 일주일 전이라고 생각하니 기분이 이상했다.

"운동은 잘돼가?" 내가 마침내 물었다.

"최근 몇 주는 많이 안 했어."

"왜?"

"휴식이 필요해서."

그럴싸한 대답이 아니었지만… 또 한편으론 그럴지도 몰랐다. 브라이스의 엄마가 너무 큰 의미를 부여한 걸 수도 있었다.

"그래." 내가 입을 열었다. "오랫동안 운동을 열심히 했잖아. 너희 동기를 통틀어 네가 제일 잘할 거야."

"그야 보면 알겠지."

또 흐리멍덩한 답변이 이어졌다. 브라이스는 가끔 고모처럼 애매모호하게 말했다. 내가 명확히 짚고 넘어가기 전에 브라이스가 주제를 바꾸었다. "내가 준 목걸이 아직 하고 있어?"

"매일 해." 내가 대답했다. "너무 마음에 들어."

"글씨를 새길 때 내 이름을 넣을까 고민했어. 그래야 누가 줬는지 기억할 테니까."

"안 잊어. 그리고 난 그 문구가 좋아."

"우리 아빠 생각이야."

"아빠와 만날 날이 정말 기대되겠다, 그치?"

"응." 브라이스가 말했다. "아빠에게 해야 할 말이 있어."

"뭔데?"

브라이스가 대답 대신 그저 내 손을 꽉 쥐었다. 겉으로는 평소
와 같았지만 실제로는 그가 무슨 일을 벌이고 있는지 전혀 모른
다는 생각이 들면서 문득 두려움에 가슴이 철렁했다.

✦

일요일 아침, 그웬이 검진하러 들러서 '거의 다 됐다'고 말했다.
거울만 봐도 확실히 알 수 있었다.

"가진통은 어떠니?"

"짜증 나요." 내가 대답했다.

그웬이 내 반응을 무시했다. "병원용 가방을 쌀 준비를 해야겠다."

"아직 시간이 있잖아요, 아니에요?"

"예정일이 가까워지면 예측이 불가능해. 진통이 일찍 오는 사
람도 있지만, 어떤 사람은 예상보다 훨씬 늦어지기도 해."

"아기를 몇 명이나 받아봤어요? 물어본 적이 없는 것 같아요."

"정확히는 기억이 안 나는구나. 한 100명쯤?"

내 눈이 휘둥그레졌다. "100명이나 받았다고요?"

"그쯤 돼. 지금 섬에 임산부가 두 명 더 있어. 아마 그들의 분만도 돕지 않을까 싶다."

"제가 병원에 가겠다고 해서 기분 나쁘세요?"

"전혀."

"감사해요. 일요일마다 여기 남아 제 상태를 확인해줘서요."

"널 혼자 두는 건 옳지 않아. 넌 아직 어리잖니."

내가 고개를 끄덕였다. 하지만 마음 한편으론 내가 어리다는 생각이 또다시 들 날이 있을까 의문스러웠다.

❖

잠시 후 브라이스가 카키색 바지에 폴로셔츠, 로퍼 차림으로 나타났는데 평소보다 나이도 많고 진지해 보였다.

"왜 그렇게 차려입었어?" 내가 물었다.

"너한테 보여주고 싶은 게 있어. 지난번에 내가 말했던 거야."

"공동묘지 아니라던 그거?"

"바로 그거." 그가 말했다. "하지만 걱정 마. 여기 오기 직전에 잠깐 들렀는데 근처에 아무도 없어." 그가 내 손을 잡더니 손등에 입을 맞췄다. "준비됐어?"

문득 브라이스가 무언가 큰일을 계획했음을 알아차리고 작게 한 걸음 물러났다. "우선 머리 좀 빗고."

이미 머리를 빗었지만 나는 지난 몇 분을 되돌려 다시 시작할 방법이 있으면 좋겠다고 생각하며 내 방으로 도망갔다. '최근의 브라이스'가 가끔씩 이상해 보였다면 오늘은 완전히 새 사람이었다. 내 머릿속엔 오늘 버전이 아닌 '예전의 브라이스'가 나타났으면 하는 생각뿐이었다. 청바지와 올리브색 재킷을 걸치고 옆구리에 사진 파일 상자를 낀 브라이스가 보고 싶었다. 그가 식탁에 앉아 방정식을 가르쳐주고 스페인어 단어 퀴즈를 내주었으면 싶었다. 세상 모든 것에 어긋남이 없어 보이던, 해변에서 연을 날리던 그날 밤처럼 브라이스가 나를 안아주었으면 싶었다.

하지만 '새로운 브라이스'—잘 차려입고 내 손등에 입을 맞추던—가 나를 기다리고 있었다. 브라이스와 함께 계단을 내려가는데 가진통이 또 시작됐다. 내가 난간을 붙잡아야 하자 브라이스가 염려스러운 표정으로 쳐다봤다.

"가까워진 거지?"

"11일 정도 남았어." 내가 통증에 움찔거리며 말했다. 마침내 통증이 지나가고 다시 움직여도 안전하겠다는 생각이 들자 나는 뒤뚱거리며 나머지 계단을 내려갔다. 해변에 가기 전에 그랬던 것처럼 브라이스가 트럭 짐칸에서 작은 계단식 발판을 꺼내 내가 차에 올라탈 수 있게 도와주었다.

운전 시간은 몇 분밖에 걸리지 않았다. 브라이스가 흙길이 끝나는 지점에서 시동을 끄고 나서야 목적지에 도착했다는 것을 겨우 깨달았다. 나는 앞 유리 너머로 작은 오두막을 뚫어지게 바라보았다. 고모네 집과 달리 가장 가까운 이웃이 나무들 저편으로 간신히 보였고 호수도 시야에 들어오지 않았다. 집만 보면 고모네보다 작았는데 바닥에 더 바싹 붙어 있으면서 훨씬 누추했다. 나무판자는 색이 바래고 칠이 벗겨졌으며 앞쪽 테라스 난간은 썩어서 부서진 것처럼 보였다. 지붕널에는 이끼가 무더기로 끼어 있었다. '임대'라는 간판을 발견하고 나서야 여러 조각들이 하나로 합쳐졌다. 숨이 턱 막히며 느닷없는 공포가 엄습했다.

얼이 빠져서 브라이스가 트럭에서 내리는 소리를 못 듣고 있다가 정신을 차려보니 브라이스가 내 쪽으로 와 있었다. 문이 열리자 계단 발판이 이미 놓여 있었다. 브라이스가 내 팔을 잡고 차에서 내려가는 걸 도와주는데 머릿속에서 **'안 돼'**라는 말이 거듭 들리기 시작했다….

"처음에는 내 말이 미친 소리처럼 들릴 거라는 거 알아. 하지만 지난 몇 주 동안 수도 없이 생각했어. 이게 말이 되는 유일한 해결책이니 날 믿어줘."

나는 눈을 감았다. "제발." 내가 속삭였다. "하지 마."

브라이스가 내 말을 못 들은 것처럼 말을 이었다. 어쩌면 내가 머릿속으로 생각한 건지도, 큰 소리로 내뱉지 않고 생각만 한 건지도 몰랐다. 그만큼 이 모든 게 비현실적이었다. 꿈이었으면 싶었다….

"처음 만난 순간부터 네가 특별하다는 걸 알았어." 브라이스가 말을 시작했다. 그의 목소리가 가까우면서도 멀게 들렸다. "그리고 함께 시간을 보낼수록 너 같은 사람을 다시는 못 만나리라는 걸 깨달

있어. 넌 아름답고 똑똑하고 다정하고 유머 감각도 뛰어나. 그 모든 이유로 널 사랑해. 네가 아닌 다른 누구도 절대 사랑할 수 없을 거야."

말을 하려고 입을 열었지만 아무 말도 나오지 않았다. 브라이스가 훨씬 빠른 속도로 말을 이었다.

"네가 아기를 낳고 곧장 떠나야 한다는 건 알아. 하지만 너조차 집으로 돌아가면 힘들 거라 인정하고 있어. 부모님과의 관계가 대단히 좋지도 않고, 친구들과도 무슨 일이 벌어질지 몰라. 그렇지만 넌 더 나은 대접을 받을 자격이 있어. 우리 둘 다 그래. 그래서 널 여기로 데려온 거야. 그래서 할아버지와 고기잡이배를 탔던 거야."

안 돼, 안 돼, 안 돼, 안 돼….

"여기서 함께 지낼 수 있어." 브라이스가 말했다. "너와 나 둘이. 난 웨스트포인트에 갈 필요가 없고, 넌 시애틀로 돌아가지 않아도 돼. 너도 나처럼 홈스쿨링을 하면 돼. 네가 아기를 키우기로 결정한다 해도 내년에 학교를 졸업할 수 있도록 우리가 전부 해결할 수 있어. 그런 다음에 나는 대학에 가는 거야. 아니면 우리 둘 다 가든가. 우리 부모님이 그랬듯 우리도 방법을 찾아낼 거야."

"아기를 키운다고? 난 고작 열여섯이야…." 내가 마침내 쉰 목소리로 말했다.

"노스캐롤라이나에선 아이가 태어날 경우 법원에 청원하면 거주를 허락해줘. 여기서 함께 살면 넌 법에 저촉되지 않아. 약간 복잡하지만 내가 해결책을 찾아낼 수 있어."

"제발 그만해." 내가 속삭였다. 브라이스가 내 손에 입을 맞추던 순간부터 왠지 이런 일이 일어날 거라 예상하고 있었다.

내가 얼마나 감당하기 힘들어하는지 브라이스가 불현듯 눈치 챈 것 같았다. "지금 당장은 받아들이기에 너무 부담스러울 수 있다는 거 알아. 하지만 난 널 잃고 싶지 않아." 그가 숨을 크게 들이마셨다. "요점은 우리가 함께 있을 방법을 찾았다는 거야. 거의 1년 동안 이 집의 월세를 지불할 만큼의 돈을 저축해뒀어. 할아버지와 함께 일하면 네가 일하지 않아도 나머지 생활비 정도는 충분히 벌 수 있어. 내가 기꺼이 네 개인 교습을 시켜줄게. 난 네 아이의 아버지가 되는 것 말고는 아무것도 원하지 않아. 이 아이를 사랑하고 예뻐하고 내 친딸처럼 대하겠다고, 네가 허락해주면 내 아이로 입양하겠다고 약속할게." 브라이스가 손을 뻗어 내 손을 잡더니 한쪽 무릎을 꿇었다. "사랑해, 매기. 너도 날 사랑하지?"

이 모든 것이 어디로 향하는지 알면서도 거짓말은 할 수 없었다. "응, 사랑해."

브라이스가 간절한 눈빛으로 나를 올려다보았다. "나와 결혼해 줄래?"

✦

몇 시간 후 나는 소파에 앉아 포탄 쇼크에 버금가는 상태로 고모가 돌아오기를 기다렸다. 내 방광조차 놀라서 항복한 것 같았다. 린다 고모가 오자마자 내 표정을 눈치챘는지 곧장 내 옆에 앉았다.

고모가 무슨 일이냐고 묻자 나는 그녀에게 모든 일을 털어놓았다. 하지만 내가 말을 마치고 나서야 고모가 당연한 질문을 했다.

"뭐라고 답했어?"

"아무 말도 못 했어요. 소용돌이에 갇힌 것처럼 입안에서 말이 맴돌기만 하잖아요. 제가 말을 못 하니까 브라이스가 결국 지금 당장 대답할 필요 없다고 했어요. 그러면서 잘 생각해보라고 부탁했어요."

"이런 일이 벌어질까 봐 걱정했어."

"알고 있었어요?"

"브라이스를 아니까. 당연히 너만큼 잘 알지는 못하지만 마른 하늘에 날벼락 같은 이야기는 아니야. 그 애 엄마도 이런 일이 벌어질까 봐 걱정했던 것 같구나."

당연한 소리였다. 왜 나 혼자만 이런 일이 벌어질 걸 몰랐는지 의아했다. "그 애를 너무 사랑하지만 결혼은 못 해요. 전 엄마나 아내가 될 준비도, 심지어 아직 어른이 될 준비도 안 됐어요. 제가 여기 온 건 그저 이 모든 일을 뒤로하고 좀 지루하더라도 평범한 삶으로 돌아가고 싶어서예요. 그리고 그 애 말이 맞아요. 돌아가서 부모님이 됐든, 언니가 됐든 상황이 더 좋아질 수도 있는 거잖아요. 그래도 그들은 여전히 내 가족이라고요."

말을 하는데 두 눈에 눈물이 고였고 나는 울기 시작했다. 나도 어쩔 수 없었다. 사실을 말하고 있는 걸 아는데도 그런 내가 싫었다.

린다 고모가 곁에 다가와 내 손을 꼭 잡았다. "넌 네가 생각하는 것보다 훨씬 현명하고 성숙해."

"전 어떻게 해야 해요?"

"그 애와 대화를 해야지."

"뭐라고 말해요?"

"사실을 말해야지. 그 애는 사실을 들을 자격이 있어."

"날 미워할 거예요."

"그렇지 않을 거야." 고모가 차분한 목소리로 말했다. "브라이스는 어떻니? 그 애가 정말 충분히 생각하고 이런 일을 벌인 것 같아? 정말 남편이자 아빠가 될 준비가 됐다고? 오크라코크에서 어부나 잡부로 살겠다고? 웨스트포인트를 포기하고?"

"그게 자기가 원하는 거랬어요."

"넌 그 애가 어떻게 했으면 좋겠니?"

"전…." 난 뭘 원할까? 브라이스가 행복하기를? 성공하기를? 자신의 꿈을 좇기를? 내가 사랑에 빠진 청년의 나이 든 버전이 되기를? 나와 영원히 머물기를?

"그냥 그 애 발목을 잡고 싶지 않아요." 내가 마침내 말했다.

고모의 미소도 얼굴에 어린 슬픔을 완전히 가리지 못했다. "네가 발목을 잡을 것 같으니?"

✦

스트레스 때문에 잠을 편히 이룰 수 없었다. 게다가 낮에 받은 충격 때문인지 다시 가진통이 격렬히 시작되며 밤새 자신의 존재를 알렸다. 까무룩 잠에 들려는 찰나마다 가진통이 찾아온 탓에 통증을 이겨내기 위해 매기 베어를 꼭 쥐어야만 했다. 월요일 아침에 녹초가 되어 눈을 떴을 때도 진통이 가라앉지 않았다.

브라이스는 평소와 같은 시간에 집에 오지 않았고 나도 공부할 기분이 아니었다. 그 대신 나는 아침나절 대부분을 테라스에서 보내며 브라이스에 대해 생각했다. 머릿속으로 상상의 대화가 수십 개나 휙휙 지나갔는데 그 어떤 대화도 마음에 들지 않았다. 사랑에 빠지면 고통스럽고 끔찍한 작별이 불가피하다는 걸 그간 알고 있었다고 되새겼음에도 이별이 이럴 줄은 예상하지 못했다.

하지만 브라이스가 올 거라는 걸 알았다. 아침 햇살에 공기가 조금씩 따뜻해지자 그의 영혼이 느껴지는 듯했다. 나는 브라이스가 뒤통수에 깍지를 낀 채 침대에 누워 천장을 뚫어지게 바라보는 모습을 상상했다. 내가 대답할 준비가 되려면 시간이 좀 더 필요할지 생각하며 이따금 시계를 흘깃거릴 터였다. 브라이스가 긍정의 대답을 원하는 건 알았지만 만에 하나 내가 승낙하면 벌어질 일들에 대해선 생각해봤을까? 우리 둘이 집으로 찾아가 브라이스의 엄마에게 털어놓으면 그녀가 기뻐할 거라 예상했을까? 독립을 반대할 걸 몰랐을까? 혹여 브라이스의 부모님이 대화를 단절하기라도 하면 어떻게 할 것인가? 그리고 그 모든 것은 내가 고작 열여섯이며 브라이스가 제안한 그런 삶에 결코 준비가 안 돼 있다는 사실을 무시한 결정이었다.

린다 고모가 은연중에 말한 것처럼 브라이스는 이 일이 어떤 파장을 미칠지 정말로 숙고해보지 않은 것 같았다. 마치 그의 결정이 어느 누구에게도 영향을 끼치지 않을 거라는 듯, 서로를 바라보는 우리 둘에만 초점이 맞춰진 렌즈로 답을 본 것 같았다. 보기엔 낭만적이었지만 그것은 현실이 아니었고 내 감정 역시 무시한 처사였다.

그것이 가장 거슬리는 부분이었던 것 같다. 나는 그 이유들이 그에겐 말이 된다고 짐작할 만큼 브라이스를 잘 알았고, 그 역시 나처럼 장거리 연애가 여의치 않을 거라고 의심한 게 분명했다. 편지를 쓰고 전화를 할 수도 있겠지만─전화비가 비쌀 테지만─언제 다시 서로를 볼 수 있겠는가? 부모님이 데이트를 허락할지도 의문이지만 브라이스를 만나러 이스트 코스트에 가게 해줄 리도 만무했다. 졸업할 때까지, 심지어 졸업하고 나서도, 여전히 집에서 지낸다면 허락하지 않을 수도 있었다. 즉, 최소한 2년 이상, 어쩌면 그 이상이 걸릴 거란 뜻이었다. 그러면 브라이스는 어떨까? 그가 여름마다 시애틀로 날아올 수 있을까? 웨스트포인트의 의무 리더십 프로그램에 방학이 있을까? 한편으론 그럴 거라 생각했지만 설사 있다고 해도 브라이스는 펜타곤(미국 국방부의 별칭─옮긴이) 같은 곳의 인턴십을 준비할 부류에 속했다. 그리고 가족과도 사이가 좋았기 때문에 그들과도 시간을 보내야 할 터였다.

과연 어느 누가 함께 시간을 보낼 수 없는데 상대방을 계속 사랑하고 그와 연인 관계를 유지할 수 있겠는가?

나는 브라이스의 대답이 '아니오'라는 걸 점점 깨달았다. 그 안의 무언가는 나를 보는 것을, 안는 것을, 만지는 것을, 입 맞추는 것을 필요로 했다. 내가 시애틀로 돌아가고 브라이스가 웨스트포인트로 가면 이런 것들이 불가능할 뿐 아니라 우리를 처음 사랑에 빠지게 만든 그런 사소한 순간들조차 갖지 못할 것임을 그는 알았다. 식탁에서 공부를 하지도, 해변을 걷지도 못할 것이다. 사진을 찍거나 암실에서 현상하며 오후를 보내지도 못할 것이다. 함께 점심이나 저녁 식사를 하지도, 소파에 앉아 영화를 보지도 못할 것이다. 그는 그의 인생을 살고, 나는 내 인생을 살면서 각자 성장하고 변할 것이고, 낙숫물에 바위가 뚫리듯 우리 사이도 장거리에 어쩔 수 없이 멀어질 것이다. 브라이스가 됐든, 내가 됐든 다른 사람을 만날 테고 결국 오크라코크의 추억만 남은 채 우리의 관계는 파국을 맞을 것이다.

브라이스에겐 우리가 함께하거나 못 하거나 둘 중 하나만 있을 뿐 중간의 회색 지대는 없었다. 그 모든 회색 지대도 똑같은 불가피한 결론에 다다를 게 뻔했으니까. 브라이스의 말이 어쩌면 맞을 수도 있다고 나는 인정했다. 하지만 브라이스를 사랑했기 때문에, 가슴이 찢어진다 해도 정확히 어떻게 해야 할지 불현듯 알게 되었다.

✦

그런 자각이 다시 가진통을 일으킨 게 확실했다. 이번 진통은 여태껏 겪은 것 중 가장 심했다. 진통이 영원처럼 지속됐으나 브라이스가 나타나기 겨우 몇 분 전 결국 멈췄다. 전날과 달리 브라이스는 청바지와 티셔츠 차림이었고 미소를 짓고 있는데도 어딘지 자신감이 없었다. 날씨가 좋아서 나는 브라이스에게 계단을 내려가게 도와달라 손짓했다. 우리는 그의 엄마가 들렀을 때 내가 앉았던 그 자리에 앉았다.

"너와 결혼할 수 없어." 내가 단도직입적으로 말하자 브라이스가 곧바로 시선을 떨구었다. 그가 양손을 꽉 움켜쥐는 모습을 보니 마음이 아팠다. "널 사랑하지 않아서가 아니라, 널 사랑하기 때문이야. 이건 나와 나라는 사람, 그리고 너라는 사람의 문제야."

처음으로 브라이스가 흘깃 쳐다보았다.

"난 엄마이자 아내가 되기에 너무 어려. 너도 남편이자 아빠가 되기에 너무 어리고. 특히 이 아이가 네 아이가 아니기 때문에 더 그래. 하지만 너도 이미 그 사실을 알 거라고 생각해. 그러니까 넌 완전히 잘못된 이유들로 내게 긍정의 답을 바란 거야."

"무슨 소리야?"

"넌 날 잃고 싶어 하지 않아." 내가 말했다. "그건 나와 함께 있고 싶은 것과 달라."

"똑같은 의미야." 브라이스가 반발했다.

"아니, 그렇지 않아. 누군가와 함께 있고 싶은 건 긍정적인 거야. 사랑과 존중, 욕구에 대한 거라고. 하지만 누군가를 잃고 싶지 않은 건 달라. 그건 두려움에서 비롯한 거야."

"하지만 난 널 사랑해. 그리고 널 존중⋯."

내가 브라이스의 손을 잡고 말을 멈추었다. "알아. 그리고 넌 내가 이제까지 만난 사람 중에 가장 멋지고 똑똑하고 상냥하고 잘생긴 남자야. 내 나이 열여섯에 운명의 사랑을 만났다고 생각하면 두렵지만 어쩌면 그럴지도 몰라. 그리고 어쩌면 인생 최대의 실수를 저지르고 있는 건지도 모르지. 하지만 난 너에게 맞지 않아, 브라이스. 넌 날 정말로 알지도 못해."

"당연히 알아."

"넌 열여섯에 임신해 섬에 고립된 외로운 버전의 나와 사랑에 빠진 거야. 게다가 우연찮게 오크라코크에서 너와 비슷한 또래의 유일한 여자애인 나와 말이야. 난 요즘 내가 누군지도 모르겠고, 여기 오기 전에 누구였는지도 기억이 가물가물해. 이건 내가 한 살을 더 먹고 임산부가 아닐 때는 어떻게 될지 모른다는 의미기도 해. 너도 모르는 건 마찬가지야."

"말도 안 돼."

나는 애써 목소리를 차분하게 유지했다. "우리가 만난 후로 내가 무슨 생각을 했는지 알아? 네가 어른이 되면 어떤 사람이 될까 그리려고 애써왔어. 너를 보면, 마음만 먹으면 대통령도 될 수 있는 누군가가 보이기 때문이야. 헬기를 조종하거나, 백만장자, 제2의 람보, 우주 비행사가 될 수도 있겠지. 네 미래는 무한하니까. 넌 다른 사람들은 꿈도 못 꾸는 잠재력을 갖고 있어. 단지 네가 너라는 이유로 말이야. 그리고 난 네게 그런 기회를 포기하라고 절대 부탁할 수 없어."

"말했다시피 내년에 대학을 갈 수도 있어…"

"알아." 내가 말했다. "그리고 네가 그 결정을 내릴 때 나를 염두에 뒀다는 것도 알아. 하지만 그것조차 네 발목을 잡는 거야. 나라는 존재가 네 삶에서 뭐가 됐든 앗아간다고 생각하면 난 버티지 못할 거야."

"그러면 몇 년만 기다리는 건 어때? 내가 졸업할 때까지?"

내가 눈썹을 치켜올렸다. "장기간 약혼을 하자고?"

"꼭 약혼일 필요는 없어. 데이트를 하는 거지."

"어떻게? 서로 보지도 못할 텐데."

브라이스가 눈을 감자 나는 아까 했던 생각이 옳았음을 깨달았다. 그 안의 무언가가 나를 원할 뿐 아니라 필요로 했다.

"워싱턴에서 대학을 다니는 방법도 있어." 그가 중얼거렸다.

브라이스가 손을 놓지 않고 일을 어렵게 만들고 있었다. 하지만 내겐 다른 방도가 없었다. "그러면 네 꿈은 포기하겠다고? 네가 웨스트포인트에 가기를 얼마나 원했는지 알고, 나도 네가 그곳에 갔으면 좋겠어. 네가 나를 위해 꿈까지 포기했다고 생각하면 내 마음이 찢어질 거야. 내가 그런 소중한 것을 네게서 절대 빼앗지 않을 만큼 너를 사랑했다는 거, 그것만 알아주면 나는 더 이상 아무것도 원치 않아."

"그러면 우린 어떻게 되는 거야? 아무 일도 없었던 것처럼 그냥 헤어지자고?"

부풀어 오르는 풍선처럼 슬픔이 내 속에서 커져가는 게 느껴졌다. "영원히 기억할 아름다운 꿈이었다고 생각하자. 우리 둘 다 상대방을 성장시킬 만큼 서로를 사랑했으니까."

"그걸로는 부족해. 널 다시는 보지 못한다는 걸 알면서 산다니 상상이 안 돼."

"그러면 표현을 바꾸자. 몇 년만 지켜보자. 그동안 너도 나도 자신의 미래에 가장 좋은 결정을 내리는 거야. 학교에 가고, 직장을 얻고, 각자가 어떤 사람인지 알아가는 거지. 그런 뒤에 둘 다 다시 시도하고 싶으면 서로를 찾아서 어떻게 되는지 보는 거야."

"기간을 얼마로 생각하는데?"

나는 눈 뒤쪽에 압력이 커지는 걸 느끼며 침을 삼켰다. "우리 엄마는 스물넷에 아빠를 만났어."

"지금부터 7년도 더 뒤에? 말도 안 돼." 브라이스의 두 눈에 두려움 비슷한 게 보인 것 같았다.

"어쩌면. 만약 그게 먹히면 옳다는 걸 알게 되겠지."

"그때까지 통화는 하는 거지? 아니면 편지를 쓰거나?"

그렇게 하면 내게 너무 힘들 것임을 알았다. 정기적으로 편지를 받으면 나도 그도 서로에 대한 생각을 멈추지 못할 터였다. "해마다 크리스마스카드 한 장만 보내는 거 어때?"

"다른 남자랑 데이트 할 거야?"

"마음에 둔 사람은 없어, 네 질문의 요지가 그거라면."

"안 할 거라는 말은 안 하네."

눈물이 떨어지기 시작했다. "너와 싸우고 싶지 않아. 작별이 힘들 거라는 건 줄곧 알고 있었고, 이게 내가 생각할 수 있는 전부야. 우리가 운명이라면 단지 10대일 때만 서로를 사랑할 리 없어. 성인이 돼서도 서로를 사랑해야 해. 무슨 말인지 알겠어?"

"너와 싸우려는 게 아니야. 그냥 너무 긴 시간이라…." 브라이스의 목소리가 갈라졌다.

"나한테도 길어. 그리고 네게 이런 말을 하는 게 나도 싫어. 하지만 난 네게 많이 부족해, 브라이스. 어쨌든 아직은 그래. 네게 어울릴 사람이 될 기회를 줘, 응?"

브라이스는 아무 말이 없었다. 그 대신 내 뺨의 물기를 부드럽게 닦았다. "오크라코크." 브라이스가 마침내 속삭였다.

"뭐?"

"네 스물네 살 생일에 해변에서 만나자. 우리가 데이트했던 그 해변, 어때?"

나는 과연 그게 가능할까 의구심을 가지며 고개를 끄덕였다. 브라이스가 내게 키스할 때 그의 슬픔을 실제로 맛볼 수 있을 것만 같았다. 브라이스는 자리에서 일어나 내가 일어서는 걸 도와준 뒤 나를 끌어안았다. 그에게서 우리가 만났던 섬처럼 상쾌하고 신선한 향기가 났다.

"너를 안을 날들이 얼마 남지 않았다는 생각이 멈추지 않아. 내일도 볼 수 있을까?"

"좋아." 내게 맞닿은 브라이스의 몸을 느끼며 내가 속삭였다. 다음번 작별 인사는 훨씬 힘들 것을 이미 알았기에 어떻게 이겨낼지 걱정스러웠다.

하지만 그땐 몰랐다. 그런 기회는 오지 않을 것임을.

메리 크리스마스

맨해튼

2019년 12월

남은 음식을 앞에 둔 채 식탁에 앉은 매기는 마크가 이야기에 완전히 몰입해 있음을 알아차렸다. 음식이 예상보다 30분가량 늦게 나왔지만 매기가 브라이스와 함께 데이지를 데려다주러 가는 부분에서 그들은 식사를 마쳤다. 정확히 말하자면 마크가 식사를 마쳤고 매기는 음식을 깨지락거리기만 했다. 이제 11시가 다 되었고 크리스마스는 겨우 한 시간 뒤였다. 놀랍게도 매기는 기력이 쇠하지도 불편하지도 않았다. 특히 낮에 힘들었던 것과 비교하면 좋았다. 과거를 회상하는 일이 예상치 못한 방식으로 매기에게 활기를 되찾아주었다.

"기회가 오지 않았다는 게 무슨 말이에요?"

426

"그 월요일에 발생한 가진통은 가진통이 아니었어. 진짜 진통이었어."

"그런데 몰랐던 거예요?"

"처음에는 몰랐어. 브라이스가 떠나고 다음 진통이 시작되고서야 생각이 겨우 스치긴 했지. 진통이 특이했거든. 하지만 여전히 브라이스 때문에 너무 감정적이었던 데다가 예정일이 한 주 뒤여서 고모가 집에 올 때까지 그 생각은 어떻게든 접어두었지. 물론 그때쯤 진통이 훨씬 잦아졌어."

"그래서 어떻게 됐어요?"

"내가 진통이 훨씬 잦아지고 세지고 있다고 말하자마자 고모가 그웬을 불렀어. 그때가 못해도 3시 45분, 어쩌면 30분이었던 것 같아. 그웬이 도착해서 내가 아침 연락선이 뜰 때까지 버티지 못할 거라 판단하고 순식간에 병원행을 결정했어. 고모가 내 더플백에 물건을 한가득 던져 넣은 후에—내가 진짜 신경 쓴 건 매기 베어뿐이었어—우리 부모님과 의사에게 전화를 했고 우리는 집 밖으로 나왔어. 천만다행으로 연락선이 붐비지 않아 승선할 수 있었지. 그때쯤 진통이 10분에서 15분 간격으로 왔던 것 같아. 보통 5분 간격이 될 때까지 기다렸다가 병원에 가지만 연락선 탑승 시간과 병원까지 운전하는 시간을 합치니 세 시간 반이었어. 덧붙이자면 길고 긴 세 시간 반이었지. 연락선이 부두에 닿을 무렵엔 진통이 4~5분 간격으로 왔어. 내가 쥐어짜는 바람에 매기 베어의 솜이 터져 나오지 않은 게 놀랍다니까."

"하지만 해내셨잖아요."

"해냈지. 그런데 가장 기억에 남는 건 그 시간 내내 고모와 그웬이 얼마나 차분했는가 하는 거야. 내가 진통 때문에 고래고래 소리를 질러대도 아무 일도 없는 것처럼 계속 잡담을 하더라니까. 수도 없이 많은 임산부를 병원에 데려다줬기 때문이겠지."

"진통은 아팠어요?"

"아기 공룡이 내 자궁을 우걱우걱 씹어 먹는 것 같았어."

마크가 웃었다. "그러고 나서는요?"

"병원에 도착해 산부인과 층 병실에 입원 수속을 밟았어. 의사가 왔고 마침내 자궁 입구가 벌어질 때까지 여섯 시간 동안 고모와 그웬이 내 곁을 지켰지. 그웬은 내가 호흡에 집중하게 했고 고모는 얼음 조각을 가져왔어. 흔히 쓰는 방법이었던 것 같아. 새벽 1시쯤 됐을 때 출산이 임박했지. 그다음에 기억나는 건 간호사들이 분만을 준비하고 의사가 들어왔다는 거야. 그리고 서너 번 힘을 주고 나니 끝이 났더라."

"그렇게 나쁘진 않네요."

"우걱우걱 씹어 먹는 아기 공룡 얘긴 까먹었구나. 진통이 오는 매 순간이 지옥이었어."

더 이상 정확한 느낌을 떠올릴 수 없었다고 하는 게 맞았다. 희미한 불빛 아래서 마크는 두려움에 얼어붙은 듯 보였다.

"그리고 그웬이 맞았네요. 오후에 연락선을 타길 잘했어요."

"장담하는데 복잡한 문제가 없었기 때문에 그웬도 산파 역할을 훌륭히 해냈을 거야. 하지만 침대에 누워서 아이를 낳지 않고 병원에 있는 게 심적으로 더 편했어."

마크는 트리를 응시하다가 매기에게로 다시 시선을 돌렸다. 가끔 매기는 마크가 너무 친숙하게 느껴져서 무섭다는 생각이 들었다.

"그다음엔 어떻게 됐어요?"

"당연히 정신이 하나도 없었지. 의사가 내 상태를 살피고 태를 확인하는 동안 소아과 의사가 아기를 진찰했어. 몸무게를 달고, 아프가 점수(신생아의 건강 상태를 평가하는 방법—옮긴이)를 매기고, 치수를 재고, 그러고 나서 곧바로 간호사가 아기를 신생아실로 데려갔지. 그런 식으로 모든 일이 갑자기 끝났어. 지금도 그 일이 때로 초현실처럼, 현실이 아닌 꿈처럼 느껴져. 의사와 간호사가 물러간 뒤에 나는 매기 베어를 붙잡고 한참을 울었어. 고모가 한쪽에, 그웬이 반대쪽에서 나를 위로해줬던 기억이 나."

"매우 감정적이었을 것 같아요."

"맞아." 매기가 말했다. "하지만 그렇게 될 거라는 걸 줄곧 알고 있었어. 당연히 눈물이 멈췄을 즈음엔 한밤중이었지. 고모와 그웬은 거의 24시간째 깨어 있었고 나는 그보다 훨씬 피곤한 상태였어. 우리 모두 결국 잠에 들었지. 그웬이 의자 하나를 쓰고 사람들이 고모를 위해 의자를 하나 더 갖다줬는데 두 분이 실제로 얼마나 쉬었는지는 모르겠어. 반면에 난 곧바로 곯아떨어졌지. 아침에 의사가 내가 괜찮은지 확인하러 왔던 건 알지만 기억은 잘 안 나. 바로 다시 잠들었다가 11시가 다 돼서야 눈을 떴어. 일어나니 고모도 그웬도 병실에 없고 혼자였는데 기분이 정말 이상하더라. 배도 너무 고팠는데 아침 식사가 아직 쟁반 위에 놓여 있었어. 식은 밥을 먹어야 했지만 신경 쓸 겨를이 없었지."

"고모와 그웬은 어디 있었어요?"

"카페테리아에." 마크가 고개를 갸우뚱거리자 매기가 주제를 바꾸었다. "뒤쪽에 아직 에그노그 남았니?"

"네. 한 잔 갖다드릴까요?"

"부탁할게."

매기는 마크가 식탁에서 일어나 뒤편으로 향하는 모습을 지켜보았다. 마크가 시야에서 사라지자 매기의 마음이 린다 고모가 병실로 들어오던 순간으로 되돌아갔고 과거는 다시 현실이 되었다.

🌲

모어헤드 시티, 카터렛 제너럴 병원

1996년

린다 고모가 침대로 다가와 의자를 당겼다. 고모가 손을 뻗어 내 눈가에서 머리카락을 쓸어내렸다.

"기분은 어때? 한참을 잤어."

"잠이 필요했나 봐요." 내가 말했다. "아까 의사가 왔었어요?"

"응." 고모가 말했다. "네가 아주 잘하고 있다더라. 퇴원은 내일 아침에 해야 한대."

"하룻밤 더 지내야 해요?"

"최소한 24시간은 지켜보고 싶다는구나."

고모 뒤쪽에 있는 창문으로 햇빛이 비쳐 들어 그녀에게 금빛 후광이 드리운 것처럼 보였다.

"아기는 어때요?"

"아주 건강해." 고모가 말했다. "직원들도 훌륭하고 밤새 조용했어. 지금 신생아실에 네 아기 말고는 아무도 없는 모양이야."

나는 그 장면을 상상하며 고모가 한 말을 흡수했다. 다음 말이 자동으로 튀어나왔다. "부탁 하나만 들어줄래요?"

"물론이지."

"매기 베어를 신생아실에 갖다줄 수 있어요? 그리고 제가 아기한테 인형을 주고 싶다고 간호사들한테 말해주세요. 그 부모한테도 전해달라고요."

고모는 매기 베어가 내게 어떤 존재인지 알고 있었다. "진심이니?"

"지금 당장 저보다는 아기한테 더 필요할 것 같아요."

고모가 상냥한 미소를 지었다. "아량이 넘치는 훌륭한 선물이구나."

나는 테디 베어를 건넸고, 고모는 부드럽게 인형을 안은 뒤 내 손을 잡았다. "정신이 들었으니 입양 얘기를 해볼까?" 내가 고개를 끄덕이자 고모가 말을 이었다. "아기를 공식적으로 포기해야 한다는 걸 알 거야. 물론 그건 서류 절차가 남았다는 뜻이야. 나도 그웬도 서류를 검토했고, 네 부모님한테도 말했듯이 우리는 입양을 주선하는 그 여자와 수년 동안 일해왔어. 모든 게 순조롭게 진행된다고 믿어도 되지만 혹시 원하면 변호사를 선임해줄 수 있어."

"고모를 믿어요." 사실이었다. 세상 그 누구보다 린다 고모를 신뢰했다.

"중요한 건 이게 비공개 입양이라는 거야. 그게 무슨 뜻인지 알지?"

"나는 그 부모가 누군지 모른다는 거죠? 그쪽도 나를 모르고요?"

"그렇지. 그게 여전히 네가 원하는 건지 확실히 하고 싶구나."

"원해요." 내가 말했다. 조금이라도 안다고 생각하면 미칠지도 몰랐다. "양부모는 아직 안 왔어요?"

"오늘 아침에 도착했다고 해서 잠시 후 서류 작업을 진행할 거야. 그런데 네가 알아야 할 게 또 있다."

"뭔데요?"

고모가 심호흡을 했다. "네 엄마가 지금 여기 와 있어. 그리고 내일 너를 집에 데려가려고 준비해놨다. 의사는 혈액이 응고될 수도 있다며 반기지 않지만 워낙 고집을 부려서 말이지."

내가 눈을 깜빡였다. "어떻게 그렇게 빨리 왔어요?"

"어제 내 전화를 받고 곧장 항공편을 찾았다는구나. 사실 어젯밤 늦게, 네가 출산하기 전에 뉴번에 도착했어. 오늘 아침에 널 보러 들렀는데 네가 자고 있었어. 아무것도 안 먹은 터라 그웬과 내가 뭐라도 먹이려고 카페테리아로 데려갔어."

엄마에 대한 생각에 사로잡혀 있다가 내가 나머지 부분을 그냥 지나쳤다는 사실을 깨달았다. "잠깐만요. 제가 내일 떠난다고 그랬어요?"

"그래."

"오크라코크로 안 돌아간다는 말이에요?"

"안타깝지만 그렇단다."

"제 나머지 물건은 어떻게 하고요? 브라이스가 크리스마스 선물로 준 사진은요?"

"전부 우편으로 부칠 거야. 그건 걱정할 필요 없어."

하지만….

"브라이스는 어떡하고요? 작별 인사를 건넬 기회도 없었는데. 그의 엄마나 가족에게도 인사를 못 했어요."

"나도 안다." 고모가 조용히 말했다. "하지만 네가 할 수 있는 게 없구나. 네 엄마가 채비를 다 해놨어. 그래서 곧장 말해주려고 이리로 온 거야. 네가 놀라지 않도록 말이야."

또다시 눈물이 고였다. 전날 밤과는 다른 종류의 두려움과 아픔이 가득한 눈물이었다.

"그 애를 다시 보고 싶다고요!" 내가 울부짖었다. "그냥 이렇게 떠날 순 없어요."

"나도 알아." 고모가 단어마다 연민을 실어 말했다.

"그 애와 싸웠어요." 내 입술이 떨리기 시작했다. "그러니까 일종의 다툼이었어요. 그 애한테 결혼할 수 없다고 말했어요."

"알아." 고모가 속삭였다.

"고모는 몰라요." 내가 말했다. "그 애를 만나야 해요! 엄마를 설득해줄 수 없어요?"

"해봤어." 고모가 말했다. "부모님이 네가 집에 오기를 원해."

"하지만 떠나기 싫어요." 내가 말했다. 고모가 아닌 부모님과 다시 산다는 생각을 지금 당장 맞닥뜨리고 싶지 않았다.

"네 부모님은 널 사랑하셔." 고모가 내 손을 꽉 쥐며 단언했다. "내가 널 사랑하는 것처럼."

그렇지만 부모님보다 고모한데서 사랑을 더 많이 느껴요. 그렇게 말하고 싶었지만 목이 잠기는 바람에 이번엔 그냥 흐느낌에 자리를 양보했다. 예상한 대로 내 상냥하고 멋진 린다 고모가 오랫동안 나를 꽉 안아주었다. 엄마가 끝내 병실에 들어오고 난 뒤에도.

🌲

맨해튼

2019년

"괜찮으세요? 힘들어 보여요."

매기는 마크가 자기 앞에 에그노그를 두는 모습을 지켜보았다. "다음 날 아침 병원에서 있었던 일을 떠올리는 중이었어." 매기가 말했다. 마크가 다시 자리에 앉는 동안 매기가 잔으로 손을 뻗었다. 그가 자리를 잡자 매기가 그때의 일을 말해주었다. 마크가 낙담하는 표정을 지었다.

"그렇게 끝났다고요? 오크라코크로 돌아가지 않고요?"

"갈 수 없었어."

"브라이스가 병원으로 오진 않았어요? 연락선을 탈 수 없었어요?"

"내가 오크라코크로 돌아갈 거라고 생각했을 거야. 하지만 못 돌아가는 걸 알고 병원으로 왔다고 해도 엄마가 있어서 어떻게 됐을지 모르겠어. 난 고모와 그웬이 떠난 뒤 충격에서 헤어 나올 수 없었어. 엄마는 내가 계속 우는 이유가 뭔지 알지 못했지. 내가 아이를 입양 보내기로 한 것에 의문을 품는다고 생각했어. 엄마는 내가 서류에 서명까지 해놓고도 마음을 바꿀까 봐 겁이 났던 것 같아. 나한테 올바른 결정을 했다고 계속 말한 걸 보면."

"고모와 그웬이 떠났어요?"

"두 사람은 오크라코크로 가는 오후 연락선을 타야 했어. 난 그들과 작별 인사를 나눈 뒤 만신창이가 되어 있었어. 결국 엄마도 지쳤지. 커피를 마시러 계속 아래층에 내려가더니 저녁을 먹고 결국 호텔로 돌아갔어."

"작가님을 혼자 두고요? 그렇게 힘들어하는데요?"

"병실에 있는 것보단 나았어. 우리 둘 다 그걸 알았고. 어쨌거나 결국 난 잠들었고 뒤이어 기억나는 건 엄마가 렌트카를 세워 놓은 동안 간호사가 나를 휠체어에 태워 병원 밖으로 데리고 나갔다는 거야. 엄마와 난 차에서도 공항에서도 별로 말이 없었어.

비행기에 탑승해 창밖을 바라보면서, 시애틀에서 노스캐롤라이나로 왔을 때와 똑같은 두려움을 느꼈던 게 기억나. 가고 싶지 않았어. 머릿속으로 그 모든 일들을 처리하려고 계속 애썼어. 집에 와서조차 브라이스와 오크라코크 생각을 멈출 수 없었지. 한동안 나를 달래준 유일한 존재가 샌디였어. 샌디는 내가 힘들어하는 걸 알고 내 방에 들어오거나 집 안에서 나를 따라다니며 내 옆에 껌딱지처럼 붙어 있었어. 물론 샌디를 볼 때마다 데이지가 떠올랐지."

"그러면 학교로는 안 돌아갔어요?"

"응." 매기가 말했다. "부모님과 교장 선생님이 사실 올바른 결정을 내린 거였어. 돌이켜 보면 우울증이었던 것 같아. 종일 잠만 자고 식욕도 없고 우리 집인데 낯선 사람인 양 배회하고. 학교생활도 제대로 못 했을 거야. 집중이 전혀 안 돼서 기말은 보는 족족 망치고 말았지. 하지만 그전까지 시험을 잘 봤던 터라 전체적인 성적은 그래도 괜찮게 마무리됐어. 내 우울증의 유일한 장점은 여름이 시작될 때쯤 임신으로 찐 살이 전부 빠졌다는 거지. 얼마 후 마침내 매디슨과 조디를 만날 기력을 찾았고, 난 조금씩 내 예전 생활로 돌아가기 시작했어."

"브라이스에게 전화하거나 편지는 썼어요?"

"아니. 그 애한테서도 연락은 없었어. 하루도 빠짐없이 연락하고 싶었지. 하지만 우리에겐 각자의 계획이 있었어. 연락하고 싶다는 생각이 들 때마다 내가 없어야 그 애한테 좋을 거라고 되새겼지. 내가 나 자신에게 집중할 필요가 있었던 것처럼 그도 그 자신에게 집중할 필요가 있다고. 그렇지만 고모가 정기적으로 편지를 보내줬고 이따금 브라이스 소식도 짤막하게 전해줬어. 그 애가 이글 스카우트가 되고 제 시기에 대학에 갔다는 소식이 들렸고, 그로부터 몇 달 뒤 그의 엄마가 가게에 들러 브라이스가 특출 나게 잘하고 있다고 말해줬다는 얘기도 들었지."

"작가님은 어땠어요?"

"친구들과 다시 만나기 시작했지만 여전히 이상하게 동떨어진 느낌이었어. 운전면허증을 따고 나서 예배를 마치고 이따금 차를 빌려 창고 세일에 찾아갔던 게 기억나. 아마 시애틀에서 중고 보물을 찾으려고 신문을 샅샅이 뒤지는 10대는 나밖에 없었을 거야."

"뭐라도 찾았어요?"

"진짜로 찾았어." 매기가 말했다. "브라이스가 쓰던 것보다 연식은 많지만 아직 멀쩡하게 작동하는 35밀리 라이카 카메라를 찾았지. 나는 집으로 달려가 아빠한테 나중에 갚을 테니 그 카메라를 사달라고 졸랐어. 놀랍게도 아빠가 사줬지 뭐야. 내가 얼마나 절박했고 마음을 못 붙였는지 엄마보다 더 잘 알았던 것 같아. 그 뒤로 사진을 찍기 시작했는데, 그게 내 중심을 잡아줬어. 개학하고 졸업 앨범 제작 팀에 사진사로 합류한 덕에 학교에서도 사진을 찍을 수 있었지. 매디슨과 조디는 바보 같다고 여겼지만 그 말에 신경 쓸 여력이 없었어. 난 오크라코크에서처럼 공공 도서관에 가서 사진 잡지와 책들을 훑어보며 시간을 보냈어. 아빠는 분명

저러다 말겠지, 라고 생각했겠지만 내가 직접 찍은 사진을 보여주면 최소한 내 비위는 맞춰줬어. 그러거나 말거나 엄마는 여전히 나를 모건으로 바꾸려고 온 힘을 쏟아부었지."

"그 노력의 결과는요?"

"꽝이었어. 오크라코크에서와 비교하면 남은 고등학교 2년 동안의 성적은 처참했어. 브라이스가 공부하는 법을 가르쳐줬음에도 그렇게 열심히 할 만큼 흥미를 유지하지 못했어. 당연히 그게 결국 커뮤니티 칼리지에 가게 된 이유 중 하나지."

"다른 이유도 있었어요?"

"커뮤니티 칼리지에 관심 있는 수업들이 있었거든. 난 대학에 가고 싶지도, 첫 2년을 교양과목을 듣고 고등학교 시절과 똑같은 것들을 공부하면서 보내고 싶지도 않았어. 그곳은 포토샵 수업이 개설돼 있는 데다 실내 사진, 스포츠 사진뿐 아니라 웹 디자인 수업도 몇 개 있었어. 스포츠 사진은 지역 사진작가가 강의를 맡았지. 브라이스가 인터넷의 시대가 올 거라고 했던 말을 명심하고 있었기에 그게 내가 꼭 배워야 하는 내용이라고 생각했어. 그 모든 과정을 끝내고 나서 일을 시작했지."

"시애틀에 있는 내내 집에서 살았어요? 부모님과 함께요?"

매기가 고개를 끄덕였다. "월급이 많지 않아서 선택의 여지가 없었어. 하지만 집에 오래 머물지만 않으면 나쁘지 않았어. 난 보통 스튜디오나 연구실이나 현지 촬영장에 있었는데, 집에 붙어 있는 시간이 적으면 적을수록 엄마와의 관계가 좋아지는 것 같았

지. 엄마는 여전히 내게 인생을 낭비하고 있다는 걸 깨우치려고
애썼지만."

"모건과의 관계는 어땠어요?"

"놀랍게도 언니가 오크라코크에서 내게 무슨 일이 있었는지에
관심을 보이더라고. 부모님한테는 비밀로 한 뒤 결국 언니에게 모
든 일을 털어놓았고 첫 여름이 끝날 무렵 우린 그 어느 때보다 가
까운 사이가 되었지. 하지만 언니가 대학 생활을 시작하면서 집을
거의 비우게 되자 다시 사이가 멀어졌어. 1학년 과정이 끝난 뒤엔
계절학기를 들었고 그다음에는 여름마다 음악 캠프에서 일을 했
거든. 당연히 언니가 나이를 먹고 대학 생활에 적응하면 할수록
우리 둘 사이에 공통점도 완전히 사라졌지. 언니는 내가 대학에
흥미가 없는 걸 이해하지 못했고 사진에 대한 내 열정에도 공감
하지 못했어. 언니의 관점에선 내가 뮤지션이 되겠다고 자퇴한 거
나 마찬가지였지."

마크가 의자에 등을 기대며 눈썹을 치켜올렸다. "아무도 눈치
채지 못했어요? 작가님이 오크라코크에 갔던 진짜 이유를요?"

"믿거나 말거나지만 아무도 몰랐어. 매디슨과 조디는 눈곱만
큼도 의심하지 않았어. 물론 물어는 봤지만 내가 모호하게 대답했
고 금세 평소대로 돌아갔지. 우리가 함께 있는 걸 본 그 누구도 내
가 떠난 이유를 자세히 캐물을 만큼 크게 신경 쓰지 않았어. 린다
고모가 예상한 것처럼 다들 내가 아닌 자기 삶에 몰두하느라 여
념이 없었지. 가을 학기가 시작되고 첫날에는 불안했지만 모든 것

이 완벽히 평범했어. 친구들은 전과 똑같이 나를 대했고 나에 대한 어떤 풍문도 나돌지 않았어. 물론 나는 어떤 친구와도 공통점을 못 찾고 1년 내내 복도를 헤맸는데, 그 기분이 그해 졸업 앨범 사진을 찍을 때까지 갔지."

"3학년 때는 어땠어요?"

"이상했어." 매기가 생각에 잠긴 듯 말했다. "아무도 그 얘기를 안 꺼냈거든. 그즈음부터 내가 오크라코크에 머물렀던 일이 꿈처럼 느껴지기 시작했어. 린다 고모와 브라이스는 전처럼 생생했지만 이따금 내가 아이를 낳은 적이 없다는 착각마저 들었지. 10년쯤 전인가, 한 남자가 나와 커피를 마시다가 혹시 아이가 있냐고 물었는데 내가 아니라고 답했어. 거짓말이 아니라 그 순간 정말 기억이 안 났거든. 물론 곧바로 기억해냈지만 바로잡을 이유가 없었지. 그 시기에 대해 설명하고 싶지 않았어."

"브라이스는요? 그에게 크리스마스카드를 보냈어요? 그분에 대해선 언급이 없어서요."

매기는 즉시 답하지 않았다. 그 대신 유리잔 속의 짙은 액체를 휘젓다가 마크와 눈을 마주쳤다.

"응. 집으로 돌아오고 첫 크리스마스에 브라이스에게 카드를 보냈어. 사실 그의 집에 전달해달라고 고모에게 부탁했지. 브라이스네 주소를 몰랐거든. 린다 고모가 내 편지를 그 집 우편함에 넣어줬어. 나를 잊지 않겠다고 약속했지만 한편으론 브라이스가 전부 잊은 건 아닐까 걱정됐어."

"카드에… 사적인 내용도 적어 보냈어요?" 마크가 자상한 목소리로 물었다.

"브라이스를 마지막으로 만난 후로 겪은 일들에 관해 그냥 업데이트하는 식이었어. 출산 사실을 알려주고 작별 인사를 못 한 것을 사과했지. 학교로 돌아갔고 카메라를 샀다는 말도 했어. 하지만 나에 대한 브라이스의 마음을 확신할 수 없어서 카드 말미에 가서야 여전히 그를 생각하고 있으며 우리가 함께한 순간이 내겐 그 무엇과도 바꿀 수 없는 소중한 기억이라고 털어놓았지. 사랑한다는 말도 했어. 그 말을 쓰면서 브라이스가 어떻게 생각할지 엄청 겁이 났던 게 아직도 기억나. 브라이스가 카드를 안 보내면 어떡하지? 나를 잊고 새로운 사람을 만났으면 어떡하지? 우리가 함께한 시간을 결국 후회하면 어떡하지? 나에게 화가 났으면 어떡하지? 브라이스가 무슨 생각을 하고 있을지, 어떻게 반응할지 전혀 감이 안 왔어."

"그리고요?"

"브라이스도 카드를 보내왔어. 내가 카드를 보낸 지 하루 만에 도착했으니 브라이스가 내 카드를 읽었을 리 없지만 내가 쓴 내용과 비슷했어. 웨스트포인트에 만족하고, 성적도 좋고, 좋은 친구도 많이 사귀었다고. 추수감사절에 부모님을 뵈러 갔고 동생들이 벌써 입학을 염두에 두고 다양한 대학들을 둘러보기 시작했다는 말도 있었어. 그리고 나처럼 마지막 문단에 내가 그립고 여전히 나를 사랑한다고 말했지. 그러면서 내 스물네 살 생일에 오크라코크에서 만나기로 한 약속도 상기시켰어."

마크가 미소를 지었다. "브라이스답네요."

매기가 맛을 음미하며 에그노그를 한 모금 더 마셨다. 매기는 명절이 끝난 뒤에 찾을 요량으로 냉장고에 에그노그를 채워놓아야겠다고 생각했다. "몇 년 동안 크리스마스카드가 더 오가고 나서야 브라이스가 우리의 약속에 진심이라는 걸 믿게 됐어. 그러니까 우리에게 진심이었다는 걸. 매년 올해부터는 카드가 오지 않거나 브라이스가 우리 사이가 끝이라 말할 거라 생각했거든. 하지만 내 생각이 틀렸어. 매년 보낸 크리스마스카드에서 브라이스는 우리가 다시 만나게 될 그날을 세고 있었어."

"다른 사람은 안 만났대요?"

"관심이 없었던 것 같아. 나도 사실 데이트는 별로 안 했어. 남은 고등학교 시절과 커뮤니티 칼리지에 다니는 동안 여기저기서 데이트 신청도 받고 가끔 응하기도 했지만 누구에게도 남자로서 관심이 생기지 않았어. 그 누구도 브라이스에 못 미쳤거든."

"그러면 브라이스는 웨스트포인트를 졸업했어요?"

"2000년에." 매기가 말했다. "그런 다음 아버지처럼 워싱턴 D.C.의 군사정보부에서 일을 시작했지. 나 역시 고등학교를 졸업한 다음 커뮤니티 칼리지를 마쳤고. 때론 스물넷까지 기다리지 말고 브라이스의 제안대로 그가 졸업한 뒤에 곧장 재회했어야 하는 건데 싶어. 지금 생각하면 내가 너무 제멋대로였어." 매기의 얼굴에 우울함이 드리웠다. "그러면 상황이 달라졌을 테니까."

"무슨 일이 있었는데요?"

"우리 둘 다 내 제안대로 따랐고 성인이 되었지. 그는 그의 일을 했고 나는 내 일을 했어. 사회생활 초반에 사진은 내게 전부였어. 단지 사진에 불이 붙어서가 아니라 브라이스에게 어울리는 사람이 되고 싶었거든. 그냥 그가 사랑하는 사람이 아니라. 그동안 브라이스 역시 성인으로서 진로를 결정했어. 예전에 나온 군 홍보 영상 아니? 노래 가사가 이랬는데. '군에서… 당신이 될 수 있는 모든 것이 되어라'?"

"어렴풋이요."

"브라이스는 그린베레가 되고 싶다는 목표를 포기하지 않았고, 결국 SFAS에 지원했어. 린다 고모가 편지로 그 소식을 전해줬지. 브라이스의 부모님이 흘리듯 말해줬는데 고모가 내가 궁금해할 걸 안 거지."

"SFAS가 뭐예요?"

"특수부대 선발 과정이야. 노스캐롤라이나 포트 브래그에서 진행돼. 요약하자면 브라이스는 성공적으로 평가를 치렀고 결국 훈련을 통과해 대원으로 선발됐어. 그 모든 게 2002년 봄에 일어난 일이야. 당연히 그땐 군이 특수부대를 최우선으로 여겼고 최고의 인재를 찾았기 때문에 브라이스가 선발된 게 놀랄 일은 아니었지."

"왜 특수부대를 최우선으로 여겼어요?"

"9.11이 터졌으니까. 넌 너무 어려서 그 사건이 얼마나 천지개

벽할 일인지, 미국사에 어떤 전환점이 되었는지 기억하지 못할 거야. 2002년 크리스마스카드에서 브라이스는 어디 있는지 말할 수는 없지만 잘 지내고 있다고 전했어. 그 말에 나조차도 그가 위험한 곳에 있다는 걸 눈치챘지. 그리고 이듬해 10월, 내 스물네 살 생일에 오크라코크에 올 수 없을지도 모른다는 말을 덧붙였어. 혹시 그가 못 와도 아무 의미도 부여하지 말라고, 만약 자신이 아직 파견 근무 중이라면 알려줄 테니 시간과 장소를 다시 정해서 만나자고 했지."

매기가 입을 다물고 기억을 떠올렸다. 그러다 말했다. "이상하게도 전혀 실망스럽지 않았어. 무엇보다 오랜 세월이 흘렀는데도 우리 둘 다 여전히 함께하고 싶다는 게 놀라웠어. 심지어 지금도 우리의 약속이 변함없이 유효했다는 게 믿기지 않아. 난 브라이스가 자랑스러웠고 나 자신도 자랑스러웠어. 그리고 물론 언제가 됐든 브라이스를 다시 본다는 사실에 미친 듯이 들떴지. 하지만 또다시 그런 일은 벌어지지 않았어. 운명이 우리 앞에 준비해놓은 건 완전히 다른 패였어."

마크는 아무 말 없이 기다렸다. 매기는 말을 잇는 대신 다시 크리스마스트리를 쳐다보았다. 그러고는 그 후에 일어난 일을 곱씹지 않으려고 애썼다. 수년 동안 매기가 갈고닦은 기술이었다. 그 대신 매기는 전구들을 빤히 바라보다가 그림자들을 알아채고 갤러리 문 밖으로 차들의 움직임을 좇았다. 드디어 기억을 완전히 가뒀다는 확신이 들자 핸드백으로 손을 뻗어 아까 집을 나서기 전에 넣었던 봉투를 끄집어냈다. 매기가 말없이 마크에게 봉투를 건넸다.

마크가 자연스레 발신인 주소를 확인하고 자신이 린다 고모에게서 온 편지를 들고 있다는 것을 깨닫는 동안 매기는 시선을 돌렸다. 마크가 봉투 입구를 여는 모습도 보지 않았다. 겨우 한 번밖에 읽지 않았지만 매기는 마크가 그 편지에서 어떤 내용을 마주하게 될지 똑똑히 알고 있었다.

매기에게.

비가 내리는 늦은 밤이다. 몇 시간 전에 잠자리에 들어야 했지만 이 중요한 사실을 전할 용기가 내게 있을까 의심하며 이렇게 식탁에 앉아 있다. 한편으론 네 얼굴을 보고 말해야 한다고, 시애틀 네 부모님 집으로 날아가 너와 함께 앉아 있어야 한다고 생각하면서도, 네게 사실을 알릴 기회를 잡기도 전에 네가 다른 곳을 통해 알게 될까 봐 두려웠다. 일부 내용이 이미 신문에 실렸고, 그래서 하는 수 없이 밤중에 이 편지를 쓰게 됐다. 몇 시간 동안 너와 나를 위해 기도했다는 걸 알아줬으면 좋겠다.

그래도 결국 쉽게 전할 방법은 없구나. 이 일은 무엇 하나 쉬운 게 없다. 오늘 이 소식을 접하고 참을 수 없는 비통함을 가눌 방법도 없다. 부디 지금도 너 때문에 가슴 저미도록 고통스럽다는 걸, 글을 쓰는데 눈에 고인 눈물 때문에 종이가 잘 보이지 않는다는 걸 알아주렴. 그곳에서 널 안아주고 싶다는 걸, 내가 널 위해 영원히 기도한다는 걸 알아주렴.

브라이스가 지난주에 아프가니스탄에서 죽었다.

자세한 사항은 모른다. 그 애의 아버지도 잘 모르지만 총격전에 휘말렸다가 잘못된 것 같다고 생각하더구나. 정보가 별로 없어서 그 집 식구들도 언제, 어디서, 어떻게 그 일이 벌어졌는지 모른다. 아마 때가 되면 더 많은 사실을 알게 되겠지만 내겐 자세한 내용이 중요하지 않구나. 너도 마찬가지일 거라 생각한다. 이런 시기엔 나조차 하느님이 우리 모두를 위해 마련해놓으신 계획이 뭔지 이해하기가, 믿음을 붙들기가 힘들구나. 지금 이 순간, 충격에서 헤어 나올 수가 없다.

가슴이 너무 아프구나, 매기. 네가 그 애를 얼마나 사랑했는지 안다. 네가 얼마나 열심히 애썼는지, 그 애를 얼마나 다시 보고 싶어 했는지 안다. 마음속 깊은 곳으로부터 진심 어린 애도를 보낸다. 하느님이 어떻게든 이 일을 극복할 수 있는 힘을 네게 주셨으면 좋겠구나. 얼마나 오래 걸리든 네가 결국 평화를 찾길 틈나는 대로 기도하마. 언제나 널 생각한단다.

가슴 아픈 소식을 전하게 돼 너무 미안하다. 사랑한다.

린다 고모가.

🌲

마크는 충격에 말없이 앉아 있었다. 매기는 초점 없는 시선을 트리에 고정한 채 기억을 다른 방향으로, 브라이스의 죽음으로 이어지는 길이 아닌 아무 방향으로나 돌리려고 애썼다. 일찍이 그 일을 마주하고 공포를 흠뻑 경험한 뒤 다시는 그런 공포를 겪지 않으리라 다짐했다. 자제력을 힘껏 발휘했음에도 눈물이 뺨을 타고 흘러내렸다. 또 한 방울이 흘러내릴 것을 알았지만 그녀는 눈물을 닦았다.

"아마 묻고 싶은 게 많을 거야." 매기가 마침내 속삭였다. "하지만 내겐 답이 없어. 브라이스에게 정확히 무슨 일이 벌어졌는지 알아내려 하지 않았으니까. 편지에서 고모가 말한 것처럼 자세한 내용은 중요하지 않았어. 내가 아는 건 브라이스가 죽었다는 것, 그 후로 내 안의 무언가가 고장 났다는 것뿐이야. 난 제정신을 잃었어. 내가 아는 모든 것으로부터 도망치고 싶었고, 그래서 일을 그만두고 가족을 떠나 뉴욕으로 이사를 갔어. 교회도 그만두고 밤마다 외박을 하면서 오랫동안 허접한 남자들과 데이트를 했지. 내가 완전히 수렁에 빠지지 않도록 지켜준 유일한 존재가 사진이었어. 인생을 통제하기 힘들 때도 배우고 발전하려고 계속 노력했어. 그게 브라이스가 원한 것임을 알았으니까. 그리고 그게 우리가 공유했던 무언가를 붙들고 놓지 않는 방법이었어."

"정말… 유감이에요, 매기." 마크는 목소리에 평정심을 유지하려 안간힘을 쓰는 것 같았다. 마크가 침을 삼켰다. "뭐라 말해야 할지 모르겠어요."

"내 인생의 가장 어두웠던 시기라는 것 말고는 나도 할 말이 없어." 매기는 길거리에서 크리스마스이브를 즐기는 취객들의 소리에 귀를 반쯤 열어놓고 숨을 고르는 데 집중했다. 매기가 담담한 목소리로 말했다. "갤러리를 열고 나서야 그 일을 생각하지 않고 하루를 보낼 수 있었어. 그것에 관해 분노하거나 슬퍼하지 않고 말이지. 내 말은, 왜 브라이스냐는 거야. 이 세상 하고 많은 사람 중에 왜 그 사람이냐고."

"저도 모르겠어요."

매기는 마크의 말을 듣지 못했다. "브라이스가 정보부에 머물렀으면, 아니 그가 졸업하고 나서 내가 워싱턴 D.C.로 옮겨 갔으면 어떻게 됐을까 생각하지 않으려고 수년 동안 안간힘을 썼어. 우리가 어떤 삶을 살았을지, 어디서 살았을지, 아이는 얼마나 낳았을지, 어떤 휴가를 보냈을지 상상하지 않으려고 노력했어. 그게 내가 닥치는 대로 여행 사진 일에 뛰어든 또 다른 이유야. 그런 끈질긴 생각들을 떨치려는 시도였지만 그래봤자 소용없다는 걸 알았어야 했어. 인간은 어디를 가든 늘 자기 자신을 데리고 다니니까. 그게 인생의 보편적 진리지."

마크가 시선을 탁자로 떨구었다. "끝까지 얘기해달라고 해서 죄송해요. 작가님 말대로 해변의 키스에서 끝냈어야 했어요."

"알아." 매기가 말했다. "나도 언제나 그렇게 끝내고 싶어."

🌲

시계가 크리스마스를 향해 초읽기를 하며 달려가자 그들의 대화는 자연스레 한 주제에서 다른 주제로 넘어갔다. 매기는 마크가 브라이스에 대해 더 캐묻지 않아서 고마웠다. 그 주제가 매기에게 얼마나 고통스러운지 알아차린 듯했다. 브라이스가 죽고 난 뒤 몇 년을 설명하면서 매기는 자신의 수많은 결정을 특징지은 요소들이 늘 오크라코크로 이어졌다는 사실에 놀랐다.

매기는 이사를 가면서 가족과 소원해진 일에 대해 설명해주었다. 매기의 부모님은 브라이스에 대한 그녀의 사랑을 별로 신뢰하지 않았으며, 그를 잃은 충격이 얼마나 큰지도 이해하지 못했다. 매기는 모건이 남편감으로 고른 남자에 믿음이 가지 않았다고도 고백했다. 브라이스가 매기를 바라보던 것처럼 그가 모건을 바라보는 모습을 본 적이 없었기 때문이다. 엄마와 그녀의 비판적 언사를 향해 분노가 커져갔던 일도 이야기했다. 가끔씩 매기는 엄마와 린다 고모의 차이를 곰곰이 생각하곤 했다. 또 마침내 용기를 내어 고모를 만나기 위해 오크라코크행 연락선에 올랐을 때 느낀 두려움에 관해서도 말했다. 그 무렵 브라이스의 조부모님은 돌아가시고 그의 가족은 펜실베이니아 어딘가로 이사를 가고 없었다. 그곳에 머물면서 매기는 한때 그녀에게 크나큰 의미를 지녔던 모든 장소를 찾아갔다. 해변과 공동묘지, 등대를 찾아간 것은 물론이고, 브라이스가 한때 살던 집 바깥에 서서 혹시 암실이 새 주인에게 알맞은 공간으로 바뀌었을까 생각하기도 했다. 매기는 세월이 거꾸로 흘러간 듯 엄청난 데자뷔를 느끼고선 크게 동요했다. 문득 브라이스가 모퉁이 뒤에 있을지도 모른다고 생각하다 착각임을 깨닫고 모든 게 어긋났음을 다시금 깨우치는 순간들도 있었다.

30대가 되고 언젠가 와인을 진탕 마시고 브라이스의 동생들이 어떻게 컸는지 확인하려고 구글에 검색을 했다. 둘 다 열일곱에 MIT를 졸업하고 기술업계에 종사했다. 리처드는 실리콘밸리에, 로버트는 보스턴에 살았으며 둘 다 결혼해서 아이도 있었다. 사진상으론 다 큰 남자였지만 매기에게 그들은 언제나 열두 살 꼬마로 남아 있었다.

시곗바늘이 자정을 향해 조금씩 움직이자 매기는 태풍이 앞쪽에서 빠르게 다가오는 것처럼 극도의 피로가 자신을 덮치는 느낌을 받았다. 마크가 손을 뻗어 매기의 팔을 붙잡은 것으로 보아 그녀의 얼굴에서 피로를 읽은 게 분명했다.

"걱정하지 마세요." 마크가 말했다. "오래 붙잡아두지 않을게요."

"그런다 해도 실패할 거야." 매기가 약한 목소리로 말했다. "이제 몸이 말을 듣지 않는 때가 왔어."

"제가 무슨 생각을 했는지 아세요? 작가님이 그 이야기를 시작했을 때부터요?"

"무슨 생각을 했는데?"

마크가 귀를 긁적였다. "제 인생을 돌이켜 보면, 제 나이가 그리 많은 건 아니지만요, 여러 단계를 거치면서 언제나 조금씩 나이 든 버전의 제가 됐다는 생각이 강하게 들어요. 초등학교 시절이 중학교, 고등학교, 대학 시절로 이어졌고, 어린 시절의 하키가 중학교, 그리고 고등학교로 이어졌죠. 새로 태어나기 위한 주요한 기점이 없었어요. 하지만 작가님은 정반대였어요. 평범한 소녀였다가 임산부가 되면서 인생의 경로가 바뀌었죠. 시애틀로 돌아오면서 또 다른 사람이 되었다가 다시 그 사람을 던져버리고 뉴욕으로 이사를 왔어요. 그러고 나서 다시 자신을 탈바꿈해 예술계에서 전문가가 되었어요. 거듭해서 완전히 새로운 누군가가 된 거예요."

"암에 걸린 버전도 잊지 마."

"농담 아니에요." 마크가 말했다. "그리고 오해하지 마세요. 전 작가님의 여정이 대단히 매력적이고 감동적이라고 생각해요."

"난 그렇게 특별한 사람이 아니야. 내가 계획한 것도 아니고. 난 삶의 대부분을 내게 벌어지는 일들에 반응하며 살았어."

"그 이상이에요. 작가님은 제겐 없는 용기를 가지고 있어요."

"그건 용기가 아니라 생존 본능이야. 그 과정에서 뭔가를 배우면 다행인 거지."

마크가 탁자 위로 몸을 기댔다. "제가 뭐 하나 알려드릴까요?"

매기가 힘없이 고갯짓했다.

"이번이 제 인생에서 가장 기억에 남는 크리스마스예요." 마크가 말했다. "오늘뿐만 아니라 한 주 전체가요. 당연히 이제껏 들은 것 중에 최고로 멋진 이야기도 들었고요. 그런 선물을 주셔서 감사해요."

매기가 미소를 지었다. "선물 얘기가 나왔으니 말인데, 널 위해 준비한 게 있어." 매기가 핸드백에서 알토이즈 철제 상자를 꺼내서 탁자 위에 쓱 밀었다. 마크가 상자를 뜯어보았다.

"저한테서 마늘 냄새가 나나요?"

"농담하지 말고. 포장할 시간도, 에너지도 없었어."

마크가 뚜껑을 열었다. "USB 드라이브네요?"

"안에 내 작품이 들어 있어." 매기가 말했다. "전부 내가 좋아하는 사진들이야."

마크의 눈이 휘둥그레졌다. "갤러리에 있는 사진도 있어요?"

"물론이지. 공식 번호가 붙은 작품들은 아니지만, 특히 마음에 드는 게 있으면 인화해도 돼."

"몽골에서 찍은 사진들도 있어요?"

"일부는."

"그러면 〈러시〉는요?"

"그것도 있어."

"와우…." 마크가 상자에서 드라이브 한 개를 조심스레 들어 올리며 말했다. "고맙습니다." 마크가 첫 번째 드라이브를 내려놓고 두 번째를 경건하게 들었다가 다시 내려놓았다. 자신이 헛것을 보는 건 아닌지 확인이라도 하는 것처럼 세 번째, 네 번째도 만져보았다.

"얼마나 의미 있는 선물인지 말로 표현이 안 돼요." 마크가 경건하게 말했다.

"네가 너무 특별하다고 여기기 전에 말하자면, 다음 달쯤 루앤에게도 똑같은 선물을 할 거야. 트리니티에게도."

"장담하는데 루앤도 저만큼 좋아할 거예요. 전 트리니티의 작품보다 이걸 택할 것 같아요."

"혹시 트리니티가 준다고 하면 받아. 그걸 팔아서 적당한 크기의 집을 사."

"네." 그러겠다고는 했지만 여전히 마크의 마음은 선물에 가 있는 게 분명했다. 마크가 주변 벽면에 전시된 사진들을 응시하다가 경이로운 표정으로 고개를 흔들었다. "감사하다는 말 외에 달리 뭐라 해야 할지 모르겠어요."

"메리 크리스마스, 마크. 이번 주를 매우 특별하게 만들어줘서 고마워. 네가 내 변덕을 기꺼이 맞춰주지 않았으면 뭘 하며 보냈을지 모르겠어. 그리고 애비게일도 너무 만나보고 싶어. 28일에 온다고 했었나?"

"토요일이요." 마크가 말했다. "작가님이 있는 날 갤러리에 데려올게요."

"애비게일이 여기 있는 동안 내가 시간을 낼 수 있을지 모르겠다. 아무것도 약속할 수 없어."

"이해해줄 거예요." 마크가 매기를 안심시켰다. "일요일에는 계획을 다 세워놓은 데다 새해도 있잖아요."

"31일에는 갤러리 문을 닫는 게 어떨까? 트리니티도 싫다 하지 않을 거야."

"너무 좋아요."

"그건 내가 해결할게. 그러니까, 사랑하는 사람과 시간을 보내는 것의 중요성을 이해하는 상사로서 말이야."

"알겠어요." 마크가 동의했다. 그는 알토이즈 상자 뚜껑을 닫은 뒤 다시 매기를 올려다보았다. "혹시 크리스마스 선물로 꼭 받고 싶은 게 있다면 뭐예요?"

그 질문이 매기를 당혹스럽게 했다. "모르겠는데." 매기가 마침내 말했다. "시간을 되돌려 브라이스가 졸업한 직후에 워싱턴 D.C.로 이사를 가는 거. 그리고 그에게 특수부대에 합류하지 말라고 매달리는 거지."

"시간을 되돌릴 수 없다면요? 지금 이곳에서 할 수 있는 거라면요? 실제로 가능한 거는요?"

매기는 곰곰이 생각했다. "딱히 크리스마스 소원이나 새해 소망은 아니야. 하지만 시간이 있을 때… 종지부를 찍고 싶은 일이 있어. 부모님에게 두 분이 언제나 나를 위해 최선의 선택을 했다는 걸 알고 있고, 그 모든 희생에 너무 감사드린다고 말하고 싶어. 마음속 깊은 곳에선 부모님이 늘 나를 사랑했고 내 곁에 있어줬다는 걸 알아. 그 점에 감사드리고 싶어. 모건도 마찬가지고."

"모건도요?"

"공통점은 별로 없지만 내 유일한 자매야. 딸들에겐 훌륭한 엄마이기도 하고. 많은 면에서 언니한테 영감을 받았다는 걸 언니가 알아줬으면 좋겠어."

"다른 사람은요?"

"트리니티한테도. 내게 해준 모든 일에 대해서 말이야. 루앤도 마찬가지고. 너도. 최근에 내가 남은 시간을 누구와 보내고 싶은지 아주 분명해졌어."

"마지막으로 여행은 어때요? 아마존 같은 곳은요?"

"여행이 가능한 시절은 끝난 것 같아. 하지만 괜찮아. 후회는 없어. 열 사람 몫의 여행을 했으니까."

"미슐랭 별을 받은 레스토랑에서 마지막 만찬은 어때요?"

"이젠 음식이 쓰게 느껴져. 잊었어? 내가 스무디와 에그노그로 연명하고 있다는 걸."

"또 다른 걸 생각해볼게요…."

"괜찮아, 마크. 지금은 아파트와 갤러리로도 충분해."

마크가 고개를 숙인 채 바닥을 응시했다. "린다 고모가 여기 계셨으면 얼마나 좋을까요."

"내 마음도 그래." 매기가 수긍했다. "동시에 고모에게 이런 꼴을 보여주고 싶지도, 남은 힘든 나날 동안 내 버팀목이 되게 하고 싶지도 않아. 이미 예전에 내가 가장 필요로 할 때 버팀목이 되어 줬어."

마크가 수긍의 뜻으로 말없이 고개를 끄덕이다가 탁자 위의 상자를 바라보았다. "제가 선물을 드릴 차례인 것 같네요. 하지만 아까 선물을 포장하고 나서 이걸 주는 게 맞을지 확신이 안 섰어요."

"왜?"

"작가님이 어떻게 생각하실지 몰라서요."

매기가 눈썹을 치켜올렸다. "이젠 내가 궁금해지네."

"그런데도 여전히 줘야 할지 망설여져요."

"내가 어떻게 해주면 될까?"

"먼저 뭐 좀 물어봐도 될까요? 작가님 이야기에 대해서요. 브라이스에 대한 건 아니에요. 얘기 중에 일부를 빠트리셨어요."

"내가 뭘 빠트렸지?"

"아이는 결국 안아보셨어요?"

매기는 곧바로 답하지 못했다. 그 대신 출산 후 정신없던 몇 분의 시간을 떠올렸다. 안도감과 함께 갑자기 몰려든 피로감, 아기의 울음소리, 자신과 아기 주위를 맴돌던 의사와 간호사들. 각자제 할 일을 하던 모든 사람들. 희미한 이미지들밖에 없었다.

"아니." 매기가 마침내 대답했다. "의사가 안고 싶으냐고 물었지만 못 안았어. 혹시나 그랬다가 절대 못 보낼까 봐 두려웠거든."

"그때 테디 베어를 주게 될 걸 알았어요?"

"잘 모르겠어." 매기는 당시의 사고 과정을 재현하려 했으나 실패했다. "당시엔 충동적인 선택 같았는데, 지금은 내가 그러리란걸 내내 알았던 게 아닐까 싶어."

"그 부모들이 괜찮다고 했어요?"

"모르겠어. 서류에 서명하고 린다 고모와 그웬과 작별 인사를한 뒤 갑자기 엄마와 단둘이 병실에 있게 된 것만 기억나. 그 후엔모든 게 흐릿해." 그게 사실이었지만 아이에 대한 이야기가 수년동안 꼭꼭 묻어뒀던 생각을 건드렸고 그 바람에 빠르게 되살아났다. "크리스마스에 뭘 하고 싶은지 물었지." 매기가 드디어 말을 이었다. "그 모든 일이 그만한 가치가 있었는지 알고 싶어. 내가 올바른 결정을 내렸는지도."

"아기에 대해서 말이에요?"

매기가 고개를 끄덕였다. "아무리 그렇게 해야 한다고 해도 아이를 입양시키는 건 두려운 일이야. 훗날 어떻게 될지 모르니까. 그 부모가 아이를 올바르게 키웠을지, 아이가 행복할지 의문을 품게 돼. 사소한 것들도 궁금해지지. 어떤 음식을 제일 좋아하는지, 취미가 뭔지, 내 신체적 특징이나 기질을 물려받았는지. 수천 가지 질문이 생겨서 아무리 억누르려고 해도 여전히 가끔 수면으로 올라와. 이를테면 부모의 손을 잡고 있는 아이를 보거나, 옆자리에서 가족이 식사하는 모습을 볼 때 말이야. 내가 할 수 있는 건 오직 상상하고 궁금해하는 것뿐이야."

"답을 찾으려고 한 적도 있어요?"

"아니." 매기가 말했다. "몇 년 전 입양 등록부에 내 이름을 올릴까 고민했었어. 하지만 그러다 흑색종에 걸렸고 내 예후를 고려해 그게 좋은 결정일지 고심했지. 솔직히 말해 암은 삶을 거의 장악하거든. 그래도 내 선택이 어떤 결과를 낳았는지 알게 되면 기쁠 거야. 그리고 아들이 나를 만나고 싶다고 하면 분명 만나고 싶을 것 같아."

"아들이요?"

"믿기 힘들겠지만, 남자아이였어." 매기가 싱긋 웃으며 말했다.

"반전이야, 반전이지. 초음파 담당자가 실수한 거야."

"엄마의 본능도 그렇고요. 작가님도 확신했잖아요." 마크가 선물 꾸러미를 매기 쪽으로 밀었다. "한번 풀어보세요. 저보단 작가님한테 더 필요할 것 같아서요."

호기심이 동한 매기는 마크를 신기한 듯 쳐다보다가 마침내 리본을 잡아당겼다. 단번에 리본이 풀렸고 느슨하게 감싼 포장지도 쉽게 벗겨졌다. 신발 상자였다. 이윽고 뚜껑을 연 매기는 뚫어지게 쳐다만 볼 뿐 아무것도 하지 못했다. 숨이 턱하니 막히면서 시간이 느려지더니 주변 공기가 왜곡되었다.

헝클어진 커피색 털이 군데군데 뭉쳐 있었다. 프랑켄슈타인 같은 바느질 자국이 한쪽 다리에 또 추가되었지만 원래 자국은 여전히 그 자리에 있었다. 한쪽 눈에 꿰매놓은 단추도 그대로였다. 네임 펜으로 쓴 그녀의 이름을 희미한 불빛 아래서 알아채기란 불가능에 가까웠지만 매기는 자신이 어린 시절 휘갈겨 쓴 글씨를 알아보았다. 갑자기 기억의 물결이 매기를 덮쳤다. 어릴 적 그 인형과 함께 잠들던 기억이, 오크라코크에서 그 인형을 꼭 껴안고 침대에 누워 있던 기억이, 병원으로 가는 길에 진통으로 신음하며 그 인형을 꼭 붙잡았던 기억이.

그것은 매기 베어였다. 복제품도, 교체품도 아니었다. 상자에서 인형을 조심스레 들어 올리는데 희한하게 세월의 흐름에도 변치 않은 익숙한 향이 났다. 믿을 수 없었다. 매기 베어가 이곳에 있을 리 없었다. 그건 불가능했다….

매기는 마크에게로 시선을 들어 올리고선 충격에 멍한 표정을 지었다. 수천 개의 다양한 질문들이 머릿속에 밀려왔다가 그가 준 선물의 온전한 의미를 파악하면서 천천히 해소되기 시작했다. 마크가 그해 초 스물셋이 되었다는 건 1996년생이라는 의미였다…. 린다 고모가 지낸 수녀원은 중서부 어딘가로, 마크가 자라난 곳이었다…. 이상하게도 마크에게서 친숙한 느낌이 들었다…. 그런데 이제 매기의 손에 자신이 병원에서 아기에게 준 테디 베어가 들려 있다….

　그럴 리 없었다.

　하지만 그게 사실이었다. 마크가 웃자 그에 맞춰 매기도 떨리듯 미소를 지었다. 마크가 식탁 너머로 손을 뻗었고 다정한 표정으로 매기의 손가락을 잡았다.

　"메리 크리스마스, 엄마."

마크

오크라코크

2020년 3월 초

오크라코크행 연락선에서 나는 매기가 아주 오래전 섬에 처음
도착했을 때 느꼈던 두려움을 상상하려고 노력했다. 심지어 나조
차 미지의 곳으로 끌려가고 있다는 굉장한 공포심이 들었다. 매
기가 모어헤드 시티에서 연락선이 출항하는 시더 아일랜드까지
의 여정을 설명해주긴 했지만, 매기의 설명은 드문드문 보이는 외
로운 농장이나 외떨어진 이동 주택을 지나며 내가 느낀 고립감은
제대로 담아내지 못했다. 풍경도 인디애나와는 전혀 달랐다. 안개
가 자욱했음에도 세상은 무성하고 푸르렀는데 바닷바람이 쉼 없
이 부는 가운데 울퉁불퉁 뒤틀어진 나뭇가지에 스페인 이끼 군집
이 매달려 있었다. 날씨는 쌀쌀했고 이른 아침의 흰색 하늘은 수

평선과 맞닿아 있었다. 팜리코 사운드의 회색 물빛이 횡단을 시도하는 모든 배의 항해를 못마땅해하는 것 같았다. 애비게일이 옆에 있었음에도 매기가 **'고립됐다'**는 표현을 사용한 이유가 금세 이해됐다. 오크라코크 마을이 수평선 위로 점점 모습을 드러내자 사라질지도 모를 신기루처럼 느껴졌다. 이곳에 오기 전, 9월에 허리케인 도리안이 마을을 덮쳐서 최악의 홍수가 났다는 기사를 읽었다. 신문에 실린 사진을 보면서 마을을 재건하고 수리하는 데 얼마나 걸릴지 궁금했다. 물론 매기와 그녀가 경험한 태풍이 떠올랐지만, 최근 내 머릿속은 이미 온통 매기에 대한 생각으로 가득한 터였다.

여덟 번째 생일에 부모님이 내게 입양 사실을 털어놓았다. 하나님이 어찌어찌하여 우리가 가족이 될 방법을 찾아주셨다고 설명하며, 그들이 나를 너무 사랑해 때로 심장이 터질 것 같다는 걸 알아달라고 했다. 입양이 무슨 의미인지 알 만한 나이였지만 자세한 내용을 제대로 물어보기에는 너무 어렸다. 사실 내겐 별로 중요하지도 않았다. 그들이 내 부모님이었고 난 그들의 아들이었으니까. 일부 아이들과 달리 나는 내 생물학적 부모를 별로 궁금해하지 않았다. 아주 드문 경우를 제외하곤 입양 사실에 대해 생각조차 하지 않았다.

그러다 열네 살에 사고를 당했다. 한 친구와 함께 그 집 헛간에서 빈둥거리다 애초에 만져서도 안 되는 큰 낫에 베였다. 하필 동맥이 베이는 바람에 피가 철철 났고 병원에 도착할 때쯤 내 얼굴은 거의 잿빛이었다. 동맥을 꿰맨 뒤 수혈을 받았다. 알고 보니 나는 마이너스 AB형이었는데, 당연히 부모님 중 누구와도 혈액형이 일치하지 않았다. 다행히 다음 날 아침 퇴원했고 금방 정상적인 생활로 돌아갔다. 하지만 처음으로 나를 낳아준 부모가 궁금해지기 시작했다. 내 혈액형이 상대적으로 희귀했으므로 내 친엄마나 친아빠도 희귀 혈액형일까 하는 의문이 가끔 들었다. 또 내가 알아야 하는 다른 유전적 문제는 없는지도 궁금했다.

4년이 더 지나서야 나는 부모님께 입양 얘기를 꺼냈다. 그들의 감정을 다치게 할까 봐 겁이 났다. 돌이켜 보고서야 그들이 오래전 내 생일날 나를 앉혀놓고 그 사실을 털어놓은 후로 줄곧 그러한 대화를 기대하고 있었음을 깨달았다. 그들은 내게 비공개 입양이었고, 파일을 열어보려면 법원의 명령이 필요할 것이며, 절차를 밟는다 해도 이길 수 있을지 불투명하다고 설명했다. 이를테면 꼭 필요한 건강 정보는 얻을 수 있을지 몰라도 생모가 기록 공개를 허락하지 않는 한 그 이상은 불가능했다. 일부 주에는 입양아와 아이를 입양시킨 친부모 둘 다 기록 공개에 동의할 수 있는 등록소가 있었지만, 노스캐롤라이나에 그런 선택지가 있다는 증거를 찾을 수도, 내 생모가 등록소를 열심히 찾았는지 알 수도 없었다. 막다른 골목에 다다른 줄 알았는데 부모님이 조사에 도움이 되는 정보를 제공해주었다.

부모님은 에이전시를 통해 몇 가지 사실을 알고 있었다. 바로 생모가 가톨릭 신자여서 그 가족이 낙태에 반대했다는 것, 건

강 상태가 양호했고 내과 의사의 진료를 받았다는 것, 외따로 학교 공부를 하고 있었다는 것, 출산 당시 열여섯이었다는 것이었다. 또 그녀가 시애틀 출신이라는 사실도 알았다. 나는 모어헤드 시티에서 태어난 탓에 입양 과정이 내가 아는 것보다 훨씬 복잡했다. 나를 입양하기 위해 부모님은 내가 태어나기 몇 달 전 노스캐롤라이나로 집을 옮겨 거주 요건을 충족시켰다. 그러한 정보는 매기의 정체를 알아내는 데 중요하지 않았지만, 그들이 얼마나 간절히 아이를 갖고 싶어 했는지, 그리고 매기처럼 내게 훌륭한 가정을 만들어주기 위해 얼마나 희생할 각오가 돼 있었는지 똑똑히 보여주었다.

원래는 알아선 안 됐지만, 부모님은 당시 상황과 매기의 결심 덕분에 그녀의 이름을 알았다. 그 병원의 구조상 신생아실에 가기 위해선 산부인과 병동을 지나야 했고, 내가 태어나던 날 밤은 병원이 한산했다. 부모님이 도착했을 때 환자가 입원한 산부인과 병실은 두 곳뿐이었는데 그중 한 곳은 아이가 넷 딸린 흑인 가족이 사용 중이었다. 나머지 병실 문 옆에는 **M. 도스**라는 이름의 작은 명판이 붙어 있었다. 신생아실에서 테디 베어도 전달받았는데 발바닥에 **매기**라는 이름이 휘갈겨져 있었다. 일시에 그들은 생모의 이름을 조합했다. 절대 잊을 수 없는 정보였지만 그들은 두 번 다시 이 일에 대해 논하지 않기로 했다. 시간이 흘러 결국 내게 얘기하긴 했지만.

처음에 떠올린 건 내 또래라면 누구나 할 법한 생각이었다. 바로 구글에 검색하는 것. **매기 도스**와 **시애틀**을 입력하자 유명한 사진작가의 일대기가 불쑥 나왔다. 당연히 당시에는 매기가 내 엄마라고 확신할 수 없었고, 그녀의 사진 웹사이트를 샅샅이 뒤져도 이렇다 할 정보를 얻지 못했다. 노스캐롤라이나에 대해서도, 결혼이나 아이에 대해서도 언급이 없었고, 현재는 뉴욕에 사는 게 확실했다. 사진 속 매기는 내 엄마라기에는 너무 어려 보였지만 언제 찍은 사진인지 짐작하기 힘들었다. 매기가 결혼을 하지 않은 한, 그리고 남편의 성을 따른 게 아닌 한, 그녀를 배제할 수 없었다.

매기의 웹사이트에 유튜브 채널로 연결되는 링크가 있었고 나는 결국 그녀의 동영상을 상당수 시청하기에 이르렀다. 대학을 다니면서도 습관처럼 시청했다. 영상에 소개된 대부분의 기술적 정보가 내겐 외국어처럼 들리긴 했지만 한 가지 마음에 걸리는 게 있었다. 결국 나는 또 하나의 실마리를 찾아냈다. 매기의 아파트 내부 작업실에 등대 사진이 배경으로 걸려 있었던 것이다. 한 영상에서는 매기가 10대 시절 사진작가라는 직업에 처음 관심을 갖게 해준 사진이라며 그 사진에 대해 언급하기도 했다. 나는 영상을 정지시키고 사진을 찍은 뒤 노스캐롤라이나의 등대 이미지를 검색했다. 1분도 채 되지 않아 매기의 벽에 걸린 사진 속 등대가 오크라코크에 있다는 것을 알아냈다. 또 그곳에서 가장 가까운 병원이 모어헤드 시티에 있다는 사실도 깨달았다.

심장이 멎는 것 같았지만 아직 완벽하게 확신할 정도는 아니었다. 3년 반 전, 매기가 암 투병을 고백하는 영상을 처음 올리고서야 확신이 생겼다. 그 영상에서 매기가 자신이 서른여섯이라고 밝혔는데 그 말인즉, 그녀가 1996년에 열여섯이었다는 뜻이었다.

이름과 나이가 일치했다. 시애틀 출신으로 10대 시절 노스캐롤라이나에서 지낸 적이 있었다. 오크라코크도 맞아떨어지는 듯했다. 게다가 유심히 살펴보니 우리 둘이 닮은 구석이 있는 것도 같았다. 그냥 내 상상이었을 수도 있지만.

하지만 문제가 있었다. 그녀를 만나고 싶다고 해도 매기가 나를 만나고 싶어 하는지 알 수 없었다. 나는 어떻게 해야 할지 몰라 길을 알려달라고 기도했다. 또 매기의 모든 영상을 집요하게 시청하기 시작했다. 특히 암에 대한 영상을. 이상하게도 카메라를 보고 암을 고백하는 그녀에게서 일종의 기이한 카리스마가 뿜어져 나왔다. 매기는 솔직했고, 용감하면서도 두려워했고, 낙천적이면서도 '웃픈' 유머를 구사했다. 다른 사람들처럼 나도 계속 시청하고픈 마음이 절로 들었다. 그리고 보면 볼수록 매기를 만나고 싶다는 확신이 강해졌다. 그녀가 친구 비슷한 존재가 된 것 같은 기분이 적잖이 들었다. 그뿐 아니라 매기의 동영상과 직접 조사한 내용을 근거로 병세가 호전될 가능성이 없다는 사실을 알게 되었고, 그건 내게 남은 시간이 얼마 없다는 것을 의미했다.

그 무렵 나는 대학을 졸업하고 아빠 교회에서 일을 시작했다. 또 학업을 계속 하기로 결심해 GRE 시험을 치른 뒤 대학원에 지원해야 했다. 운이 좋아 세 곳의 명망 있는 학교에서 입학 허가를 받았지만 애비게일 때문에 시카고 대학으로 낙점했다. 원래는 애비게일과 마찬가지로 2019년 9월에 입학 등록을 할 생각이었지만 부모님 댁을 방문하면서 모든 계획이 바뀌었다. 집에 있는 동안 부모님이 내게 상자 몇 개를 창고로 옮겨달라고 부탁했다. 그런데 상자를 다락으로 나르고 나서 또 다른 상자 하나를 우연히 발견했다. '마크 물건들'이라는 이름표가 붙어 있어서 호기심에 뚜껑을 열어보았다. 트로피 몇 개와 야구 글러브, 예전 수업 자료로 꽉 찬 폴더, 하키 글러브, 엄마가 차마 버리지 못한 수많은 기타 기념품들이 보였다. 그 상자 안에, 그러한 물건들과 함께 매기 베어가 있었다. 내가 아홉 살, 열 살 때까지 침대를 함께 쓰던 봉제 인형이.

그 곰 인형과 매기의 이름을 발견하면서 나는 내가 진짜로 하고 싶은 게 뭔지 결정해야 할 때가 왔음을 다시 한번 깨달았다.

당연히 첫 번째 안은 아무것도 안 하는 것이었다. 두 번째는 뉴욕에 가서 사실을 털어놓으며 매기를 놀라게 한 뒤 함께 점심 식사를 하고 인디애나로 돌아오는 것이었다. 누구라도 그렇게 할 것 같았지만 매기가 이미 겪고 있는 일들을 감안하면 그녀에게 불공평한 처사라는 생각이 들었다. 매기가 오래전 입양 보낸 아들을 만나고 싶어 하는지조차 여전히 알지 못했다. 시간이 지나면서 나는 세 번째 선택지를 생각했다. 바로 뉴욕으로 날아가 내가 누군지 밝히지 않고 매기를 만나는 것이었다.

결국 열심히 기도한 끝에 나는 세 번째 선택지를 골랐다. 2월 초, 여러 주에서 온 손님 무리를 따라 갤러리를 처음 방문했다. 매기는 없었고 루앤은 구매자와 관광객을 구분하려 애쓰느라 내가 있는 줄도 몰랐다. 다음 날 다시 들렀을 땐 손님이 훨씬 붐볐고 루앤은 일에 치여 몹시 힘들어 보였다. 역시나 매기는 없었지만 그녀를 만나는 것을 넘어 내가 갤러리 일을 도울 수도 있겠다는 생각이 서서히 들었다. 생각하면 할수록 그쪽으로 마음이 기울었다. 혹시 매기가 내가 누군지 알고 싶어 한다는 느낌이 마침내 들면 진실을 밝혀야겠다고 되뇌었다.

하지만 문제가 복잡했다. 일자리를 얻는다면—그 당시엔 사람을 뽑는지도 알지 못했다—1년 동안 대학원을 연기해야 할 터였다. 그리고 애비게일이 내 결정을 받아들인다 해도 반기진 않을 것 같았다. 그보다 중요한 건 부모님을 이해시켜야 한다는 사실이었다. 부모님이 내가 그들을 대체할 부모를 찾으려 한다거나 내게 베푼 모든 수고에 고마워하지 않는다고 생각하는 건 원치 않았다. 내가 언제나 그들을 내 부모로 여길 거라는 걸 그들이 알아야 했다. 나는 집으로 돌아가 부모님께 내 계획을 털어놓았다. 그리고 매기의 암 투병 영상을 여러 편 보여주었다. 결국 그게 먹혔던 것 같다. 그들도 나처럼 시간이 얼마 남지 않았음을 알게 된 것이다. 애비게일은 우리의 오랜 계획이 틀어졌다는 쓰라림에도 불구하고 내가 예상한 것보다 훨씬 이해심을 발휘해주었다. 나는 얼마나 오래 머물게 될지, 계획대로 될지 확신도 없이 가방을 싸서 뉴욕으로 돌아갔다. 그리고 트리니티와 매기의 작품을 빠짐없이 공부한 뒤 결국 갤러리에 이력서를 제출했다.

매기와 마주 앉아 면접을 치른 건 내 인생에서 가장 초현실적인 순간이었다.

✦

나는 일자리를 얻자마자 장기 투숙할 집을 구하고 대학원을 연기했다. 하지만 솔직히 내가 실수한 건 아닐까 의심이 드는 순간들도 있었다. 처음 몇 달 동안은 매기의 머리카락도 보기 힘들었고 혹여 서로를 지나쳐도 소통이 제한적이었다. 가을에는 더 많은 시간을 함께 보내기 시작했지만 루앤이 함께할 때가 많았다. 이상하게도 사적인 이유로 갤러리에서 근무하려고 한 것이었음에도 일이 적성에 맞았고 결국 나는 그 일을 즐기게 되었다. 아빠는 내 일을 '고귀한 임무'라 불렀고 엄마는 그저 내가 자랑스럽다고 말했다. 내 생각엔 두 분이 내가 크리스마스에 집에 못 올 걸 알았던 것 같다. 그래서 아빠가 교회 신도들과 함께 성지순례를 계획한 것이다. 성지순례가 그들의 오랜 꿈이긴 했지만 한편으론 외동아들이 없는 집에서 명절을 보내기 싫었으리라. 나는 그들을 향한 내 사랑을, 내가 평생 알았고 또 원했던 유일한 부모인 그들을 얼마나 아끼는지 자주 일깨워주려고 노력했다.

✦

매기는 선물을 풀어본 뒤 내게 셀 수 없이 많은 질문을 했다. 그녀를 어떻게 찾았는지, 내가 어떻게 살았는지, 부모님은 어떤 분들인지. 또 내 생부를 만나고 싶은지도 물었다. 매기는 내가 원하면 혼자 알아볼 수 있을 정도의 정보는 줄 수 있으리라 짐작했다. 애초에 내 희귀 혈액형 때문에 호기심이 발동하긴 했지만 제이를 찾는 일에는 조금도 흥미가 생기지 않았다. 매기를 만나고 알게 된 것으로도 차고 넘쳤다. 그럼에도 매기의 제안은 감동적이었다.

이윽고 매기의 기력이 너무 쇠하여 내가 택시로 그녀를 집까지 바래다주었다. 매기를 집 안까지 들여보낸 뒤 나는 오후 중반이 되어서야 그녀에게서 다시 연락을 받았다. 우리는 매기의 아파트에서 남은 크리스마스를 함께 보냈고, 나는 마침내 등대 사진을 직접 보게 되었다.

"이 사진이 우리 둘의 인생을 바꿔놓았네." 그녀가 큰 소리로 혼잣말했다. 그 말에 반박할 수 없었다.

하지만 크리스마스가 지나고 며칠, 몇 주 동안 매기는 엄마가 되는 법을, 나는 아들이 되는 법을 알지 못한다는 것을 깨달았다. 그래서 우리는 주로 가까운 친구처럼 지냈다. 매기에게 테디 베어를 줄 때는 엄마라고 불렀지만 그 후로는 두 사람에게 더 편한 매기라는 호칭으로 돌아갔다. 매기는 애비게일을 만난다는 사실에 들떴고 우리 셋은 그녀가 도심에 있는 동안 두 번 함께 저녁을 먹었다. 두 사람은 죽이 척척 맞았다. 하지만 애비게일이 매기에게 작별의 포옹을 할 때 나는 매기가 날이 갈수록 몸집이 작아지고 있음을, 암이 그녀의 알맹이와 무게를 앗아가고 있음을 감지했다.

새해가 되기 직전, 매기는 자신의 병세에 대한 최신 영상을 게시한 뒤 가족에게 연락했다. 매기의 예상대로 그녀의 엄마가 시애틀로 돌아오라고 간청했지만 그녀의 의사는 확고했다.

루앤이 마우이에서 돌아오자 매기가 자신의 예후와 나의 정체에 대해 자세히 말해주었다. 루앤은 그동안 뭔가 있을 줄 알았다면서 매기가 나와 가능한 많은 시간을 보내야 한다며 즉시 내게 휴가를 줬다. 새 매니저 자격으로 내린 결정이었고—매기와 트리니티 모두 그녀가 적절한 후임자라는 데 동의했다—덕분에 매기와 나는 서로의 삶에서 아직 공유하지 못한 빈틈을 메울 시간을 가질 수 있었다.

부모님은 1월 셋째 주에 뉴욕에 왔다. 매기는 아직 몸을 가누는 건 가능한 상태라 거실 소파에 앉아서 두 분과 은밀히 대화를 나누었다. 대화가 끝나고 나는 부모님에게 무슨 얘기를 했는지 물었다.

"널 입양해줘서 고맙다고 하더구나." 엄마가 말을 하며 감정을 주체하지 못했다. "축복받은 기분이라고 하더라." 엄마는 직업상 고백에 단련돼 있어 좀처럼 우는 일이 없었지만 그 순간엔 감정에 복받쳐 두 눈에 눈물이 일렁였다. "우리가 훌륭한 부모라고, 그리고 우리 아들이 보기 드문 청년이라고 말해주고 싶었대."

엄마가 몸을 기울여 나를 안아줄 때 나는 그녀를 가장 감동시킨 말이 매기가 나를 두고 **그들의** 아들이라 지칭한 부분임을 알았다. 뉴욕으로 오겠다는 나의 결정이 부모님에게는 내 생각보다 힘든 일이었던 것이다. 나로 인해 그들이 남몰래 얼마나 속앓이를 했을까 싶었다.

"네가 그분을 만나게 돼서 다행이야." 엄마가 나를 꽉 끌어안고서 중얼거렸다.

"동감이에요, 엄마."

✦

부모님이 방문하신 뒤 매기는 두 번 다시 갤러리에 오지도, 아파트를 떠나지도 못했다. 하루 세 번 들르는 간호사의 관리하에 진통제 용량도 늘렸다. 때론 연속해서 스무 시간을 잤다. 나는 그 많은 시간 동안 매기의 손을 잡은 채 곁을 지켰다. 체중은 훨씬 줄었고 숨소리가 불규칙적으로 쌕쌕거려 듣기 고통스러웠다. 2월 첫째 주쯤엔 더 이상 침대에서 나오지 못했으나 깨어 있는 순간에는 여전히 애써 웃음을 지었다. 보통 내가 말하는 쪽을 담당했지만—매기로선 너무 힘에 부치는 일이었다—이따금 매기가 내가 모르는 사실을 말해주곤 했다.

"브라이스와 내 이야기가 다르게 끝났으면 했다고 말한 거 기억나니?"

"당연하죠." 내가 말했다.

매기가 나를 올려다보았다. 그녀의 입가에 미소가 희미하게 맴돌았다. "네 덕분에 내가 원하던 결말을 얻었어."

✦

    매기의 부모님은 2월에 찾아와 그녀의 아파트에서 멀지 않은 부티크 호텔에 짐을 풀었다. 나처럼 매기의 부모님도 그녀 곁에 있기를 원했다. 매기의 아빠는 말없이 아내의 의견에 따랐는데, 대개 TV 채널을 ESPN에 맞춰놓고 거실에 앉아 있었다. 매기의 엄마는 침대 곁에 의자를 놓고 그녀의 두 손을 강제로 꽉 움켜쥐었다. 간호사가 도착할 때마다 그녀는 매기의 진통제를 조정하는 것은 물론이고 치료의 여러 부분에 대해 일일이 설명을 요구했다. 매기가 깨어 있을 땐 지금 일어나는 일이 불공평하다고 쉴 새 없이 불평하며 그녀에게 거듭 기도하라고 일깨웠다. 또 시애틀의 종양학자들이라면 치료를 좀 더 해볼 수도 있었을 거라며 자기 말을 들었어야 한다고 우겼다. 아는 사람의 사돈의 팔촌도 흑색종 4기인데 암 진단을 받고 6년이 지난 지금도 잘 버티고 있다고도 했다. 때론 매기가 미혼이고 결혼한 적이 없다는 사실을 한탄했다. 매기는 엄마의 근심 어린 수다를 참을성 있게 들었다. 살면서 처음 듣는 것도 아니었다. 매기가 부모님에게 고마움을 전하며 사랑한다고 말하자 그녀의 엄마는 매기가 그런 말을 해야 할 필요성을 느낀 것 자체에 몹시 당황한 듯 보였다. **'당연히 넌 날 사랑하지!'** 그녀가 그렇게 생각하는 게 마음속에 그려졌다. **'네가 살면**

서 그런 선택을 했는데도 내가 널 위해 어떻게 했는지 봐라!' 매기가
왜 부모님과 있으면 진이 빠지는지 이해할 만했다.

매기의 부모님과 나의 관계는 훨씬 복잡했다. 거의 4분의 1세기
동안 그들은 매기가 임신한 일이 없는 척하고 살았다. 그들은 내
가 물지도 모르는 개인 양 경계하며 물리적으로도 정서적으로도
거리를 두었다. 내가 살아온 삶에 대해선 묻지 않았지만 매기와
내가 대화를 나누면 엿들을 때가 많았다. 매기가 깨어 있을 때마
다 그녀의 엄마가 주위를 맴돈 걸 보면. 매기가 나와 단둘이 말하
고 싶다고 부탁하면 도스 부인은 항상 휙 토라지며 방을 나갔고,
매기는 어이없다는 표정을 지었다.

모건은 아이들이 어려서 시간을 내기 더 힘들었지만 주말에 두
번 발걸음을 했다. 2월에 두 번째로 방문했을 때 매기와 모건은
20분 동안 대화를 나눴다. 모건이 떠나자 매기가 지속되는 통증에
도 불구하고 씁쓸한 미소를 지으며 그들의 대화를 간략히 말해주
었다.

"내 삶의 자유와 흥분이 언제나 부러웠대." 매기가 힘없이 웃었
다. "믿겨지니?"

"그러게요."

"심지어 우리의 입장이 바뀌었으면 좋겠다고 바란 적도 많대."

"두 분이 대화를 할 수 있어 다행이에요." 내가 매기의 가냘픈
손을 꼭 쥐며 말했다.

"그런데 더 말도 안 되는 게 뭔지 알아?"

내가 눈썹을 치켜올렸다.

"부모님이 항상 나를 더 편애해서 어릴 적에 힘들었다는 거야!"

웃음이 터졌다. "진심은 아니죠?"

"진심인 것 같아."

"어떻게 그럴 수 있죠?"

"왜냐면." 매기가 말했다. "언니는 자기 생각보다 엄마랑 더 닮았거든."

✦

다른 친구들과 지인들이 마지막 몇 주 동안 매기를 찾아왔다. 루앤과 트리니티는 정기적으로 들렀고 매기는 두 사람에게 내게 준 것과 같은 선물을 주었다. 사진 편집자 네 명 역시 매기의 인쇄업자와 연구실의 누군가와 마찬가지로 잠깐 들렀는데 그들이 방문한 동안 매기의 모험담을 좀 더 들었다. 뉴욕에서의 첫 상사와 전직 조수 두 명, 그리고 매기의 회계사와 심지어 그녀의 집주인도 얼굴을 비쳤다. 하지만 나로선 그런 방문을 지켜보기가 힘들었다. 방에 들어서는 그들의 얼굴에는 슬픔이 보였고, 그들이 침대에 접근할 때는 혹시 말을 잘못하면 어떡하나 하는 두려움이 느껴졌다. 매기는 모두를 반갑게 맞이했고 그들이 자신에게 얼마나 의미 있는 존재인지 특별히 말로 전했다. 그리고 그들 각자에게 나를 아들이라고 소개했다.

내가 곁을 지키지 않은 얼마 안 되는 시간 동안 매기는 어떻게 했는지 나와 애비게일을 위한 선물도 준비했다. 애비게일이 2월 중순에 다시 날아왔고 매기의 침대 위에 함께 앉아 있을 때 매기가 애비게일과 나를 위해 보츠와나, 짐바브웨, 케냐로의 3주가 넘는 사파리 여행을 미리 결제했다고 말했다. 우리 둘 다 너무 과한 선물이라고 우겼지만 매기가 우리의 염려에 손사래를 쳤다.

"이게 내가 할 수 있는 최소한이야."

우리 둘 다 매기를 안아주고 입을 맞추며 감사 인사를 전했다. 매기가 애비게일의 손을 꼭 쥐었다. 그곳에 가면 뭐가 있는지 묻자 매기는 이국적인 동물들과 황야에 위치한 캠프 이야기로 우리를 즐겁게 해주었다. 얘기를 하는 순간순간 꼭 예전의 매기로 돌아간 것만 같았다.

하지만 월말이 되면서 아픈 그녀를 지켜보기 힘든 순간이 늘어났고 그럴 때면 머리를 식히기 위해 집을 나와 산책을 해야 했다. 매기를 알게 돼서 감사했지만 마음 한편에선 더 많은 것들이 욕심났다. 매기에게 인디애나의 고향을 보여주고 싶었고, 애비게일과의 결혼식에서 그녀와 춤을 추고 싶었다. 매기가 기쁨이 반짝이는 눈으로 내 아들이나 딸을 안고 있는 모습을 사진으로 남기고 싶었다. 매기와 오래 알고 지낸 건 아니었지만 어떤 면에선 애비게일이나 부모님만큼 그녀를 잘 아는 것처럼 느껴졌다. 매기와 더 많은 시간을, 더 많은 세월을 보내고 싶었다. 매기가 긴 잠에 빠져 있을 때 나는 때로 감정을 주체하지 못하고 울음을 터뜨렸다.

매기도 내 슬픔을 알아차린 게 분명했다. 그녀가 잠에서 깨어 다정한 미소를 보였다.

"네겐 힘든 일일 거야." 매기가 쉰 소리로 말했다.

"살면서 이보다 힘든 일은 없었어요." 내가 수긍했다. "엄마를 잃고 싶지 않아요."

"내가 브라이스한테 했던 말 기억하니? 누군가를 잃기 싫어하는 것은 두려움에서 비롯한 거라고."

매기의 말이 맞는 걸 알았지만 거짓말하고 싶지는 않았다. "두려워요."

"알아." 매기가 내 손을 잡았다. 그녀의 손은 멍투성이였다. "하지만 사랑은 언제나 두려움보다 강하다는 걸 잊지 마. 사랑이 나를 구했어. 그리고 너도 구할 거야."

그것이 매기가 남긴 마지막 말이었다.

✦

매기는 그날 밤늦게 숨을 거뒀다. 2월이 끝나가고 있었다. 매기는 화장을 강렬히 원했음에도 부모님을 위해 근처 가톨릭교회에 장례미사를 준비해두었다. 죽기 전 사제를 단 한 차례 만났고 그가 매기의 지시에 따라 간단히 미사를 진행했다. 나는 다리에 힘이 없어 넘어질 것만 같았음에도 불구하고 짧게 추도 연설을 했다. 매기가 골라놓은 음악은 영화 〈더티 댄싱〉의 주제곡인 「난 내 인생 최고의 시간을 맞이했어요(I've Had) The Time of My Life」였다. 매기의 부모님은 그 선택을 이해하지 못했지만 난 알았다. 노래가 흘러나오자 나는 오크라코크를 떠나기 며칠 전 어느 날 밤 브라이스와 매기가 함께 소파에 앉아 있는 장면을 그려보았다.

나는 매기가 10대 시절 어떻게 생겼는지, 마찬가지로 브라이스가 어떻게 생겼는지 알았다. 매기가 숨지기 전, 아주 오래전에 찍었던 사진들을 내게 주었기 때문이다. 브라이스가 창문에 덧대기 위해 판자를 들고 있는 모습도, 매기가 데이지의 코에 입을 맞추는 모습도 보았다. 매기는 그 사진들이 자신에게 얼마나 소중한지 가장 잘 이해할 사람이 나라고 생각한다며 내게 그것들을 주었다.

묘하게도 그 사진들은 내게 값을 따질 수 없이 소중했다.

✦

애비게일과 나는 아침 연락선을 타고 오크라코크에 도착했다. 그리고 방향을 확인한 뒤 골프 카트를 빌려서 매기의 이야기에 등장한 몇몇 장소를 찾아갔다. 등대와 영국인 공동묘지도 보고, 항구의 고기잡이배들과 매기와 브라이스는 다닌 적 없는 학교를 지나쳤다. 수소문을 통해 린다와 그웬이 한때 비스킷을 만들던 가게 자리도 발견했다. 지금은 관광객을 대상으로 잡다한 기념품을 팔았다. 린다와 브라이스가 살던 집이 어딘지는 알지 못했지만 차로 모든 거리를 지나쳤기에 그들의 집을 적어도 한 번은 지나쳤을 게 분명했다.

애비게일과 나는 하워즈 펍에서 점심 식사를 하고 마지막으로 해변으로 향했다. 내 양팔에 매기의 유해 일부가 담긴 항아리가 안겨 있고 주머니에는 매기가 내게 쓴 편지가 들어 있었다. 유해의 대부분은 다른 항아리에 담겨 매기의 부모님이 계신 시애틀에 묻혔다. 매기가 숨을 거두기 전 내게 부탁을 들어달라고 청했고 나로선 거절할 길이 없었다.

애비게일과 나는 긴 해변을 따라 걸었다. 나는 매기와 브라이스가 그곳에서 함께 보냈을 수많은 순간을 생각했다. 매기의 설명은 정확했다. 길게 뻗은 해안은 근대화의 손길을 빗겨간 덕에 개발이 안 돼 꾸밈이 없었다. 애비게일이 내 손을 잡았고 잠시 후 나는 걸음을 멈추었다. 확신할 방법은 없었지만 브라이스와 매기가 첫 데이트를 했음직한 장소를, 왠지 여기다 싶은 느낌이 오는 장소를 고르고 싶었다.

나는 애비게일에게 항아리를 건넨 뒤 주머니에서 편지를 꺼냈다. 매기가 언제 편지를 쓴 건지 도무지 알 수 없었다. 확실한 건 매기가 눈을 감을 때 침대 옆 작은 탁자 위에 편지가 놓여 있었다는 것뿐이다. 봉투 겉면에는 오크라코크에서 읽어보라는 매기의 당부가 휘갈겨져 있었다.

봉투를 열어 편지를 꺼냈다. 글은 길지 않았지만 약물과 쇠약함의 여파로 글씨가 비뚤비뚤해 이따금 해독이 어려웠다. 다른 뭔

478

가가 떨어지는 느낌이 들어 아슬아슬하게 잡았다. 또 다른 선물이었다. 나는 심호흡을 하고 읽기 시작했다.

마크에게.

먼저 나를 찾아줘서, 어쩌다 보니 내 소원을 이루게 해줘서 고맙구나. 네가 내게 얼마나 특별한지, 네가 얼마나 자랑스러운지, 그리고 내가 널 얼마나 사랑하는지 알아줬으면 좋겠다. 전에도 말했지만 살면서 받은 가장 아름다운 선물 중 하나를 네가 줬다는 걸 알아줘. 네 부모님과 애비게일에게도 우리가 서로를 알아가고 사랑할 시간을 허락해준 것에 대해 다시 한번 감사 인사를 전해주렴. 그들도 너처럼 남다른 사람들이야.

이 유골은 내 마음을 태우고 남은 재라고 생각해줘. 여하튼 상징적으로는. 이 유골을 오크라코크에 뿌려주렴. 이유는 따로 설명할 필요 없겠지. 어차피 내 마음은 그곳을 떠난 적이 없으니. 오크라코크가 때로 불가능을 현실로 만드는 마법의 장소라는 걸 믿게 됐거든.

네게 꼭 말해주고 싶었던 게 하나 더 있어. 처음엔 정신 나간 소리처럼 들릴 거라는 거 알아(어쩌면 지금 내가 미친 건지도. 암과 약물에 머리가 엉망이 됐어). 하지만 아무리 황당한 소리처럼 들리더라도 나는 지금 이 말을 진심으로 믿어. 왜냐면 그게 지금 이 순간 직감적으로 그럴듯한 유일한 설명이니까.

넌 네가 아는 것보다 많은 면에서 브라이스를 떠올리게 해. 네 타고난

성품과 예의, 공감 능력과 매력까지. 생김새도 약간 비슷하고 둘 다 운동을 해서인지 움직임이 부드럽고 우아하다는 것까지 똑같아. 브라이스처럼 넌 네 나이에 비해 성숙하지. 우리의 관계가 무르익을수록 이런 공통점이 내겐 훨씬 또렷이 보였어.

그래서 난 이렇게 믿기로 했어. 왜인지는 몰라도 나를 통해 브라이스가 너의 일부가 되었다고. 브라이스가 두 팔로 나를 안을 때 네가 그의 일부를 흡수했다고. 우리가 오크라코크에서 가장 달콤한 날들을 함께 보낼 때 네가 어찌하여 브라이스의 독특한 특징들을 물려받았다고. 그러니 넌 우리 두 사람의 아이야. 그런 일이 불가능하다는 걸 알지만 난 브라이스와 나의 사랑이 내가 만나고 사랑하게 된 이 훌륭한 젊은이를 만드는 데 왠지 한몫을 했다고 믿기로 했어. 내 머리로 다른 설명은 불가능해.

나를 찾아줘서 고마워, 내 아들. 사랑해.

매기가.

✦

나는 편지를 읽은 뒤 봉투에 다시 집어넣고 매기가 동봉한 목걸이를 물끄러미 쳐다보았다. 이전에 매기가 그 목걸이를 보여준 적이 있었다. 조개 모양 펜던트 뒤에 **'오크라코크에서의 추억'**이란 글귀가 보였다. 마치 그들의 관계 전체를, 몇 개월이란 짧은 시간에 응축된 일생의 사랑을 조금도 빠트리지 않고 담고 있기라도 하듯 펜던트가 이상하게도 무겁게 느껴졌다.

준비가 되자 나는 펜던트와 편지를 다시 주머니에 넣고 애비게일에게서 조심스레 항아리를 건네받았다. 썰물이 바람과 같은 방향으로 이동하며 빠져나가고 있었다. 축축한 모래 위에 발을 딛자 두 발이 가라앉기 시작했다. 나는 매기가 연락선에서 브라이스를 처음 만난 때를 생각했다. 파도가 리듬을 타듯 한결같이 철썩댔고 바다는 수평선을 향해 뻗어 있었다. 밤하늘에 조명이 달린 연이 떠 있는 광경을 상상하는데 하늘이 너무 광활해 헤아리기 힘들 정도였다. 머리 위로 태양이 반쯤 가려져 어둠이 일찍 오고 있음을 알았다. 저 멀리 트럭 한 대가 모래 위에 세워져 있었다. 펠리컨이 집채만 한 흰 파도를 스치고 지나갔다. 눈을 감자 매기가 암실에서 브라이스 옆에 서 있는 모습이, 낡은 부엌 식탁에서 공부하는 모습이 그려졌다. 나는 그들의 입맞춤을, 최소한 잠시나마 매기의 온 세상이 완벽해 보였던 그 순간을 상상했다.

이제 브라이스와 매기 모두 떠났다. 주체할 수 없는 슬픔이 가슴속에 밀려왔다. 나는 뚜껑을 비틀어 항아리를 열고 비스듬히 기울여 유해를 썰물에 흩날렸다. 그리고 그 자리에서 서서 〈호두까기 인형〉과 아이스스케이팅과 크리스마스트리를 장식하던 순간을 스치듯 떠올리다가 나도 모르게 눈에 고인 눈물을 난데없이 훔쳤다. 매기가 상자에서 매기 베어를 들어 올릴 때 짓던 넋 나간 표정을 생각했다. 사랑이 두려움보다 강하다는 사실을 영원히 잊지 않을 것이다.

　나는 심호흡을 하고 마침내 뒤돌아서서 애비게일을 향해 천천히 걸어갔다. 애비게일에게 다정하게 입을 맞추고 그녀의 손을 꼭 잡은 뒤 우리 둘은 함께 말없이 다시 해변을 따라 걸었다.

감사의 말

올해는 작가로서 책을 펴낸 지 25주년이 되는 해다. 처음《노트북》을 두 손에 쥐었을 땐 이런 이정표를 세우게 되리라고는 정말 상상도 하지 못했다. 솔직히 당시엔 또다시 좋은 이야깃거리가 떠오를지는 물론이고, 작가의 수입으로 나와 내 가족을 부양할 수 있을지도 확신할 수 없었다.

내가 25년 동안 사랑하는 일을 계속할 수 있었던 것은 나를 위해 쉴 새 없이 충고하고 축하하고 잔소리하고 위로하고 전략을 세우고 변호하는 훌륭하고 충실한 지지자들이 있다는 증거다. 많은 사람이 수십 년 동안 내 편이 되어주었다. 그 대표적인 예가 테레사 파크다. 우리는 20대에 만나 30~40대엔 가정을 꾸리고 영화를 만들며 미친 듯이 일했고, 50대가 된 지금은 생산적이고 현명하게 살려고 노력하는 중이다. 우리는 친구이자 파트너이자 인생이란 길을 함께 여행하는 동료로, 우리의 관계는 지루할 틈 없던 사회생활에서 마주친 수많은 고락을 무사히 헤쳐 왔다.

파크 앤 파인 팀 전체와 너무 오래 알고 지낸 까닭에 그들 없이 책을 출간하거나 영화를 마케팅하는 건 상상도 할 수 없다. 그들이 업계에서 가장 박식하고 세련되고 용감한 출판인이라는 데는 의심의 여지가 없다. 애비게일 쿤스, 에밀리 스위트, 알렉산드라 그린, 안드레아 마이, 피트 냅, 엠마 반스, 피오나 푸나리는 소설 분야에서 자신들이 맡은 모든 업무에 탁월한 전문성을 발휘한다. 비소설 분야에 몸담은 그들의 동료들 역시 어느 모로 보나 그들 못지않다. 셀레스트, 당신이 테레사와 힘을 합쳤을 때 당신을 알게 되어 너무 기뻤다. 두 사람의 합이 왜 그렇게 잘 맞는지 한눈에 알 수 있었다!

그랜드 센트럴 퍼블리싱은 오랜 세월 동안 나의 집이 되어주었다. 그리고 수십 년 동안 얼굴들이 바뀌었음에도 그들의 품위, 친절, 작가와의 협력 정신은 변함이 없다. 마이클 피취는 진실성과 전략적 통찰력을 가지고 진화와 도전을 수없이 거듭하며 회사를 이끌어왔다. 출판인 벤 세비어는 사업이 점진적으로 발전하도록 선도하는 훌륭한 관리자 겸 설계자였으며, 편집장 카렌 코스톨니크는 엄격하지만 정중하게 편집자의 펜대를 휘둘러 내 작품의 점잖으면서도 고무적인 옹호자임을 증명했다. 브라이언 맥랜던, 해마다 내 책들의 표지와 메시지를 재창조하기 위한 당신의 지칠 줄 모르는 노력은 상을 받을 만하다. 우리 팀은 당신의 끓어오르는 열정을 사랑한다. 그 열정이 아만다 피취의 지칠 줄 모르는 노력과 합쳐져 내 책들을 이 분야의 대표적 브랜드이자 꾸준히 눈에 띄는 탐스러운 과실로 만든다. 베스 드 구즈만, 첫 책을 낸 후로 내 출판사와 함께해온 몇 안 되는 사람 중 한 명이다. 내 지난 책들이 신선하고 매력적으로 보이게 하는 당신의 쉼 없는 노력이 내 성공의 비결 중 하나다. 매튜 밸러스트는 어떠한 상황에서도 동요하지 않고 차분히 이야기하는 홍보업계의 선승이며, 그의 동료 스테이시 버트는 코로나19도, 예측 불가능한 여행 일정도, 까다로운 작가도 두려워하지 않는 명민하고 대응력 빠른 홍보 담당자다. 그리고 아트 디렉터 앨버트 탱과 나의 오랜 표지 디자이너 플래그. 해마다 눈길을 사로잡는 아름다운 표지로 나를 놀라게 하다니, 당신들은 천재다.

캐서린 올림은 그 모든 위기를 모면하고 언론으로 하여금 내 작품에 아낌없는 관심을 보내게 한 대가로 용맹 훈장을 받을 만하다. 그녀는 솔직하고 용감한 코치이자 전사로, 카메라 앞에서의 내 행동에 대해 조언하거나 불공평한 비평으로부터 나를 보호하는 것을 결코 두려워하지 않는다. 라쿼시 "Q" 라이트는 소셜 미디어 세계의 스타로, 하루가 다르게 급변하는 세상에서 독보적인 직관력, 연락망, 전략적 요령을 지녔다. 자신의 일을 사랑하는 열정이 그녀가 스타로 가득한 고객 명단을 가진 비결이다. 몰리 스미스, 디자인과 독자에 대한 감각이 이보다 더 좋은 디자이너 겸 팬 관리 전문가가 또 있을까? 팔방미인인 당신은 Q와 함께 언제나 능수능란하고 자신 있게 내 대중 활동을 움직인다.

내 오랜 할리우드 대리인, 어나니머스 콘텐츠의 하위 샌더스는 수십 년 동안 나의 현명한 조언자이자 아주 충실한 친구였다. 나는 그의 조언을 소중히 여기고 그의 진실성을 높이 산다. 많은 일들을 함께 헤쳐 온 탓에 그에 대한 내 신뢰는 완전하다. 스콧 슈바이머는 25년 동안 나의 냉혹한(하지만 매력적인) 변호사이자 협상가로서 모든 일들을 똑똑히 지켜보았다. 그는 다른 몇몇 사람처럼 나와 내 일의 면면을 속속들이 알고 있으며 내 긴밀한 고문단의 소중한 멤버다.

개인적인 삶에서는 하늘에 감사하게도 사랑과 응원으로 매일 내게 위안이 되어주는 친구와 가족이 있다. 무작위로 다음 분들에게 감사의 말을 전하고 싶다. 팻과 빌 밀스. 마이크, 파넬, 매트, 크리스티, 댄, 키라, 아만다, 닉이 포함된 토인파. 다이앤, 척, 몬테, 게일, 샌디, 토드, 엘리자베스, 션, 애덤, 네이션, 조쉬가 포함된 스파크스파. 그리고 마지막으로 밥, 데비, 코디와 콜 루이스. 또 내게 정말 큰 의미를 지니는 다음 친구들 모두에게도 고마움을 표하고 싶다. 빅토리아 보다, 조나단과 스테파나 아놀드, 토드와 그레첸 랜먼, 킴과 에릭 벨처, 리, 샌디, 맥스 민슐, 아드리아나 리마, 데이비드와 모건 샤라, 데이비드 게펜, 지니와 팻 아먼트루트, 티아와 브랜든 셰이버, 크리스티 보나치, 드류와 브리타니 브리즈, 버디와 웬지 스톨링스, 존과 스태파니 재니스, 제닌 카스파, 조이 렌즈, 드와이트 칼봄, 데이비드 왕, 미시 블랙커비, 캔 그레이, 존 호킨스, 마이클 스미스, 밴 위 가족(제프, 토리, 애나, 오드리, 아바), 짐타일러, 크리스 마테오, 릭 뮌히, 폴 뒤 베어, 밥 제이콥, 에릭 콜린스. 마지막으로 내게는 온 세상과도 같은 멋진 내 아이들 마일스, 라이언, 랜던, 렉시, 사바나. 모두 사랑한다.

위시

초판 1쇄 발행 2023년 12월 1일
초판 5쇄 발행 2024년 11월 15일

지은이 니컬러스 스파크스
옮긴이 박설영

책임편집 오윤나
디자인 어나더페이퍼
책임마케팅 김서연, 김예진, 김소희, 김찬빈, 박상은, 이서윤, 최혜연,
노진현, 최지현, 최정연, 조형한, 김가현, 황정아
마케팅 최혜령
경영지원 백선희, 권영환, 이기경
제작 제이오

펴낸이 서현동
펴낸곳 ㈜오팬하우스
출판등록 2024년 5월 16일 제2024-000141호
주소 서울시 강남구 테헤란로 419, 11층 (삼성동, 강남파이낸스플라자)
이메일 info@ofh.co.kr

ⓒ 니컬러스 스파크스

ISBN 979-11-93358-17-7 (03840)

모모는 ㈜오팬하우스의 출판브랜드입니다.